베를린 알렉산더 광장 1

Berlin Alexanderplatz

세계문학전집 269

베를린 알렉산더 광장 1

Berlin Alexanderplatz

알프레트 되블린

김재혁 옮김

민음사

차례

2권 차례

들어가는 말

이 책은 베를린의 시멘트 공장 노동자이자 운송 노동자였던 프란츠 비버코프에 관한 보고서이다. 그는 과거에 저지른 어떤 일 때문에 형무소 생활을 하고 풀려나 이제 다시 베를린에 돌아와 바르게 살기로 마음먹는다.

처음에는 모든 일이 순조롭다. 그러나 경제적으로는 그런대로 괜찮았지만 외부에서 느닷없이 운명처럼 들이닥치는 알 수 없는 무언가와의 모진 싸움에 휘말린다.

알 수 없는 그 무언가는 세 번씩이나 이 사나이를 덮쳐 인생 계획을 망쳐 놓는다. 그것은 사기와 기만으로 그를 덮친다. 그래도 이 사나이는 다시 벌떡 일어나 꿋꿋하게 버틴다.

이제 그것은 그를 치사하게 발로 차고 두들겨 팬다. 그는 도무지 일어설 수가 없다. 카운트아웃 직전이다.

결국 그것은 무지막지한 힘으로 그를 때려눕힌다.

그리하여 끝까지 완강하게 버티던 우리의 선량한 사나이는 길게 뻗어 버린다. 그는 패배를 인정하고 막막한 상태에 빠진다, 완전히 끝장난 것 같다.

그러나 돌아올 수 없는 최후를 목전에 두고 있던 그는 내가 여기에 기록하지 않은 어떤 방법을 통해 눈을 번쩍 뜬다. 어쩌다 자신의 인생이 그렇게 되었는지 이제 그는 훤히 깨닫는다. 바로 그 자신에게, 그리고 이제 분명해진 사실이지만 그 자신의 인생 계획 자체에 원인이 있었다. 그의 인생 계획은 애당초 별문제 될 것이 없어 보였지만 지금에 와서 보니 그게 아니었다. 전혀 소박하지도 않았고 마땅히 가야 할 길을 간 것도 아니었다. 거만하고 뭘 몰랐으며 뻔뻔스러웠고 게다가 비겁하고 허점투성이였다.

끔찍하기 그지없던 그의 인생이 이제 나름의 의미를 찾는다. 프란츠 비버코프에게 강제 치료법이 행해진 결과였다. 끝에 가서 우리는 이 사나이가 알렉산더 광장에 다시 서 있는 모습을 본다. 많이 변하고 망가졌지만 그래도 다시 제대로 펴진 모습이다.

이것을 관찰하고 또 이것에 귀 기울이는 것은 프란츠 비버코프처럼 인간의 모습을 하고 살아가면서, 바로 이 프란츠 비버코프처럼 인생에서 한 조각 버터 식빵 이상의 것을 얻으려는 사람들에게 뭔가 도움이 될 수 있을 것이다.

1부

여기 첫머리에서, 프란츠 비버코프는
멍청하게 살다가 들어갔던 테겔 형무소에서 나온다.
베를린에 다시 자리를 잡는 일은 어렵다.
하지만 그는 마침내 그 일을 해낸다. 그것이 그는 기뻤다.
그리고 그는 앞으로는 바르게 살아가겠다고 다짐한다.

41번 전차를 타고 시내로 가다

　그는 테겔 형무소 문 앞에 서 있었다. 이제 자유의 몸이었다. 어제까지만 해도 그는 죄수복을 입고서 다른 수감자들과 감자 밭을 맸지만, 이젠 누르스름한 여름 외투를 입고 걷고 있었다. 그들은 저 안에서 감자 밭을 매고 있겠지만 그는 자유의 몸이었다. 그는 다가오는 전차들이 그냥 지나쳐 가게 놔두고 붉은 담벼락에 등을 기댄 채 움직이지 않았다. 정문의 수위가 몇 번이나 그의 곁을 지나가며 손가락으로 전차 노선 쪽을 가리켰으나 그는 꼼짝도 하지 않았다. 끔찍한 순간이 다가왔다.(끔찍하다니, 프란츠, 왜 끔찍하다는 거지?) 사 년의 세월이 흘렀다. 그가 일 년 전부터 점점 더 끓어오르는 혐오감을 느끼며(혐오감이라니, 왜 혐오감을 느낀 거지?) 바라보았던 시커먼 철문은 그의 등 뒤에서 닫혔다. 그들은 그를 다시 바깥세상에 내놓았다. 다른 사람들은 저 안에 틀어박혀 목공일을 하거나 랙칠을 하거나 물건을 분류하거나 아교로 물건을 붙이거나 하며 이 년이고 오 년이고 더 있어야 한다. 그는 정류장에 서 있었다.

　벌이 시작된다.

　그는 몸을 부르르 떨고 침을 삼켰다. 그는 어설프게 발을 떼었다. 다음 순간 그는 달음박질해서 전차에 올라타 자리를 잡고 앉았다. 사람들 한가운데에. 출발이다. 처음엔 마치 치과에 앉아 있는 것 같았다. 의사는 집게로 치근을 꽉 움켜잡고서 이를 뽑아낸다. 그러면 통증이 극심해지며 머리가 터질 것만 같다. 그는 붉은 담벼락 쪽으로 고개를 돌렸다. 그러나 전차는 그를 태운 채 세찬 소리를 내며 선로 위를 내달렸고, 이젠 그의 머리만이 형무소 쪽을 향한 채로 머물러 있었다. 전차가 커브를 틀자 나무와 집들이 그 사이로 들어왔다. 분주한 거리들이 나타났다. 제(See) 거리도 나타났고 사람들이 타고 내렸다. 그의 가슴속에서 뭔가가 놀라서 소리쳤다. '조심해라. 조심해. 그게 시작되려 한다.' 코끝이 얼어붙고 뺨 위에서 뭔가 윙윙거렸다. "12시 정오 신문이오." "베를린 신문이오." "베를린 화보 신문 최신판이오." "베를린 라디오 방송입니다." "여기 새로 승차하신 분 또 계십니까?" 경찰관들이 이젠 녹색 제복을 입고 있군. 그는 아무 생각 없이 전차에서 내려 사람들 속으로 섞여 들어갔다. 도대체 무슨 일이지? 아무 일도 없어. 심호흡을 하고, 이 쫄쫄 굶은 돼지 자식아, 정신 바짝 차려. 안 그러면 뺨을 한 대 갈길 테니. 사람 한번 많군. 웬 사람들이 이렇게 많담. 밀리고 밀치고 난리군. 내 골수엔 기름기가 없나 봐. 아마 다 말라 버렸겠지. 이게 다 뭐람. 신발 가게들, 모자 가게들, 백열등, 선술집들. 이렇게 바쁘게 뛰어다니려면 사람들은 당연히 신발을 신어야겠지. 그래, 우리도 한때 신발 가게를 했지. 그래, 맞아. 수백 개의 반짝이는 유리창들. 저딴 건 그냥 반짝이도록 내버려 두자고. 까짓 거 겁날 거 없잖아. 유리창이야 다 때려 부숴도 그만이야. 도대체 유리창들이 무슨 문제야. 반짝반짝하게 닦여 있을 뿐인데. 로젠탈 광장의 포석이 파헤쳐져 있어 그는 다른 사람들 틈에 끼어 널빤지 위로 걸어갔다. 자, 어서 사람들 틈에 끼어들어. 그러면 모든 게 다 잊힐 거야. 넌 아무것도 느끼지 못할 거야, 이 바보 자식아. 쇼윈도 안에는 마네킹들이 서 있었다. 양복이나 외투, 스커트, 양말과 신발을 착용한

마네킹들이다. 밖에서는 모든 것이 움직이고 있었다. 그러나 그 안쪽에는 아무것도 없었다. 살아 있는 게 아니었구나! 사람들은 즐거운 낯빛으로 웃으며 아싱거 맥주홀* 건너편의 교통 안전지대에서 두셋씩 서서 담배를 피우거나 신문을 뒤적거렸다. 그렇게 가로등처럼 서서 점점 더 굳어 갔다. 그들은 건물들과 하나가 되었다, 모두 희게, 모두 목재가 되어.

로젠탈 가를 따라 걸어가다가 어느 작은 선술집 창가에 앉아 있는 두 남녀의 모습을 보는 순간 그는 소름이 확 끼쳤다, 이들은 조끼를 들어 목구멍에 맥주를 쏟아붓는다, 아니, 그런데 이게 뭔가, 그들은 맥주를 마시면서 포크로 고기 조각을 찍어 입안에 찔러 넣고서 다시 포크를 입에서 뺐는데도 피가 나지 않는다. 아니, 이런, 그는 몸이 부들부들 떨린다, 이건 도무지 헤어날 수가 없군, 이제 어디로 간담? 그때 대답이 나왔다. 이게 바로 벌이라고.

그는 다시 돌아갈 수도 없었다. 전차를 타고 여기까지 온 데다 형무소에서도 석방된 마당이니 이 도시의 안쪽으로 들어가야 마땅했다, 안쪽으로 더욱 깊이.

나도 알고 있어. 그는 한숨을 내쉬었다. 이 안쪽으로 들어가야 한다는 것을 말이야. 그리고 내가 교도소에서 석방되었다는 것도. 그래, 그들은 나를 석방할 수밖에 없었어. 형기가 끝났으니. 다 그렇게 되게 마련이지. 관료들은 자기 의무를 할 뿐이야. 나도 이 안쪽으로 파고들어 가야 해. 하지만 난 그렇게

---

* 로젠탈 광장에 있는 맥주홀. 남독 출신의 아싱거 일가에서 운영하는 맥주홀 중의 하나.

하고 싶지 않아. 맙소사, 나는 그렇게 할 수가 없어.

그는 로젠탈 가를 따라 베르트하임 백화점 앞을 지나 오른쪽으로 방향을 틀어 좁다란 조피 거리로 들어섰다. 그는 생각했다. 이 거리는 어둡군. 어두운 곳이 오히려 내게는 더 편할지도 몰라. 죄수들은 완전 격리 독방 감금이나 독방 감금 혹은 집단 감금 형태로 수감된다. 완전 격리 독방 감금의 경우에 죄수는 밤낮으로 막사 밖 출입이 금지된 채 다른 죄수들과 격리 수감된다. 독방 감금의 경우 죄수는 독방에 수감되기는 하지만 막사 밖에서 산책을 하거나 교양 강의를 듣거나 예배를 볼 때 다른 죄수들과 어울릴 수 있다. 차들은 경적을 울리며 내처 달려갔고, 건물들의 앞면은 한데 어울려 쉬지 않고 질주하고 있었다. 그리고 건물들 위에는 지붕들이 있었고 그것들은 건물들 위에서 일렁이는 것 같았다. 그의 두 눈은 곧장 위쪽을 향했다. 지붕들이 미끄러져 떨어지지 말아야 할 텐데. 그러나 건물들은 똑바로 서 있었다. 어디로 가야 하지, 이 가련한 악마는. 그는 건물들의 외벽을 따라 다리를 질질 끌며 걸어갔다. 외벽은 끝날 줄 몰랐다. 나는 정말 어지간한 얼간이야. 웬만한 사람이라면 오 분이나 십 분 정도면 여기서 빠져나가 의자에 걸터앉아 코냑을 한잔 걸칠 수 있을 텐데. 종소리가 울리면 곧장 작업을 시작해야 한다. 작업을 중단할 수 있는 것은 식사나 산책, 교양 강의 시간뿐이다. 산책을 할 때 수감자들은 양팔을 쭉 뻗어 앞뒤로 흔들어야 한다.

건물 하나가 나타났다. 그는 길바닥에서 눈을 들어 현관문을 밀어서 열어젖혔다. 그의 가슴에서 구슬프게 웅얼대는 오, 오, 소리가 새어 나왔다. 그는 팔짱을 끼며 말했다. 그래, 어이,

친구, 이곳은 그리 춥지 않겠군. 안마당으로 통하는 문이 열리고 한 남자가 발을 질질 끌며 그의 곁을 지나가려다가 그의 등 뒤에서 발걸음을 멈추었다. 그는 신음 소리를 냈다. 신음 소리를 내자 기분이 좋아졌다. 독방에 수감된 처음 얼마 동안 그는 늘 그렇게 신음 소리를 냈으며 그 소리를 들으면 행복했다. 그 소리를 듣는 것만으로도 뭔가 가진 게 있었으며 아직은 모든 걸 다 잃은 것은 아니었으니까. 독방에 수감된 죄수들은 대부분 그렇게 했다. 몇몇은 처음부터, 그리고 몇몇은 나중에 가서. 외로울 때마다. 그러면 그들은 신음 소리를 내기 시작했다. 거기엔 뭔가 인간적인 면이 들어 있었다. 그것은 그들에게 위안을 주었다. 우리의 사나이는 그렇게 현관에 서 있었다. 도로에서 나는 끔찍한 소음이 들리지 않았다. 미친 듯한 건물들도 이젠 없었다. 그는 입술을 내밀어 꾸룩! 소리를 내며 마음을 다잡았다. 그리고 주머니 속의 주먹을 둥글게 말아 쥐었다. 누르스름한 여름 외투 속 그의 양어깨가 방어 태세로 움츠러들었다.

한 낯선 남자가 형무소에서 막 석방된 그 사나이 곁에 와서서 살펴보고 있었다. 그가 물었다. "왜 그러오, 어디 안 좋으시오, 어디 아파요?" 그 남자를 보는 순간 그는 당장 꾸룩 소리를 그쳤다. "어디 아픈 데라도 있나요, 혹시 이 집에 사세요?" 붉은 수염을 기른 유대인이었다. 외투를 걸친 자그마한 남자였다. 머리엔 검은 벨벳 모자를 쓰고 손에는 지팡이를 들고 있었다. "아뇨, 난 이 집에 살지 않아요." 그는 현관에서 나갈 수밖에 없었다. 현관은 아주 좋았는데. 이제 다시 거리가 시작되었다. 늘어선 건물의 정면들, 쇼윈도들, 바지나 밝은색 양말 차림으로 바쁘게 움직이는 군상들. 모두 아주 재빠르고 아주 민첩하여 매 순간 다른 인물이다. 그때 그는 결심을 하고 다시 어느 집 현관으로 발을 들여놓았다. 마침 차를 안에 들여놓으려고 문을 활짝 열어 놓은 참이었다. 그는 올라가는 계단 옆에 있는 이웃집의 좁은 현관으로 잽싸게 들어갔다. 이곳까지는 차가 따라올 수 없겠지. 그는 난간의 막대를 꽉 움켜쥐었다. 그리고 그것을 움켜쥐고 있는 동안 그는 자신이 벌에서 빠져나오려 하고 있음을 깨달았다.(오, 프란츠, 뭘 하려는 거야. 넌 해낼 수 없어.) 아니, 꼭 해내고 말지도 모른다. 그는 탈출구가 어디에 있는지 알고 있었으니까. 이어서 그는 다시 그의 노래를 시작했다. 끼룩대며 웅얼거리는 소리를. 나는 다시는 거리로 나서지 않을 거야. 그때 예의 그 붉은 수염의 유대인이 다시 집 안으로 들어왔다. 그는 처음에 난간에 매달려 있는 낯선 사나이를 알아채지 못했다. 이윽고 그 유대인은 그가 웅얼대는 소리를 들었다. "도대체 여기서 뭘 하는 거요? 어디 아파요?" 그는 난간을 잡고 있던 손을 풀고서 안마당 쪽으로 걸어갔다. 문고리를 잡는 순간 그는 그 유대인이 다른 집에서 보았던 그 사람임을 알아차렸다. "날 좀 그냥 내버려 둬요. 대체 나한테 뭘 원하는 거요?" "저, 그냥, 아무것도 아니오. 당신이 그렇게 신음 소리를 내니까 혹시 어디가 아픈지 물어본 것뿐이오." 그리고 문틈으로 저편의 그 후줄근한 집들과 북적대는 사람들 그리고 당장이라도 허물어질 듯한 지붕들이 다시 보였다. 갓 석방된 그 사나이가 안마당으로 통하는 문을 열자 그 유대인이 뒤따라오며 말했다. "이제 무슨 일이 일어나건 간에 지금까지보다 더 나쁘지는 않을 거요. 이젠 망하지 않아요. 베를린은 커요. 수많은 사람들이 사는 곳에 한 목숨 정도 더 사는 게 무슨 문제겠소."

안마당은 높은 건물로 둘러싸여 있어 어두웠다. 그는 쓰레기통 옆에 가서 섰다. 그러더니 그는 느닷없이 쟁쟁 울리도록 노래를 부르기 시작했다. 벽을 향해 노래를 불렀다. 그는 거리의 악사가 하는 것과 같은 동작으로 머리에 쓰고 있던 모자를 벗었다. 사방의 벽에서 그의 목소리가 메아리쳐 돌아왔다. 멋졌다. 그의 목소리가 그의 귀를 가득 채웠다. 형무소에서는 어림도 없을 만큼 큰 소리로 그는 노래를 불렀다. 그런데 그는 무슨 노래를 불렀는가? 벽에 가서 메아리쳐 들리도록. "외치는 소리 우레처럼 힘차게 울리나니."* 전사처럼 용감하고도 힘차게. 그다음엔 그는 노래 한중간에 "트라랄라"를 외쳤다. 아무도 그를 눈여겨보지 않았다. 유대인이 문 앞에서 그를 맞이했다. "노래 정말 멋졌어요. 아주 멋졌습니다. 당신 정도의 목소리라면 돈도 벌 수 있겠어요." 유대인은 거리까지 그의 뒤를 따라오며 그의 팔을 잡고 끝없이 떠들어 댔다. 이윽고 그들은 고르만 가(街)로 접어들었다. 그 유대인과, 쓸개즙을 내뱉을 듯 입을 꽉 다문, 여름 외투를 걸친 장대한 기골의 그 사나이는.

---

* 「라인 강의 초병」의 첫 구절. 막스 슈네켄부르거(1819~1849)의 시로, 1854년에 카를 빌헬름(1815~1873)이 여기에 곡을 붙였다. 애국주의적 음조가 특징인 이 시는 독일에서 거의 애국가의 위치를 차지한다.

아직 그곳에 가지 못하다

　그는 난롯불을 피워 놓은 어느 방으로 그 사나이를 데리고 가 소파에 앉혔다. "자, 다 왔어요. 편히 앉아요. 모자는 그냥 쓰고 있든지, 아니면 벗든지 편할 대로 해요. 나는 가서 사람을 불러올 테니. 당신이 좋아할 만한 사람이오. 사실 나도 이곳에 살지 않아요. 나도 당신처럼 이곳의 손님일 뿐이오. 방만 따뜻하다면야 손님이 다른 손님을 데려온들 무슨 상관이겠어요."

　감옥에서 갓 나온 그 사나이는 혼자 앉아 있었다. 외치는 소리 크게 울리나니, 우레처럼, 부딪치는 칼들처럼, 바위에 부딪치는 파도처럼. 그는 전차를 타고서 차창 밖을 바라보았다. 나무들 사이로 붉은 담벼락이 보였으며, 알록달록한 나뭇잎들이 비처럼 우수수 떨어졌다. 그의 눈앞에는 그 담벼락이 있었다. 그는 소파에 앉아 담벼락을 바라보았다. 꼼짝도 하지 않고 계속해서 바라보았다. 저 담벼락 안에서 사는 것은 참으로 행복한 일이다. 저기서 하루가 어떻게 시작되어 어떻게 지나가는지는 뻔하다. (프란츠, 난 네가 숨지 말았으면 해. 넌 이미 사 년 동안이나 숨어 있었잖아. 용기를 내. 주위를 한번 살펴봐. 숨는 일도 언젠가는 끝나야 해.) 노래를 부르거나 휘파람을 불거나 소란을 떠는 것은 모두 금지되어 있다. 수감자들은 아침마다 기상 신호에 따라 즉시 일어나 침구를 정돈하고 세면을 하고 머리를 빗고 옷을 털어 입는다. 비누는 넉넉하게 쓸 수 있을 만큼 공급되어야 한다. 땡, 타종 소리, 기상, 땡, 5시 30분, 땡, 6시 30분, 감방 문 열림, 땡땡, 우리는 밖으로 나간다, 아침 배식, 작업 시간, 자유 시간, 땡땡땡, 정오, 이보게, 친구, 그렇게 입을 삐죽거리지는 말게, 이곳이 자네를 살찌우는 곳은 아니니까, 노래를 하고 싶은 사람은 먼저 신청해야 하고, 5시 40분에 노래자랑이 있다, 나는 목이 쉬었다고 보고한다, 6시 감방 문 닫힘, 그럼 안녕, 다 끝났다. 그 담벼락 안에서 사는 것은 참으로 행복한 일이다. 그들은 내게 온갖 수모를 다 주었다. 나는 살인을 저지를 뻔했다. 그러나 사실은 과실치사일 뿐이었다. 상해에 의한 치사는 사실 그렇게 엄청난 것도 아니었다. 나는 극악무도한 악당이 되어 버렸다. 악당으로서 부족한 것이 없는 놈이 말이다.

키가 크고 늙은 긴 머리의 유대인이 검은 모자를 뒷머리에 쓰고서 아까부터 그의 맞은편에 앉아 있었다. 옛날에 도성 수산에 모르드개라는 사람이 살았는데, 그는 숙부의 딸인 에스더를 길렀다. 한데 그 소녀는 용모가 고왔을 뿐만 아니라 몸가짐도 단정했다.* 노인은 그 사나이에게서 눈을 떼더니 붉은 수염에게 고개를 돌리고서 말했다. "이 친구를 어디서 데려왔나?" "이 사람, 이집 저집 기웃거리고 있더군요. 어느 집 안마당에 가서는 노래를 부르기까지 했어요." "노래를 불렀다고?" "군가를 불렀지요." "추워서 그랬나 보군." "그럴지도 모르지요." 노인은 그를 찬찬히 뜯어보았다. 유대인들은 축일 첫날에 시체를 만져서는 안 된다. 이스라엘 사람들은 축일 이튿날에도 그래서는 안 되며, 정초의 이틀 동안에도 그래서는 안 된다.** 그렇다면 다음과 같은 랍비의 가르침을 지어낸 사람은 누

---

* 구약 성경 「에스더 서」 2장 5~7절 참조.(본문의 모든 성경 구절은 저자가 성경 원문을 새롭게 재구성한 것을 번역한 것이다.)
** 『바빌론 탈무드』에 나오는 규정.

구인가? 청결한 조류의 썩은 몸통을 먹는 자는 부정하지 않고, 반면에 내장이나 모이주머니를 먹는 자는 부정하다는 가르침을 말이다. 노인은 누르스름한 긴 손으로 외투 위에 놓여 있던, 감옥에서 나온 그 사나이의 손을 어루만졌다. "여보게, 외투를 벗지 않겠나? 이 방은 따뜻하다네. 우리 같은 늙은이들이야 늘 추워서 일 년 내내 떨지만, 자네한테는 좀 거북할지도 모르지."

그는 소파에 앉아 자기 손을 힐끔 내려다보기도 했다. 그는 이 골목 저 골목 누비며 이집 저집 마당을 둘러보고 온 터였다. 세상에 무엇이 있는지 궁금했기 때문이다. 그는 벌떡 일어나 문 밖으로 나가려고 어두운 방 안에서 두 눈으로 문을 찾았다. 그때 노인이 그를 다시 소파에 주저앉혔다. "그냥 앉아 있게. 대체 어쩌려는 건가." 그는 밖으로 나가려 했다. 그러자 노인은 그의 손목을 잡더니 꽉 움켜쥐었다. "누가 더 센가 한번 해보자는 건가. 당신이냐 나냐. 내가 말하는 대로 이제 얌전히 앉아 있으라고." 노인은 소리를 꽥 질렀다. "가만 앉아 있으라니까. 내가 하는 말 잘 들어, 젊은 친구. 정신 똑바로 차리라고, 이 친구야." 그러더니 그 사나이의 어깨를 잡고 있던 붉은 수염을 향해 말했다. "어서 나가, 자네 말이야. 여기서 당장 나가란 말이야. 내가 자넬 불렀나? 이 친구는 내가 알아서 할 테니."

이 사람들은 도대체 그를 어쩔 셈인가. 그는 밖으로 나갈 생각이었다. 그래서 자리에서 일어서려 했지만 노인이 그를 자리에 주저앉혔다. 그러자 그는 소리를 버럭 질렀다. "이게 도대체 뭐 하는 짓이오?" "욕을 해 보려면 해 보쇼, 그보다 더 심한 욕이 입에서 나오게 해 줄 테니." "어서 나를 놔 줘요. 나는 나가야 해요."“다시 길거리로 나갈 셈인가? 아니면 남의 집 뜰로 돌아다닐 건가?”

그때 노인은 의자에서 일어나더니 방 안을 이리저리 저벅대며 걸어 다녔다. “실컷 떠들게 돼. 하고 싶은 대로 해 보라고. 하지만 이 집에서는 안 돼. 그냥 나가게 문을 열어 줘.”“그게 무슨 소리예요, 이 집은 노상 시끄러운 곳 아닌가요?”“소란 떠는 사람들을 이 집에 데려오지 말게. 내 딸의 아이들은 지금 아파서 저 안쪽에 누워 있다고. 그렇지 않아도 소란스러워 죽을 판이니.”“아, 이걸 어쩌나. 그걸 모르고 있었어요. 용서해 주세요.” 붉은 수염의 사나이는 그의 두 손을 잡으며 말했다. “자, 갑시다. 이 노인의 집은 복잡하다네요. 손자들도 아프고. 다른 곳을 알아봅시다.” 그러나 그 사나이는 일어서려 하지 않았다. “자, 가요.” 그는 일어서지 않을 수 없었다. 그때 그는 속삭이듯 말했다. “끌어당기지 말아요. 날 그냥 여기 있게 돼요.”“집이 복잡하다잖아요. 그 말 못 들었소?”“날 그냥 여기 있게 돼요.”

노인은 번뜩거리는 눈빛으로 그 낯선 사나이가 애원하는 모습을 바라보았다. 예레미야가 말하기를, 우리는 바빌론을 치료하려 했지만 고칠 수가 없었노라. 우리가 바빌론을 버리고 각자 고향으로 가니 칼데아 사람들과 바빌론 사람들 위에 칼이 드리웠구나.*“조용히만 한다면 함께 있어도 좋네. 하지만 조용히 할 수 없으면 여기서 떠나도록 하게.”“좋아요, 좋아. 소란을 피우지 않을게요. 그냥 이 친구 곁에 가만히 앉아 있을게요. 내 말을 믿어 줘요.” 노인은 아무 말 없이 방에서 휑하니 나가 버렸다.

---

* 「예레미야서」 51장 9절, 50장 8절, 50장 35절 참조.

차노비치의 예에서 얻은 교훈

그리하여 누런 여름 외투 차림을 한, 감옥에서 갓 석방된 그 사나이는 다시 소파에 앉았다. 붉은 수염의 남자는 한숨을 내쉬고 고개를 가로저으며 방 안에서 서성거렸다. "노인이 그렇게 흥분한 걸 가지고 너무 기분 나빠하지 말아요. 당신은 이 도시 바깥에서 왔나요?" "그래요, 맞아요. 내가 있던 곳은……." 붉은 담벼락, 아름다운 담벼락, 감방들, 그는 이것들을 그리움의 눈길로 바라보지 않을 수 없었다. 그의 등은 그 붉은 담벼락에 붙어 있는 것 같았다. 어느 영리한 사람이 그것들을 지은 것 같았다. 그는 거기서 떠나지 않았다. 그러다가 그 사나이는 마치 인형처럼 소파에서 양탄자 위로 미끄러져 떨어졌다. 그는 떨어지면서 탁자를 한쪽으로 밀쳤다. "왜 그래요?" 붉은 수염의 남자가 소리쳤다. 감옥에서 나온 그 사나이는 양탄자 위에서 몸을 웅크렸다. 모자가 그의 두 손 옆으로 굴러갔다. 그는 머리로 바닥을 찧으면서 신음하듯 내뱉었다. "에라, 아예 저 밑바닥으로, 어둔 땅속으로 들어가자." 붉은 수염의 남자는 그를 끌어당겼다. "제발 부탁이오. 당신은 지금 남의 집에 와 있는 거요. 노인이 달려올 걸 생각해 봐요. 어서 일어나요." 그러나 그는 도무지 일어나려 하지 않았다. 양탄자를 부여잡고서 신음 소리만 낼 뿐이었다. "제발 좀 조용히 해요. 노인이 들으면 어쩌려고요. 그길로 우리는 서로 종말을 고하는 거요." "아무도 날 여기서 끌어내지 못해." 꼭 두더지 같았다.

아무리 해도 그를 일으켜 세울 수 없자, 붉은 수염의 남자는 구레나룻을 긁적이더니 문을 잠그고서 단호한 표정으로 그 사나이 곁으로 가서 바닥에 주저앉았다. 그는 무릎을 높이 세우고서 눈앞에 있는 탁자의 다리들을 바라보았다. "좋아요. 그렇게 가만있어요. 나도 이렇게 앉을 테니. 뭐 그렇게 편하지는 않지만 그게 무슨 상관이겠소. 도대체 왜 그러는 건지 당신이 말하지 않을 테니, 대신 내가 이야기를 하나 하겠소." 감옥에서 나온 사나이는 머리를 양탄자에 박고서 여전히 신음 소리를 냈다.(왜 이렇게 끙끙대며 신음 소리를 내는 거야? 결단을 내려야 해. 어떤 길이든 가야 한다. 하지만 넌 아는 길이 없어, 프란츠. 옛날의 똥구덩이야 원치 않겠지. 넌 감방에 숨어서 끙끙대기만 했어. 아무 생각도 하지 않았어, 아무 생각도, 프란츠.) 붉은 수염의 남자는 화난 목소리로 말했다. "그렇게 자기 생각에만 빠져 있으면 안 돼요. 다른 사람들 말도 들어야지. 당신만 그렇게 문제가 많다고 누가 그러던가요. 하느님은 아무도 자기 손에서 떨어뜨리지 않아요. 하지만 다른 사람들도 있다는 걸 잊지 마시오. 대홍수가 닥쳤을 때 노아가 자기 방주에 무엇을 실었는지 책에서 읽어 보지 않았소? 살아 있는 생명을 각각 한 쌍씩 실었어요. 하느님은 이들 중 누구도 잊지 않았어요. 우리 머릿속의 이들까지도 잊지 않았다 이 말이오. 그분에겐 어느 것 하나 소중하지 않은 게 없었소." 그 사나이는 바닥에 엎어져 흐느꼈다.(흐느끼는 데는 돈이 들지 않는다. 병든 쥐도 흐느낄 줄 아는 법이니.)

붉은 수염의 남자는 흐느끼는 그를 그냥 내버려 두고 귀밑털을 긁적였다. "이 세상에는 정말 온갖 일이 다 일어난다오. 그러니 젊거나 늙거나 누구든 할 이야기가 많은 법이지요. 이야기를 하나 들려줄게요. 차노비치, 슈테판 차노비치에 관한 이야기요. 아마도 들어 본 적이 없을 거요. 기분이 괜찮아졌으면 잠깐만 일어나 앉아 봐요. 피가 머리로 몰리면 좋지 않아요. 돌아가신 나의 아버지는 우리에게 많은 이야기를 들려주었어요. 우리 종족 사람들이 그렇듯이 아버지는 세상 곳곳을 많이 여행했어요. 일흔이 되셨을 때 어머니가 돌아가시자 아버지도 따라서 돌아가셨다오. 아는 게 정말 많으셨고 영리하셨어요. 우리 일곱 식솔은 먹을 게 없어 굶주리곤 했어요. 먹을 게 아무것도 없을 때 아버지는 우리에게 이야기를 들려주었어요. 이야기를 듣는다고 해서 배가 부르지는 않았지만 그래도 배고픔을 잊을 수 있었지요." 바닥에서는 여전히 낮게 낑낑대는 신음 소리가 그치지 않았다.(신음 소리야 병든 낙타도 낼 수 있다.) "자, 자. 이 세상엔 황금과 아름다움과 행복만이 있는 게 아니라는 것은 우리 다 아는 사실이지요. 차노비치라는 사람이 누군지, 그의 아버지는 어떤 사람인지, 그의 양친이 누군지 말할까요? 우리 대부분처럼 거지나, 잡화상, 행상이나 장사치였어요. 늙은 차노비치는 알바니아 사람으로 베네치아에 갔지요. 그는 자신이 베네치아로 간 까닭을 잘 알고 있었어요. 어떤 사람들은 도시에서 시골로, 또 어떤 사람들은 시골에서 도시로 가지요. 시골이 훨씬 조용해요. 사람들은 뭐든지 조곤조곤 따져 볼 수도 있고 몇 시간이고 이야기를 할 수도 있어요. 운이 좋으면 돈 몇 푼을 벌 수도 있지요. 도시에서는 그게 쉽지 않아요. 사람들이 오밀조밀하게 살고 있는 데다가 도무지 여유가 없어요. 어떤 사람이 뭘 갖고 있지 못하면, 다른 사람이 그것을 갖고 있지요. 황소가 없으면 마차가 딸린 날랜 말을 갖고 있는 격이지요. 잃는 사람이 있으면 버는 사람도 있어요. 늙은 차노비치는 그런 것을 알고 있었어요. 먼저 그는 자기 수중에 있던 것을 다 팔아 버리고 카드를 손에 쥐고 사람들과 노름을 했어요. 그는 정직한 사람이 아니었소. 도시 사람들이 시간적 여유는 없으면서 좀 즐기려는 틈을 타서 그 사람은 한 밑천 잡았다오. 그는 사람들을 즐겁게 해 주었고, 그 사람들은 엄청난 금전적 대가를 치렀어요. 야바위꾼에다 사기 도박꾼, 그게 바로 늙은 차노비치의 모습이었소. 그래도 그는 나름대로 영리한 구석이 있었어요. 시골에서 농부들을 상대하는 일은 어려웠지만, 이곳에 와서는 모든 게 훨씬 수월했어요. 만사형통이었지요. 그러던 중 누군가가 갑자기, 그가 좋지 않은 짓을 하고 있다는 얘기를 꺼냈어요. 늙은 차노비치는 그런 일이 벌어지리라고는 꿈에도 생각 못 했어요. 주먹다짐이 오갔고, 경찰이 개입했지요. 마침내 늙은 차노비치는 아이들을 데리고 줄행랑을 칠 수밖에 없었어요. 베네치아의 법이 그의 뒤를 쫓았어요. 그는 베네치아의 법정과는 상대하지 않는 편이 좋다고, 거기 사람들은 그를 이해하지도 못할 거라고 또 그를 붙잡지도 못할 거라고 생각했지요. 그에겐 말과 돈이 있었어요. 그래서 다시 알바니아에 정착하여 넓은 땅을 사들였죠. 마을 하나를 통째로 샀어요. 그리고 자식들을 대학에 보냈어요. 그리고 천수를 누리고 사람들의 존경을 받으며 조용히 세상을 떴어요. 여기까지가 차노비치 노인의 일생입니다. 농부들은 그를 위해 눈물을 흘렸지만 그 사람은 정작 그들을 좋아하지 않았어요. 그는 자질구레한 장신구와 반지, 팔찌, 산호 목걸이를 들고 그들 앞에 나타났던 그때를 한시도 잊어 본 적이 없으니까요. 그때 그 농부들은 그가 가져온 물건들을 요리조리 돌려 가며 만지작거리다가 마침내는 그만 홀로 남겨 두고 그냥 가 버렸지요.

그런데 그 사람은 말이죠. 아버지가 잡초라면 아들은 나무가 되길 바랐어요. 아버지가 돌멩이라면 아들은 산이 되기를 원했지요. 늙은 차노비치는 아들들에게 이렇게 말했어요. 내가 이곳 알바니아에서 물건을 팔려고 돌아다니던 그 이십 년 동안 나는 정말 형편없는 존재였다. 왜 그랬는지 아니? 머리를 써야 할 곳에 제대로 머리를 쓰지 못했기 때문이다. 나는 너희들을 파도바에 있는 큰 학교에 보낼 생각이다. 공부를 마치거든 이 아비를 생각해 다오. 너희 엄마와 너희와 함께 늘 근심하고 밤이면 숲에서 너희를 데리고 수퇘지처럼 잠을 자던 이 아비를 말이다. 하기야 그건 다 내 탓이다. 농부들은 흉년이 든 해처럼 나를 바싹 말리려 들었어. 그대로 있었다면 나는 죽고 말았을 거다. 그래서 나는 사람들 속으로 뛰어들었고, 그렇게 해서 용케 살아남은 거란다."

붉은 수염의 남자는 혼자 씩 웃더니 고개를 끄덕이며 몸을 좌우로 흔들었다. 그들은 양탄자 바닥에 앉아 있었다. "지금이라도 누가 들어와서 우리 꼴을 보면 미친 사람 취급할지도 몰라요. 멀쩡한 소파를 두고서 맨바닥에 앉아 있으니 말이오. 뭐, 그야 못 할 것도 없지요. 재미 삼아 그런다면야. 젊은 차노비치 슈테판은 약관의 나이에도 이미 대단한 변사였어요. 그는 사람들에게 좋은 인상을 주어 그들에게 인기를 얻는 방법을 알았어요. 여자들의 애간장을 녹이고 남자들을 상대할 땐 품위 있게 행동하는 법도 알았어요. 파도바에서 귀족들은 교수들에게 배우지요. 그런데 슈테판은 귀족들에게 배웠어요. 그들은 그를 잘 대해 주었어요. 그가 알바니아의 고향에 돌아왔을 때 아버지는 아직 살아 있었지요. 아들을 보자 그는 몹시 기뻐하면서 말했어요. '여러분, 내 아들을 보시오. 세상에 남부럽지 않은 사나이가 됐소. 내가 예전에 이십 년간이나 그랬던 것처럼 이 아이는 농부들을 상대로 장사나 하지는 않을 거요. 이 아이는 아버지보다 이십 년은 앞섰소.' 그러자 아들은 옷소매를 어루만지고 이마에 흐른 멋진 곱슬머리를 쓸어 올리더니 행복해하는 늙은 아버지에게 키스를 했어요. '하지만 저로 하여금 그 고난의 이십 년을 겪지 않게 해 준 것은 바로 아버지예요.' '그 이십 년이 네 인생에서 최고의 시절이 되길 바란다.' 그 말과 함께 노인은 아들을 쓰다듬고 어루만져 주었어요.

그리고 젊은 차노비치가 하는 일은 기적처럼 잘되었어요. 아니, 기적이라고 할 수 없지요. 어디를 가나 그의 주변에 사람들이 몰려들었어요. 그에겐 누구의 마음이든 열 수 있는 열쇠가 있었지요. 한번은 그가 몬테네그로에 간 적이 있어요. 마차와 말 그리고 하인들까지 갖춘 기사의 행차였지요. 그의 아버지는 그렇게 훌륭한 아들의 모습을 보고 기뻐서 어쩔 줄 몰랐어요. 아버지는 잡초였지만, 아들은 나무가 되었으니 말이오. 그리고 몬테네그로에서 사람들은 그를 백작이나 후작으로 불렀어요. 만약에 그가 이렇게 말했더라도 사람들은 그의 말을 믿지 않았을 겁니다. '나의 아버지의 이름은 차노비치이고, 우리는 파스트로비치의 한 마을에 살고 있어요. 나의 아버지는 그걸 아주 자랑스럽게 생각해요.' 사람들은 그의 말을 믿으려 하지 않았을 겁니다. 그래서 그는 파도바 출신의 귀족이 하듯 행동했고, 실제로 또 그렇게 보였어요. 그리고 그는 그들 하나하나를 잘 알았어요. 슈테판은 웃으며 말했어요. '그래, 넌 네 나름의 방식이 있어야 해.' 그래서 그는 사람들 앞에 나서서 그들이 생각한 대로 부유한 폴란드 사람 행세를 하며 바르타 남작을 자칭했지요. 그러자 사람들도 좋아했고, 그 역시 흐뭇해했지요."

감옥에서 나온 사나이는 갑자기 몸을 홱 일으켜 세웠다. 그는 무릎을 세운 채 쪼그리고 앉아 위쪽에서 은근슬쩍 상대를 쳐다보았다. 그러더니 차가운 눈빛을 띠며 말했다. "원숭이." 그러자 붉은 수염의 남자는 경멸하는 투로 응수했다. "그러면 내가 원숭이가 되어 주겠소. 사실 원숭이가 보통 사람들보다 아는 게 많거든요." 상대는 다시 바닥에 맥없이 털썩 주저앉았다. (후회하게 될 거야. 무슨 일이 일어났는지 알아야 해. 필요한 게 뭔지 깨달아야 한다고!)

"그러면 하던 이야기를 계속해도 되겠군요. 사람은 무릇 남들에게서 많은 것을 배울 수 있는 법이지요. 젊은 차노비치는 바로 이 길을 택했고, 줄곧 그 길로 갔어요. 나는 그를 겪어 본 적이 없고, 우리 아버지도 그를 겪어 보지 못했지만, 그가 어떤 사람인지는 충분히 짐작할 수 있어요. 아까 당신이 나를 원숭이라고 불렀는데 말이오. 그런 당신에게 묻고 싶어요. 사실 우리는 하느님이 창조하신 이 땅의 어떤 짐승도 업신여겨서는 안 되오. 짐승들은 우리에게 고기도 주고, 그 밖의 좋은 일을 많이 하지요. 말이나 개, 지저귀는 새들을 한번 생각해 봐요. 대목장에서 봐서 아는데, 원숭이들은 사슬에 매인 채 억지로 익살을 떨고 있더군요. 정말 힘들기 짝이 없는 운명이에요. 어떤 인간도 그런 힘든 운명을 겪지는 않지요. 그러면 여기서 당신에게 묻고 싶은 게 있소. 당신이 내게 이름을 가르쳐 주지 않았기 때문에 그냥 당신이라고 부르기로 하고. 그 차노비치,

그러니까 그 늙은 차노비치나 젊은 차노비치가 어떻게 그렇게 출세를 했다고 생각해요? 그들이 머리가 좋아서, 영리해서 그렇게 할 수 있었다고 생각하겠지요. 다른 사람들도 머리가 좋았지만 그들은 슈테판이 스무 살의 나이로 해낸 일을 여든에도 하지 못했어요. 그런데 사실 사람에게 중요한 것은 눈과 발이지요. 세상을 잘 보아야 할 뿐만 아니라 세상을 잽싸게 쫓아가야 하니까 말입니다.

자, 슈테판 차노비치가 어떻게 했는지 잘 들어 봐요. 그는 사람들을 많이 접했으므로 사람들을 두려워할 필요가 없다는 것을 잘 알고 있었지요. 사람들이 우리를 위해 길을 내주고 또 눈먼 사람들에게는 길까지 알려 주려 하는 것을 생각해 봐요. 사람들은 바로 그것을 그에게 바랐어요. '당신은 바르타 남작입니다.' 그러자 그가 말했어요. '그것 참 멋지군요. 그래, 그러면 나는 바르타 남작이오.' 나중에 가서 그는 그것으로 만족할 수가 없었어요. 아니, 그들 편에서 그랬는지도 모릅니다. 이미 남작인데 그 이상 안 될 게 뭐 있겠소. 알바니아에 유명한 인사가 한 분 있지요. 그분은 오래전에 죽었지만 사람들은 그분을 칭송했지요. 백성이 영웅들을 찬양하듯 말입니다. 그분의 이름은 스칸데르베그였어요. 사실 그럴 수만 있다면야 차노비치는 자기가 바로 스칸데르베그라고 말했겠지요. 스칸데르베그가 이미 세상을 떴기 때문에 그는 자기가 스칸데르베그의 후계자라면서 자랑했지요. 자기가 알바니아의 왕자 카스트리오타라는 거였어요. 자기가 알바니아를 다시 위대한 국가로 만들 것이며, 추종자들이 자기를 기다리고 있다고 했지요. 사람들은 그가 스칸데르베그의 후계자답게 살 수 있도록 돈까지 주었어요. 그는 사람들을 위해 좋은 일들을 많이 했어요. 그들은 극장에 가서 아주 곰곰이 생각해 낸 듣기 좋은 말들만 듣는 겁니다. 그리고 그 대가로 돈을 지불하는 거지요. 그들은 그런 멋진 일이 오후에 일어나든 오전에 일어나든 상관없이 돈을 낼 의향이 있어요. 물론 그 일에 자기들도 직접 관여할 수 있을 땐 더할 나위가 없어요."

그러자 누런 여름 외투의 사나이는 다시 벌떡 일어나더니 침울한 얼굴에 주름살을 지으며 붉은 수염의 남자를 내려다보면서 헛기침을 했다. 그의 목소리는 달라져 있었다. "어이, 젊은 친구, 당신 얼간이 아니오? 머리가 좀 돈 것 같은데?" "얼간이라고? 어쩌면 그럴지도 모르죠. 아까는 원숭이라고 하더니 이젠 아예 머리가 돌았다고 하는군요." "도대체 여기 앉아서 내 앞에서 지껄여 대는 이유가 뭐요?" "바닥에 주저앉아서 일어나지 않으려 한 게 누구였죠? 그게 나요? 내 등 뒤에 소파가 있는데도 말이오. 그래요, 듣기 싫다면 관두지요."

붉은 수염의 남자는 방을 휘둘러보면서 양쪽 다리를 꺼내 뻗으며 소파에 등을 기대고 앉아 양손으로 양탄자를 짚었다. "자, 이렇게 앉으면 훨씬 더 편해요." "그 주절대는 소리 좀 그만뒀으면 좋겠소." "정 그러시다면. 나는 지금까지 이야기를 수도 없이 했기 때문에 해도 그만, 안 해도 그만이오. 당신이 개의치만 않는다면." 그러나 그의 상대방은 잠시 잠자코 있더니 다시 그에게 고개를 돌리고 말했다. "그 이야기를 조용히 좀 더 들려주겠소?" "그것 봐요. 서로 이야기하고 떠들다 보면 시간이 더 잘 가지요. 나는 그저 당신의 눈을 다시 뜨게 만들고 싶었던 겁니다. 아까 이야기하다 만 그 슈테판 차노비치는 사람들로부터 많은 돈을 받아서 독일 여행까지 할 수 있었어요. 몬테네그로에서도 그의 정체는 밝혀지지 않았어요. 슈테판 차노비치에게서 배울 것은, 그가 자신뿐만 아니라 사람들을 잘 알았다는 겁니다. 그 사람은 지저귀는 작은 새처럼 순진했어요. 그런데 보세요. 그는 세상을 두려워하지 않았어요. 그가 살던 당시의 가장 위대하고 가장 힘 있는 사람들, 가장 겁나는 사람들이 그의 친구였거든요. 작센의 선제후*나 프로이센의 황태자**가 말이죠. 프로이센의 황태자는 나중에 대단한 전쟁의 영웅이 된 사람으로 오스트리아의 테레지아 여제***도 왕좌에 앉은 채 몸을 떨게 만들었지요. 하지만 차노비치는 그를 두려워하지 않았어요. 한번은 슈테판이 빈에 갔는데 그의 냄새를 맡고 모여든 사람들이 그를 에워쌌어요. 그러자 여제는 직접 손을 들고서 말했지요. '그 젊은이를 가만 놔둬라.'"

뜻밖의 방향으로 마무리된 이야기와
그로 인해 활기를 되찾은 출소한 사나이

상대방은 소파에 기댄 채 껄껄 웃기 시작하더니 아예 말처럼 울부짖었다. "당신 정말 걸물이야. 서커스에 가서 어릿광대 짓을 해도 되겠어." 붉은 수염의 남자도 함께 낄낄대며 웃었다. "이것 좀 봐요. 하지만 좀 조용히 해요. 그 노인의 손자들이 있

---

* 아우구스트 1세(1670~1733).
** 프리드리히 2세(1712~1786).
*** 마리아 테레지아(1717~1780).

으니. 아무튼 우리 소파에 앉는 게 낫지 않을까요? 당신 생각은 어때요?" 상대방은 껄껄 웃으며 천천히 몸을 일으켜 소파의 한쪽 구석에 가서 걸터앉았고, 붉은 수염의 남자는 소파의 반대쪽 모퉁이를 차지하고 앉았다. "자, 좀 더 살살 앉아요. 외투도 짓뭉개지 말고." 여름 외투의 사나이는 소파 구석에 앉은 채 붉은 수염의 남자를 쏘아보았다. "당신처럼 희한한 사람은 정말 처음이야." 그러자 붉은 수염의 남자는 차분한 투로 말했다. "아마도 눈여겨보지 않아서 그렇겠지요. 나 같은 사람은 얼마든지 있어요. 당신 외투가 더러워졌네요. 이곳 사람들은 구두를 안 닦거든요." 삼십 대 초반으로 보이는 그 출소한 사나이는 눈에 생기를 띠었고, 얼굴빛도 한결 살아났다. "대체 당신은 무슨 장사를 하나요? 혹시 달에 살지는 않겠지요?" "그래, 그거 좋군요. 우리 이제부터 달에 대해 이야기해 보죠."

갈색 턱수염의 어떤 남자가 조금 전인 오 분 전부터 문간에 와서 서 있었다. 그는 이제 테이블 쪽으로 걸어오더니 의자에 가서 앉았다. 그는 젊었으며 붉은 수염의 남자처럼 검은 벨벳 모자를 쓰고 있었다. 그는 손으로 허공에 원을 그리더니 찢어지는 듯한 목소리로 떠들기 시작했다. "저 친구 누구야? 너 저 친구와 뭐 하는 거야?" "그런 너는 여기 웬일이야, 엘리저? 나는 저 친구가 누군지 몰라. 이름을 말해 주지 않으니." "너 저 친구한테 뭔가 얘기를 해 주고 있었지." "그게 너하고 무슨 상관이야." 갈색 수염이 전과자를 향해 말했다. "저 치가 당신한테 무슨 얘긴가 들려줬죠?" "이 친구는 말을 하지 않아. 그냥 돌아다니다가 뜰에 나가서는 노래를 하지." "그럼 내보내면 될 거 아냐." "내가 뭘 어떻게 하든 네가 상관할 바 아니야." "하지만 난 문간에 서서 다 들었다고. 너 저 친구한테 차노비치 얘기를 했지? 이런저런 얘기 자꾸만 늘어놔서 뭘 어쩔 셈이야?" 마침내 갈색 수염을 쏘아보고 있던 그 낯선 사나이가 구시렁거리는 투로 말했다. "당신은 도대체 어디서 굴러온 거요? 왜 이 친구 일에 참견하고 나서는 거요?" "저 친구가 당신한테 차노비치 이야기를 했소, 안 했소? 당신한테 분명 이야기를 했지요. 내 처남 나훔은 동네방네 다니면서 이 얘기 저 얘기 다 지껄이니 정말 못 말리는 친구요." "내가 뭐 도움이라도 청한 적이 있나. 이 사람의 상태가 안 좋은 게 눈에 보이지도 않냐, 이 저질 친구야?" "그 사람의 상태가 안 좋은 게 무슨 상관이지? 하느님의 명을 받은 것도 아니잖아. 잘 보라고. 하느님은 저 친구가 찾아올 때까지 기다렸던 거야. 하느님도 혼자 힘으로는 어쩔 수 없어." "형편없는 인간." "당신은 이 친구를 멀리하는 게 좋을 거요. 이 친구가 아마도 말했겠죠. 차노비치나 그 밖의 다른 사람들이 어떻게 출세를 했는지 말이오." "당장 나가지 못하겠어?" "사람 좋은 척하는 사기꾼의 말을 듣느니 내 말을 듣는 게 낫지. 여기가 저 친구 집이야? 이번엔 또 차노비치 이야기 중 무슨 얘기를 했냐? 그에게서 무엇을 배울 수 있는지? 너는 우리를 위해 랍비가 되었어야 하는 건데. 그러면 우리가 너를 잘 먹여 살렸을 텐데." "네 선심 같은 건 필요 없어." 갈색 수염의 남자가 다시 버럭 소리를 질렀다. "우리 역시 남의 옷자락에나 매달리는 식충이 따위는 필요 없다고. 그런데 저 친구가 당신에게 차노비치가 끝에 가서 어떻게 되었는지 그 이야기를 해 주던가요? 마지막에 어떻게 되었는지." "이 비열한 인간, 형편없는 자식." "그 얘기를 해 줬지요?" 전과자는, 주먹을 흔들어 보이며 문을 향해 걸어가는 붉은 수염의 남자를 피곤해 보이는 눈을 껌벅대며 바라보더니 붉은 수염의 등 뒤에 대고 투덜대는 투로 말했다. "여보시오, 그렇게 나가 버릴 것 없잖아요. 너무 흥분하지 말고 저 친구 멋대로 떠들게 그냥 둬요."

그 순간 갈색 수염의 남자는 두 손을 비벼 대고 좌불안석으로 우왕좌왕하며 혀를 차기도 하고 고개를 홱 젖히기도 하며 때론 낯선 사나이를 향해, 때론 붉은 수염의 남자를 향해 매 순간 다른 표정을 지으며 격하게 말을 퍼부었다. "저치는 사람을 돌게 만드는 놈이오. 슈테판 차노비치가 어떤 종말을 맞이했는지 말하도록 할 거요. 저 녀석은 그걸 말하지 않아. 왜 그걸 말하지 않는 거지, 그걸 묻고 싶다." "네가 저질 인간이니까 그렇지, 엘리저." "너보다야 훨씬 낫지. (갈색 수염의 남자는 역겹다는 듯 두 손을 번쩍 쳐들며 무섭게 눈을 부릅떴다.) 사람들은 차노비치를 피렌체에서 도둑놈인 양 쫓아 버렸어. 왜 그랬을까? 마침내 그의 정체를 알아 버렸기 때문이지." 붉은 수염의 남자는 그의 앞쪽으로 위협적으로 다가섰고, 갈색 수염의 남자는 손사래를 치며 말했다. "이제 내가 말해 주지. 그는 영주들에게 마구 편지를 썼어. 영주는 보통 많은 편지를 받아. 때문에 편지 필체만 보고는 그걸 보낸 사람이 누구인지 알아볼 수가 없어. 그런 다음 그는 온갖 폼을 잡으면서 알바니아의 왕자 행세를 하며 브뤼셀로 가서 현실 정치에 직접 손을 댄거야. 그에게 그렇게 하도록 시킨 것은 그의 내부에 들어 있는 악령이었어. 그는 정부 관리를 찾아갔지. 그 애송이 슈테판 차노비치의 모습을 한번 상상해 봐. 그 친구는 전쟁을 하게 되면 십만이든 이십만이든 병력을 내놓겠다고 약속하면서 상대가 누구든 관계없다고 했지. 정부 쪽에서는 짤막한 서한을 한 통 써서 뜻은 고맙지만 그처럼 불확실한 거래에는 관심이 없다고 했어. 그때 그 악령이 슈테판에게 다시 말했어. '그 편지를 가지고 가서 그걸로 돈을 빌려. 네겐 '알바니아의 왕자 폐하 귀하'라는 주소가 적힌, 정부의 대신이 보낸 편지가 있잖아.' 사람들은 그에게 돈을 빌려 줬고, 그걸로 그 사기꾼도 끝장을 보고 말았어. 그가 몇 살까지 살았는지 알아? 고작 서른이었어. 그가 저지른 악행의 대가를 치르려면 나이를 더 먹을 수가 없었지. 그는 돈을 갚을 수가 없었고, 사람들은 그를 브뤼셀 법원에 고발했어. 그렇게 해서 모든 게 다 밝혀지게 된 거야. 그게 바로 너의 영웅이야, 나훔! 감옥에서 혈관을 끊었다는, 그 인간의 비참한 최후 이야기도 들려주었나? 그렇게 해서 그가 죽자 — 멋진 인생, 멋진 최후라고 할 수도 있겠지. — 나중에 형리가 달려왔고, 이어서 박피공이 죽은 개나 말 또는 고양이를 나를 때 쓰는 마차를 끌고 와서 그를, 그러니까 바로 그 슈테판 차노비치를 그 마차에 싣고서 교외의 교수대 옆에 내동댕이치고는 그 위에다 시내에서 나온 온갖 쓰레기를 쏟아부었지."

여름 외투의 사나이는 입이 딱 벌어진 채 서 있었다. "그게 사실이오?"(신음 소리야 병든 쥐도 낼 수 있다.) 붉은 수염의 남자는 그의 매제가 내뱉는 말을 하나도 놓치지 않고 다 세고 있었다. 그는 무슨 지시를 하려는 것처럼 집게손가락을 들어 갈색 수염의 얼굴에 갖다 대고 있다가 그의 가슴을 가볍게 톡톡 치고 나서 그의 발치 쪽 바닥에다 침을 퉤퉤 뱉었다. "그건 바로 네 얘기야. 네가 바로 그런 종류의 인간이거든. 이 매제 녀석아." 갈색 수염은 버둥대며 창가로 걸어갔다. "그래, 계속해서 이야기하라고. 그게 사실이 아니라고 말하라니까."

거기엔 담벼락은 더 이상 없었다. 등이 하나 매달려 있는 조그만 방. 머리에는 검은 벨벳 모자를 쓴, 갈색 수염과 붉은 수염의 두 유대인이 서성대면서 말다툼을 하고 있었다. 그는 붉은 수염의 친구에게 따라붙으며 말했다. "이보시오. 내 말 좀 들어 봐요. 방금 저 친구가 한 그 사람 이야기가 맞는 거요? 그가 엉망이 되어서 사람들에게 살해당했다는 거 말이오." 갈색 수염의 남자가 소리를 꽥 질렀다. "살해당했다니. 아니, 내가 언제 그 사람이 살해당했다고 말했소? 그는 스스로 목숨을 끊었다니까." 붉은 수염의 남자가 말했다. "그렇다면 스스로 목숨을 끊었다고 치자고." 감옥에서 나온 사나이가 말했다. "그렇다면 그 사람들은 도대체 뭘 한 거요? 다른 사람들은?" "누구, 누구를 말하는 거요?" "그러니까 그와 같은 사람들, 즉 슈테판과 같은 처지의 다른 사람들도 있었을 거라 이 말이지요. 그곳에 대신이나 박피공, 은행가 같은 사람들만 있지는 않았을 거 아니오." 붉은 수염의 남자와 갈색 수염의 남자는 눈길을 주고받았다. "그래, 그 사람들이 뭘 할 수 있었겠소? 그저 구경만 하는 수밖에."

감옥에서 나온 누런 외투의 덩치 큰 사나이는 소파 뒤에서 걸어 나와 모자를 집어 들더니 먼지를 툭툭 털어서 테이블 위에 올려놓았다. 이어서 그는 외투를 뒤로 젖히더니 한마디 말도 하지 않고 조끼의 단추를 끌렀다. "자, 여기 내 바지 좀 봐요. 예전엔 이 정도로 살이 쪘더랬는데, 지금은 이렇게 헐렁해

졌소, 큰 주먹 두 개를 한꺼번에 넣어도 남을 만큼. 이게 다 쫄쫄 곯아서 그래요. 다 빠져나갔소. 배 속에 들어 있던 게 몽땅 마귀들한테 가 버린 게지. 이렇게 망가진 것은 다 인간으로서 해야 할 도리를 하지 않았기 때문이오. 다른 사람들이 나보다 형편이 낫다고 생각하지는 않소. 나야 절대로 그렇게 생각 안 해요. 사람들은 남을 미치게 만들려고 안달이지요."

갈색 수염의 남자가 붉은 수염의 남자에게 쑥덕였다. "그래, 맞아." "뭐가?" "아무래도 죄수 같은데." "그게 어때서." 감옥에서 나온 사나이가 말했다. "사람들이 그러더군요. 이제 석방되었으니 다시 돌아가는 거라고. 그 시궁창으로 말이오. 예전의 바로 그 시궁창으로. 웃을 일이 아니오." 그는 조끼의 단추를 다시 잠갔다. "그들이 한 짓이 그걸 다 말해 줘요. 그들은 죽은 사람을 감방에서 끌어내고, 돼지 같은 자식이 개가 끄는 마차를 끌고 와, 스스로 목숨을 끊은 자를 마차에 쓰레기 싣듯 획 던져 넣지요. 냄새 나는 짐승 같은 놈을 말입니다. 그럴 거면 왜 진작 때려죽이지 않은 거지요? 인간을 그런 식으로 험하게 다루다니. 누구나 당할 수 있는 일이죠." 붉은 수염의 남자가 슬픈 표정으로 말했다. "할 말이 없네요." "그래요. 우리가 전에 무슨 짓을 저질러서 이렇게 무가치한 존재가 된 건가요? 교도소에 한 번 들어갔던 사람도 누구나 자기 발로 다시 일어설 수 있어요. 과거에 무슨 짓을 했건 그건 문제가 안 돼요." (뭘 후회해! 시원하게 터뜨려 버리는 거야! 돌격이다! 그러면 모든 게 과거의 일이 되는 거야. 모든 것이 끝나는 거야. 두려움을 비롯한 모든 것이.) "나는 다만 당신에게 알려 주고 싶었을 뿐이오. 내 처남이 하는 말을 다 믿어서는 안 된다고 말이오. 자기가 원하는 것을 다 할 수는 없는 일이지요. 사람의 일이란 엉뚱한 쪽으로 흐를 때도 있는 법이니까." "사람을 똥개 내팽개 치듯 쓰레기 더미 위에 내던지고 그 위에다 쓰레기를 퍼붓는 것은 절대 정의가 아니오. 그런데 그들은 죽은 사람에게 그런 식의 정의를 베푼 거요. 퉤, 빌어먹을. 한데 이제 당신들과 작 별을 해야겠군요. 손이나 한번 잡아 봅시다. 당신은 나에게 잘 대해 줬어요. 그리고 당신도요. (그는 붉은 수염의 남자와 악수 를 한다.) 나는 프란츠 비버코프라고 합니다. 나를 이렇게 안으 로 들여 주어 정말 고마웠어요. 나의 작은 새가 뜰에서 노래를 거의 다 불렀을 때였죠. 자, 잘 지내요. 다 잘될 거요." 두 사람 의 유대인은 그와 악수를 하며 싱긋 웃었다. 붉은 수염의 남자 는 그의 손을 오래도록 꼭 붙잡고서 환한 얼굴로 말했다. "아, 그래, 정말 괜찮았나요? 나중에 시간 내서 한번 들러 주면 정 말 기쁠 거요." "고맙소. 정말 그래야죠. 시간이야 얼마든지 낼 수 있지만 문제는 돈이군요. 그리고 아까 그 노인장에게도 안 부 인사나 전해 주구려. 힘으로 당신을 가지고 놀던데, 아마도 왕년에 백정 노릇을 한 것 같네요. 이런, 양탄자를 똑바로 해 놓아야겠네요. 온통 구겨져서. 자, 우리가 모든 걸 직접 해 놓 아야죠. 여기 테이블도, 이렇게." 그는 바닥 정리를 하다가 어 깨 너머로 붉은 수염의 남자를 넘겨보고 웃으며 말했다. "우리 가 이 맨바닥에 앉아서 그리도 많은 이야기를 했군요. 앉기는 좋은 자리죠, 어쨌든 미안해요."

그들은 그를 문 앞까지 바래다주었다. 붉은 수염의 남자는 안심이 안 되는 모습이었다. "혼자서 갈 수 있겠어요?" 갈색 수 염의 남자가 그의 옆구리를 찌르며 말했다. "가는 사람 뒤에서 말 걸지 마." 감옥에서 나온 사나이는 몸을 곧추세우고 걸으며 머리를 흔들면서 양팔로 공기를 밖으로 밀어냈다. (우리는 공기를 밀어내야 해. 공기를, 공기를 말이야. 다른 것은 신경 안 써도 돼.) "걱정할 것 없어요. 날 그냥 내버려 둬요. 당신은 아까 발과 눈에 대한 이야기를 했잖소. 나도 그런 발과 눈이 있단 말이죠. 아직 온전한 상태로 말이죠. 그럼 안녕, 신사 양반들."

이렇게 해서 그는 거치적거리는 것들이 늘어선 좁은 뜰을 건너갔고, 두 남자는 층계 위에서 그의 뒷모습을 바라보았다. 그는 빳빳한 중절모를 깊숙이 눌러쓰고서 휘발유가 괴어 있는 웅덩이들을 건너뛸 때는 이렇게 중얼거렸다. "이거 독극물 천지군. 코냑이 있어야겠어. 어떤 놈이든 걸리는 대로 해치워 주마. 한데 어디서 코냑을 구한담?"

경기 침체, 이어 곤두박질치는 주가,
침울한 함부르크, 축 처진 런던

비가 내리고 있었다. 뮌츠 가의 왼쪽 편에는 영화관 간판들이 번쩍였다. 모퉁이에 이르렀을 때 그는 지나갈 수가 없었다. 어느 담벼락 앞에 사람들이 서 있었다. 거기서 도로가 끊겨 있었다. 허공에 놓인 두꺼운 널빤지들 위로 전차의 선로가 놓여 있었다. 방금 전차 한 대가 그 위로 천천히 지나갔다. 이것 좀 봐라. 사람들이 지하철 공사를 하고 있다. 그러니 베를린에는 분명 일거리가 있을 것이었다. 영화관이 또 하나 있었다. 17세 미만 청소년들은 관람 불가였다. 대형 포스터에는 새빨간 옷차림의 신사가 계단 위에 서 있었고, 어여쁜 소녀가 그의 발을 감싸고 있었다. 그녀는 계단 위에 누워 있었다. 그는 위에서 심술궂은 표정을 짓고 서 있었다. 포스터 아래쪽에는 다음과 같은 글귀가 적혀 있었다. '양친을 여읜 고아의 운명. 총6막.'* 이거 잘됐군. 이걸 봐야겠다. 오케스트리온**에서 요란한 음악 소리가 흘러나왔다. 입장료는 60페니히였다.

한 남자가 표 파는 아가씨에게 말했다. "아가씨, 배가 쑥 들어간 노병을 위해 좀 싸게 해 줄 수 없소?" "젖꼭지를 물고 있는 5개월 미만의 갓난아이들만 할인돼요." "그래, 그게 바로 우리 나이요. 할인표에 나오는 갓난아이라고." "좋아요. 그러면 50페니히 내고 들어오세요." 그 노인 뒤쪽에서 목도리를 한 홀쭉한 소년 하나가 잽싸게 비집고 나왔다. "저, 돈이 없어서 공짜로 들어가고 싶은데." "나보고 어쩌라고. 엄마한테 얘기해서 요강에나 앉혀 달라고 해." "그냥 들어가게 해 줘요!" "어디를?" "영화관에요." "여기는 영화관 없어." "그게 정말이에요? 영화관이 없다고요?" 그녀는 입구에 달린 매표구 창 너머로 문지기를 불렀다. "막스, 이리 좀 와 봐요. 이곳에 영화관이 있는지 알고 싶어 하는 사람이 있네요. 돈도 없대요. 이 친구한테 여기가 뭐 하는 곳인지 보여 주세요." "꼬마야, 여기가 뭐 하는 데냐고? 눈에 보이는 게 없냐? 여기는 빈민 구제 기금 뮌츠 지점이야." 그는 그 홀쭉한 소년을 매표구에서 밀어내며 주먹을 내보였다. "원한다면 당장 맛을 보여 줄까?"

---

* 1927년 8월에 상영을 시작한 프란츠 호퍼의 영화. 되블린은 영화광이었다.
** 오케스트라처럼 여러 음을 내는 자동 악기.

프란츠는 문을 열고 안으로 들어갔다. 마침 막간 휴식 시간이었다. 길게 뻗은 홀은 초만원이었다. 90퍼센트 이상이 모자를 쓴 남자들이었다. 그들은 모자를 벗지 않고 쓰고 있었다. 천장에는 붉은 갓을 씌운 등 세 개가 매달려 있었다. 관람석 앞쪽에는 노란 피아노가 있고 그 위에 무슨 상자 같은 것들이 놓여 있었다. 오케스트리온은 끊임없이 찢어질 듯한 소리를 질러 댔다. 잠시 후 장내가 어두워지면서 영화가 돌아가기 시작한다. 거위 치는 소녀도 교육이 필요하긴 하겠어. 왜? 영화 한 중간에 들어왔으니 알 수가 없다. 소녀는 콧물을 손으로 쓱 닦고, 계단에 앉아서 엉덩이를 긁적긁적 긁는다. 영화관에 있던 사람들이 모두 웃음을 터뜨렸다. 킥킥대는 소리가 이곳저곳에서 들려오자 프란츠는 아주 야릇한 기분에 사로잡혔다. 많고 많은 사람들, 자유로운 사람들, 그저 자유롭게 즐길 뿐이다. 아무도 그들에게 뭐라고 말할 권리가 없다. 정말 멋지다. 그리고 나도 그들 속에 있지 않은가! 영화는 계속해서 돌아갔다. 잔뜩 멋을 부린 남작에겐 애인이 있다. 그녀는 해먹에 누워 두 다리를 하늘로 곧게 치켜세우고 있다. 바지를 입은 차림이다. 저것 참 특이하군. 사람들은 왜 저 지저분한 거위 치는 소녀와 접시를 깨끗하게 핥아 먹는 그녀의 모습을 보고 열광하는 걸까. 이번엔 다리가 날씬한 그 아가씨의 모습이 화면에 환하게 나타났다. 남작은 그녀를 혼자 두고 어디론가 가 버렸고, 이제 그녀는 몸을 기울여 해먹에서 빠져나와 잔디밭으로 달려가 그곳에 오래 누워 있다. 프란츠는 스크린을 응시했다. 다른 화면으로 바뀌었지만 그의 눈에는 아직도 그녀가 몸을 기울여 해먹에서 빠져나와 잔디밭에 가서 오랫동안 누워 있는 장면이 보였다. 그는 혀를 깨물었다. 제기랄, 저게 뭐지? 어떤 사내가, 그러니까 그 거위 치는 소녀의 애인이 그 어여쁜 아가씨를 포옹하는 순간 자신이 직접 그녀를 끌어안는 것처럼 가슴이 화끈해지는 것을 느꼈다. 그 기운이 온몸에 전이되어 그는 맥이 탁 풀렸다.

너절한 계집. (이 세상에는 노여움이나 공포보다 더한 것이 있다. 저게 다 무슨 허튼 짓이람? 공기, 사내자식 그리고 계집애라니!) 정말이지 그는 그런 생각을 하지 말았어야 했다. 감방 창가에 서서 창살 너머로 마당을 넘겨다본다. 가끔 여자들, 방문객이나 아이들 또는 노인, 방 청소를 맡은 사람들이 지나간다. 죄수들은 곳곳에 창가에 서서 창마다 하나씩 차지하고서 여자들을 하나하나 쳐다보며 침을 꿀꺽 삼킨다. 한번은 어느 간수의 아내가 에베르스발데에서 찾아와 두 주간 머문 적이 있었다. 전에는 그가 두 주에 한 번씩 차를 몰고 그녀가 있는 곳으로 갔다가 오곤 했다. 그녀는 그곳에 머무는 동안 한 시간도 허비하지 않고 마음껏 즐겼고, 그는 근무 중에 피곤해서 자꾸만 고개를 떨어뜨렸으며 걸을 수조차 없었다.

프란츠는 이제 비가 내리는 바깥 거리에 있었다. 이제 무엇을 한담? 나는 자유의 몸이야. 여자를 하나 얻어야겠어. 여자를 하나 얻어야겠다고. 야, 이거 얼마나 멋진가. 바깥의 삶은 정말 아름답다. 하지만 발을 굳게 디뎌야 걸을 수 있어. 그는 발에 스프링이 달린 것처럼 걸었다. 땅 위를 걷는 것 같지가 않았다. 그러던 중 카이저빌헬름 가 모퉁이에 이르렀을 때 노점 수레 뒤편에서 어떤 여자를 발견했다. 그는 얼른 그녀 곁으로 다가갔다. 어떻게 생긴 여자든 아무 상관없었다. 제기랄, 왜 이렇게 다리가 후들거리는 거야. 그는 그녀와 함께 걷기 시작했다. 그는 아랫입술을 깨물었다. 몸에 오한이 느껴졌다. 네가 너무 먼 곳에 살면 따라가지 못할 것 같다. 그들은 뷜로 광장을 가로질러 울타리 몇 개를 지나 어느 건물의 입구로 들어서는 마당을 지나 여섯 계단을 내려갔다. 그녀는 뒤를 돌아다보더니 웃으며 말했다. "자기, 그렇게 허둥대지 말아요. 당장이라도 날 때려눕힐 기세네요." 그녀가 방문을 닫자마자 그는 그녀를 끌어안았다. "자기야, 이 우산 좀 내려놓고." 그는 그녀를 세차게 끌어안고서 몸으로 누르면서 그녀의 코트를 손으로 더듬었다. 그는 여전히 모자를 쓴 상태였다. 그녀는 화가 나서 우산을 떨어뜨렸다. "이것 봐요, 좀 놓아 달라니까요." 그는 신음소리를 내면서 음흉한 미소를 지었다. "왜 그러는 거야?" "옷이 완전히 망가지잖아요. 그러면 나중에 물어 줄 거야? 그렇다면야 괜찮지만. 우리 같은 여자들한테 누가 선물이나 하겠어요?" 그는 여전히 그녀를 놓아주지 않았다. "아이고, 숨을 못 쉬겠네, 이 멍청이. 당신 돈 거 아니에요?" 그녀는 뚱뚱하고 동작이 느렸으며 키도 작았다. 그는 먼저 그녀에게 3마르크를 건네주어야 했다. 그녀는 그 돈을 서랍 안쪽에다 조심스레 넣고서 열쇠를 주머니에 찔러 넣었다. 그는 잠시도 그녀에게서 눈을 떼지 않았다. "철창 안에서 몇 년 썩다 나와서 그런 거야, 이 뚱보야. 변두리에 있는 테겔이라는 데야. 아마 잘 알 거야." "어디요?" "테겔이라니까. 알겠어?"

몸이 팅팅 부은 듯한 그 여자는 큰 웃음을 터뜨렸다. 그녀는 블라우스의 위쪽 단추를 끌렀다. 옛날 옛날에 왕자와 공주가 살았는데요, 둘은 서로서로 사랑했대요.* 개가 소시지를 물고 도랑을 뛰어넘으면,** 그녀는 그를 움켜잡더니 자기 몸 쪽으로 끌어당겼다. 구구, 구구, 구구, 나의 귀여운 암탉아, 구구, 구구, 구구, 나의 수탉아.***

그의 얼굴에 금방 땀방울이 줄줄 흘렀다. 그는 신음 소리를 냈다. "아니, 왜 그렇게 끙끙대세요." "옆방에서 마구 뛰어다니는 놈은 도대체 누구야?" "놈이 아니라, 이 집 안주인이에요." "거기서 뭘 하는 건데?" "뭘 하는 것 같아요? 거기가 안주인 부엌이거든요." "그래, 좋아. 그래도 저렇게 마구 뛰어다니는 짓 좀 그만뒀으면 좋겠는데. 이 시간에 뭐 그렇게 뛰어다닐 일이 있다고. 도저히 못 참겠어." "좋아요. 내가 당장 가서 말할 테니." 땀을 질질 흘리는 놈이야. 어서 떨어져 주었으면 좋겠어, 늙다리 녀석! 어서 내보내야지. 그녀는 옆방 문을 두드렸다. "프리제 아줌마, 잠깐만 좀 조용히 해 줄 수 없어요? 지금 손님하고 긴히 할 얘기가 있거든요." 자, 우리는 해냈다, 사랑스러운 조국이여,**** 이제 마음을 편히 갖고 내 가슴에 안겨라. 하지만 오래는 안 된다.

그녀는 머리를 베개에 얹고서 생각했다. 내 노란색 캐주얼화의 밑창을 갈 수 있겠어. 키티의 새 남자 친구는, 키티가 괜찮다고 하면, 2마르크만 주면 그렇게 해 줄 거야. 나는 그를 그녀

---

* 아힘 폰 아르님과 클레멘스 브렌타노가 편찬한 민요집 『소년의 마술피리』에 나오는 유명한 민요. 원제는 「고귀한 왕의 자식들」이다.
** 애국주의적 민요 「용기가 가슴에 치솟으면」의 패러디.
*** 민요 「꼬마 프리츠가 아버지에게 말했네」의 후렴.
**** 「라인 강의 초병」의 후렴.

에게서 빼앗을 생각 없어. 그는 내 신발을 내 갈색 블라우스에 어울리게 갈색으로 염색해 줄 거야. 이미 낡을 대로 낡았어. 커피포트 덮개로나 적격이야. 참, 블라우스의 리본을 다림질해야겠네. 프리제 아줌마한테 얼른 말해야지. 아직 불을 켜 놓고 있을 테니. 그런데 오늘은 무슨 음식을 만드는 걸까. 그녀는 쿵쿵대며 냄새를 맡았다. 신선한 청어 요리군.

그의 머릿속에서 뜻을 알 수 없는 동시가 뱅뱅 맴돌았다. 수프를 만들어 줘, 슈타인 아가씨, 나는 숟가락을 가져올 테니, 슈타인 아가씨. 국수를 끓이거든, 슈타인 아가씨, 내게 국수를 줘, 슈타인 아가씨. 아래로 폴짝, 위로 폴짝. 그는 끄응 하고 크게 신음 소리를 냈다. "내가 싫은 모양이지?" "무슨 소리예요? 자, 이리 와요. 나는 사랑을 파는 여자예요." 그는 침대에 벌렁 드러눕더니 뭐라 구시렁대며 낑낑거렸다. 그녀는 자신의 목을 문질렀다. "정말 우스워 죽겠네요. 제발 가만히 좀 누워 있어요. 괜히 신경 쓰이게 하지 말고." 그녀는 깔깔대고 웃더니 살찐 두 팔을 쳐들고 스타킹을 신은 두 발을 침대 밖으로 내놓았다. "더 이상 어떻게 해 볼 수가 없어요."

에라, 밖으로 나가자! 바람을 쐬자! 비는 여전히 내리고 있다. 뭐가 문제지? 다른 계집을 낚아야겠어. 일단 잠이나 실컷 자야겠다. 프란츠, 도대체 뭐가 문제야?

성 기능은 1. 내분비 시스템 2. 신경 조직 그리고 3. 성기 등의 공조에 의해 작용한다. 성 기능에 관여하는 선(腺)들은, 뇌하수체, 갑상선, 부신, 전립선, 정낭선 그리고 부고환 등이다. 이 조직 계통에서는 생식선이 주된 역할을 한다. 이곳에서 만들어지는 물질에 의해 뇌 피질에서 생식기에 이르는 모든 생식 기관이 가득 찬다. 성적인 인상이 뇌 피질에 성적인 긴장을 야기하면, 그 흐름이 성적 흥분이 되어 뇌 피질에서 간뇌의 제어 센터로 흘러간다. 이어서 그 자극은 척수를 타고 내려간다. 물론 이 과정이 아무 방해 없이 진행되는 것만은 아니다. 성적 흥분이 뇌에서 출발하기 전에 여러 가지 억제의 제동 장치를 통과해야 하기 때문이다. 이것들은 주로 심리적인 억제들인데, 이를테면 도덕적 숙고나 자신감의 결여, 수치나 감염에 대한 불안, 임신의 공포 같은 것들로 이 과정에서 큰 역할을 한다.

그리고 저녁에 그는 엘자스 가를 비틀대며 걸어 내려갔다. 이봐, 망설일 것 없어. 피곤하다는 핑계를 댈 것도 없고. "어이, 아가씨, 한 번 하는 데 얼마면 돼?" 이 까무잡잡한 여자가 정말 좋군. 엉덩이도 통통한 게 꼭 먹기 좋게 파삭파삭한 브레첼 같아. 여자에게 사랑하고 좋아하는 남자가 하나 있다면.* "아주 기분이 좋아 보이네요, 자기. 상속이라도 받았나 보네요." "그럼. 네 몫으로 은전 한 닢은 내놓을 수 있지." "그거 좋지요." 그러나 그는 아직도 뭔가 불안하다.

이어서 방 안, 커튼 뒤편에는 꽃들, 깔끔하고 아담한 방, 아주 조그만 방이다. 그 아가씨는 축음기까지 갖추고 있고 그를 위해 노래를 불러 준다. 벰베르크** 인조견 양말을 신고 블라우스는 걸치지도 않은 모습, 눈은 새까맣다. "나는 카바레 가수예요. 어디서 노래하는지 아세요? 하고 싶으면 어디서나 하지요. 현재로서는 전속 계약을 한 곳이 없어요. 괜찮아 보이는 술집

---

* 발터 콜로의 오페레타 「익살맞은 남자」의 후렴.
** 독일의 벰베르크 회사가 제조한 인조견사의 상품명.

을 찾아가 물어보지요. 그런 다음 내 재주를 보여 주지요. 내 나름의 재주가 있거든요. 아이참, 간질이지 말아요." "가만히 좀 있어 봐." "안 돼요, 손 좀 치워요. 그런 게 다 내 장사를 망친다고요. 내 재주라는 건 말이죠. 자기, 좀 가만있어 봐요. 나는 술집에서 경매를 해요. 헌금 접시를 돌리는 건 아니에요. 뭐라도 내놓는 사람은 내게 키스를 할 수 있어요. 엄청나죠? 사람들이 다 쳐다보는 술집에서 말이에요. 50페니히 밑으로 주는 사람은 없어요. 나는 뭐든 다 받는다고요. 여기 내 어깨 위에. 그래요, 그렇게 계속해요." 그녀는 신사용 중절모를 머리에 쓰고서 그의 얼굴에 대고 소리를 질러 대며 엉덩이를 흔들어 댄다. 양손을 허리에 대고서. "테오도르, 어젯밤 나를 보며 그렇게 밝게 웃었을 때 그건 무슨 뜻이었나요? 테오도르, 내게 샴페인과 아이스바인*을 먹자고 했을 때 그건 무슨 뜻이었나요?"**

그녀는 그의 무릎에 걸터앉더니 그의 조끼에서 담배 한 대를 슬쩍 빼서 입에 물고 불타는 눈길로 그를 쳐다보고는 자신의 귀를 그의 귀에 대고 사랑스레 문지르며 속삭이듯 말한다. "향수병이라는 게 뭔지 아세요? 향수병이 얼마나 가슴을 찢어 놓는지 아세요? 보이는 모든 것이 차갑고 공허하다고요."*** 그녀는 콧노래를 흥얼대더니 소파에 가서 길게 누워 버린다. 그녀는 담배 연기를 내뿜으며 그의 머리칼을 어루만지고 콧노래를 흥얼대다가 또 웃는다.

---

* 독일식 족발 요리.
** 당시 독일의 유행가 「어제 산책을 할 때」의 후렴.
*** 어빙 벌린이 부른 샹송 「언제나」(1925)의 독일어 가사 첫머리.

그의 이마에서는 다시 땀이 흐른다! 다시 예의 그 불안이다! 갑자기 그의 머리가 스르륵 꺾인다. 땡땡, 종이 울린다, 기상, 5시 30분이다, 6시에 감방 문이 열린다, 땡땡, 땡땡, 어서 외투의 먼지를 털어 내라. 꼰대가 검열하러 올 테니. 아니다, 오늘은 오지 않는다. 나는 곧 석방될 사람이다. 쉿, 조용. 간밤에 한 녀석이 빠져나갔어. 어떤 녀석이. 밧줄이 아직 담벼락 너머로 걸쳐져 있어. 사람들이 경찰견을 데리고 그를 쫓고 있어. 그는 신음 소리를 내더니 고개를 들어 그 아가씨를 쳐다본다. 그녀의 턱과 그녀의 목을. 어떻게 하면 형무소에서 벗어날 수 있을까. 그들은 나를 석방하려 하지 않아. 나는 형무소에서 아직 벗어나지 못했어. 그녀는 옆에서 담배 연기로 푸른 고리를 만들어 그의 얼굴을 향해 훅 불면서 킬킬댄다. "정말 귀여운 분이군요. 자, 이리 와요. 맘페주*를 한 잔 따라 줄 테니, 30페니히만 내면 돼요." 그는 사지를 길게 뻗고 그냥 누워 있다. "맘페주 같은 게 무슨 소용이야? 그 자식들은 나를 개 취급했어. 나는 테겔 형무소에서 썩었어. 도대체 왜? 처음엔 프로이센 사람들과 참호 속에서 그리고 그다음엔 테겔에서 썩은 거야. 난 더 이상 인간도 아니야." "아이참, 여기서 울면 안 돼요. 자, 어서 입을 벌려요. 다 큰 어른은 술을 마시는 법이에요. 우리는 늘 즐겨요. 우리는 될 수 있는 대로 행복해지려고 해요. 우리는 웃고 즐기지요. 저녁부터 한밤중까지." "그 대가가 이런 똥자루 같은 신세인가. 개 같은 자식들, 그때 차라리 당장 내 목을 베어 버릴 것이지. 아니면 쓰레기 더미에다 내동댕이치든

---

* 맘페(Mampe)사(社)에서 만든 약초주.

가."“자, 나리, 맘페 술 한 잔 더 해요. 그 간절한 눈빛, 맘페주를 한 잔 쭉 들이켜면 기분이 좋아질 거예요."[*]

“계집애들이 아무리 발정난 양들처럼 내 뒤를 졸졸 따라다녀도 나는 그것들한테 침 한 번 안 뱉었거든. 그런데도 나는 코를 박고 뻗어 버린단 말이야."그녀는 바닥에 떨어진 그의 담배들 중에서 한 개비를 집어 든다. “경찰관한테 가서 한번 말해 보는 게 좋겠어요."“가고말고."그는 두리번거리며 그의 바지 멜빵을 찾는다. 그러고는 아무 말도 하지 않고 입이 싼 그녀를 쳐다보지도 않는다. 그녀는 담배를 피우며 미소를 짓고 그를 바라보면서 발로 얼른 담배들을 소파 밑으로 밀어 넣는다. 그는 모자를 집어 들고 계단을 달려 내려가 68번 전차를 타고 알렉산더 광장으로 가서 어느 술집에 앉아 맥주 한 잔을 마시며 곰곰이 생각에 잠긴다.

테스티포르탄, 등록 특허 365695, 베를린 성과학 연구소 소속의 위생국 고문 마그누스 히르쉬펠트 박사와 베른하르트 샤피로 박사의 승인을 받은 발기부전 치료제. 발기부전의 주된 원인은 다음과 같다. A. 내분비선 기능 장애에 따른 혈류 공급 부족, B. 지나친 심리적 억제에 따른 과도한 저항, 발기 중추의 피로. 발기부전에 걸린 사람이 자신의 성 기능 검사를 해야 할 시점은 개인의 경과에 따라 결정해야 한다. 약간의 금욕기를 두는 것도 효과를 볼 수 있다.

그리하여 그는 마음껏 먹고 실컷 자고서 이튿날 아침에 거리에 나와서 생각한다. 저 여자가 갖고 싶다, 저 여자를 갖고

---

[*] 맘페주 광고를 변형한 것.

싫어. 하지만 어떤 여자에게도 다가가지 말아야지. 그리고 저 쇼윈도의 저 여자, 통통한 것이 내게 딱 맞게 생겼는데. 하지만 나는 어떤 여자에게도 다가가지 않을 거야. 그는 다시 술집에 들어가 쭈그리고 앉아서 어떤 여자의 얼굴도 쳐다보지 않고 진탕 마시고 먹는다. 이제 나는 온종일 실컷 먹고 마시고 잘 수밖에 없지 않은가. 이렇게 해서 내 인생은 끝난 거다. 끝났어, 끝났다고.

모든 전선에서 승리하라!
프란츠 비버코프가 송아지 안심을 사다

　그리고 수요일, 즉 석방된 지 사흘째 되던 날, 그는 양복 윗옷을 입는다. 도대체 이게 누구 잘못이지? 말할 것도 없이 이다 때문이야. 누구 때문이겠어. 그때 나는 그 계집을 갈비뼈가 나가도록 흠씬 두들겨 주었지. 그래서 감방에 가게 되었고. 그렇게 해서 그년이 원하던 대로 된 셈이지. 그런데 그 계집은 죽었고, 지금 나는 이곳에 서 있다. 그는 뭐라고 울부짖으며 추운 거리를 따라 마구 내달린다. 어디로? 그녀와 그가 함께 살던 그녀의 여동생 집으로. 인발리덴 가를 지나 아커 가로 접어들어 잽싸게 그 집으로 들어간다. 두 번째 마당이다. 형무소라는 것은 있지도 않았던 거고, 드라곤 가에서 만났던 유대인들과의 대화도 없었던 거다. 그 계집은 어디 있는 걸까. 모든 게 다 그 계집 때문인데. 거리에선 아무것도 안 봤어. 그냥 내 길을 찾았을 뿐이야. 얼굴에 약간 경련이 일고 손가락에도 약간 경련이 인다. 자, 출발. 헛둘헛둘, 왼발 오른발, 헛둘헛둘, 왼발 오른발, 헛둘헛둘.

딩동. "누구세요?" "나야." "누구요?" "어서 문 열어, 이것아." "어머, 당신, 프란츠." "문을 열라니까." 헛둘헛둘, 왼발 오른발, 헛둘헛둘. 혀에 실밥이 걸려 있는 것 같다. 어서 뱉어 버려야지. 그가 안으로 들어서자 그녀는 문을 닫는다. "도대체 여긴 웬일이에요? 층계에서 누가 봤으면 어쩌하려고." "그게 무슨 상관이야. 볼 테면 보라지. 어쨌든 잘 있었어?" 그는 왼쪽으로 발걸음을 옮기더니 방 안으로 들어선다. 헛둘헛둘. 혀에 붙은 그놈의 실밥이 떨어지려 하지 않는다. 그는 손가락으로 떼어 보려 한다. 그러나 아무것도 잡히는 게 없다. 혀끝에 떨떠름한 맛만 느껴질 뿐이다. 바로 이 방이야. 등받이가 딱딱한 소파 하며 벽에 걸린 황제의 초상화를 보니, 붉은 바지의 프랑스인이 항복한다고 말하며 황제에게 칼을 바치고 있는 그림이다.* "여긴 웬일이에요, 프란츠? 정신 나갔어요?" "좀 앉기나 하자고." 나는 온몸을 다 바쳤네,** 황제는 칼을 건네주고 있다. 황제는 그에게 칼을 도로 건네주어야 한다. 그게 바로 세상의 이치다. "이봐요, 당장 안 나가면, 사람 살려 하고 소리칠 거예요. 강도야 하고 소리치겠어요." "도대체 왜?" 헛둘헛둘, 이렇게 먼 곳까지 달려와 드디어 이곳에 온 거다. 그러니 여기에 머물러야지. "석방되었어요?" "그래, 이제 다 끝났어."

---

* 1870년 9월 2일, 나폴레옹 3세가 스당 전투에서 패한 후 프로이센의 빌헬름 1세에게 자신의 칼을 바친 것을 그린 그림. 빌헬름 1세는 1871년 1월 18일에 베르사유 궁전에서 독일 황제로 즉위했다.
** 1820년에 한스 페르디난트 마스만이 지은 애국적 시.

그는 그녀를 힐끗 쳐다보더니 자리에서 일어난다. "석방됐으니까 여기 와 있지. 석방됐다 이 말씀이야. 그런데 어떻게?" 그 이야기를 하려는데 입에서 아까 그 실밥 같은 것이 씹혔다. 나팔은 깨졌고 모든 것은 끝났다. 그는 몸을 떤다. 그러나 소리를 지를 수 없다. 그는 그녀의 손만 바라본다. "도대체 원하는 게 뭐예요? 뭐 잘못된 거라도 있어요?"

수백 년 전부터 있어 온 산들이 있다. 지금도 변함없이 서 있는 산들이 있다. 군대들이 대포를 끌고 그 산들을 넘어갔다. 섬들이 있고 거기에 사람들이 있다. 온통 꽉 들어차 있다. 모든 게 튼튼하다. 탄탄한 회사들, 은행들, 기업, 춤, 풍덩 소리, 수입, 수출, 사회 문제들. 그러던 어느 날 우르르르르 쾅, 우르르 하는 소리가 들려온다. 전함에서 나는 소리가 아니다. 그 요란한 소리는 저절로 저 아래쪽에서 들려오기 시작한다. 땅이 껑충 뛰어오르고, 나이팅게일아, 나이팅게일아, 네 노래는 참으로 아름다웠지,* 배들은 하늘을 향해 날아가고, 새들은 땅으로 떨어진다. "프란츠, 소리 지를 거예요. 어서 손을 놔요. 카를이 곧 와요. 당장이라도 들이닥친다니까요. 이다한테도 이렇게 했군요."

친구들 사이에서 여자란 도대체 뭔가? 런던의 이혼 법정은 베이컨 선장의 소송 건을 다루면서 그의 아내가 그의 동료인 퍼버 선장과 불륜 관계를 가진 것을 이유로 이혼 판결을 내리고 그에게 750파운드를 배상하도록 선고했다. 베이컨 선장은,

---

* 아우구스트 하인히리 호프만 폰 팔러스레벤의 시 「나이팅게일의 대답」(1844)의 첫 구절.

얼마 뒤 애인과 결혼할 예정인 그의 부정한 여편네의 가치를 그리 높게 평가한 것 같지는 않다.

오, 수천 년 동안 조용히 있어 온 산들이 있다. 군대들은 대포와 코끼리들을 끌고 그 산들을 넘어갔다. 그 산들이 갑자기 요란한 소리를 내기 시작하면 어쩐다지. 저 아래쪽에서도 우르르르르 쾅, 우르르 하는 소리가 들려오니. 그것에 대해 아랑곳하지 않으련다. 그냥 내버려 두련다. 민나는 그에게서 손을 뺄 수 없다. 그의 두 눈은 그녀의 눈을 응시하고 있다. 이 사내의 얼굴에는 레일이 깔려 있는 것 같아. 그 레일 위를 기차가 달린다. 기차가 뿜어 대는 연기 좀 봐. 기차가 달려간다. 베를린 — 함부르크 — 알토나 간 특급열차다. 18시 5분 출발, 21시 35분 도착, 운행 시간은 세 시간 삼십오 분*이다. 여기선 어떻게 손을 쓸 수가 없어. 이런 사내의 팔은 무쇠로 되어 있어, 무쇠로. 사람 살려 달라고 소리를 지를 거예요. 그녀는 고함을 질렀다. 그녀는 어느새 양탄자 위에 누워 있었다. 까칠까칠한 그의 뺨이 그녀의 뺨을 문지르고, 그의 입술은 탐욕스레 그녀의 입술을 빨아 댄다. 그녀는 몸을 돌린다. "프란츠, 오 제발, 이러지 마세요, 프란츠." 그리고 — 그녀의 눈은 정확했다.

그녀는 이제 자신이 이다의 동생임을 깨닫는다. 바로 그런 눈길로 이 사내는 이다를 바라보곤 했으리라. 그는 지금 이다를 품고 있다. 다른 사람이 아닌 이다를. 그래서 그는 눈을 감고 행복한 표정을 짓고 있는 것이다. 이젠 더 이상 끔찍한 싸움질도 없고 너저분한 술판도 없다. 더 이상 형무소도 없다!

---

* 세 시간 삼십 분이 옳다. 저자의 실수로 보인다.

여기는 트렙토,* 멋진 불꽃놀이가 펼쳐지는 천국의 정원이다. 거기서 그는 그녀를 만나서 집까지 바래다주었지. 그 작은 재단사 아가씨를. 그녀는 주사위 놀이로 꽃병 하나를 타 왔지. 현관에서 그는 그녀의 열쇠를 손에 든 채 그녀에게 처음으로 키스를 했지. 그녀는 발꿈치를 들었고, 캔버스화를 신고 있었다. 그는 열쇠를 떨어뜨렸고 그 뒤로 그는 그녀에게서 떠날 수 없었다. 이것이 지난날의 선량했던 프란츠 비버코프이다.

그리고 그는 지금 다시 그녀의 체취를 맡고 있다. 목덜미에서. 똑같은 살결이다. 향취도 똑같다. 종잡을 수 없이 머리가 어지럽다. 그리고 그녀, 즉 이다의 여동생은 묘한 상황으로 접어든다. 그의 얼굴에서 그리고 그녀 위에 달라붙어 있는 그의 몸짓에서 그녀는 이제 굴복할 수밖에 없음을 느낀다. 반항해 보지만 자신의 몸이 이상하게 변하는 듯한 느낌에 사로잡힌다. 그녀의 얼굴은 긴장을 잃고, 그녀의 팔은 그를 더 이상 밀쳐 내지 못한다. 입술도 어쩔 도리가 없다. 그 사내는 아무 말도 하지 않고, 그녀는 그가 그녀의 입술을 마음껏 갖도록 그냥 내버려 둔다. 그냥 내버려 둔다. 그녀는 욕조 안에 있는 것처럼 몸이 부드러워진다. 당신이 하고 싶은 대로 나를 마음대로 하세요. 그녀는 물처럼 녹는다. 좋아요, 자 어서, 나도 알 만큼 다 안다고요. 나도 당신을 사랑해요.

이 마법, 이 경련. 어항 속의 금붕어가 반짝 빛난다. 방에서 불꽃이 인다. 이미 아커 가도 아니고 집도 아니다. 중력도 없고 원심력도 없다. 사라지고 가라앉고 꺼졌다, 태양력 장에서의

---

* 베를린의 한 지역.

적색 광선의 편차나 기체분자운동론, 열에너지의 변환, 전기 진동, 유도 현상, 금속과 액체 그리고 비금속 고체의 밀도 같은 것들이 몽땅.

그녀는 바닥에 누워 이리저리 뒤척였다. 그는 웃으며 사지를 죽 뻗었다. "자, 어서 내 목을 졸라 보라고. 잘만 하면 내 가만히 있어 줄 테니까." "당신은 그래도 싸." 그는 행복하고 기쁘고 황홀한 나머지 발버둥질하며 웃고 뱅뱅 돌았다. 나팔을 불어라, 경기병들아 어서 말을 달려라,* 할렐루야! 프란츠 비버코프가 돌아왔다! 프란츠가 석방되었다고! 프란츠 비버코프는 이제 자유의 몸이다. 그는 바지를 끌어올리며 먼저 한쪽 발을 꿰고서 다른 쪽 발을 꿰느라 비틀거렸다. 그녀는 의자에 걸터앉아서 울음을 터뜨릴 태세였다. "내 남편한테 말할 거예요. 카를한테 말할 거라고요. 당신 같은 사람은 사 년은 더 감방에서 썩게 만들어야 한다고요." "그래, 그에게 당장 말해 보라고, 민나." "못 할 것도 없어요. 당장 가서 경찰을 불러올 테니." "민나, 내 귀여운 민나, 가만히 좀 있지 못 하겠어? 나는 너무나 기쁘다고. 이렇게 다시 사람이 되었으니, 귀여운 민나." "이것 봐요, 당신 미쳤군요. 정말 테겔에서 그 사람들이 당신 머리를 비틀어 놓았나 보군요." "마실 것 좀 없어? 커피나 뭐 이런 거." "그런데 이 앞치마는 누가 물어 줄 거죠? 자, 봐요. 완전 누더기가 됐잖아요." "다 프란츠에게 맡겨 둬, 프란츠에게 맡겨 두라고! 프란츠가 다시 살아났다! 프란츠가 돌아왔다고!" "모자나 챙겨서 당장 사라져요. 내 남편한테 들키는 날엔 난 눈두

---

* 에른스트 모리츠 아른트가 지은 「야전 사령관의 노래」(1813)의 첫 구절.

덩에 멍이 시퍼렇게 들 거라고요! 그리고 다시는 나타나지 마세요.""그럼 잘 있어, 민나."

그러나 이튿날 아침 그는 이번엔 조그만 보퉁이를 하나 들고서 또 나타났다. 그녀는 문을 열어 주지 않으려 했지만, 그가 얼른 발을 문틈에 끼웠다. 그녀는 문틈으로 속삭이듯 말했다. "당신은 이제 당신 할 일이나 하면 돼요. 진작 그렇게 말했잖아요.""민나, 이건 별것 아니고 앞치마야.""앞치마라뇨?" "이 중에서 골라 보라고.""훔친 물건은 그냥 혼자 간직하세요.""훔친 게 아니야. 어서 문이나 열라니까.""아이참, 이웃들이 본다니까요. 어서 돌아가세요.""문 열어, 민나."

그녀는 하는 수 없이 문을 열어 주었다. 그는 보퉁이를 방쪽으로 집어던졌다. 그리고 그녀가 빗자루를 손에 든 채 방 안으로 들어오려 하지 않자 혼자 방 안에서 날뛰며 돌아다녔다. "난 행복해, 민나. 난 온종일 행복하다고. 간밤에는 당신 꿈까지 꾸었어."

이윽고 그는 테이블 위에 보퉁이를 올려놓고서 끌렀다. 그녀는 가까이 와서 천을 어루만져 보더니 그중 세 개를 골랐다. 하지만 그가 손목을 잡자 가만있으려 하지 않았다. 그는 보퉁이를 챙겼고, 그녀는 다시 빗자루를 움켜쥐고서 다그쳤다. "어서 빨리. 당장 나가요." 그는 문간에 서서 그녀를 향해 손짓을 보냈다. "그럼 또 보자고, 귀여운 민나." 그녀는 빗자루로 힘껏 밀어 문을 쾅 닫았다.

일주일 뒤 그는 또다시 그녀의 문 앞에 나타났다. "당신 눈두덩이 어떻게 됐는지 알고 싶어서 온 거야.""괜찮아요. 당신은 더 이상 이곳에 볼 일이 없을 텐데요." 그는 훨씬 생기가 있어 보였으며 푸른색 겨울 외투를 입고 있었고 머리에는 빳빳한 갈색 모자를 쓴 모습이었다. "내 차림이 어떤지 보여 주고 싶어서 왔어. 내 모습이 괜찮은가 해서." "그거야 내가 알 바 아니죠." "커피나 한잔 줘." 그때 계단을 내려오는 발소리가 들렸고, 공 하나가 계단으로 굴러 내려왔다. 순간 그녀는 깜짝 놀라 문을 얼른 열고 그를 안으로 끌어당겼다. "거기 가만있어요. 룸케네 식구들인가 봐요. 자, 이제 나가도 돼요." "그냥 커피나 한잔 달라니까. 내게 커피 한잔 끓여 줄 커피포트 정도야 있겠지?" "그런 일에 내가 필요할 것 같지는 않은데요. 보아하니 그런 여자쯤은 벌써 있는 것 같군요." "그냥 커피나 한잔 달라니까." "당신 참 사람 불행하게 만드네요."

그녀는 현관 옷걸이 옆에 서 있었고, 그는 부엌 문 앞에 서서 애원조로 그녀를 바라보고 있었다. 그러자 그녀는 새로 얻은 예쁜 앞치마를 끌어 올리고서 머리를 흔들며 울기 시작했다. "당신은 나를 불행하게 만들 작정이군요, 정말." "왜 그러는데?" "카를은 내 눈두덩이 이렇게 퍼렇게 멍이 든 걸 의아하게 생각해요. 어떻게 그렇게 멍이 생길 정도로 옷장에 부딪힐 수 있느냐는 거예요. 자기 앞에서 직접 한번 해 보라고 하더군요. 문이 열려 있으면 옷장에 부딪혀도 눈에 멍이 시퍼렇게 들 수 있잖아요. 그러면 자기가 직접 해 보면 될 거 아니에요. 왜 내 말을 안 믿는 건지 도무지 이해를 못 하겠어요." "그건 나도 이해를 못 하겠군, 민나." "그야 여기에도 자국이 나 있으니까 그래요. 여기 목을 보세요. 난 이걸 전혀 모르고 있었어요. 만약에 그 사람이 이게 어디서 생긴 거냐고 묻는데, 거울을 보고 나도 그게 어떻게 된 건지 모르면 뭐라고 대답하죠?"

"거참, 어디가 가려우면 직접 긁으면 되지. 뭣하러 그렇게 카를에게 당하기만 하나. 나 같으면 까놓고 대들었을 거야." "게다가 당신은 자꾸만 찾아오고. 또 그 룸케네 아이들이 당신을 보았을지도 모르잖아요." "그 녀석들이야 주둥이를 꿰매 놓으면 되지." "어서 가세요, 프란츠. 다시는 찾아오지 마세요. 당신은 나를 불행하게 만들고 있어요." "그 친구가 앞치마 얘기도 꺼냈어?" "그렇지 않아도 내가 오래전부터 앞치마를 새로 사려 했거든요." "좋아, 그럼, 가 볼게, 민나."

그는 그녀의 목을 휘감았고, 그녀는 그가 하는 대로 내버려 두었다. 잠시 후 그가 그녀를 놔두지도 않고 또 그렇다고 몸으로 누르지도 않자 그녀는 그가 자기 몸을 어루만지고 있다는 것을 알아채고 놀란 표정으로 그를 올려다보며 말했다. "자, 이제 가야 해요, 프란츠." 그는 그녀를 손쉽게 방 쪽으로 끌고 들어갔다. 그녀는 저항하면서도 한 발 두 발 따라갔다. "프란츠, 또 하게요?" "내가 왜 그런 짓을 해. 난 그냥 당신하고 앉아 있고 싶을 뿐이야. 이 방에 말이야."

두 사람은 소파에 나란히 앉아 한동안 조용히 이야기를 나누었다. 이윽고 그는 자발적으로 자리에서 일어났다. 그녀는 그를 문간까지 배웅했다. "다시는 오지 말아요, 프란츠." 그녀는 울면서 머리를 그의 어깨에 기댔다. "제기랄, 민나, 사람을 앞에 두고 어찌 그럴 수가 있어? 왜 다시 오면 안 된다는 거지. 그래, 좋아, 안 오면 될 거 아냐." 그녀는 그의 손을 꼭 잡고서 말했다. "그래요, 프란츠, 다시는 오지 마세요." 그는 문을 열었다. 여전히 그녀는 그의 손을 꼭 쥔 채였다. 아니, 오히려 힘을 더 주었다. 그가 밖으로 나왔을 때도 그녀는 여전히 그의 손을 잡고 있었다. 다음 순간 그녀는 그의 손을 놓더니 부드럽게 얼른 문을 닫았다. 그는 거리에서 송아지 안심 두 덩어리를 사서 그녀에게 올려 보냈다.

이제 프란츠는 온 세상과 자신을 향해 맹세한다,
베를린에서 바르게 살아가겠다고, 돈이 있든 없든

  그는 베를린에 이미 두 발을 단단히 박았다. 그는 낡은 가구를 처분해서 현금으로 바꾸기도 했고, 테겔 형무소에서 나올 때 몇 푼의 돈을 수중에 갖고 오기도 했고, 셋집 안주인과 친구 메크가 빌려 준 돈도 좀 있었다. 바로 그때 그는 끔찍한 일격을 당했다. 그러나 나중에 보니 그것은 싸대기에 불과했다. 그렇게 나쁠 것도 없는 어느 날 아침, 그는 테이블 위에 노란 종이 한 장이 놓여 있는 것을 발견했다. 그것은 공문서였는데 타자기로 다음과 같은 내용이 인쇄되어 있었다.
  경찰서장, 제5국, 관리 번호, 상기 사건과 관련해서 청원할 사항이 있을 경우에는 상기 관리 번호를 대 주기 바랍니다. 본인이 갖고 있는 서류에 따르면 귀하는 공갈, 폭행 그리고 상해 치사 혐의로 처벌을 받은 바 있습니다. 따라서 귀하는 공공의 안녕과 양속을 해칠 인물로 간주됩니다. 이에 따라 본인은 1842년 12월 31일자로 공표된 법률 제2조와 1867년 11월에 공표된 전과자 주거 제한법 제3조 및 1899년 6월 12일과 1900년 6월 13일에 발효된 법률에 의거, 경찰을 통해 귀하를 베를린, 샬로텐부르크, 노이쾰른, 베를린 쇠네베르크, 빌머스도르프, 리히텐베르크, 슈트랄라우, 그리고 베를린 프리데나우, 슈마르겐도르프, 템펠호프, 브리츠, 트렙토, 바이센제, 판코, 베를린 테겔 등의 지역에서 추방하기로 결정하였습니다. 그러므로 위의 추방 지역에서 14일 이내에 퇴거하여 줄 것을 요구합니다. 그리고 이와 함께 귀하가 이 기간이 지난 뒤 상기 지역에서 발견되거나 그 지역으로 되돌아오는 경우에는 1883년 7월 30일자 일반 지방 행정법 2조 132항에 의거 100마르크의 벌금형을 물리거나 지불 불능의 경우에는 열흘의 금고형에 처할 것임을 알립니다. 또한 귀하가 만약에 다음에 언급하는 베를린 인접 지역, 즉 포츠담, 슈판다우, 프리드리히스펠데, 카를스호르스트, 프리드리히스하겐, 오버쇠네바이데, 그리고 불하이데, 피히테나우, 란스도르프, 카로우, 부흐, 프로나우, 쾨페니크, 랑크비츠, 슈테글리츠, 첼렌도르프, 텔토우, 달렘, 반제, 클라인글리니케, 노바베스, 노이엔도르프, 아이헤, 보르님, 그리고 보른슈테트에 체류할 경우에는 해당 지역으로부터 퇴거 조치를 면할 수 없다는 사실을 주지시키고자 합니다. I. Ve. 서류 번호 968a.

그는 등골이 오싹했다. 알렉산더 광장, 그루너 가 1번지, 전찻길 옆에 멋진 건물 하나가 있다. 그것은 바로 전과자 갱생 보호소이다. 그곳의 직원들은 프란츠를 살펴보고는 이것저것 질문을 하더니 이렇게 서명한다. 프란츠 비버코프 씨는 우리에게 보호 감독을 요청하였으므로, 우리는 귀하가 일할 자리가 있는지 알아볼 것이고 귀하는 매달 이곳에 나와 주어야 합니다. 됐다. 이것으로 끝이야. 만사 오케이다.

불안을 잊는 거다, 테겔을 잊어버리는 거야. 그리고 그 붉은 담벼락과 신음 소리와 그 밖의 것들도. 아무래도 좋다. 새 삶이 시작된다. 옛날의 생은 끝났다. 프란츠 비버코프가 다시 돌아왔고 프로이센 사람들은 기뻐하며 만세를 부른다.

그 뒤 그는 사 주 동안 고기와 감자와 맥주로 배를 가득 채웠으며 감사의 인사를 하기 위해서 드라곤 가의 그 유대인들을 다시 한 번 찾아갔다. 나훔과 엘리저는 서로 티격태격하며 다시 싸우는 중이었다. 그가 말쑥한 차림으로 풍채를 자랑하며 브랜디 향을 풍기면서 방 안에 들어서서, 모자를 정중하게 입에 갖다 대고서, 그 노인 양반의 손자들은 좀 차도가 있는지 속삭이듯 물었을 때 그들은 그를 금방 알아보지 못했다. 그들은 그가 한턱내기 위해 데려간 모퉁이의 선술집에서 무슨 일을 하느냐고 물었다. "나와 일이라. 나는 일 같은 것 안 해요. 우리 같은 사람이야 늘 이런 식으로 살아요." "그러면 돈은 어디서 나죠?" "전부터 갖고 있던 게 있어요. 저금 말입니다. 누구나 조금이나마 저금을 할 수 있잖아요." 그는 나훔의 옆구리를 쿡쿡 찌르고 콧구멍을 벌름거리며 그를 교활하면서도 알쏭달쏭한 눈빛으로 쳐다보았다. "차노비치에 얽힌 이야기를 잘 알고 있지요. 그 친구 사이코패스지요. 멋진 녀석이기도 했고. 나중에는 그들이 그를 죽였죠. 당신은 정말 많이도 아는군요. 나도 그렇게 왕자 행세를 하면서 대학에서 한번 공부를 해 보고 싶어요. 아니오, 난 공부 같은 건 싫어요. 대신 결혼이나 하는 게 좋겠어요." "행운을 빌어요." "당신도 와야 해요. 먹고 마실 것은 얼마든지 줄 테니까."

붉은 수염의 나훔은 그를 쳐다보며 턱을 쓰다듬었다. "이야기 하나 더 들려줄까요. 한 사내가 공을 하나 갖고 있었어요.

아이들이 갖고 노는 그런 평범한 공이지요. 그런데 재질이 고무가 아니라 셀룰로이드였어요. 속이 투명하게 다 보였고, 안에는 작은 납 구슬들이 들어 있었어요. 아이들은 그걸 찰랑찰랑 소리가 나게 흔들어 보기도 하고 던지기도 했어요. 그때 그 사내는 공을 집어서 힘껏 던지고는 생각했어요. '이 공 안에는 납 구슬들이 들어 있으니 던져도 멀리 날아가지 않고 내가 생각한 지점에 떨어질 거야.' 그런데 실제로 공을 던져 보니 공은 그가 생각했던 것만큼 날아가지 않고 한번 탁 튀기더니 조금 굴러갔어요. 두 뼘 정도요." "나흠, 그런 얘길랑 집어치워. 이 친구가 널 필요로 할 것 같아?" 뚱뚱한 프란츠가 말한다. "도대체 그 공 이야기는 어떻게 됐어요? 왜 당신들은 또다시 아옹다옹하는 거요? 이 두 사람을 좀 보세요, 주인어른. 이 사람들은 내가 만난 뒤로 줄곧 싸움만 하는군요." "사람들은 그냥 모른 척 버려 두는 게 좋소. 싸우는 게 간장에는 좋대요." 붉은 수염의 남자가 말한다. "나는 당신에게 이런 말을 들려주고 싶을 뿐이오. 나는 당신을 길거리에서 그리고 뜰에서 보았고 당신의 노랫소리를 들었지요. 당신은 노래를 정말 잘하더군요. 당신은 멋진 사람이오. 그러니 그렇게 흥분하지 말아요. 마음을 차분히 해요. 세상사는 참는 게 제일이지요. 당신의 속마음이 어떤지, 하느님이 당신을 어디로 이끄는지 내가 어떻게 알겠어요. 아까 그 공 얘긴데, 그 공은 당신이 던져도 당신이 원한 만큼 그렇게 날아가지는 않을 거요. 고작 이 정도 날아가겠지요. 물론 조금 더 날아갈 수는 있겠지요. 아니면 그보다 조금 더. 약간 옆으로 치우치면서."

뚱뚱한 프란츠는 고개를 뒤로 젖히고 껄껄 웃더니 양팔을 활짝 벌려 붉은 수염 사내의 목을 끌어안았다. "당신이 얘기를 들려주어도 좋고, 저 친구가 얘기를 해도 좋아요. 프란츠는 나름의 경험이 있단 말이오. 프란츠도 인생을 알고 자기가 누구인지도 알아요.""내가 하고 싶었던 말은 그러니까 그때 한 번 거기서 당신이 부른 노래가 아주 슬펐다는 겁니다.""한 번이라, 한 번. 지나간 일은 지나간 일일 뿐이지요. 자, 이젠 우리의 조끼가 빵빵해졌잖아요. 여러분, 내 공은 아주 잘 날아가고 있어요! 아무도 나를 어쩔 수 없어요. 잘들 있어요. 내 결혼식에는 꼭 와 줘야 해요."

이렇게 해서 시멘트 공장 노동자로, 뒤에는 가구 운송 노동자였던 프란츠 비버코프, 즉 거부감을 일으키는 외모에 거칠고 투박한 이 사내가 다시 베를린의 거리에 나타났다. 어느 철물공 집안의 예쁜 처녀를 홀려서 창녀로 만들고 결국에 주먹질로 죽게 만든 그 사내. 그는 온 세상과 스스로를 향해 앞으로는 바르게 살겠다고 다짐까지 한 터이다. 그리고 실제 수중에 돈이 있는 동안에는 바른 삶을 살았다. 그러나 시간이 흐르자 그 돈도 다 떨어지고 말았다. 그러나 그것이야말로 그가 모든 사람들을 향해 자신이 어떤 놈인지 보여 주려고 기다려 마지않던 순간이었다.

2부

이렇게 해서 우리는 우리의 주인공을 안전하게 베를린으로 데려왔다.

그는 맹세까지 했다. 문제는, 우리가 이쯤에서 이야기를 그만두는 게 좋지 않을까 하는 것이다. 결말은 다정하고, 엉뚱한 쪽으로 빠질 것 같지도 않다.

마무리를 지어야 할 때가 된 것 같다. 그러면 우리의 이야기는 짧다는 큰 강점을 갖게 된다.

그러나 이 프란츠 비버코프는 그냥 보통 사내가 아니다.

나는 그를 여기에 재미 삼아 불러낸 것이 아니다. 오히려 힘들고 참된, 그러면서도 뭔가를 깨달아 가는 그의 삶을 함께 체험해 보자는 뜻에서 불러냈다.

프란츠 비버코프는 심한 화상을 입었다. 그는 이제 말짱한 모습으로 베를린의 땅 위에 굳건하게 서 있다. 따라서 그가 착하게 살겠다고 말하면 우리는 그의 말을 믿어야 하고, 또 그는 실제 그렇게 할 것이다.

여러분은 그가 몇 주 동안 착하게 살아가는 모습을 보게 될 것이다.

그러나 그것은 어떻게 보면 잠시 동안의 유예 기간일 뿐이다.

옛날에 낙원에 두 사람이 살았답니다. 바로 아담과 이브이 지요. 하느님이 그들을 그곳에 데려다 놓았습니다. 짐승과 식물과 하늘과 땅을 창조하신 그분이 말이지요. 그리고 그 낙원은 바로 아름다운 에덴동산이었습니다. 그곳엔 꽃과 나무들이 자라고, 짐승들이 뛰어다녔으며, 어느 누구도 남을 괴롭히는 일이 없었지요. 해는 떴다가는 지고, 달도 그랬습니다. 그것이 낙원에서 온종일 느낄 수 있는 유일한 즐거움이었지요.

그러므로 우리도 즐겁게 시작합시다. 우리도 노래를 부르며 율동을 해 봅시다. 손뼉을 짝짝짝 치고 발을 쿵쿵쿵 구르며, 이리 갔다 저리 갔다 하며 빙빙 돌면서. 어렵지 않아요.*

프란츠 비버코프가
베를린에 발을 내딛다

 상공업

---

* 독일 작곡가 엥겔베르트 훔퍼딩크가 만든 동화 오페라 「헨젤과 그레텔」 (1891)에 나오는 노래.

환경 미화

 보건소

 지하철 공사

 예술과 문화

 교통

 시내 저축 은행

 가스 공장

 소방

 재무 및 세무

슈판다우 브뤼케 10번지, 부지 개발 계획 공시.

슈판다우 브뤼케 10번지 건물의 도로 쪽 외벽에 장미 문양 장식을 설치하는 관계로 앞으로 출입을 영구히 제한할, 베를린 중구에 위치한 토지에 대한 계획을 설계도와 함께 일반에 공시함. 이 공시 기간 중 각 이해 당사자는 이해 정도에 따라 이 계획에 대하여 이의 신청을 할 수 있음. 각 구청장도 이의를 신청할 권한이 있음. 이의 신청은 클로스터 가 68번지 C 2, 베를린 중구청 76호실에 서면으로 제출하거나 혹은 구두로 인증하여 제출할 수 있음.

── 본인은 수렵 임차인 보티히 씨에게 경찰서장의 승인하에 파울레 제파크 지역에서 1928년의 다음 기간에 대해 산토끼 및 그 밖의 야생 짐승에 대한, 언제든 취소 가능한 수렵 인가를 내주었음. 수렵은, 여름철에는 4월 1일부터 9월 30일 오후 7시까지, 겨울철에는 10월 1일부터 3월 31일 오후 8시까지 종료되어야 함. 이로써 위 사실을 일반에게 공시하는 바이며, 위 수렵 기간 내에는 상기 지역의 출입을 경고함. 수렵 책임자 시장 백.

── 모피 제조장(長) 알베르트 팡엘은 삼십 년 가까이 명예 공무원으로서 봉사해 왔으나 이제 고령의 나이와 위임 지역에서의 이주로 인해 그 명예직을 그만두게 되었다. 그 기나긴 세월 동안 그는 줄곧 복지 위원회 위원장으로서 그리고 복지 사업가로서 활동해 왔다. 구청에서는 감사장을 통해 팡엘 씨에게 그간의 공로에 대해서 감사의 뜻을 표했다.

로젠탈 광장은 시끌벅적하다.

변화가 좀 심하겠지만 비교적 포근한 날씨로 기온은 영하 1도가 되겠습니다. 독일에는 저기압이 확장되겠고, 이에 따라 대규모 저기압의 영향으로 지금까지의 날씨에 변화가 따르겠습니다. 현재 진행 중인 소규모의 기압 변화로 보아 저기압이 남쪽으로 서서히 확장될 전망입니다. 이에 따라 날씨는 저기압의 영향을 받게 될 것입니다. 낮 동안에는 기온이 지금보다 더 떨어지겠습니다. 베를린을 비롯한 인근 지역에 대한 날씨 예보를 말씀드리겠습니다.

68번 전차는 로젠탈 광장, 비테나우, 노르트반호프, 하일안 슈탈트, 베딩 광장, 슈테틴 역, 로젠탈 광장, 알렉산더 광장, 슈트라우스베르크 광장, 프랑크푸르트 알레 역, 리히텐베르크, 헤르츠베르게 정신 병원 등지를 거쳐 운행된다. 베를린의 세 가지 대중교통인 전차, 지하철, 버스 등은 요금 협정을 맺고 있다. 차표는 어른은 20페니히이고, 학생은 10페니히이다. 요금 할인을 위해서는 만 14세 이하의 아이들과 견습생 및 중고생, 빈곤층 대학생, 상이군인, 보행 장애자 등에 한 해 구청의 후생 복지과에서 발급한 증명서가 있어야 한다. 노선도를 숙지해 주세요. 겨울철에는 앞쪽 출입문은 하차나 승차 시 이용하실 수가 없습니다. 총 좌석 39석의 차량 번호 5918번 버스입니다. 내리실 분은 미리 알려 주시기 바랍니다. 운전기사와의 잡담은 삼가 주세요. 운행 중에 버스에 타거나 내리면 생명을 잃을 수 있습니다.

로젠탈 광장 한복판에서 노란 보퉁이 두 개를 든 사내가 41번 전차에서 뛰어내린다. 순간 빈 택시 한 대가 그 사내 곁을 스치듯 지나간다. 경찰관이 그를 쳐다본다. 전차 검표원 하나가 나타나고, 경찰관과 검표원은 악수를 나눈다. 보통이 든 저 친구, 정말 운이 좋았어.

다양한 과일주를 도매가격에 판매, 변호사 겸 공증인 베르겔 박사, 코끼리를 위한 회춘제 루쿠타테, 최고의 콘돔 프롬스악트, 도대체 그 많은 콘돔이 왜 필요할까?

이 광장에서 북쪽으로 브루넨 대로가 펼쳐져 있고, AEG 전자는 그 도로의 왼쪽, 훔볼트하인 공원 앞에 있다. AEG 전자는 엄청난 규모의 기업으로 1928년에 나온 전화번호부를 보면 다음과 같은 것들이 나와 있다. 전기 조명 및 발전 설비, 중앙 관리부, 북서구 40, 프리드리히카를 우퍼 2-4번지, 근거리 및 장거리 송신 사무국, 북구 4488, 총무국, 수위, 전기 보험 주식회사, 조명 기구 담당국, 러시아 담당국, 오버슈프레 금속 담당국, 트렙토 기계 설비 제작소, 브루넨 가 공장, 헤니히스도르프 공장, 절연체 공장, 라인 가 공장, 오버슈프레 전선 공장, 빌헬름미넨호프가 변압기 공장, 룸멜스부르크 가, 터빈 공장, 북서구 87, 후텐 가 12-16.*

인발리덴 대로는 왼쪽으로 꺾여 슈테틴 역으로 향한다. 그 역에는 발트 해 방면에서 많은 기차들이 도착한다. 이런, 얼굴이 온통 검댕투성이군요. — 그래요, 여긴 먼지 구덩이야. — 안녕하시오, 잘 가요. — 짐 좀 들어 드릴까요, 50페니히예요. — 휴가 동안 얼굴이 아주 좋아졌는데요. — 햇볕에 태운 거야 금방 사라지는걸, 뭐. — 사람들은 이렇게 여행하는 데 드는 그 많은 돈을 다 어디서 구하는 걸까. — 저 안쪽 어

---

* 되블린은 '1928년의 전화번호부'가 위의 내용의 전거라고 직접 밝힌 바 있다.

두운 거리에 있는 어느 작은 호텔에서 어제 새벽에 사랑하는 두 남녀가 권총 자살했대요. 남자는 식당 종업원이고 여자는 유부녀였는데, 숙박부에는 가명을 썼다는군요.

남쪽에서 로젠탈 대로가 이 광장으로 이어진다. 길 건너편에 있는 아싱거 음식점에서는 손님들에게 음식과 맥주, 밴드 연주 그리고 도매가격으로 빵을 제공한다. 생선에는 영양분이 많다. 그래서 사람들은 생선이 나오면 좋아한다. 반면 생선을 입에도 못 대는 사람들도 있다. 생선을 드세요, 그러면 날씬한 몸매와 건강과 젊음을 유지할 수 있습니다.* 숙녀용 스타킹, 순인조견. 금촉 만년필 판매 중.

엘자스 로는 좁다란 도랑만 빼놓고는 차도 전체에 울타리가 쳐져 있다. 공사장 울타리 너머에서는 이동용 증기 기관 돌아가는 소리가 칙칙칙 요란하게 들려온다. 베커피비히 건설 회사, 베를린 서구 35. 요란한 소리가 계속해서 들려오고, 모퉁이까지 덤프트럭들이 늘어서 있다. 모퉁이에는 저축 은행 L 지점, 유가 증권 관리, 예금의 불입 등이 적혀 있는 상업 은행이 있다. 노동자인 다섯 남자가 은행 앞에 쪼그리고 앉아 작은 돌들을 땅에 박아 넣고 있다.

로트링거 가의 정거장에서 지금 막 네 명의 승객이 4번 전차에 올라탔다. 나이가 좀 들어 보이는 두 명의 여자와 얼굴에 수심이 가득한 평범한 모습의 남자와 모자와 귀마개를 한 소년이다. 두 여자는 동행으로 플뤼크 부인과 호페 부인이다. 그들은 그중 나이가 많은 호페 부인을 위해 복대를 사러 가는

---

* 1928년 3월 13일자 《베를리너 타게블라트》에 실린 광고.

중이다. 호페 부인은 배꼽 탈장 증세가 있다. 그들은 먼저 브루넨 가에 있는 붕대 가게에 들렀다가 이어 남편들을 만나 식사를 함께할 생각이다. 남자는 하제부르크라는 이름의 마부이다. 그의 얼굴에 지금 수심이 가득한 까닭은 그가 사장을 위해서 중고로 싸게 구입한 전기다리미 때문이다. 사람들이 불량품을 내주는 바람에 사장이 이삼 일 정도 썼을 때 이미 다리미에 불이 들어오지 않았다. 그는 물건을 바꾸어야 했지만 다리미를 판 사람들은 그렇게 해 주려 하지 않았다. 그래서 그들을 찾아가는 것이 오늘로 세 번째인데, 오늘은 돈을 추가로 치러야 할 처지이다. 소년은 막스 뤼스트로 나중에 함석공이 될 것이며 또한 또 다른 일곱 뤼스트의 아버지가 될 것이다. 그는 그뤼나우에 있는 설비 및 지붕 설치 전문 회사인 할리스 상사에서 일하게 될 것이고, 쉰두 살에는 프로이센 연속복권에서 4분의 1의 상금을 타고, 이어서 은퇴를 하고, 할리스 상사를 상대로 한 손해 배상 소송 중에 쉰다섯의 나이로 죽는다. 그의 부고는 이렇게 될 것이다. 9월 25일에 너무나도 사랑하는 나의 남편이자 우리의 사랑하는 아버지이며 아들, 동생, 자형 그리고 삼촌이 되는 파울 뤼스트가 아직 많지 않은 쉰다섯의 나이에 심장마비로 갑작스레 세상을 떴습니다. 이러한 공지는 뒤에 남겨진 그의 아내 마리 뤼스트의 이름으로 깊은 애도의 뜻이 담겨 신문에 실린다. 장례식이 끝난 뒤의 감사의 말에는 다음과 같은 내용이 담길 것이다. 감사의 말씀! 이번 일에 마음을 쏟아 주신 데 대해 여러분을 일일이 찾아뵙는 것이 옳은 일이나 그럴 수 없기에 이 자리를 빌려 모든 친척분들과 친구분들, 클라이스트 가 4번지의 세입자 분들 그리고 모든 지인

분들께 진심으로 감사를 드립니다. 특히 마음에서 우러나는 깊은 위로의 말씀을 해 주신 다이넨 씨에게 감사의 말을 전합니다. 현재 이 막스 뤼스트는 열네 살이다. 막 초등학교를 졸업했다. 그는 지금 언어 장애자, 청각 장애자, 시각 장애자, 지적 장애아, 학습 장애자들을 위한 상담소를 찾아가는 중이다. 말을 많이 더듬어서 전에도 여러 번 그곳을 찾아갔지만, 이제는 상태가 꽤 좋아졌다.

로젠탈 광장의 조그만 술집.

앞쪽에서는 손님들이 당구를 치고 있고, 안쪽 구석에는 두 사내가 앉아서 뽀얗게 담배 연기를 날리며 차를 마시고 있다. 그중 얼굴에 탄력이 없고 머리는 잿빛인 사내는 망토를 걸치고 앉아 있다. "자, 한판 해볼까. 아냐, 그냥 있게. 그렇게 안절부절못할 것 없어."

"오늘은 당구는 안 되겠어요. 손이 떨려서."

그는 마른 비엔나 롤을 씹으면서 차는 건드리지도 않는다.

"꼭 그럴 필요는 없어. 이렇게 여기 앉아 있는 것도 좋으니까."

"늘 똑같은 이야기이지만, 마침내 끝장을 냈어요."

"누가 끝장을 냈다는 건가?"

상대는 밝은 금발의 젊은이로 얼굴도 탱탱하고 몸도 탄탄하다.

"나도 당연히 그랬죠. 그 사람들만 내게 그럴 수 있다고 생각했나요? 이제 모든 게 다 끝났어요."

"다른 말로 해서, 그럼 그만뒀다는 얘긴가?"

"나는 사장과 몇 마디 진짜 독일어를 섞어 가며 말했어요. 그랬더니 사장이 내게 호통을 치더군요. 그날 저녁부로 내가 가장 먼저 해고 통지를 받았어요."

"어떤 상황에서는 독일어를 절대 안 쓰는 게 좋을 때가 있지. 만약에 자네가 그 사람과 프랑스어로 얘기를 했다면 그는 자네 말을 못 알아들었을 테고, 그러면 자넨 아직 그곳에 남아 있을 텐데."

"아직 그곳에 남아 있다니, 그게 무슨 말씀이죠? 나는 막 거기서 오는 길이에요! 내가 그 사람들을 그냥 편히 살게 내버려둘 것 같아요? 매일 정확히 오후 2시가 되면 나는 그곳에 찾아가 그들의 생을 씁쓸하게 만들어 줄 겁니다. 맹세코."

"이보게 젊은이, 도대체 왜? 자넨 결혼한 것 같은데."

상대방은 머리를 괴며 말한다. "그건 정말 곤란한 일이에요. 아내에게 아직 그 얘긴 못했어요. 할 수가 없어요."

"모든 게 다 괜찮아질 거야."

"내 아내는 지금 애를 가졌어요."

"두 번째 앤가?"

"네."

망토를 걸친 사내는 외투를 더욱 당겨 입으면서 약간 비웃는 듯한 투로 상대방을 바라보며 미소를 짓더니 고개를 끄덕이며 말한다. "그거, 참, 잘된 일이네. 아이들은 용기를 주거든. 자네에게 지금 필요한 것은 바로 그걸세."

상대방은 몸을 앞으로 내밀었다. "나는 아이 따위는 필요 없어요. 아이가 다 무슨 소용이에요. 지금까지 진 빚이 너무 많아요. 게다가 할부금도 줄줄이 있고요. 아내에게 그런 말을 할 수는 없어요. 그건 그녀를 내모는 꼴이 돼요. 나는 뭐든지 질서정연한 게 좋아요. 그런데 그놈의 회사는 위에서부터 아래까지 다 썩었어요. 사장은 가구 공장도 하지요. 그런데 내가 구두 쪽의 주문을 받아 가지고 오면 그 사람은 쳐다보지도 않아요. 늘 그 모양이지요. 내가 아무 쓸모없는 인간이라는 겁니다. 사무실 이곳저곳을 다니며 나는 묻고 또 물어본답니다. '주문품들은 제대로 출고됐나요?' '주문품이라니?' 나는 여섯 번이나 그 사람들한테 말했어요. 내가 고객들을 찾아다니는 게 다 무슨 소용이 있느냐고요. 사람 꼴만 우스워지는 거지요. 구두 쪽 사업을 접든지 말든지 해야 해요."

"차나 한 모금 마시게. 현재로서는 그 사람이 자넬 접은 꼴이군."

셔츠만 걸친 사내가 당구대 쪽에서 걸어오더니 젊은 친구의 어깨를 가볍게 두드린다. "한 게임 할래요?"

연상의 사내가 그를 대신해서 대답한다. "이 친구는 어퍼컷을 한 방 먹었어."

"어퍼컷에는 당구가 최고죠." 그러더니 그 사내는 돌아간다. 망토를 걸친 사내는 뜨거운 차를 한 모금 마신다. 설탕과 럼주가 들어간 뜨거운 차를 마시며 남의 푸념이나 듣고 있으니 정말 기분이 좋군. 이 술집은 정말 아늑하단 말이야. "자넨 오늘 집에 안 들어갈 모양이군, 게오르크?"

"그럴 용기가 없어요. 내겐 그런 용기가 없다고요. 그녀에게 뭐라고 말하겠어요. 얼굴도 똑바로 못 쳐다볼 텐데."

"계속 그대로 가는 거야. 상대의 얼굴을 똑바로 쳐다보고."

"혹시 그 일에 대해 아는 것이라도 있나요?"

그 사내는 망토의 양쪽 끝을 손가락 사이에 낀 채 테이블 위로 몸을 크게 기울였다. "자, 마시게, 게오르크. 아니면 뭣 좀 먹든가. 더 이상 말하지 말게. 나는 그 일에 대해 속속들이 다 알고 있으니까. 자네가 요만했을 때 난 이미 산전수전 다 겪었거든."

　"한번 내 입장이 되어 보면 알 거예요. 괜찮은 자리에 있는데, 그 자식들이 달려들어 다 망가뜨려 놓는걸요."

　"난 고등학교 선생이었지. 전쟁이 터지기 전엔. 전쟁이 터지자 난 이 모양 이 꼴이 된 걸세. 이 술집이야 그때나 지금이나 똑같지. 그들은 날 끌고 가지 않았어. 나 같은 사람은 전혀 쓸모가 없으니까 말일세. 마약이나 하는 사람이니. 아니, 솔직히 말하자면, 그들이 나를 끌고 갔어. 나는 정말 기겁을 했네. 주사기는 물론 모르핀도 압수당했지. 나는 혼란에 빠졌어. 이틀 동안은 그런대로 버텼네. 몇 방울 챙겨 놓은 게 남아 있는 동안은 말이야. 그러고는 프로이센과는 작별을 했네. 정신 병원에 수감되었으니까. 그러다가 거기서 나왔네. 그런데 사실 내가 하려는 말은 말일세. 내가 학교에서 쫓겨났다는 것과 모르핀일세. 모르핀 주사를 맞는 초창기에는 황홀경에 빠진다네. 하지만 나 같은 경우엔 지금은 아무런 자극도 없다네. 유감스럽게도 말이야. 그리고 마누라? 그리고 애? 잘 있어라, 내 사랑하는 조국아.* 이보게, 게오르크, 자네한테 좀 로맨틱한 이야기를 들려줄 수 있으면 좋을 텐데." 머리가 희끗한 사내는 양손으로

＊ 아우구스트 디셀호프가 지은 민요 「자, 잘 있어라, 내 사랑하는 조국아」 (1857)의 첫 구절.

유리잔을 잡고서 찻잔을 들여다보면서 천천히 음미하며 차를 마신다. "마누라와 애. 이게 세상의 모든 것인 것처럼 보이지. 나는 후회도 없고 죄책감 같은 것도 느끼지 않네. 사람은 무릇 있는 사실에 그리고 자신에게 만족해야 하는 법이니까. 자기가 무슨 대단한 운명을 타고난 것처럼 자랑해서는 안 되네. 나는 숙명이라는 것을 믿지 않네. 나는 그리스 사람이 아니라 베를린 사람이니까. 그런데 왜 이 맛있는 차를 마시지 않고 다 식게 하나? 럼주를 좀 타 보지 않겠나." 젊은 사내는 손으로 찻잔의 위쪽을 막고 있었지만 머리가 희끗한 사내는 그 손을 치우고서 주머니에서 조그만 술통을 꺼내 그의 찻잔에 술을 조금 따라 주었다. "가 봐야겠어요. 고마웠습니다. 이 꿀꿀한 기분을 걸어서 좀 삭혀야겠어요." "가만히 그냥 앉아 있게, 게오르크. 술 한잔 마시고서 당구나 한 게임 치세. 그렇게 모든 걸 뒤죽박죽으로 만들지 말게. 그게 바로 종말의 시작이 될 테니. 집에 돌아가 보니 마누라와 애는 보이지 않고 편지만 한 통 있더군. 친정어머니가 있는 서프로이센으로 간다는 둥, 실패한 인생이라는 둥, 그것도 남편이냐는 둥, 정말 창피하다는 둥, 하는 말이 적혀 있었네. 그때 나는 여기, 이 왼팔을 칼로 그었지. 꼭 자살하려고 한 흔적 같지 않은가? 사람은 뭘 배울 기회를 놓쳐서는 안 되네, 게오르크. 나는 프로방스 말까지 배웠지만 해부학은 말일세. 힘줄을 맥박으로 착각할 정도니. 지금이라고 그때보다 더 잘 아는 건 아니지. 하지만 그런 게 문제될 건 없네. 한마디로 고통과 후회는 다 쓸데없는 거라는 말일세. 나는 이렇게 살아 있고, 마누라도 살아 있고, 아이도 살아 있네. 게다가 서프로이센에서 아이가 둘이나 더 세상에 나왔지. 내가 원거리 조작이나 한 것처럼 말이야. 어쨌든 우리는 다 살아 있네. 로젠탈 광장이 나를 기쁘게 해 주고, 엘자스 가 모퉁이의 경찰도 나를 즐겁게 해 주고, 당구도 나를 즐겁게 해 주지. 나는 말일세, 누군가 내게 다가와서 자신의 삶이 내 삶보다 훨씬 멋지고 나 같은 사람은 여자도 모르는 인간이라고 말해 주었으면 좋겠네."

금발의 사내는 마음에 안 든다는 듯한 표정으로 그를 쳐다보았다. "그게 무슨 소리예요, 크라우제 씨. 당신은 폐인이에요. 그건 당신도 잘 알잖아요. 당신이 무슨 모범이라니. 일전에 당신의 불운에 대해 솔직히 인정했잖아요, 크라우제 씨. 가정 교사로 먹고사는 동안 배를 쫄쫄 굶았다는 얘기도 직접 했잖아요. 나는 그렇게 살다가 죽기는 싫어요." 머리가 희끗한 사내는 잔을 단숨에 들이켜더니 망토를 걸친 채 철제 의자에 등을 기대며 그 젊은이를 잠시 노려보다가 콧방귀를 뀌며 격한 웃음을 터뜨렸다. "그래, 맞아, 내가 어떻게 모범이 되겠어. 내가 뭐 그렇게 되겠다고 한 적도 없네. 내가 어떻게 자네에게 모범이 되겠나. 파리를 예로 들어 보세. 관점의 차이니까. 파리를 현미경 앞에 놓으면 꼭 말처럼 보이지. 그 파리를 망원경 앞에 놓으면 어떻게 되겠나. 자넨 누군가, 게오르크? 한번 자네를 직접 소개해 보게나. 모 회사, 신발 부서의 시내 영업 담당이라고. 자, 농담일랑 그만두세. 자넨 언제나 내게 자네의 근심 걱정만 얘기하지. 근심 걱정만을 말이야. 근심 걱정이라는 것을 한번 한 자씩 풀어 보면, 근은 근시안이고, 심은 심약하다는 거고, 걱은 거렁뱅이고, 정은 정나미가 떨어진다는 것이지. 그래, 자넨 번지수를 잘못 찾은 거야. 잘못 찾았어. 이보게, 번지수를 완전히 잘못 찾은 거야."

한 젊은 아가씨가 99번 전차에서 내린다. 마리엔도르프, 리히텐라트 가도, 템펠호프, 할레 성문, 헤트비히 교회, 로젠탈 광장, 바트 가, 제 가와 토고 가 사이의 모퉁이, 토요일에서 일요일에 걸쳐 정신없이 분주한 우퍼 가와 템펠호프 가를 지나 프리드리히카를 가를 거쳐 십오 분 간격으로 운행하는 전차다. 저녁 8시. 그녀는 겨드랑이에 악보를 끼고 양털 가죽 외투 깃을 얼굴까지 치켜세운 모습이다. 그녀는 브루넨 가와 바인베르크 골목길 사이의 모퉁이에서 서성이고 있다. 털외투를 입은 어느 사내가 다가와 말을 건네자 그녀는 움찔 놀라며 얼른 반대편으로 발을 옮긴다. 그녀는 높은 가로등 아래로 가서 서더니 반대편 모퉁이를 바라본다. 뿔테 안경을 쓴 짤막한 키의 중년 신사가 반대편에 나타나자 그녀는 재빨리 그에게로 걸어간다. 그녀는 그와 나란히 걸어가며 낄낄댄다. 그들은 브루넨 가를 따라 올라간다.

"오늘은 너무 늦으면 안 돼요. 정말로 안 돼요. 사실은 오지 말았어야 하는데. 하지만 당신한테 전화를 해도 될까 몰라서요.""그래, 꼭 필요한 경우가 아니면 안 하는 게 좋아. 사무실에서는 사람들이 다 들으니까. 이게 다 널 위해서 그러는 거야, 알겠어?""네, 사실 소문날까 봐 걱정돼요. 선생님이 남들에게 말하지는 않겠죠.""물론이지.""아빠 말이에요, 아빠가 무슨 소문을 듣는다든가, 아니면 엄마가 무슨 말을 듣는다면. 아유, 끔찍해요." 중년의 신사는 흐뭇해하며 그녀의 팔을 잡는다. "소문나지 않아. 아무한테도 말하지 않을 테니까. 레슨은 괜찮았어?" "쇼팽이오. 녹턴을 치는 중이에요. 선생님도 음악에 관심 있으세요?" "응. 필요한 경우에만." "언제 한번 선생님께 들려 드리고 싶어요. 하지만 저는 선생님이 좀 무서워요." "그건 또 왜?" "그냥 선생님이 무서워요. 아주 많이는 아니지만 조금은요. 사실은 선생님을 무서워할 이유가 없는데요." "전혀 그럴 이유가 없어. 말도 안 돼. 네가 나를 안 지 벌써 세 달이나 됐잖아." "사실 제가 무서워하는 것은 아빠예요. 다 들통이 나는 날에는." "애야, 넌 이제 밤길을 혼자 걸어도 괜찮을 나이야. 더 이상 어린애가 아니란다." "그건 제가 엄마한테도 늘 했던 말이에요. 그리고 사실 외출도 해요." "우리 어디 좋은 데로 갈까? 아가씨." "저보고 아가씨라고 부르지 마세요. 그건 그냥 지나가는 말로 해 본 거니까요. 오늘은 도대체 어디로 가는 거죠? 9시까지는 집에 가 있어야 해요." "저 위쪽이야. 다 왔어. 친구 집이지. 신경 쓸 것 없이 그냥 올라가면 돼." "좀 불안해요. 혹시 보는 사람 없겠죠? 선생님이 먼저 앞서 가세요. 뒤따라갈 테니."

위에까지 올라온 두 사람은 서로를 바라보며 미소를 짓는다. 그녀는 한쪽 구석에 서 있다. 그는 외투와 모자를 벗어 놓고, 그녀의 악보와 모자를 받아 준다. 이어 그녀는 문 쪽으로 달려가 불을 끈다. "하지만 오늘은 오래는 안 돼요. 시간이 없어서요. 옷은 벗지 않을래요. 아프게 하지 마세요."

프란츠 비버코프가 일자리를 구하러 나서다,
사람은 돈을 벌어야 한다, 돈 없이는 살아갈 수 없다.
프랑크푸르트 그릇 시장에 대하여

프란츠 비버코프는 사람들이 시끄럽게 떠들어 대는 테이블에 친구 메크와 앉아서 집회가 시작되기를 기다렸다. 메크가 분명하게 잘라 말했다. "프란츠, 자넨 실업자 수당을 타러 가지도 않고 공장에도 안 가는군. 그리고 막노동을 하기에는 날씨가 너무 추워. 장사를 하는 게 제일 좋을 거야. 베를린에서든, 아니면 시골에 가서든. 자네 마음대로 선택해 봐. 그러면 어떻게든 먹고살 수는 있을 테니." 웨이터가 소리쳤다. "조심하세요. 머리 좀 치워 줘요." 그들은 맥주를 마셨다. 그 순간 그들의 머리 위쪽에서 요란한 발소리가 났다. 2층에 사는 관리인 뷘센 씨가 아내가 쓰러져 도움을 청하러 가는 중이었다. 그때 메크가 다시 말문을 열었다. "내 이름 고틀리프를 걸고 말하지. 자네 눈으로 저 인간들 좀 보라고. 하고 있는 모습이 어떤가. 굶어 죽어 가고 있는 것 같은가? 혹시 존경받을 만한 인간들처럼 보이지는 않는가?" "자네도 알겠지만, 고틀리프, 존경이라는 말을 가지고 농담을 하자는 게 아니야. 가슴에 손을 얹고 한번 말해 보라고. 그게 존경받을 만한 직업인가 아닌가?" "저 인간들을 좀 보라니까. 다른 말은 안 하겠어. 저 사람들 다 멀쩡하다니까. 저 인간들을 보라고." "확실한 삶의 터전이 문제야. 확실한 삶의 터전 말이야." "어디서나 볼 수 있는 가장 확실한 것은 이런 거지. 바지 멜빵, 스타킹, 양말, 앞치마, 머릿수건 등. 뭐든 사 둬야 이문을 보지."

단상에서는 곱사등이 남자가 프랑크푸르트 견본 시장에 대해 이야기하고 있었다. 그는 여러 외지에서 그 견본 시장에 상품을 보내는 것이 얼마나 위험천만한 일인지에 대해서 경고하고 있다. 견본 시장이 열리는 곳이 좋지 않은데, 특히 그릇 시장이 그렇다는 것이다. "신사 숙녀 여러분, 친애하는 동지 여러분, 지난 일요일에 프랑크푸르트 그릇 시장에 다녀온 사람들은 그 정도 가지고는 사람들의 기대를 채울 수 없을 것이라는 제 의견에 동조해 주리라 믿습니다." 고틀리프는 프란츠를 툭툭 치며 말한다. "저 친구는 프랑크푸르트 그릇 시장에 대해 말하고 있군. 자넨 거기는 가지 말게." "그런 건 신경 쓸 거 없고. 저 친구 멋있잖아. 뭘 안단 말이야." "한 번이라도 프랑크푸르트의 마가친 광장에 가 본 사람이라면 다시는 그곳을 찾지 않을 겁니다. 이건 너무나 명명백백한 사실입니다. 그곳은 완전 쓰레기장에 시궁창입니다. 계속해서 이렇게 말씀드리고 싶습니다. 프랑크푸르트 시 행정 당국은 견본 시장이 열리기 사흘 전까지도 손을 놓고 있었다는 말입니다. 그렇게 해 놓고서는 한다는 말이 여느 때와 마찬가지로 우리더러는 마가친 광장을 쓰라는 거예요. 시청 광장은 안 된다면서요. 왜냐고요? 여러분이 그에 대해 감을 잡도록 말씀드리겠습니다. 시청 광장에 7일 장이 서기 때문에 우리까지 그곳으로 가면 교통 체증이 빚어진다는 게 그 이유이지요. 프랑크푸르트 시 당국이 그런 소리를 하는 것은 생전 처음입니다. 완전 싸대기를 갈기는 격이지요. 그런 이유를 내세우다니. 일주일에 나흘 하고도 반나절씩이나 장이 서니 우리는 보따리를 싸야 한다는 말인가요? 왜 하필이면 우리가 그래야 하죠? 야채상이나 버터 파는 여자가 아닌 우리가? 왜 프랑크푸르트 시 당국은 시장 건물은 안 짓는 겁니까? 과일상이나 야채상, 식료품상들도 우리와 마찬가지로 시 당국의 홀대를 받고 있습니다. 우리 모두는 시 당국의 부당한 처사로 고통받고 있습니다. 이제 끝장을 낼 때가 됐습니다. 마가친 광장에서의 매상은 정말 형편없었습니다. 아니, 전혀 없었습니다. 괜히 헛고생만 한 거죠. 비가 오는 날씨에 그 시궁창에 누가 오겠습니까. 그곳에 갔던 나의 동지들은 대부분 차를 끌고 그곳을 떠나올 때 최소한의 비용조차 건지지 못했습니다. 도로 이용료, 부스 대여료, 주차료, 가고, 오기. 그리고 온 세상 사람들에게 똑똑히 알리고 싶은 것이 있습니다. 바로 프랑크푸르트의 변소 사정은 이루 말로 다할 수가 없다는 것이지요. 그곳 변소를 이용해 본 사람이라면 누구나 한두 마디 할 것입니다. 그러한 위생 상태는 대도시에는 걸맞지 않는 것입니다. 우리는 그런 것이 눈에 띄면 언제고 짚고 넘어가야 합니다. 그런 상태로는 프랑크푸르트로 사람들을 끌어들일 수 없으며, 상인들에게 손해만 끼칠 것입니다. 게다가 부스는 좁아터져서 마치 가자미를 차곡차곡 쟁여 놓은 것 같았습니다."

지금까지의 회장단의 무능을 질타하는 토론이 끝난 뒤 다음과 같은 내용의 결의가 만장일치로 채택되었다.

"견본 시장 상인들은 견본 시장을 마가친 광장으로 옮기는 것을 모독으로 생각한다. 이전의 견본 시장에 비해 상인들의 장사 수입이 현저하게 줄었다. 마가친 광장은 견본 시장 터로는 절대적으로 부적당하다. 그 까닭은 그곳이 견본 시장을 찾는 사람들을 다 수용할 능력을 갖추지 못했으며, 또한 위생적인 면에서 보아도 오더 강가의 도시 프랑크푸르트라는 이름에 걸맞지 않게 수치스럽다. 게다가 화재라도 발생하는 날에는 상인들의 물건과 함께 사람 목숨까지도 날아갈 것임은 물론이다. 여기 모인 우리 상인들은 시 당국에 견본 시장을 시청 광장으로 원위치해 줄 것을 요구한다. 그렇게 해야만 견본 시장을 유지할 수 있기 때문이다. 그리고 여기 모인 우리 상인들은 부스 대여료의 인하를 강력히 요구한다. 이런 상태로는 우리의 의무를 다할 수 없고 이로 인해 시 복지국의 짐만 늘어날 가능성이 크기 때문이다."

그러나 비버코프는 연설을 한 그 남자에게 걷잡을 수 없이 마음이 끌렸다. "메크, 저런 사람을 두고 바로 웅변가라고 하는 거야. 세상을 위해 태어난 남자 같잖아.""가서 저 친구한테 뭐라고 해 봐. 혹시 떡고물이라도 떨어질지 누가 알아.""모르는 소리 좀 그만해, 고틀리프. 자네도 알고 있듯이, 그 유대인들이 나를 구해 주었어. 이집 저집으로 돌아다니며 남의 집 마당에서 「라인 강의 초병」을 노래 부르던 때였어. 머리가 너무나 멍해서 말이야. 그때 그 두 명의 유대인이 나를 낚아서 데리고 가 내게 이런저런 이야기를 들려주었네. 말이라는 것은 역시 좋은 거야, 고틀리프. 누군가가 이야기를 들려준다는 것 말일세.""슈테판 폴라크 얘기군. 자넨 아직 머리가 정상이 아닌 것 같아." 그러자 프란츠는 어깨를 으쓱해 보였다. "고틀리프, 제정신이니 아니니 따지지 말고 내 입장이 되어 한번 말해 봐. 저 단상 위에 있는, 곱사등을 한 저 조그만 친구는 정말 멋져. 자네한테 말하건대 저 친구 정말 최고라니까. 최고라고." "그래, 네 맘대로 생각해. 하지만 네 장사 일이나 신경 쓰는 게 좋을걸, 프란츠.""물론 그래야지. 하지만 일에는 다 순서가 있거든. 내가 뭣하러 장사에 어긋나는 얘기를 하겠나?"

그러더니 그는 사람들 사이를 헤치며 그 곱사등이 사내를 향해 걸어갔다. 그는 공손한 태도로 그 사내에게 좋은 말씀 한 마디 부탁한다고 말했다. "뭘 원하시는 거죠?" "좋은 말씀 좀 듣고 싶어서요." "토론은 이제 끝났어요. 끝났다고요, 이걸로 끝난 겁니다. 우리는 이런 일을 하다 보니 이제 신물이 날 지경이오." 곱사등이 사내는 자못 신경질적이었다. "그런데 도대체 용무가 뭐요?" "나는 그냥…… 프랑크푸르트 견본 시장에 대해서 이것저것 많은 말씀을 하셨는데 정말 본분을 다하셨습니다. 정말 멋졌습니다, 선생. 나는 그저 그 말씀을 드리고 싶었던 겁니다. 나는 선생의 의견에 전적으로 공감합니다." "반갑소, 동지. 혹시 성함이 어떻게 되는지요?" "나는 당신이 맡은 바 도리를 다하면서 프랑크푸르트 사람들에게 한 방 먹이는 것을 기쁜 마음으로 보았습니다." "시 당국에게 먹인 거지요." "멋져요. 코를 납작하게 만들어 준 거죠. 그자들은 앞으로는 끽소리도 못할 겁니다. 그치들은 이제 다시는 앞에 얼쩡거리지도 못할 거예요." 곱사등을 한 조그만 사내는 연설 원고를 주섬주섬 챙기더니 연단에서 내려와 담배 연기로 자욱한 홀 안으로 들어섰다. "좋아요, 동지. 멋져요." 그러자 프란츠는 환하게 웃으며 굽실대며 그의 뒤를 따랐다. "아직도 뭐 원하는 게 있으신가요? 혹시 우리 조합원이세요?" "아닙니다, 정말 유감이에요." "내가 당장 가입시켜 드릴 수 있어요. 자, 저쪽으로 가서 테이블에 앉읍시다." 그렇게 해서 프란츠는 아래쪽에 있는 의장단 테이블에 앉아 얼굴이 붉게 달아오른 사내들 틈에서 술을 마시고 인사를 나누고 종이 한 장을 손에 받아 들었다. 그리고 다음 달부터 회비를 낼 것을 약속했다. 악수 교환.

그는 벌써 멀리서부터 메크를 향해 종이쪽지를 흔들어 보였다. "나도 이제 조합원이야, 신난다! 나도 베를린 지부의 조합원이라고. 여기 이것 좀 봐. 이렇게 적혀 있네. '전국 노동자 조합, 베를린 지부.' 그런데 이게 뭐야. 독일 이동 영업자 조합이라니. 나 원 참." "그래, 자넨 뭐라고 돼 있나? 포목상? 여기 포목상이라고 적혀 있네. 도대체 언제부터 그렇다는 거야, 프란츠? 자네가 취급하는 직물은 뭔가?" "나는 직물류라고 말한 적 없어. 양말과 앞치마 얘기만 했어. 그런데 그 친구가 그게 직물류라고 하면서 우기는 거야. 하지만 상관없어. 내달 1일이나 돼야 회비를 낼 테니까." "이보게, 먼저 자네가 사기 접시나 양동이를 들고 다니거나 여기 있는 사람들처럼 가축을 팔러 다닌다고 생각해 보세. 그렇다면 여러분, 직물류 조합원증을 가진 사람이 소를 팔러 다닌다면 이거 정말 말도 되지 않는 소리 아닌가요?" "소 장사는 권하고 싶지 않소. 소는 거래가 드물어요. 차라리 작은 가축이 나아요." "하지만 이 사람은 아무 장사도 하고 있지 않아요. 사실이에요. 여러분, 이 친구는 그냥 빈둥거리면서 뭔가 해 보려는 거예요. 여러분도 이 친구에게 무슨 말이든 해 주세요. 그래, 맞아, 프란츠, 쥐덫이나 석고상 같은 걸 취급하면 어떨까." "꼭 그래야만 한다면, 고틀리프, 그걸로 먹고살 수만 있다면, 뭔들 못하겠나? 하지만 쥐덫 장사는 말고. 쥐약을 앞세운 약장사들하고 너무 심한 경쟁을 해야 할 테니 말이야. 그래도 석고상은 괜찮아. 석고상을 가지고 이곳저곳 작은 마을로 돌며 장사한다고 해서 안 될 이유야 있겠나." "이것 좀 보세요, 여러분. 앞치마나 팔 수 있는 조합원증을 가지고서 석고상을 팔러 다니겠다니."

"고틀리프, 그건 아니야. 여러분, 여러분 말씀이 맞아요. 그런데 자네, 모든 것을 그렇게 비비 꽈서 보면 안 돼. 어떤 일이든 제대로 보고 올바르게 조명해야 해. 곱사등을 한 그 사내가 프랑크푸르트와 관련된 일을 두고 그렇게 했듯이. 자넨 전혀 귀담아 듣지 않았겠지만 말이야.""난 프랑크푸르트하고는 아무 상관없으니 그랬지. 그리고 여기 있는 사람들도 마찬가지야.""좋아, 고틀리프, 좋습니다, 여러분. 여러분을 비난하려는 게 아닙니다. 나는 그저 보잘것없는 한 개인 자격으로 그냥 귀담아들었을 뿐입니다. 목소리는 약하지만 모든 것을 차분하면서도 힘차게 밝혀내는 그 사나이의 솜씨는 정말 기가 막혔습니다. 그 사나이는 폐가 안 좋은 게 분명해요. 모든 것을 질서 정연하게 말하는 솜씨나 그렇게 해서 최종적인 결론을 이끌어 내는 솜씨가 흠잡을 데 없이 깔끔했습니다. 정말 머리가 좋더군요. 우리 역시 불쾌해했던 변소 얘기까지 정확하게 짚어 내는 것 좀 보세요. 그 유대인들과 나 사이의 일은 자네도 알고 있잖아. 여러분, 그러니까 내가 몹시 우울해 있었을 때 두 사람의 유대인이 나를 도와주었습니다. 이런저런 이야기를 들려주면서 말입니다. 그들은 내게 이야기를 들려주었어요. 그들은 나를 전혀 몰랐지만 예의 바른 사람들이었지요. 그들은 내게 폴란드 사람인가 하는 그 어떤 사람 이야기를 해 주었어요. 그것은 그저 그런 이야기였지만 당시에 내가 처했던 상황에서는 무척 유익했고 교훈적이었습니다. 코냑이라는 게 이런 효과를 내겠구나 하고 생각할 정도였으니까요. 하지만 누가 알겠어요? 그 뒤로 나는 다시 원기를 회복해서 두 발로 일어서게 되었습니다." 가축 상인 중 한 사람이 담배 연기를 내뿜으며 히죽대며 말했다. "그렇다면 전에 아주 큰 돌로 목을 짓눌렸던 모양이네요." "농담이 아닙니다, 여러분. 당신 말씀이 맞습니다. 그건 정말로 돌이었어요. 여러분이 살아가는 동안에도 역시 잡동사니 같은 것들이 머리 위에 쏟아져 내려 다리가 후들거리는 일이 일어날 수 있어요. 그와 같은 날벼락은 누구나 당할 수 있는 거지요. 그렇게 후들거리는 다리로 앞으로 뭘 어떻게 하겠습니까? 한번 거리를 누벼 보세요. 브루넨 가, 로젠탈 성문, 알렉산더 광장으로. 그렇게 뛰어다니다가 거리의 표지판들을 읽지 못하는 일이 생길 수도 있어요. 그때 그 현명한 사람들이 나를 도와주었어요. 내게 말을 걸고 많은 이야기를 해 주었지요. 머리에 뭔가 든 사람들이었어요. 그들의 말을 통해서 이런 깨달음을 얻었지요. 사람은 돈이나 코냑 또는 보잘것없는 몇 푼에 자신을 팔아서는 안 된다는 것입니다. 그리고 중요한 것은 머리가 있어야 하고 또 그것을 잘 사용할 줄 알아 자기 주변에서 무슨 일이 일어나고 있는지 알아차려서 느닷없이 당하는 일이 없어야 한다는 것입니다. 그러면 온전히 당할 일도 반 정도만 겪게 되는 겁니다. 이상입니다, 여러분. 이것이 내가 얻은 깨달음입니다."

"자, 선생, 아니, 동지, 우리 한잔합시다. 우리의 조합을 위하여." "조합을 위하여, 건배, 여러분. 건배, 고틀리프." 고틀리프는 웃고 또 웃었다. "이보게, 이제 남은 단 한 가지 문제는 자네의 회비를 어디서 벌어서 내느냐 하는 것이군. 매달 첫째 날에 말이야." "그건 걱정할 필요 없어요, 젊은이. 당신도 이제 조합원증도 있고 또 우리 조합의 일원이 되었으니 우리 조합이

제대로 밥벌이를 할 수 있도록 도와줄 거요." 가축 상인들은 고틀리프와 함께 배꼽을 쥐고 웃었다. 그들 중 가축 상인 하나가 말했다. "그 조합원증을 가지고 마이닝겐으로 한번 가 봐요. 내주에 그곳에서 장이 열리거든. 나는 오른쪽에다 자리를 펼 테니 당신은 건너편 왼쪽에 자리를 잡도록 해요. 당신의 장사가 얼마나 잘 되는지 내 한번 구경할 거요. 상상해 보게나, 알베르트. 이제 조합원증까지 갖추고 우리 조합의 회원이 되어 자신의 노점에 서 있는 이 친구의 모습을 말일세. 우리 쪽 가게에서는 이렇게 소리를 지를 걸세. '비엔나 소시지, 진품 마이닝겐 빵이 왔어요.' 그러면 저 친구는 건너편에서 이렇게 고래고래 소리를 지르겠지. '자, 자, 어서 오세요. 조합원 자격으로 처음 문을 연 가게입니다. 마이닝겐의 빵 시장에 일대 난리가 났어요.' 그러면 사람들이 떼로 몰려오겠지. 야콥, 야콥, 자넨 왜 그렇게 멍청한가." 그들은 테이블을 두드렸고, 비버코프도 따라했다. 그는 조합원증을 조심스레 안쪽 호주머니에 찔러 넣었다. "걷고 싶다면 신발을 한 켤레 사면 그만이야. 나는 장사로 큰 돈벌이를 하겠다고는 말한 적 없어. 난 바보가 아니라고." 그들은 자리에서 일어섰다.

길거리로 나온 메크는 두 가축 상인과 격렬한 토론에 말려들었다. 두 가축 상인은 그 둘 중 한 사람이 피소된 소송과 관련하여 자신들의 입장을 밝혔다. 그중 한 사람은 마르크 지방에서 가축 거래를 하는 사람이었는데, 그의 거래 지역은 본래 베를린에만 국한되어 있었다. 그러던 중 그 사람의 경쟁 상대가 어느 마을에서 우연히 그를 발견하여 경찰서에 신고를 했던 것이다. 이에 늘 같이 다니던 두 가축 상인은 교묘하게 음모를 꾸몄다. 즉 피소된 그 사내는 법정에서 자신은 그의 동료를 따라다녔을 뿐이며 단지 그 친구의 부탁에 따라 행동했을 뿐이라고 하기로 한 것이다.

두 가축 상인은 단호하게 말했다. "우리는 한 푼도 물어낼 수 없소. 맹세코 말이오. 법정에 가서도 서약할 거요. 이 친구는 그저 나와 함께 다녔을 뿐이라고 서약할 거요. 전에도 종종 그랬듯이 말이오. 우리는 그렇게 서약할 것이고 그러면 그것으로 만사 오케이요."

그 말을 들은 메크는 몹시 흥분하여 그 두 가축 상인의 외투를 움켜잡았다. "이것 좀 보시오. 당신들은 미쳤소. 멍청이들 같으니라고. 그런 사기꾼 같은 녀석에게 넘어가려고 별것 아닌 일을 가지고 서약까지 한단 말이오. 그런 걸 신문에 내야 한다고. 법원이 그딴 거나 편들어 주고 말이야. 그건 옳지 못해. 단안경을 낀 잘난 신사 나부랭이들. 차라리 우리가 판결을 내려 봅시다."

두 번째 가축 상인은 끝내 자신의 주장을 굽히지 않는다. "나는 서약할 거요. 안 될 게 뭐요? 돈을 물어낸다고? 세 번의 소송 비용을? 그래서 그 녀석 좋으라고? 그 질투 많은 녀석이 나 좋으라고? 난 말이오, 절대 돈을 안 쏟아부을 거요."

메크는 주먹으로 자기 이마를 쥐어박았다. "이런 멍청한 놈, 너 같은 인간은 지금 있는 그 쓰레기 더미에 나자빠져 있어야 해."

그들은 가축 상인들과 헤어졌다. 프란츠는 메크의 팔을 잡았고, 두 사람은 브루넨 가를 따라 걸어갔다. 메크는 그 가축 상인들의 뒤에 대고 위협조로 말했다. "웃기는 작자들이야. 양심에 뭔가 깨달은 게 있을 거야. 이 나라 백성 모두가 양심에 뭔가 가책을 느껴야 해." "도대체 무슨 소리를 하는 거야, 고틀리프?" "저치들은 다 겁쟁이들이야. 법정을 향해서는 주먹질도 못 하는 겁쟁이들. 온 백성이 다 그래. 상인이고 노동자고 할 것 없이."

메크가 갑자기 가던 걸음을 멈추더니 프란츠를 가로막으며 말했다. "우리 한번 얘기 좀 해 보자고. 그렇지 않고서는 자네하고 함께 갈 수가 없어. 절대." "그래, 그러면 어서 말해 봐." "프란츠, 난 자네가 누구인지부터 알고 싶어. 내 얼굴을 똑바로 봐. 자네 명예를 걸고 정직하게 말해 보라고. 테겔에서 충분히 맛을 보았을 거야. 법이 무엇이고 정의가 무엇인지 말이야. 정의는 언제나 정의로 남아야 해." "자네 말이 맞아, 고틀리프." "그렇다면 프란츠, 가슴에 손을 얹고 말해 봐. 감방에 있을 때 사람들이 자네를 어떻게 대했지?" "제발 진정 좀 하라고. 내 말을 믿어 줘. 싸울 때 쓸 뿔이 있다면 그건 그냥 감방에 놔두는 게 좋아. 우리는 책을 읽고 속기를 배우고, 또 장기를 두었지. 물론 나도 말이야." "자네도 장기를 둘 줄 아는가?" "여부가 있나, 우리 앞으로 스카트 카드나 치자고, 고틀리프. 자넨 그냥 퍼질러 앉아 있기만 하면 돼. 뭐 그리 깊이 생각할 머리가 필요한 것도 아니니까. 우리 같은 운송 노동자들에겐 근육과 뼈가 더 필요하지. 그러다 보면 자넨 이런 말을 하게 될 거야. 빌어먹을. 괜히 남의 일에 상관하지 말고 네 길이나 가라고. 다른 사람들에게서 손을 떼라고. 고틀리프, 우리 같은 사람들에게 법이나 경찰, 정치가 다 뭔가? 감방에 있을 때 공산당원 하나를 알았었네. 그 친구는 나보다 몸집이 컸고 1919년 봉기*에도 참여했네. 다행히 잡히지 않았지. 그러다 그 친구는 나중에 정신을 차렸어. 과부 하나를 사귀어서 그 여자가 하는 사업에 뛰어들었네. 정말 머리 회전이 빠른 친구야!" "어쩌다 그 친구가 자네가 있던 그 교도소에 간 거지?" "부정한 거래를 꾸몄던 것 같아. 거기 있을 때 우리는 늘 한 패거리를 이루고 있었는데, 배반하는 자는 그 대가를 치러야 했어. 다른 사람들과는 관련을 맺지 않는 게 최고야. 그건 자살행위니까. 남이야 뭘 하든 상관하지 않는 거야. 품위를 유지하면서 자신을 지키는 거야. 그게 내 생각이야."

"그래?" 메크는 그렇게 말하면서 그를 빤히 쳐다보았다. "그렇게 되면 우리도 다 보따리를 싸야 할걸. 자넨 정말 겁쟁이군. 그렇게 하다가는 우린 다 망하고 마는 거야." "남들이야 보따리를 싸든 말든 하는 대로 두는 수밖에. 그거야 우리가 상관할 바 아니지." "프란츠, 자네 정말 겁쟁이야. 정말 그런 인상을 지울 수가 없군. 언젠가 후회하게 될걸세, 프란츠."

프란츠 비버코프는 인발리덴 가를 걸어 내려가고 있다. 새로 사귄 폴란드 여자 친구 리나가 그의 곁에서 걷고 있다. 쇼세가 모퉁이의 어느 건물 입구에 신문 가판대가 있고, 그곳에 사람들 몇몇이 서서 잡담을 하고 있다.

"여보세요, 여기 이렇게 서 있으면 안 돼요." "사진 정도야

---

* 1919년 1월 베를린에서 벌어진 스파르타쿠스 봉기. 이들 공산주의자들의 봉기는 구스타프 노스케가 주도한 정부 지원 부대에 의해 무차별적으로 진압되었다. 되블린은 이 봉기를 직접 목격했으며, 그때 여동생 메타가 목숨을 잃었다.

구경할 수 있는 거 아니오?" "사서 보세요. 사람들 다니는 길을 막으면 안 돼요." "멍청한 것 같으니."

여행 안내 책자. 우리의 추운 북쪽 지방에 눈 덮인 겨울날과 푸른 5월 사이에 끼어 있는 불편한 시기가 찾아오면 수천 년 묵은 우리의 욕망이 알프스 넘어 따뜻한 남국으로, 이탈리아로 우리의 마음을 끌지요. 그런 방랑벽에 자신을 맡길 수 있는 사람이야 행복한 사람이지요. "사람들 때문에 그렇게 흥분할 필요 없어요. 여기 좀 봐요. 사람들이 점점 거칠어지고 있어요. 전차에서 어떤 녀석이 한 젊은 여자에게 달려들어 반쯤 죽도록 패 댔네요. 50마르크 때문에." "그 정도 돈이라면 나라도 그렇게 할 거야." "뭐라고요?" "50마르크가 얼마나 큰돈인지 알기나 해? 50마르크가 얼마만 한 돈인지 당신은 모를 거야. 우리 같은 사람들에겐 그건 정말 어마어마한 돈이야. 엄청난 돈이라고, 여보. 50마르크가 얼마나 큰돈인지 알고 나서나 얘기하자고."

독일 총리 빌헬름 마르크스의 운명론적인 연설.* '앞으로 무슨 일이 닥칠지는 세상을 바라보는 내 관점에 의하면 하느님의 섭리에 달려 있습니다. 하느님은 각 민족에 대해 나름의 확고한 의도를 갖고 계십니다. 그에 비하면 인간들의 업적이란 파편에 불과합니다. 우리는 우리 나름의 신념에 따라 끝없이

---

* 1927년 11월 19일자 《푈키셔 베오바흐터》에 실린 문제의 글 「하느님의 섭리로 총리가 된 마르크스. 독일 총리 빌헬름 마르크스의 운명론적인 연설」. 빌헬름 마르크스(1863~1946)는 1923년부터 1928년까지 독일의 총리를 지냈다. 《푈키셔 베오바흐터》는 '민족의 감시인'이라는 뜻의 민족사회주의 독일 노동당 기관지.

최선을 다하는 도리밖에 없습니다. 따라서 나 역시 내게 주어진 직분을 열과 성을 다하여 완수할 것입니다. 존경하는 여러분, 아름다운 바이에른을 만들어 가기 위한 여러분의 열성 어린 노력이 성공적인 결과를 가져오기를 바라며 이 글을 마칠까 합니다. 여러분의 앞으로의 노력에 하느님의 가호가 있기를 바랍니다. 당신이 세상을 떠날 때 참으로 멋진 만찬을 즐겼다는 생각이 들도록 그렇게 살아가도록 하십시오.'*

"혹시 다 읽으셨나요, 손님?" "그건 왜요?" "신문을 집게에서 빼 드릴까 해서요. 한번은 좀 편히 읽을 수 있도록 의자를 하나 달라고 하던 사람도 있던 걸요." "이렇게 사진들을 밖에서 잘 보이게 내놓은 것은 아마도 사람들이……." "내가 사진들을 어떻게 하든 그건 손님이 상관할 바는 아니지요. 손님은 내 가판대 값을 지불하지 않고 있어요. 하지만 공짜로 얻어 보려는 사람은 내 가판대에 필요 없어요. 그런 인간들은 손님만 쫓아 버리니까요."

저기 그가 가는구나. 차라리 구두닦이에게 구두나 닦는 게 좋겠다. 저 친구 프뢰벨 가의 노숙자 숙박소 '종려나무'에서 한숨 자고서 전차에 오른다. 저 친구 가짜 차표를 들고 탄 것이 틀림없다. 아니면 길거리에서 표를 한 장 주웠든지. 그래서 그걸로 한번 시험해 보는 모양이다. 검표원에게 걸리면 차표를 잃어버렸다고 하겠지. 그런 기생충 같은 인간들은 늘 있기 마련이다. 벌써 둘이나 걸렸다. 우선 여기에다 울타리를 두르고 밥

---

* 당시 베를린에서 유행하던 크리스티안 겔러트의 시 「죽음에 대하여」(1757)에 대한 패러디적인 변형. 원시는 "당신이 죽을 때면 인생을 제대로 살았다는 느낌이 들게 살라."

이나 먹자.

빳빳한 중산모자를 쓴 프란츠 비버코프가 뚱뚱한 폴란드 여자 리나와 팔짱을 끼고서 씩씩하게 걸어온다. "리나, 오른쪽을 봐! 저 건물 안으로 들어가지. 이런 날씨는 실업자들에게는 안 좋아. 그림 구경이나 하자고. 그림들 한번 멋지군. 그런데 여기는 바람이 심하군. 이보게, 동지, 장사는 어떤가? 이런 데 있다가는 얼어 죽기 십상이야." "여긴 터키탕이 아니니까." "리나, 이런 데 서 있을 기분이 들어?" "자, 어서 가자고요. 저 자식이 음흉한 미소를 짓고 있잖아요." "이것 봐, 아가씨. 아가씨가 건물 앞에서 신문을 팔면 남자들은 닭살이 돋을 거야. 그 섬세한 손으로 서비스를 받으면 말이야."

횅하니 거센 바람이 불어와 집게에 집혀 있던 신문들이 펄럭인다. "이보게, 동지. 여기 밖에다 바람막이를 하나 쳐야겠소." "그러면 시야가 가려서." "그러면 유리창을 하나 달면 될 거 아니오." "어서 가요, 프란츠." "잠깐만 기다려. 잠시만. 이 친구는 이곳에 몇 시간째 서 있는데도 바람에 쓰러지지 않고 있잖아. 그렇게 우는소리 하지 마, 리나." "그런데 저 사람 왜 저렇게 짓궂게 웃는 거예요?" "내 얼굴 생긴 게 원래 그래요. 생긴 거야 어쩔 수 없는 노릇이지." "저치는 늘 저렇게 히죽거린다고. 내 말 좀 들어 봐, 리나. 불쌍한 녀석 같으니라고."

프란츠는 모자를 뒤로 젖히고서 신문팔이 사내의 얼굴을 빤히 쳐다보며 웃음보를 터뜨렸다. 리나의 손을 잡고서. "그래, 이 친구는 어쩔 수 없어, 리나. 엄마 젖꼭지를 빨 때부터 저 모양 저 꼴이었을 테니. 그렇게 히죽댈 때 당신 얼굴 꼴이 어떻게 되는지 알기나 하오, 동지? 아니, 그게 아니라, 아까처럼 히죽거릴 때 말이야. 그런데 말이야, 리나. 엄마 젖에 매달려 젖을 먹는데 젖이 시큼해진 그런 꼴이잖아." "난 아니오. 나는 우유를 먹고 자랐거든요." "쓸데없는 소리 집어치워요." "이런 가게 하나 해서 얼마나 버시오, 동지?" "'붉은 깃발'인가요? 저기 저 사람 좀 들어오게 길 좀 비켜 줘요. 머리 조심해요, 상자가 들어와요." "당신이 사람들 길을 막고 있어요."

리나는 그를 끌어당겼고, 두 사람은 대로를 따라 오라니엔부르크 성문 쪽으로 천천히 걸어갔다. "저런 장사는 내가 하면 딱 맞겠어. 나는 감기도 잘 안 걸리는 체질이니. 그저 길목에서 기다리고만 있으면 되는 거야."

이틀 뒤엔 날씨가 더 풀렸다. 프란츠는 외투를 남에게 팔아 버렸기 때문에 리나가 어디선가 구해 온 두꺼운 내복을 입고서 로젠탈 광장의 파비쉬 기성복 상회 앞에 서 있다. 최고 품질의 양복 재단, 견실한 재봉질, 그리고 저렴한 가격은 우리 제품의 강점입니다. 프란츠는 넥타이 걸개를 팔기 위해 고래고래 소리친다.

"왜 서양에서는 신사만 넥타이를 매고 노동자는 안 맵니까? 신사 숙녀 여러분, 어서 이리 와 보세요. 자, 부인도요, 신랑분과 함께. 미성년자들도 와도 돼요. 미성년자라고 해서 더 받지는 않아요. 왜 노동자는 넥타이를 안 매는 걸까요? 그야 넥타이를 맬 줄 몰라서죠. 그러니 넥타이 걸개를 하나 사야 되겠죠. 넥타이 걸개를 샀는데, 그걸로 넥타이를 못 맨다. 그러면 그건 사기입니다. 백성을 멍들게 하는 겁니다. 그건 독일을 지금 처한 것보다 더 비참한 가난으로 몰고 갈 것입니다. 사람들은 이를테면 왜 큼직한 넥타이 걸개를 걸고 다니지 않았을까요? 쓰레받기 같은 것을 목에 달고 다닐 사람은 없을 테니까요. 그거야 남자나 여자나 다 싫어하겠죠. 말을 할 줄 안다면 이런 갓난아이도 싫다고 할 겁니다. 전혀 웃을 일이 아닙니다, 신사 숙녀 여러분, 웃지 마세요. 이렇게 귀여운 갓난아이의 머릿속에서 무슨 일이 벌어지고 있는지는 알 수 없는 일이거든요. 이야, 이 귀여운 머리 좀 봐, 조그만 머리에 이 곱슬머리하곤, 정말 귀엽지요. 하지만 양육비를 내야 할 때가 되면 웃음이 싹 가시겠지요. 그 때문에 궁지에 빠지니까요. 이런 넥타이는 티츠나 베르트하임 백화점에 가면 살 수 있어요. 그리고 유대인들의 상점에서 사고 싶지 않다면 다른 어딘가에 가서 사세요. 나는 아리안입니다." 모자를 벗자 금발의 머리카락, 쫑긋한 붉은 귀, 생기가 넘치는 부리부리한 눈이 보인다. "큰 백화점들이 내게 홍보를 맡길 이유는 없어요. 그런 백화점들은 나 없이도 잘살 테니까요. 여기 내가 갖고 있는 이런 넥타이를 구입하면 다음 날 아침에 그걸 어떻게 맬지 고민해야 되겠죠.

신사 숙녀 여러분, 요즘 누가 아침에 넥타이를 맬 시간이 있을까요. 차라리 몇 분이라도 더 자고 싶겠지요. 우리는 수면이 많이 필요합니다. 일은 많이 해야 하고 벌이는 적으니까요. 이런 넥타이 걸개가 있으면 여러분은 더 편하게 수면을 취할 수 있습니다. 이 넥타이 걸개가 이젠 약국들의 경쟁 상대가 되고 있어요. 여기 내가 갖고 있는 것과 같은 넥타이 걸개를 구입한 분은 수면제나 잘 때 마시는 술 같은 게 전혀 필요 없으니까요. 엄마 품에 잠든 아이처럼 아주 편안하게 잘 수 있습니다. 아침에 분주하게 서두를 필요가 없으니까요. 필요한 것은 장롱 위에 다 준비되어 있으니 그저 옷깃 속에 밀어 넣기만 하면 그만이지요. 여러분은 쓰레기 같은 것들을 위해 많은 돈을 허비하고 있어요. 이를테면 여러분은 작년에 술집 '임 크로코딜'에서 사기꾼을 보았을 겁니다. 앞쪽에서는 핫도그를 팔았고, 안쪽에는 단식 광대 욜리*가 유리 상자 속에 들어가 있었는데 입가에 절인 양배추를 묻혀 가며 단식 중이었죠. 여러분은 누구나 그걸 보았을 겁니다. 자, 좀 더 가까이 모여 주세요. 그래야 목소리를 아낄 수 있잖아요. 내 목소리는 보험에 들어 있지 않아요. 단 1회분도 넣지 않았어요. 유리 상자 속에 있던 그 욜리의 모습을 여러분은 보셨을 겁니다. 하지만 사람들이 그에게 초콜릿을 슬쩍 건네준 것은 못 보았을 겁니다. 여기 이 믿을 수 있는 물건을 구입하세요. 셀룰로이드가 아닌 강화 고무로 만든 겁니다. 한 개에 20페니히, 세 개에는 50페니히입니다.

도로 턱에서 물러서요, 젊은이. 자동차에 치이기 전에. 나중에 쓰레기 더미를 누구보고 치우라고. 그러면 넥타이 매는 법을 설명해 드리겠습니다. 머리를 나무망치로 내리칠 필요까지도 없어요. 금세 이해할 수 있으니까요. 여기 이처럼 넥타이 한쪽 끝에서 30에서 35센티미터쯤 되는 곳을 잡고 양쪽 끝을 이렇게 겹쳐서 접으세요. 하지만 이렇게 하지는 마세요. 그렇게 하면 꼭 빈대가 벽에 짓눌린 꼴이 되고 말아요. 점잖은 신사는 빈대 모양의 넥타이를 매지 않습니다. 그러면 여기 이 물건을

---

* 욜리는 단식 광대로 사기 혐의로 기소되었다. 1928년 10월 15일자 《베를리너 차이퉁》 기사 「배심원들 앞에 선 욜리」 참조.

써 보세요. 시간을 아껴야 합니다. 시간이 돈이니까요. 낭만적인 날들은 이제 가 버렸습니다. 다시는 돌아오지 않아요. 우리는 이제 그런 상황을 잘 숙지하고 있어야 합니다. 날마다 가스관 호스를 힘겹게 목에다 두를 수는 없는 법입니다. 여기 있는 이것처럼 이미 만들어져 있는 훌륭한 제품이 필요합니다. 자, 보세요, 이건 여러분을 위한 크리스마스 선물입니다. 신사 숙녀 여러분, 여러분의 기호에 딱 맞을 겁니다. 다 여러분의 행복을 위한 것입니다. 도스 협정*이 여러분에게 남긴 것이 있다면 그것은 모자를 쓸 머리뿐이지요. 그 머리는 여러분에게 이렇게 말할 겁니다. 이것은 바로 네가 원하던 물건이다, 어서 사서 집에 가져가라, 네게 위안이 될 터이니.

신사 숙녀 여러분, 우리에겐 위안이 필요합니다. 우리는 누구나 할 것 없이 다 그렇습니다. 미련한 사람이야 술집에서 위안을 찾으려 하지요. 하지만 분별 있는 사람은 그렇지 않아요. 주머니 사정을 보아서라도. 요즘 술집 주인들이 내놓는 썩은 술은 정말 끔찍해요. 좋은 술은 비싸고요. 그러니 어서 이 물건을 사 가세요. 여기에다 폭이 좁은 리본을 꿰어 보세요. 아니면 보통 호모들이 나들이를 할 때 신발에다 다는 폭이 넓은 리본을 매도 좋고요. 이쪽으로 이렇게 꿰어서 한쪽 끝을 잡으세요. 독일 남자라면 진짜 물건만 사는 법입니다. 여기 있는 이것처럼 말입니다.”

---

* 후에 부통령이 된 미국의 은행가 찰스 게이츠 도스의 발의로 1924년 8월 영국 런던에서 맺어진 전쟁 배상 협정. 독일의 전쟁 배상에 대한 새로운 규정을 만들었다.

리나, 호모들에게 보복하다

그러나 프란츠 비버코프는 그것으로 성이 차지 않는다. 그는 눈동자를 굴려 본다. 그는 옷차림은 너절하지만 마음씨는 고운 리나와 함께 알렉산더 광장과 로젠탈 광장 사이의 거리 풍경을 바라보더니 신문팔이를 하기로 마음을 굳힌다. 왜냐고? 사람들에게서 신문팔이에 대한 이야기를 들었기 때문이고, 리나도 일손이 되어 줄 것이고, 그것이 그에겐 안성맞춤인 듯싶었기 때문이다. 이리로 갔다가, 저리로 갔다가, 뱅뱅 돌면 되니 별로 어렵지 않아.*

"리나, 나는 연설을 할 줄 몰라. 나는 대중 연설가가 못 되거든. 물건을 팔려고 큰 소리로 외치면 사람들은 내 말을 알아듣지. 하지만 그게 다는 아냐. 당신, 정신이라는 게 뭔지 알아?" "아뇨, 몰라요." 리나는 기대에 찬 눈빛으로 그를 빤히 쳐다본다. "알렉산더 광장이나 이곳에 있는 젊은 친구들을 한번 보라고. 이 친구들은 모두 정신이라는 게 없어. 매점에다 수레까지 갖춘 녀석들도 별 볼일 없어. 이 녀석들은 약삭빠르기는 하지. 얄팍한 친구들이야. 그런 얘기는 할 것 없어. 하지만 제국 의회의 연사들을 한번 생각해 봐, 비스마르크나 베벨** 같은 사람들을 말이야. 이런 사람들에 비하면 요즘의 연사들은 아무것도 아니야. 빌어먹을. 이 사람들한테는 정신이 있어. 정신, 그건 머리를 말하는 거야. 멍청한 대가리가 아니라. 그런 멍청

---

* 엥겔베르트 훔퍼딩크의 오페라 「헨젤과 그레텔」에 나오는 구절.
** 아우구스트 베벨(1840~1913)은 독일 사민당의 창립자이자 의장으로, 연설에 뛰어난 재능을 보였다. 되블린은 학생 시절부터 그에게 열광했다.

한 대가리들은 내게 아무것도 줄 수가 없어. 연사다워야 연사지.""당신도 정말 연사네요, 프란츠.""웃기는 소리 좀 작작해. 나를 두고 연사라니. 누가 정말 연사였는지 알아? 믿기 어렵겠지만, 바로 당신 집주인 아주머니야.""그 슈벵크라는 여자 말인가요?""아니, 그전의 안주인 말이야. 내가 짐을 찾으러 카를 거리로 갔을 때 본 그 집 여주인 말이야.""아, 그 서커스 장 옆에 사는 여자 말인가요? 그 여자 얘기는 꺼내지도 말아요."

프란츠는 은근한 표정을 지으며 몸을 앞으로 구부린다. "리나, 그 여자는 정말 타고난 연사였어.""어림없는 소리예요. 내 방에 들어와서는 침대에 누워 있는 내게 한 달치 집세 때문에 내 트렁크를 내놓으라고 한 여자예요.""그래, 리나. 내 말 좀 들어 봐. 그건 그 여자가 잘못한 일이지. 하지만 내가 위층에 올라가서 트렁크는 어찌 된 거냐고 물었더니 일장 연설을 시작하더군.""그 여자의 장광설은 나도 잘 알아요. 나는 그 여자가 지껄이는 말은 한 번도 귀담아듣지 않았어요. 프란츠, 그 여자 말에 넘어가면 안 돼요.""내 말 좀 들어 봐, 리나. 그 여자는 법조문을 들먹거리기 시작하더군. 무슨 민법인가 하는. 죽은 자기 남편의 연금을 받아 낸 얘기도 했어. 그 멍청한 늙은이는 뇌졸중으로 쓰러진 거지 전쟁하고는 아무 관계도 없었지. 언제부터 뇌졸중이 전쟁하고 관련이 있었던 거지? 그 여자도 그런 말을 하더군. 하지만 그 여자는 그 일을 해냈어. 머리를 써서 말이야. 이봐, 뚱보, 그 여자는 머리가 있단 말이야. 자기가 마음먹은 것은 무슨 수를 쓰든 해내는 여자야. 한두 푼짜리 벌이가 아니야. 자, 그렇게 하는 거야. 당신도 한번 해 보라고. 나는 완전히 두 손 들었어.""당신 요새도 그 여자 만나러 가나요?" 프란츠는 두 손을 들어 손사래를 친다. "리나, 한번 그녀에게 올라가 봐. 트렁크를 찾으러 말이야. 11시 정각에 가 보라고. 12시에 뭔가 할 일이 있지만, 1시 15분 전이 돼도 당신은 여전히 그렇게 서 있게 될걸. 그녀는 지껄이고 또 지껄일 것이고, 당신은 여전히 트렁크를 되찾지 못하고 있겠지. 결국 당신은 나중에 가서는 트렁크를 찾지 못한 채로 돌아설 거야. 정말 그녀의 말솜씨란."

그는 탁자 위에 몸을 구부린 채 생각에 잠겨 탁자에 흐른 맥주에 손가락을 적셔 무언가를 그린다. "어디 가서 신고 좀 하고 신문팔이를 해야겠어. 그래도 그게 괜찮을 것 같아."

그녀는 기분이 좀 언짢아져 아무 말도 하지 않는다. 프란츠는 자기가 원하는 것은 무엇이든 하는 사람이다. 어느 날 정오쯤 그는 로젠탈 광장에 서 있다. 그녀는 그에게 토스트를 몇 조각 갖다 준다. 그러자 그는 12시 정각에 서둘러 삼각대와 마분지 상자들을 그녀의 겨드랑이에 찔러 주고는 신문을 알아보러 그곳을 떠난다.

먼저, 오라니엔부르크 가 앞쪽의 하케 시장에서 중년 남자 하나가 그에게 성 계몽에 관심을 가지라고 충고한다. 그것은 현재 대대적으로 진행 중이며 성과도 좋다는 것이다. "성 계몽이 뭡니까?" 프란츠는 그렇게 물으며 약간 주저한다. 머리가 허연 그 남자는 전시되어 있는 물건을 가리킨다. "자, 이걸 좀 봐요. 그러면 묻지 않아도 될 테니." "벌거벗은 여자들 그림이군요." "내가 갖고 있는 것들은 다 이런 것들이오." 둘은 나란히 서서 아무 말 없이 담배 연기만 내뿜는다. 프란츠는 서서 놀란 눈으로 그림들을 위아래로 훑어보며 담배 연기를 내뿜고, 그 남자는 프란츠의 옆쪽을 바라본다. 프란츠는 그의 눈을 쳐다본다. "그런데 이보슈, 저기 저 여자들, 저런 그림이 그렇게 재미있어요? '즐거운 인생'이군요. 새끼고양이하고 벌거벗은 여자를 함께 그려 놓았군요. 도대체 계단에서 고양이하고 뭘 하겠다는 거죠. 좀 수상한 여자네요. 혹시 내가 괜한 소리라도 했나요?" 그 사내는 접의자에 앉은 채 땅이 꺼져라 한숨을 내쉬더니 골똘히 생각에 잠긴다. 이 세상엔 정말 낙타만큼이나 덩치가 큰 망아지들이 있는 법이야. 이것들은 백주 대낮에 하케 시장을 어슬렁대다가 재수가 옴 붙은 사람한테 다가와 돼먹지 못한 말이나 지껄여 대지. 머리가 허연 사내는 아무 말도 하지 않고, 프란츠는 집게로 집어 놓은 잡지를 몇 권 빼어 든다. "구경 좀 해도 될까요? 《피가로》라니, 이게 뭔가. 이건 《디 에》군. 이건 또 《디 이데알에》고. 그러니까 이건 일반적인 결혼하고는 다른 것인가 보군. 《디 프라우엔리베》* 각각 별도로 구입하라고. 이걸 다 사면 정말 아는 게 많아지겠군. 돈만 있다면. 그런데 너무 비싸군. 그런데 뭔가 수상한 구석이 있어." "도대체 무슨 수상한 구석이 있다는 건지 알고 싶구려. 다 정식으로 허가를 받은 것들이오. 금서는 한 권도 없어요. 여기 내가 파는 물건들은 다 허가를 받은 것들이고 수상쩍은 것은 없어요. 나는 그런 것들에는 손대지 않소." "이 말 한마디는 꼭 해 주고 싶군요. 이런 그림을 들여다보는 것은 정말 쓸모없는 일이오. 내 경

---

* 이상은 1920년대 베를린에서 발행된 잡지들로 성의 해방을 다루었다. '디 에 (Die Ehe)', '디 이데알에(Die Idealehe)', '디 프라우엔리베(Die Frauenliebe)'는 각각 '결혼', '이상적인 결혼', '여자들의 사랑'이라는 뜻.

험으로 몇 마디 해 줄 수 있어요. 이런 걸 보면 사람 망칩니다. 당신도 망가질 거요. 일단 그림을 들여다보는 걸로 시작되죠. 그러다가 나중에 가서는 그만두려 해도 마음대로 안 되는 거지요." "도대체 무슨 소리를 하는 건지, 원. 내 책에 침이나 튀지 않게 해요. 값이 꽤 나가는 것들이니까. 표지를 자꾸만 그렇게 긁지 말아요. 이 잡지를 읽어 봐요. 《디 에엘로젠》.* 이곳엔 없는 게 없소. 그러한 종류의 사람들을 위한 특별한 잡지도 있으니까." "독신주의자들이라, 글쎄, 그런 사람들이 도대체 뭐 어쨌다는 건가. 나 역시 폴란드 아가씨 리나와 결혼을 못 했는데." "그러니까 여기 있는 걸 한번 봐요. 그게 정말 잘못된 건지 말이오. 이건 하나의 예에 불과해요. '부부의 성생활을 계약으로 규제하거나 이와 관련해서 법적으로 부부간의 의무를 명시해 놓는 것은 정말 우리가 상상할 수 있는, 가장 끔찍하고 치욕적인 굴욕이다.' 어때요?" "뭐가요?" "이게 좋은 걸까요, 아닐까요?" "나로서는 모르겠군요. 남자한테 그런 걸 요구하는 여자라, 글쎄 그런 여자가 있을까요? 그런 게 가능할까요?" "직접 읽어 봤잖소." "글쎄, 그건 좀 지나치군요. 그런 여자가 있으면 나한테 한번 나타났으면 좋겠군."

프란츠는 황당한 표정으로 그 문장을 다시 한 번 읽어 보더니 흠칫 놀라며 머리가 허연 사내에게 뭔가 보여 준다. "자, 여기 이런 말이 계속되는군요. '그에 대한 예를 단눈치오의 작품 「쾌락」에서 보여 주겠다.' 자, 잠깐만, 단눈치오라, 그 저질

---

*《디 에엘로젠(Die Ehelosen)》은 '독신주의자들'이라는 뜻으로, 앞서 나온 《디 에》 등과 같은 성향의 잡지.

을 말하는 거군. 스페인 사람인가 이탈리아 사람인가 하는. 아니, 미국인이던가? 여기에는 어떤 사내가 멀리 있는 애인 생각으로 머리가 가득 차서 애인 대용품으로 사귀는 다른 여자와 어느 날 밤 사랑을 나누던 중 자신도 모르게 진짜 애인의 이름을 부른다는 얘기가 적혀 있군요. 정말 말도 안 되는군. 이런 짓은 정말 하고 싶지 않아."“잠깐, 어디에 그런 게 적혀 있는지 한번 봅시다.”“여기요. 대용품으로 사용한다잖아요. 지우개 대신 생고무. 제대로 된 식사 대신 순무 격이군요. 여자를 대용품으로 쓴다는 말, 들어 본 적 있어요? 자기 여자가 당장 그 자리에 없다고 해서 다른 여자를 취하고, 새 여자가 뭔가 낌새를 알아차린다. 그러면 그걸로 끝장입니다. 그 여자가 울고 불고 난리를 치지 않을까요? 그 작자는 그딴 거를 인쇄하는군요. 그 스페인 친구 말이오. 내가 식자공이라면 그딴 거는 인쇄하지 않을 거요.”“이보슈, 그 실없는 소리 좀 그만해요. 조막만 한 뇌를 가진 당신 같은 사람이 그처럼 대단한 문인이 하는 일을 어찌 알겠소. 그 사람이 스페인 사람이든 이탈리아 사람이든 간에. 그것도 여기 하케 시장의 붐비는 사람들 속에서 말이오.”

프란츠는 계속해서 읽는다. "‘그러자 엄청난 공허함과 침묵이 그녀의 마음을 가득 채웠다.’ 이거 정말 사람 돌게 만드는군. 누가 그런 말을 믿나. 그럴 놈이 있으면 나와 보라그래. 언제부터 공허감이니 침묵이야. 나도 이 친구 같은 식으로 말할 수야 있지. 여자들은 어딜 가나 별다를 게 없다고. 언젠가 나도 그런 여자를 가진 적이 있소. 그런데 그 여자가 뭔가 낌새를 챈 겁니다. 내 수첩에 적혀 있던 주소를 알아 버린 거지. 그런데 당신 같으면 그 여자가 그걸 알아채고서도 가만히 있을 걸로 생각해요? 그렇게 생각하는가 보군요. 그렇다면 당신은 여자들에 대해 잘 모르는 거요, 선생. 당신도 그 여자가 하는 소리를 들어 봤어야 하는 건데. 온 집안이 다 흔들릴 정도로 난리가 났어요. 그 여자 정말 어지간히 짖어 대더군요. 사정을 이야기할 틈도 안 주더라고. 창에 찔리기라도 한 것처럼 계속 해서 고함을 쳐 댔어요. 사람들이 몰려왔지요. 바깥으로 빠져 나오고 나니 정말 살 것 같더군요.""이보쇼, 당신이 전혀 알아 차리지 못한 두 가지가 있소.""그게 뭔데요?""내게서 신문을 사 가는 사람들은 그걸 사서 모아 두려는 거요. 거기에 무슨 시시콜콜한 내용이 실려 있든 말든 그런 것은 전혀 괘념치 않 소. 오로지 그림에만 관심이 있을 뿐이오." 프란츠 비버코프의 왼쪽 눈은 못 믿겠다는 눈치였다. "자, 여기 《디 프라우엔리베》 와 《디 프로인트샤프트》*가 있소. 그들은 허튼소리나 하지 않 고 투쟁을 하지요. 그럼요, 인간된 권리를 위해서요.""대체 왜 싸운답니까?""모른다면 알려드릴까요? 175조** 때문이지요." 오늘 마침 란츠베르크 가의 알렉산더 궁전***에서 강연이 열릴 모양이다. 그곳에 가면 프란츠는 독일에서 매일 백만 명의 사 람들이 당하는 부당한 대우에 대한 이야기를 들을 수 있으리

---

* 《디 프로인트샤프트(Die Freundschaft)》는 '우정'이라는 뜻으로, 《디 에》 등과 같은 성향의 잡지.
** 민법 175조. 동성애에 대한 조항으로 동성 간의 "부자연스러운 간음" 행위 를 처벌하는 것을 골자로 하고 있다. 되블린은 이 조항을 민주화할 것을 여러 곳 에서 주장하고 있다.
*** 란츠베르크 가 39번지에 위치.

라. 어쩌면 머리카락이 하늘만큼 곤두설지도 모른다. 그 사내는 프란츠의 겨드랑이에 낡은 잡지 한 다발을 끼워 주었다. 프란츠는 한숨을 내쉬며 겨드랑이에 낀 잡지 다발을 쳐다보았다. 그래, 저 사내도 분명 그곳에 올 거야. 내가 뭣하러 거기에 가지? 혹시 이딴 잡지들 장사를 해 볼 만하단 얘긴가? 동성애자들. 이 사내는 이딴 것들을 내게 꾸려 주면서 집에 가져가서 보라는 얘기군. 참 그런 친구들이 안되기는 했어. 그렇기는 하지만 그 친구들이 나하고 무슨 상관이야.

그는 찜찜한 기분으로 그곳을 떴다. 그 일이 개운치 않아 리나에게도 한마디도 하지 않고 저녁에 그녀를 바람맞혔다. 그 늙은 신문 판매상은 그를 조그만 홀 안으로 밀어 넣었다. 그곳엔 거의 남자들만이 함께 앉아 있었는데 대부분 젊은 사람들이었다. 그리고 여자들도 몇몇 있었는데 마찬가지로 쌍쌍이었다. 프란츠는 한 시간 동안 한마디도 하지 않고 다만 모자로 얼굴을 가린 채 수도 없이 히죽대기만 했다. 10시가 지나자 더 이상 참을 수가 없어 그는 살짝 도망칠 수밖에 없었다. 그런 상황과 그곳에 모인 인간들이 너무나 희한하게 여겨졌다. 그렇게 많은 동성애자들이 무더기를 이루어 함께 있고 그 가운데 그가 앉아 있다니. 그는 잽싸게 밖으로 빠져나와 알렉산더 광장을 향해 걸어가며 계속 웃어 댔다. 그곳을 뜨는 마지막 순간에 발제자가 켐니츠 시에 대해 말하면서 그곳에선 11월 27일자로 경찰 조례가 시행될 것이라고 했다. 그에 따르면 동성애자들이 함께 길을 걷거나 화장실에 가도 안 되며, 적발 시에는 30마르크의 벌금을 물게 된다는 것이었다. 프란츠는 리나를 찾아갔다. 그러나 그녀는 셋집 여주인과 외출하고 없었다. 그는 누워 잠이 들었다. 꿈속에서 그는 많이 웃고 욕도 많이 했다. 그는 어느 멍청한 운전사를 상대로 싸움을 벌였다. 그 운전사는 그를 태운 채 계속해서 지게스 가로수 길의 롤란트 분수 주위만을 빙빙 도는 것이었다. 교통경찰이 그 차 뒤를 바짝 따라붙었다. 마침내 프란츠는 차에서 뛰어내렸다. 그래도 그 자동차는 여전히 미치광이처럼 분수와 그의 주위를 뱅뱅 돌았다. 계속해서 돌기만 할 뿐 멈추지 않았다. 그래서 프란츠는 경찰과 함께 그 자리에 서서 상의를 했다. 저 운전사를 어떻게 하죠? 저 친구 미친 거 아니오?

다음 날 오전, 그는 여느 때와 다름없이 예의 그 술집에서 리나를 기다렸다. 그는 그 잡지들을 갖고 있었다. 그는 그녀에게 이런저런 얘기들을 들려주고 싶었다. 그 젊은 친구들이 실제로 어떤 고통을 겪고 있는지, 켐니츠 시와 벌금 30마르크 조항에 대한 이야기, 그리고 그딴 것들은 사실 그의 관심사가 아니라는 것, 그런 조항이야 그들 스스로가 알아서 해야 할 일이라는 것, 어쩌면 메크가 찾아와서 가축 상인들을 위해 뭔가 해달라고 그에게 부탁할지도 모른다는 것, 아니, 그는 평화를 원하며 그들이 어떻게 되든 자기는 상관할 바 아니라는 것 등등.

리나는 그가 잠을 설쳤음을 한눈에 알아본다. 이어 그는 그림들이 위로 오게 해서 머뭇대며 그녀에게 잡지들을 내민다. 리나는 깜짝 놀라 손으로 입을 가린다. 그때 그는 다시 정신에 대해 지껄이기 시작한다. 그는 어제 테이블에 남아 있던 맥주 자국을 찾아본다. 그러나 전혀 남아 있지 않다. 그녀는 그에게서 물러선다. 혹시 여기 잡지에 실린 것과 같은 짓을 그가 하고 있는 것은 아닐까. 그녀로서는 영문을 모르겠다. 지금까지 그는 전혀 그런 사람이 아니었으니까. 그는 빈둥거리다가 마른 손가락으로 흰 나무판에 선을 그어 댄다. 순간 그녀는 테이블 위에 있던 잡지 뭉치를 집어 들어 의자 위에 내동댕이친다. 그러고 나더니 그녀는 마치 바쿠스의 제자 같은 모습으로 서 있다. 두 사람은 서로를 응시한다. 그는 마치 소년처럼 아래에서 위로 쳐다보고, 그녀는 가 버린다. 그곳에 그는 잡지들과 함께 앉아 있다. 이제 그는 그 동성애자들에 대해 생각해 볼 수 있다.

어느 대머리가 어느 날 저녁 산책을 나가 티어가르텐 구역에서 예쁘장하게 생긴 소년과 만난다. 소년은 곧장 그의 팔짱을 낀다. 둘은 한 시간가량 정겹게 거닌다. 그때 대머리는 순간 그 소년을 사랑하고픈 열망을, 오, 충동을, 오, 욕정을 견딜 수 없으리만큼 느낀다. 그는 결혼한 몸이다. 그런 느낌은 전에도 여러 번 느꼈었다. 하지만 이번만큼은 참을 수가 없다. 생각만 해도 정말 멋진 일이다. "그대는 나의 태양, 그대는 나의 황금."

이 친구는 아주 부드럽다. 세상에 이런 일들이 있다니. "자, 어서 조그만 호텔로 가요. 내게 5마르크나 10마르크를 주면 돼요. 나는 빈털터리예요." 그는 소년에게 지갑째 넘겨준다. 세상에 이런 일들이 있다니. 이거야말로 세상에서 가장 멋진 일이다.

그런데 그 방의 문에는 엿보기 구멍이 있다. 여관집 주인은 뭔가를 보고서 마누라를 부른다. 그녀 역시 무언가를 본다. 그리하여 그들은 돌아서서 말한다. 그런 짓을 그 호텔에서 하게 내버려둘 수 없다고. 그 짓을 하는 것을 직접 보았고, 그 남자역시 부인할 수 없을 거라고. 그런 일은 그냥 넘어갈 수 없으며, 어린 소년을 유혹하다니 창피한 줄 알아야 한다고, 그리고 그 남자를 경찰에 신고하겠노라고. 호텔의 수위와 객실 담당 여직원도 와서 들여다보고는 낄낄댄다. 이튿날, 대머리는 아스바흐 우어알트 샴페인 두 병을 사 들고서 출장을 떠난다. 헬골란트로 가서 술에 잔뜩 취해 물에 빠져 죽을 생각이다. 그러나 술을 진탕 퍼마시고 배를 타기는 했지만 이틀 뒤 다시 아내에게 돌아온다. 집에는 아무 일도 없다.

한 달 내내, 그리고 일 년 내내 아무 일도 일어나지 않는다. 단 한 가지 일이 있었다면, 그것은 그가 미국에 있는 삼촌으로부터 3000달러의 유산을 상속받아 형편이 좀 좋아진 것이다. 어느 날, 그가 온천에 가고 없는 사이, 그의 아내는 그를 대신하여 어느 소환장에 서명을 하게 된다. 아내가 소환장을 뜯어 보니 거기엔 문에 달린 엿보기 구멍이며 지갑, 귀여운 소년 등 온갖 이야기가 다 적혀 있다. 대머리가 휴양지에서 돌아와 보니 아내, 딸들 할 것 없이 모두 그의 일로 울고 있다. 그는 소환장을 읽어 본다. 이건 다 끝난 이야기다. 이거야말로 카를 대제 시절의 관료주의적 발상이다.* 그런데 지금 그에게 그런 것이 날아온 것이다. 그래, 사실은 사실이다. "재판관님, 대체 내가 뭘 했다는 거죠? 나는 다른 사람의 마음을 상하게 할 만한 일은 하지 않았습니다. 방에 들어가서 문을 잠갔죠. 문에 엿보기 구멍이 있는 것을 난들 어쩌겠습니까? 불법적인 일은 절대 없었습니다." 소년은 그의 진술을 시인한다. "자, 내가 뭘 했다는 거죠?" 모피 외투를 입은 대머리는 훌쩍인다. "내가 도둑질

---

* 카를 대제(747~814)는 서로마의 황제로서 처음으로 관료 조직을 정립했다.

이라도 했나요? 아니면 주거침입을 했나요? 나는 그저 사랑스러운 소년의 가슴속으로 파고들었을 뿐입니다. 나는 소년에게 '나의 태양이여'라고 말했지요. 실제로 그는 그랬으니까요."

그는 무죄 판결을 받는다. 집에 있는 식구들은 하염없이 운다.

'마술피리', 1층에 미국식 댄스홀까지 구비한 댄스홀. 은밀한 연회를 위해서는 동양식 카지노가 좋습니다. 여자 친구를 위해 크리스마스 선물로는 무엇이 좋을까요? 동성애자들이여, 다년간의 실험 끝에 나는 마침내 수염을 뿌리째 제거해 주는 최고의 약을 개발했습니다. 신체의 어느 부위든 제모가 가능합니다. 동시에 나는 여성들에게 최단 기간 내에 최고의 가슴을 만들어 주는 방법을 발견했습니다. 약을 쓰지 않는, 절대적으로 안전하고 무해한 방법이지요. 여기에 증거가 있습니다. 바로 접니다. 사랑을 위한 자유의 최전선.

별빛 맑은 하늘이 인류의 어두운 곳들을 내려다보고 있었다. 케르카우엔 성은 밤의 깊은 고요 속에 놓여 있었다. 그러나 금발의 여인 하나가 머리를 베개에 파묻으며 잠을 이루지 못하고 있었다. 내일이면, 당장 내일이면 그녀의 사랑은, 이 세상에 둘도 없는 그녀의 사랑은 그녀를 두고 떠나간다. 속삭임 소리가 칠흑의 꿰뚫을 수 없는 (어두운) 밤 속으로 번졌다.(지나갔다.) 기자, 내 곁에 있어 줘. 내 곁에 있어 줘.(가지 마, 나를 두고 가지 마, 쓰러지지 마, 어서 자리에 앉아.) 나를 버리지 마. 그러나 어쩔 길 없는 정적은 귀도 가슴도 (발도 코도) 없었다. 그리고 저편, 몇 개의 벽으로 나뉜 곳에는 창백하고 날씬한 여인이 눈을 뜬 채로 누워 있었다. 그녀의 검고 풍성한 머리카락은 침대의 비단 위에 헝클어진 채로 놓여 있었다.(케르카우엔 성은 비단 침대로 유명하다.) 오싹한 한기에 그녀는 온몸을 떨었다. 마치 꽁꽁 얼어붙은 듯 그녀는 이빨을 딱딱 부딪쳤다, 구두점. 그러나 그녀는 움직이지 않았다, 콤마, 그녀는 이불을 끌어당기지 않았다, 구두점. 얼음처럼 차가운 그녀의 가는 손은 (꽁꽁 얼어붙은 듯, 오싹한 한기, 눈을 뜬 채로 누워 있는 날씬한 여인, 유명한 비단 침대) 이불 위에 놓여 있었다, 구두점. 반짝이는 그녀의 두 눈은 번뜩거리며 어둠 속을 두리번거리고, 그녀의 입술은 떨렸다, 쌍점, 로레, 거위의 발,* 줄표, 로레. 줄표, 거위의 발,** 거위의 다리, 양파와 거위의 간.***

"싫어요, 싫어요. 당신과 함께 가지 않겠어요, 프란츠. 당신과는 이제 끝이에요. 내 앞에 좀 나타나지 않았으면 해요."
"자, 리나, 그자에게 이 거지 같은 것을 돌려줄 거야." 그러더니 프란츠는 모자를 벗어 궤짝 위에 올려놓고서 — 거기는 그녀의 방이었다 — 그녀를 덥석 잡으려 했다. 그러자 그녀는 그의 손을 할퀴며 울더니 결국엔 프란츠와 함께 집을 나섰다. 그들은 그 문제의 잡지들을 반 뭉치씩 나누어 들고서 로젠탈 거리, 노이에쉰하우스 거리, 하케 시장으로 연결되는 최전선을 향해 다가갔다.
전투 지역에 들어서자 리나는, 정 많고 지저분하고 자그마하

---

* 큰따옴표 "를 말함.
** 큰따옴표 "를 말함.
*** 잡지 《디 프라우엔리베》에 연재되었던 젤리 엥글러의 소설 『인식』에서 따온 인용구.

고 너절해 보이는, 울어서 눈이 부은 그녀는 홈부르크 왕자풍으로 돌격을 감행했다. 나의 고귀한 백부이신 변경백 프리드리히님! 나탈리에! 내버려둬요, 내버려 두라고요! 오, 세상의 신이여! 그자는 이젠 끝장났습니다. 아무튼, 아무튼 말입니다!*
그녀는 다짜고짜 당장 백발 사내의 점포로 돌진했다. 그때 참을성 많은 고귀한 사나이 프란츠 비버코프는 뒤편에 물러서 있는 편이 좋겠다고 생각했다. 그는 슈뢰더 수출입 상사의 시가 상점 옆쪽에 비켜서서 안개와 전차와 통행인들 때문에 약간의 방해를 받으면서 막 시작된 전투 상황을 지켜보기 시작했다. 영웅들은 서로 맞붙었다, 한 폭의 그림 같다. 그들은 상대방의 약점과 빈틈을 노렸다. 한층 독기와 오기가 서린 눈빛으로 체르노비츠 출신의 리나 프르치발라, 즉 농부 슈타니슬라우스 프르치발라의 외동딸 — 배 속에서 반쯤 자라다가 유산된, 그녀와 마찬가지로 리나라고 이름 지으려 했던 두 번의 사산아 뒤에 얻은 — 프르치발라 양은 신문지 뭉치를 내동댕이쳤다. 그 밖의 것은 시끄러운 도로의 소음 때문에 들리지 않았다. "대단한 여자야, 정말 대단한 여자야." 기꺼이 그 자리에 나서지 않은 인내의 사나이 프란츠는 경탄조로 중얼거렸다. 그는 예비군이 되어 전투의 중심부를 향해 다가갔다. 그때 이미 에른스트 퀴멀리히 선술집 앞에서 승리의 여걸 프르치발라 양이 그를 향해 미소를 지었다. 그녀는 너절한 모습이었지만 환희에 찬 표정으로 소리쳤다. "프란츠, 그걸 그자에게 줘 버렸어요."
프란츠는 그녀의 말뜻을 금방 알아차렸다. 술집에서 그녀는

---

* 하인리히 폰 클라이스트의 희곡 「홈부르크 왕자」의 몇 구절을 짜깁기한 것.

선 채로 그의 몸에서 심장께로 여겨지는 곳에 몸을 기댔다. 그러나 그 부위는 정확히 말해 그가 입고 있는 털 셔츠 안쪽의 흉골과 왼쪽 폐의 상엽 부분이었었다. 그녀는 길카주를 한 잔 털어 넣으며 의기양양해 했다. "지금쯤 그 인간은 도로에서 그 쓰레기 조각을 줍느라 정신없을 거예요."

오, 불멸이여, 당신은 오로지 내 것이어라, 내 사랑하는 이여, 저기 번지는 광휘를 보라, 만세, 만세, 홈부르크 왕자 만세, 페르벨린 전투의 승리자, 만세! (시녀들과 장교들 그리고 횃불들이 성의 테라스에 나타난다.)* "길카주 한 잔 더 줘요."

하젠하이데에 위치한 신세계, 인생이란 그렇고 그런 것, 인생을 굳이 어렵게 만들 필요는 없다

그리고 프란츠는 리나 프르치발라 양의 방에 앉아 그녀를 바라보며 웃는다. "리나, 여자 창고지기라는 게 뭔지 알아?" 그는 그녀의 옆구리를 툭 친다. 그녀는 눈을 휘둥그레 뜬다. "네? 혹시 그 뢸쉬라는 여자 말하는 건가요? 그 여자 창고지기 맞아요. 음반 가게에서 레코드 나르는 일을 해요." "내 말은 그게 아니야. 내가 당신을 이렇게 밀치면 당신은 소파에 쓰러지고 내가 그 옆에 눕는 거야. 그러면 바로 당신은 여자 창고지기가 되고 나는 남자 창고지기가 되는 거지." "그래요, 그러고 보니 당신 정말 그러네요." 그녀가 소리를 질렀다.

---

* 「홈부르크 왕자」의 한 대목.

이렇게 해서 다시 한 번, 다시 한 번, 발레랄레랄라, 즐겨 보세, 즐겨 보세, 트랄랄라. 이렇게 해서 우리 다시 한 번, 다시 한 번 즐겨 보세, 즐겨 보세.

그리고 그들은 소파에서 몸을 일으킨다 ─ 혹시 어디 아픈 데 있는 것은 아니죠, 그렇죠? 혹시 그렇다면 어서 의사 선생을 찾아가 봐요 ─ 그들은 즐겁게 하젠하이데를 향해, 술집 신세계를 향해 걸어간다. 그곳엔 쿵쾅쿵쾅 음악 소리가 울려 퍼지고 기쁨의 불길이 타오르고 가장 날씬한 다리 선발 대회도 있다. 무대에는 악사들이 티롤 풍 복장을 하고 앉아 있었다. 감미로운 음악이 흘렀다. "마셔라, 마셔라, 형제여, 마셔라, 걱정일랑 집에다 두고, 근심도 괴로움도 다 버려라, 그러면 인생은 즐거워질 테니, 근심도 괴로움도 다 버려라, 그러면 인생은 즐거워질 테니."

박자에 맞추어, 그 소리는 다리로 전달되었다, 맥주잔들 사이로 사람들은 싱긋 웃으며 콧노래를 흥얼대고 박자에 맞추어 양팔을 흔들었다. "퍼마셔라, 퍼마셔라, 형제여, 퍼마셔라, 걱정일랑 집에다 두고, 퍼마셔라, 퍼마셔라, 형제여, 퍼마셔라, 걱정일랑 집에다 두고, 근심도 괴로움도 다 버려라, 그러면 인생은 즐거워질 테니."

찰리 채플린이 그곳에 친히 나타나 동북 지방 독일어로 뭐라 지껄이며 헐렁한 바지에 커다란 신을 신고서 위쪽의 난간에서 뒤뚱대며 걷다가는 중년의 숙녀 다리를 붙잡고서 미끄럼판을 타고 밑으로 내려왔다. 아주 많은 가족들이 테이블 주위에 앉아 음식물을 흘려 가며 게걸스레 먹고 있었다. 단돈 50페니히로 종이 술이 달린 이 긴 지팡이를 구입하면 당신이 원하는 대로 인연을 만들 수 있습니다, 사람은 목도 민감하고 오금 또한 민감하지요, 조금만 있으면 그들은 다리를 쳐들고 몸을 돌릴 겁니다. 여기에 와 있는 사람들은 다 뭔가? 남녀 시민들, 그리고 또 파트너를 데리고 나온 한 무리의 독일제국 국방군들. 마셔라, 마셔라, 형제여, 마셔라, 걱정일랑 집에다 두고.

연기가 자욱하게 피어오른다, 파이프에서, 시가에서, 담배에서 품어져 나오는 연기가 공기를 가득 채워 커다란 홀이 희뿌옇다. 연기가 너무 빽빽해지면 연기는 자신의 가벼운 몸무게를 이용해서 위로 올라가려 하며 실제로도 제 몸을 날라 줄 빈틈이나 구멍이나 환풍기를 찾아낸다. 그러나 바깥은, 바깥은 칠흑 같은 밤과 추위뿐이다. 그때 공기는 자신의 가벼움을 후회하며 타고난 제 체질을 어떻게 해 보려 하지만 한쪽으로만 돌아가는 환기 장치 때문에 어떻게 되돌릴 수가 없다. 너무 늦었다. 연기는 자신이 물리학의 법칙들에 에워싸여 있음을 깨닫는다. 연기는 무슨 일이 일어났는지 알지 못한다. 이마를 짚어 보지만 이마가 없다. 생각을 해 보려 하지만 생각을 할 수도 없다. 바람과 추위, 밤에게 사로잡혀, 연기는 이제 더 이상 보이지 않는다.

한 테이블에 두 쌍의 남녀가 앉아서 길 가는 사람들을 쳐다본다. 깨소금 무늬 양복을 입은 신사가 수염이 텁수룩한 얼굴을 피부가 가무잡잡한 뚱뚱한 여인의 불룩한 젖가슴에 파묻고 있다. 그들의 두 심장은 떨리고, 그들의 코는 쿵쿵댄다. 그는 그녀의 젖가슴에, 그녀는 머릿기름을 바른 그의 뒷머리에 각각 얼굴을 파묻고 있다.

그들 옆에서는 노란 체크무늬 옷을 입은 여인이 웃고 있다.

그녀의 기사는 그녀의 의자에 팔을 두르고 있다. 그녀는 뻐드렁니에다 단안경을 끼고 있는데, 뜨고 있는 왼쪽 눈은 먼 것 같았다. 그녀는 미소를 지으며 담배 연기를 내뿜고 머리를 흔든다. "정말 웃기는 질문이에요." 콜드파마를 한 금발의 젊은 암탉 하나가 옆 테이블에 앉아 있다. 아니, 힘차게 발달된, 하지만 치마에 감춰진 엉덩이로 조그만 정원용 의자의 쇠판을 뒤덮고 있다. 그녀는 비프스테이크 한 조각과 세 잔의 맥주 기운을 빌어 음악에 맞추어 흥겹게 콧노래를 흥얼대는 중이다. 그녀는 수다를 떨어 대면서 머리를 그의 목에 기댄다, 노이쾰른에 있는 한 회사에 근무하는 이등 설비 기술자의 목에. 그에겐 이 암탉이 올해만 네 번째 상대이고, 이 암탉에겐 이 사내가 열 번째 상대가 된다. 아니, 사람들 말로 그녀의 공식 약혼자라고 하는 그녀의 사촌오빠까지 계산하면 열한 번째 상대가 된다. 그녀는 갑자기 눈을 크게 뜬다. 위쪽의 찰리 채플린이 당장이라도 그곳으로 떨어질 것 같기 때문이다. 설비 기술자는 양손으로 미끄럼판을 꽉 잡는다. 그쪽에서 하시라도 무슨 일이 일어날지 모르기 때문이다. 그들은 소금을 뿌린 브레첼 빵을 주문한다.

조그만 식료품 가게를 운영하는 서른여섯 살 신사가 하나에 50페니히씩 주고 커다란 풍선을 여섯 개나 사서 밴드가 있는 통로 앞에서 하나씩 위로 날려 보내고 있다. 다른 매력이 없으니 그렇게 해서라도 혼자서 혹은 몇몇이 짝을 지어 나온 소녀들이나 부인들, 처녀들, 과부들, 이혼녀들, 정조를 쉽게 버리는 여인들의 주의를 끌어서 어떻게 쉽게 인연을 맺어 볼 요량이다. 연결 통로에서는 역기를 한 번 드는 데 20페니히를 지불한다. 미래를 점쳐 봅시다. 자, 손가락에 물을 충분히 묻혀서 화학 표본의 두 개의 하트 사이를 원을 그리며 톡톡 두드리고 그 손가락으로 종이 위쪽의 빈 공간을 몇 번 문지르세요. 그러면 미래의 애인의 모습이 나타날 겁니다. 당신은 어린 시절부터 옳은 길을 걸어왔습니다. 당신의 마음은 거짓을 모릅니다. 그렇지만 당신은 당신의 예민한 감각으로 당신을 시기하는 친구들이 파 놓는 어떤 함정도 냄새 맡을 줄 압니다. 앞으로도 당신의 처세술을 믿으세요. 당신이 이 세상에 처음 태어났을 때 당신을 비추어 준 별이 앞으로도 당신의 인도자가 되어 당신의 행복을 완성시켜 줄 생의 반려에게로 당신을 이끌어 줄 테니까요. 당신이 믿음을 갖게 될 생의 반려는 당신과 똑같은 성격의 소유자입니다. 당신의 반려의 사랑은 불같지는 않겠지만 그 사람 곁에서 느끼는 당신의 고요한 행복은 그만큼 더 오래 갈 것입니다.

다른 쪽 홀의 휴대품 보관소 옆 발코니에서는 밴드가 아래쪽을 향해 연주를 하고 있었다. 이 밴드 단원들은 빨간 조끼를 입고 있었으며 마실 것이 없다고 계속해서 소리쳤다. 그들 아래쪽에는 우직해 보이는 얼굴 표정의 뚱뚱한 사내가 하나 서 있었다. 그는 유난히 눈에 띄는 줄무늬 종이 모자를 쓰고 있었으며 노래를 부르면서 종이 카네이션을 단춧구멍에 꽂으려 했지만 앞서 마신 여덟 잔의 생맥주와 두 잔의 펀치 그리고 네 잔의 코냑 기운 때문에 그게 제대로 되지 않았다. 소란스러운 분위기 속에서 그는 밴드를 향해 위를 쳐다보며 노래를 부르더니 몸이 엄청나게 좌우로 퍼진 한 늙은 여자를 붙잡고서 왈츠를 추며 마치 회전목마처럼 크게 빙빙 돌았다. 춤을 추는 동안 그 여자는 점점 더 어지러워져서 폭발 직전에 간신히 정신을 차려 세 개의 의자에 겨우 몸을 눕힐 수 있었다.

프란츠 비버코프와 연미복을 입은 그 사내는 휴식 시간에 악사들이 맥주를 달라고 소리를 지르는 발코니 밑에서 마주쳤다. 빛을 뿜는 파란 눈 하나가 프란츠를 뚫어지게 쳐다보았다. 사랑스러운 달아, 너는 너무나 고요히 떠오르는구나.* 그의 다른 한쪽 눈은 앞을 보지 못했다. 두 사람은 하얀 머그잔을 높이 들었다. 그러자 이 상이용사가 쉰 목소리로 말했다. "당신도 배반자군. 다른 사람들은 다 여물통 주위에 앉아 있는데." 비버코프는 맥주를 한 모금 벌컥 들이켰다. "그렇게 빤히 쳐다보지 마쇼, 어느 부대에서 근무했소?"

그들은 건배했다, 밴드의 반주가 울렸다, 우리는 마실 게 없어, 우리는 마실 게 없어. 여보쇼들, 거기, 좀 그만둬요, 자, 기분 좋게, 기분 좋게, 건배. 자, 우리의 멋진 기분을 위하여. "당신은 독일 사람이오? 토박이 독일인이오? 이름이 뭐요?" "프란츠 비버코프요. 뚱보 아가씨, 이 사람이 나를 모르나 봐." 참전용사는 손을 입에 가져다 대고 트림을 했다. "가슴에 손을 얹고, 당신 정말 독일인이라면 말이오. 빨갱이들하고는 어울리지 마시오. 그러면 당신은 배반자요. 배반자는 내 친구가 될 수 없어." 그는 프란츠를 끌어안았다. "폴란드 놈들, 프랑스 놈들, 그리고 조국, 우리는 조국을 위해 피를 흘렸소. 조국은 우리에게 의당 감사해야 해요." 그러더니 그는 기운을 내서 그사이 다시 정신을 차린 펑퍼짐한 그 여자와 계속해서, 무슨 음악이 나오든 상관없이 예의 그 왈츠를 추었다. 그는 비틀대며 뭔가를 찾

---

* 카를 엔슬린이 작시한 노래 구절.

았다. 프란츠가 고함을 질렀다. "이리로 와." 리나가 와서 그를 데려갔다. 그렇게 해서 이제 그는 먼저 리나와 춤을 추었다. 그는 그녀와 팔짱을 끼고서 프란츠가 있는 스탠드 앞에 나타났다. "실례입니다만, 내게 이런 즐거움을 선사한 분의 존함이 어떻게 되시는지요? 존함을 알려 주실 수 있을까요?" 마셔라, 마셔라, 형제여, 마셔라, 걱정일랑 집에다 두고, 근심도 괴로움도 다 버려라, 그러면 인생은 즐거워질 테니.

아이스바인 2인분, 콘비프 1인분, 이 숙녀는 고추냉이를 먹었고. 휴대품 보관소. 대체 어디에 맡겼습니까? 이곳에는 휴대품 보관소가 둘 있습니다. 수사 중인 죄수들이 결혼반지를 낄 수 있나? 내 생각엔 안 될 것 같은데. 조정 클럽 일은 4시나 되어서야 끝났어. 저기 자동차 전용 도로는 정말 형편없어요. 계속해서 자동차 지붕에 박치기나 하는 거죠. 거의 물속으로 곤두박질치는 거나 다름없어요.

상이용사와 프란츠는 서로 끌어안고서 스탠드에 앉아 있다. "내 말 좀 들어 보게나, 여보게, 그들이 내 연금을 줄여 버렸어, 그들이 말이야, 나는 빨갱이들한테나 갈까 해. 불타는 칼로 우리를 낙원에서 몰아내는 자는 바로 대천사야. 그러니 그곳으로 다시는 돌아갈 수 없는 걸세. 하르트만스바일러코프* 꼭대기에나 앉아 있을 수밖에. 나는 중대장에게 그렇게 말하지. 그 역시 나처럼 슈타가르트 출신이야." "슈토르코?" "아니, 슈타가르트. 내 카네이션이 없어졌군, 아니, 여기 그대로 달려 있네."

---

* 독일의 남부 포게젠에 있는 산으로, 1차 세계대전 당시 독일과 프랑스가 격전을 벌인 곳이다.

바닷가에서 춤추는 파도 소리를 들으면서 키스를 해 본 사람은 이 세상에서 가장 아름다운 것이 무엇인지 안다네. 사랑과 소곤대 본 사람이니.*

프란츠는 이제 민족주의 성향의 신문을 팔러 다닌다. 유대인들에 대해 반감이 있는 것은 아니지만 그는 질서를 지지한다. 낙원에는 의당 질서가 있어야 하는 법이다. 이 사실은 누구나 다 안다. 그리고 철모단**과 그 젊은이들과 그들의 지도자를 그는 보았다. 굉장하다. 그는 지하철 포츠담 광장역 출구, 프리드리히 가의 아케이드, 알렉산더 광장 역 아래쪽에 서 있다. 그는 댄스홀 신세계에서 알게 된 외눈의 그 상이군인과, 그래, 뚱뚱한 여인과 함께 있었던 그 사내와 생각이 같다.

강림절 첫 주일에 즈음하여 독일 국민에게 : 마침내 여러분의 망상을 박살내고, 마술로 여러분을 잠재우려는 자들을 처단하라! 그러면 언젠가 격전의 벌판에서 정의의 칼과 빛나는 방패를 들고 진리가 우뚝 솟아나 적들을 물리칠 날이 올 것이다.

"이 글을 쓰는 동안 제국 국기당의 기사(騎士)들에 대한 공판이 열리고 있다. 이들 기사들은 그들에게 허용된 열다섯 배에서 스무 배에 이르는 우세한 힘을 가지고 한 줌의 나치 당원들을 공격하여 이들을 때려눕히고 심지어는 우리 당의 동지 히르쉬만을 잔인무도한 방식으로 살해함으로써 그들의 평화주의 강령과 확신을 표명하기에 이르렀다. 더구나 거짓말을 해도

---

* 당시의 유행가 구절.
**1차 세계대전 끝 무렵에 재향 군인들로 구성된 우익 준군사 단체.

2부 123

좋다는 법적인 허가와 거짓말을 하라는 당의 명령을 받은 듯한 이들 피고들의 진술로 미루어 그들의 당의 기본 원칙이 뚜렷이 표현하는 바대로 그들이 얼마나 의도적인 잔인성을 가지고 행동했는가 하는 점은 분명하다."

"진정한 연방주의는 반유대주의이며, 유대주의에 대한 투쟁은 바이에른의 독립을 위한 투쟁이기도 하다. 개회가 시작되기 이미 오래전부터 마테저 대연회장은 초만원을 이루었고, 계속해서 새로운 참가자들이 쇄도했다. 개회 선언이 있기 전까지 우리의 당찬 나치돌격대 밴드는 활기찬 행진곡과 노래를 산뜻하게 연주하여 우리를 흥겹게 해 주었다. 8시 30분 정각에 우리의 동지 오버레러는 진심 어린 인사말로 개회를 선언했고, 이어서 우리의 동지 발터 암머가 연설을 했다."

점심 때 프란츠가 엘자스 가의 술집에 들어오면서 몸조심하느라 완장을 주머니에 넣고 들어가자, 그 친구들은 배꼽을 잡고 웃으며 그의 주머니에서 그의 완장을 꺼낸다. 프란츠는 그들에게 대든다.

일자리를 잃은 젊은 금속 노동자를 향해 그가 뭐라고 하자, 그 금속 노동자는 놀라서 머그잔을 입에서 떼어 내려놓는다. "그래, 자넨 나를 비웃는군, 리하르트. 도대체 왜 그러는 건지 그 이유를 알고 싶군. 네가 결혼했다고 그러는 거야? 너는 고작 스물하나이고 네 여편네는 열여덟이야. 네가 인생에 대해 뭘 알아? 쥐뿔도 모르는 것이. 리하르트, 우리가 계집애들 얘기나 하고 있을 때, 네가 사내자식을 얻는다 해도 말이야, 그 빽빽 울어 젖히는 새끼 하나 있는 거지. 그 밖에 뭐가 있겠어? 엉?"

파업을 하다가 지금은 직장에서 쫓겨난 서른아홉 살의 연마공 게오르크 드레스케는 프란츠의 완장을 흔들어 댄다.

"자, 그 완장을 잘 살펴보라고, 게오르크. 거기에 뭐 그리 대수로운 게 적혀 있는 것도 아니라고. 나도 도망친 사람이야, 여보게, 자네처럼 말이야. 그런데 그 뒤로 어떻게 됐지? 빨간색 띠를 둘렀건, 황금빛 띠를 둘렀건, 아니면 검정, 하양, 빨강 띠를 둘렀건 간에, 그것 때문에 시가 맛이 더 좋아지는 것은 아니야. 중요한 것은 담배 그 자체야, 이 친구야. 겉껍질, 안의 내용물, 잘 말았는가, 건조는 잘 됐는가, 어디 산인가 하는 것들이 중요한 거야. 알겠어? 우리가 대체 무얼 했지. 게오르크, 어서 말해 보게."

게오르크는 완장을 가만히 스탠드 탁자 위에 내려놓고서 맥주를 한 모금 들이켜고는 몹시 머뭇거리며, 심지어 아주 더듬거리기까지 하며 말하다가 자꾸만 맥주로 목을 축인다. "나는 지금 자네만 쳐다보고 있어, 프란츠. 나는 지금 자네한테만 말하는 거야. 그리고 나는 자네를 이미 아라스 전투와 코보노 전투 때부터 알고 있지 않은가. 자넨 녀석들에게 속아 넘어간 거야." "완장 때문에 하는 말인가?" "모든 것 다 때문이지. 다 그만두게. 그러지 말게, 그런 식으로 사람들 사이를 휘젓고 다니지 말라고."

그러자 프란츠는 자리에서 일어서며, 뭔가 막 물어보려 하는, 녹색 옷깃의 젊은 금속 노동자 리하르트 베르너를 옆으로 밀친다. "아냐, 됐네, 리하르트. 자넨 좋은 친구야. 하지만 이건 사나이들끼리의 일이야. 아무리 자네에게 투표권이 있다고 해도 나와 게오르크 사이의 일에 끼어들 생각은 말게." 그러더니 그는 잠시 생각에 잠겨 바의 연마공 옆에 서 있고, 커다란 푸른 앞치마를 두른 주인은 바의 안쪽 코냑 병 선반 앞에 마주 서서 통통한 두 손을 싱크대에 넣은 채 귀를 기울인다. "그런데 게오르크, 아라스 전투가 어쨌다는 거지?" "그걸 왜 나한테 물어? 그건 자네가 잘 알지 않나? 거기서 왜 도망쳤나. 그리고 그 완장은 뭐고. 이보게, 프란츠, 나라면 그걸로 차라리 목을 매겠네. 자넨 정말 녀석들에게 속은 거야."

프란츠는 자신에 찬 눈빛을 짓더니, 말을 더듬거리며 고개를 뒤로 젖히는 연마공의 눈을 똑바로 바라본다. "아라스에 대해서는 좀 더 알고 싶네. 더 짚어 보세. 자네가 아라스에 있었다면 말이야!" "자네 지금 꿈을 꾸고 있나 보군, 프란츠. 난 아무 말도 하지 않았어. 자네 취한 것 같아." 프란츠는 기다리며 곰곰이 생각한다. 이 녀석이 그 말을 한 걸 후회하게 해 주고 말겠어. 아무것도 모르는 척하면서 꾀를 쓰고 있군. "그래, 맞아, 게오르크, 우리는 아라스에 함께 있었어. 아르투어 뵈제, 블루멘 그리고 그 키 작은 중사하고 말이야. 그 사람 이름이 뭐였더라. 이름 한번 우스꽝스러웠는데." "잊어버렸네." 이 친구 그냥 계속해서 떠들게 두는 거야. 잔뜩 취했어. 다른 사람들도 다 알아. "잠깐만. 그 친구 이름이 뭐였더라, 비스타인가 비스크라 뭐 그런 거였지. 그 작은 친구 말이야." 그냥 떠들게 놔두자, 나는 한마디도 하지 않을 테니. 그러다가 말의 갈피도 잡지 못할 거야. 그러면 더 이상 떠들지 않겠지. "맞아, 우리는 그들을 다 알아. 내 말뜻은 그게 아닐세. 그 뒤로, 그러니까 아라스 이후로 우리가 어디에 있었느냐 이거야, 모든 게 다 끝난 뒤에. 1918년 이후에 말이야. 이곳 베를린뿐만 아니라 할레에서도 그리고 킬에서 또 다른 혼란이 시작되고서……."

게오르크 드레스케는 그의 말에 응수하지 않았다. 정말 내가 미련한 짓을 하고 있구먼. 이런 쓸데없는 얘기나 들으려고 이 술집에 온 건 아니잖아. "됐네, 그런 이야길랑 집어치워. 난 갈 테니까. 그런 얘길랑 이 어린 리하르트에게나 하라고. 자, 리하르트." "이 친구는 내 앞에서 뭔가 있는 척한단 말이야, 이 남작님 말씀이야. 이젠 남작들하고만 어울리는 모양이야. 이런 분이 우리가 있는 이런 술집에 다 들르다니, 지체 높으신 분께서 말이야." 맑은 두 눈이 드레스케의 불안스러운 눈을 뚫어지게 바라본다. "그러니까 내가 하고자 하는 말은 말이야, 정확하게 말해서, 게오르크, 1918년 이후로 우리가 아라스의 어디에 있었느냐 이거야. 야전 포병대냐, 아니면 보병이냐, 고사포 부대냐, 무전병이냐, 공병이냐, 아니면 그 무엇이든 말일세. 그러니까 평화가 오고 나서 우리가 어디에 있었느냐 이거야." 그래, 알겠다, 네 의도가 뭔지. 좀 기다려 봐라, 이 친구야. 그런 이야기는 해서는 안 되는 거야. 그래도 할 텐가? "먼저 차분히 맥주를 한잔 들이켜야겠네. 이보게, 프란츠, 자네가 그 뒤로 어디에 있었는지, 어디로 돌아다녔는지, 아니면 어디로 돌아다니지 않았는지, 어디에 서 있었는지 아니면 어디에 앉아 있었는지, 그건 자네 신분증을 보면 다 나오네. 장사하는 사람은 늘 신분증을 몸에 지니고 다니지 않나." 이 친구 이제 내 말뜻을 알아들었겠지. 확실하게 잘 새겨 두라고. 침착한 눈이 드레스케의 교활한 눈을 응시한다. "1918년 이후로 사 년 동안 나는 베를린에 있었네. 전쟁이 그렇게 오래 끈 것도 처음이야, 그렇지? 나는 정말 바쁘게 돌아다녔지. 자네도 그렇잖아. 여기 있는 리하르트야 아직 엄마 치마폭에 싸여 있었겠지. 그래, 우리는 이곳에서 아라스에서 겪은 것과 같은 것들을 목격했지. 자네도 그런가? 인플레이션, 유가 증권, 수백만, 수십억의 유가 증권, 고기는커녕 버터 구경도 못 했지. 전보다 훨씬 나빴어. 우리는 이 모든 것을 목격했어. 자네도 그렇지, 게오르크. 그리고 아라스가 어디 있었는지는 자네 손가락으로 직접 헤아려 봐도 알 수 있을 걸세. 그곳엔 아무것도 없었어, 뭐가 있었나? 우리는 그저 떠돌아다니다가 농부들의 감자나 훔쳐 먹었지."

혁명? 깃발을 내려 기름 봉지에 싸서 옷장에나 집어넣어라. 엄마한테 슬리퍼를 가져다 달라 하고 새빨간 넥타일랑 풀어 버려라. 너희들은 혁명을 늘 입으로만 할 뿐이야. 너희들의 공화국이란 산업 재해에 지나지 않아.

드레스케는 속으로 생각한다. 이 친구 위험한 물건이 되겠어. 리하르트 베르너, 이 풋내기 멍청이가 또 주둥이를 놀리는군. "아마도, 프란츠, 당신은 전쟁을 다시 시작했으면 하는 것 같군요. 전쟁터로 우리 등을 떠밀고 싶어 하는군요. 흥겹게 프랑스를 정복하자! 그래 봤자 당신 바지에 큼직한 구멍이나 생길 뿐이에요." 프란츠는 생각한다. 원숭이 같은 녀석, 혼혈아, 검둥이들의 천국. 이 녀석은 전쟁을 영화로만 알고 있는 놈이야, 대갈통을 한 방 먹여 꺼꾸러뜨리고 싶군.

술집 주인은 파란색 앞치마에 두 손을 닦는다. 초록색 안내 책자가 깨끗한 유리잔들 앞에 놓여 있다. 주인은 가쁘게 숨을 헐떡이면서 그것을 읽는다. '손으로 가려낸 케어비더-볶음 커피는 비길 데가 없다. 보통 커피.(2급의 원두와 볶음 커피.) 갈지 않은 순수 원두커피, 2마르크 29페니히, 순수 원두 보장 산토스, 사용하기에 진하고 경제적인 믹스 커피 가정용 우량품 산

토스, 향이 진한 판 캄피나스 믹스 커피, 정선 멕시코 믹스 커피, 저렴한 가격의 대농장 커피, 3마르크 75페니히, 여러 품목을 함께 철도 배송으로 주문할 경우 최소 무게 16킬로그램은 돼야 함. 꿀벌 한 마리가, 아니, 말벌 한 마리가, 아니, 호박벌 한 마리가 연통 옆의 천장 위에서 뱅뱅 날아다닌다, 겨울에 만나는 완전한 자연의 기적이다. 그놈의 동족, 동류, 동지 그리고 같은 속(屬)의 동료들은 죽었다, 이미 죽었거나 아니면 아직 태어나지 않았다. 지금은 빙하 시대, 고독한 호박벌은 이 시대를 견딘다. 어쩌다 그리 되었는지, 왜 하필이면 이 호박벌인지는 아무도 모른다. 그러나 햇살은 소리 없이 앞쪽의 테이블과 바닥을 비추고 '뢰벤브로이 파첸호퍼'라는 간판에 부딪혀 밝은 두 덩이로 나뉘지만, 태곳적 모습을 그대로 담고 있는 이 햇살을 들여다보고 있노라면 모든 것이 덧없고 무의미하다는 생각이 든다. 햇살은 x킬로미터를 거쳐 왔으며 y별 곁을 지나왔다. 태양은 수백만 년 전부터, 느부갓네살 훨씬 이전부터, 아담과 이브보다 훨씬 전부터, 어룡보다도 훨씬 전부터 있었다. 이제 햇살은 조그만 맥주집의 창문으로 비추어 들어 '뢰벤브로이 파첸호퍼'라는 함석 간판에 의해 두 덩이로 나뉘어 테이블들과 바닥 위로 쏟아지며 눈에 띄지 않게 앞으로 나아가고 있다. 햇살은 이것들 위로 쏟아지고, 이것들은 쏟아지는 햇살을 느낀다. 햇살은 날개를 달아 가볍다, 너무나 가볍다, 빛처럼 가볍다. 저 하늘 높은 곳에서 나 이곳으로 내려오나니.*

천을 두른 두 마리의 자랄 대로 다 자란 큰 짐승, 두 인간,

---

* 루터가 쓴 성탄절 노래의 첫 구절.

남자들, 신문팔이와 직장에서 쫓겨난 연마공은 스탠드 앞에 서서, 바지 속 두 다리로 꼿꼿이 서서, 코트의 두꺼운 소매에 두 팔을 꽂은 채로 나무 바에 기대어 있다. 그들은 각자 생각하고 관찰하고 느낀다, 각자 서로 다른 것을.

"그렇다면 자네는 아라스라는 것은 있지도 않았다는 것을 너무나 잘 알고 있고 또 잘 기억하고 있겠군, 게오르크. 우리는 일을 제대로 하지 않았던 거야, 우리가 말일세. 솔직히 말해서 말이야. 너희나, 아니면 그곳에 있던 다른 사람들이 아냐. 규율도 없었고, 지휘를 하는 사람도 없었어. 늘 싸움질만 벌어졌지. 우리는 참호에서 도망쳤어, 자네도 함께 도망쳤고 그 다음에 뵈제도 말이야. 그래서 이렇게 고향으로 돌아왔어. 그런 분위기가 번지기 시작했을 때. 도대체 누가 도망쳤지? 너나 할 것 없이 다야. 그곳에 남은 사람은 아무도 없었네. 그건 자네도 봤지. 아마 한 줌이나 남았을까. 한 천 명 정도? 그 정도야 자네가 갖게." 이 친구 또 허풍을 떠는군. 돌대가리. 그러니까 속아 넘어가지. "그들, 그 보스들이 우리를 배반한 거야, 프란츠, 1918년과 1919년에 말이야. 그래서 그들은 로자와 카를 리프크네히트를 죽였어. 때문에 우리는 단결해야 하고 뭔가 해야 하네. 러시아를, 레닌을 보게. 그 사람들은 단결하잖아. 마치 아교처럼 말이야. 그래도 좀 기다리며 두고 보자고." 피를 흘려야 하리라, 피를 흘려야 하리라, 철철 피를 흘려야 하리라.*
"난 신경도 안 써. 기다리는 동안 세상은 끝장날 테지. 자네도 함께 말이야. 그딴 것에 다시는 속지 않을 걸세. 내게 이런 게

---

* 1848년 독일 혁명 당시 대학생들이 부르던 노래의 일부.

바로 증명이야. 즉 그들이 뭐 하나 제대로 해내지 못했다는 거 말이야. 그걸로 충분해. 아주 조그만 일 하나 제대로 된 것이 없었네. 하르트만스바일러코프의 경우를 보게. 그것에 대해 누군가 내게 자꾸만 설교를 하려 들지. 아까 저 위에 있던 그 상이군인 같은 사람 말일세. 자넨 그 친구를 모를 거야. 전혀 모를 거야. 그건 그렇고……."

프란츠는 자리에서 일어나 테이블 위에 있던 완장을 집어 들어 코트 안쪽에 구겨 넣고는 왼팔을 앞뒤로 수평으로 휘저으며 천천히 자기 자리로 돌아간다. "내가 늘 하던 얘기를 들려주겠네, 크라우제, 자네도 기억하고 있을 거야, 리하르트. 자네들 하는 방식으로는 아무것도 안 된다는 거지. 그런 식으로는 안 돼. 여기 이 완장을 가지고 한다면 혹시 뭔가 해낼 수 있을지 모르지만. 나는 그런 얘기를 전혀 한 적 없어. 그건 다른 문제야. 그들이 말하는 지상의 평화, 말이야 좋지. 그리고 일하고 싶은 사람은 얼마든지 일이나 하라고 해. 그따위 멍청한 짓은 전혀 내 체질이 아니야."

그런 다음 그는 창가 의자에 앉아 뺨을 쓰다듬으면서 밝은 안쪽 홀을 힐끔 쳐다보더니 귓속 털을 잡아 뽑는다. 전차가 덜컹대며 길모퉁이를 돌아간다. 9번 전차, 오스트링, 헤르만 광장, 빌덴브루호 광장, 트렙토 역, 바르샤바 다리, 발텐 광장, 크닙로데 가, 쇤하우스 거리, 슈테틴 역, 헤트비히 교회, 할레 성문, 헤르만 광장. 술집 주인은 놋쇠로 된 맥주 코크에 기대어 서서 새로 해 넣은 아래턱의 땜질한 혀로 핥으면서 약 맛을 느낀다. 이번 여름에는 어린 에밀리를 시골이나 치노비츠의 여름 캠프에 보내야겠다. 그 애는 몸이 많이 허약해져 있어. 그의 두 눈은 다시 녹색 안내 책자에 가서 머문다. 안내 책자가 삐딱하게 놓여 있어서 다시 똑바로 세워 놓는다. 약간 불안하다. 뭔가 삐딱하게 놓여 있으면 가만있을 수가 없다. 일급 양념 소스에 절인 비스마르크 청어, 가시를 발라낸 연한 생선, 오이 피클을 속에 넣어 맛있게 만든, 고급 양념 소스에 절인 롤몹스, 젤리에 절인 청어, 큼직한 고깃덩이, 맛있는 생선, 청어구이.

말소리들, 소리쳐 울리는 파도, 소리의 물결들이 내용물로 가득 차서 실내에서 이리저리 부딪친다. 드레스케, 말더듬이의 목구멍에서 나오는 소리다. 바닥을 내려다보며 웃는 그에게서. "자, 그러면 프란츠, 성직자 나부랭이들이 하는 투로, 자네의 새 인생길에 행운이 있기를 빌겠네. 정월에 우리는 프리드리히스펠데로 카를과 로자 추모 행진을 하려는데 함께하지 않겠다는 거군." 뭐라 더듬대며 떠들 테면 떠들라지. 나는 신문이나 팔련다.

술집 주인은 그들만 남게 되자 프란츠를 보며 웃는다. 프란츠는 두 다리를 편안하게 테이블 밑으로 뻗는다. "헨쉬케, 그 치들이 왜 도망쳤는지 알겠소? 내 완장 때문에? 내 생각으로는 원군을 구하러 간 것 같군." 이 친구 정말 그만둘 줄 모르는군. 그들이 오면 아마 밖으로 몰아내겠지. 피를 흘려야 하리라, 피를 흘려야 하리라, 철철 피를 흘려야 하리라.

술집 주인은 이 땜질한 곳을 혀로 맛본다, 오색방울새를 창가 가까운 쪽으로 옮겨 놓아야 해, 저렇게 조그만 짐승도 햇빛이 필요할 테니. 프란츠는 주인을 도와 카운터 안쪽에다 못을 하나 박는다. 주인은 반대편 벽에서 파닥이는 조그만 짐승이 든 새장을 떼어 가지고 온다. "오늘은 좀 컴컴해요. 높은 건물

들 때문이죠." 프란츠는 의자에 올라가 새장을 걸어놓고 다시
내려와 휘파람을 불며 집게손가락을 치켜세우고 속삭인다. "이
제부터는 아무도 가까이 가지 못할 거요. 이 새도 거기에 익숙
해지겠죠. 이건 오색방울새군, 암컷이야." 둘은 잠자코 있다가
서로를 향해 고개를 끄덕이고 마주보며 싱긋 웃는다.

프란츠는 품격이 있는 남자다,
그는 스스로에게 무엇을 빚졌는지 안다

그날 밤 프란츠는 헨쉬케의 술집에서 쫓겨나는 일을 겪는다.
그는 9시에 혼자서 술집 안을 어슬렁거리며 그 새를 넘겨다본
다. 새는 벌써 머리를 날갯죽지에 묻고서 한쪽 구석의 횃대 위
에 앉아 있다. 저렇게 조그만 짐승이 잠을 자면서 떨어지지 않
으니 신기할 따름이야. 프란츠는 주인과 나지막이 말을 주고받
는다. "이 조그만 짐승에게 무슨 말을 하나요? 이 조그만 짐승
은 당신 술집의 소란 속에서 자는데 말이오. 무슨 말을 하지
요? 참으로 놀랍지 않소? 아주 피곤할 텐데. 이곳의 연기 때문
에 말이오. 이곳의 연기가 그 조그만 폐에 좋을 리가 만무한
데." "이 녀석이 우리 집에서 아는 것이라곤 연기뿐이오. 이곳
엔 늘 연기뿐이니까요. 술집이니까. 그래도 오늘은 좀 덜한 편
이오."
그리고 프란츠는 의자에 앉는다. "그러면 오늘은 담배를 피
우지 말아야겠군. 그렇지 않아도 담배 연기가 자욱하니까. 나
중에 창문을 조금 열어 놓아야겠어. 그렇다고 찬바람이 들어

올 것 같지는 않으니." 게오르크 드레스케, 젊은 리하르트, 그리고 그 밖의 다른 세 사람이 건너편 테이블에 서로 떨어져 앉아 있다. 그들 중 두 사람은 프란츠가 모르는 사람들이다. 이 술집에는 그들뿐이다. 프란츠가 술집에 들어섰을 때 술집 안은 말과 욕설이 오가는 난장판이었다. 그가 문을 열고 들어서자마자 그들 새로 온 두 사내는 목소리를 죽이고서 프란츠가 있는 쪽을 자꾸만 힐끔힐끔 넘겨다보고 테이블에 허리를 구부리더니 이윽고 거만스레 몸을 뒤로 젖히고 건배를 한다. 아름다운 눈이 윙크를 하면, 가득 찬 잔이 반짝이면, 어찌 한 잔하지 않을 수 있으리.* 대머리 술집 주인 헨쉬케는 맥주 따르는 꼭지와 싱크대 앞에 서서 일을 할 뿐 평소와 달리 그곳을 떠나지 않고 뭔가 분주하게 손을 놀렸다.

그때 갑자기 옆 테이블의 대화 소리가 커진다. 새로 온 사내들 중 하나가 소리를 높인다. 노래를 하겠단다. 이곳이 너무 조용하다면서. 피아노 치는 사람도 없고. 헨쉬케가 그를 향해 소리친다. "누굴 위해서요? 그럴 만큼 이 가게는 벌이가 신통치 않소." 그들이 무슨 노래를 부르려는 건지 프란츠는 이미 다 알고 있다. 새로운 노래를 모른다면 아마 「인터내셔널」이나 「형제여, 빛을 위하여, 자유를 위하여」일 거다. 노래를 시작한다. 그들은 「인터내셔널」을 부른다.

프란츠는 음식을 씹으면서 생각한다. 저치들이 나를 겨냥하고 있군. 담배만 많이 안 피우면 괜찮아. 노래를 부르는 동안은 담배를 못 피우지. 담배는 어린 새에겐 너무 해로워. 늙은 게오

---

* 작자 미상의 권주가.

르크 드레스케가 저런 애송이들하고 합석해서 나에게 올 생각을 하지 않다니 참으로 알 수 없는 일이다. 저런 늙은 주책바가지, 장가까지 간 주제에 정말 잘난 주책바가지로군. 어린 풋내기들하고 앉아서 녀석들 잡담이나 듣고 앉아 있다니. 새로 온 사내 하나가 그가 있는 쪽으로 소리친다. "자, 어때요, 노래 마음에 들었소, 동지?" "좋았소. 목소리가 좋군요." "함께 노래하지 않을래요?" "일단 음식이나 먹겠소. 식사가 끝나면 같이 노래하거나 내가 다른 노래를 한 곡 부르겠소." "좋아요."

그 사람들은 계속 이야기를 나누고, 프란츠는 편안하게 먹고 마시며 리나 생각도 하고 작은 새가 자면서도 떨어지지 않는 것에 대해서도 생각하며 누가 파이프를 피우지 않나 해서 건너편을 넘겨다보기도 한다. 오늘은 벌이가 썩 괜찮긴 했지만 너무 추웠다. 저편에서 그들 중 몇몇이 그가 먹는 모습을 계속해서 눈으로 좇고 있다. 저 친구들은 내가 잘못 먹다 사레가 들릴까 걱정을 하는가 보군. 예전에 이런 일이 있었지. 어떤 사내가 소시지 빵을 먹었는데, 그것이 위에 도달해서는 뭔가 곰곰이 생각하더니 다시 목구멍으로 올라와 '겨자를 안 쳤어요.'라고 말하고 나서 그제야 제대로 아래로 내려갔다는 거야. 그런 행동은 올바른 양친 아래서 자란 소시지 빵이나 할 수 있는 일이야. 드디어 프란츠가 식사를 끝내고 맥주까지 들이켜고 나자 아까 그자가 얼른 프란츠가 있는 쪽을 향해 소리친다. "자, 어때요, 동지, 우리한테 노래 한 곡 들려주지 않을래요?" 저 친구들은 저기서 지금 합창단을 조직하려는 건지도 몰라. 합창단에 들어가는 것도 괜찮겠군. 노래를 부르면 담배를 안 피울 테니. 그렇다고 그렇게 서두를 것도 없어. 약속은 했으니

지켜 줘야지. 그리고 프란츠는 콧물을 훔치며 생각해 본다. 따스한 데 들어서면 콧물이 흐른다. 풀어 봤자 소용없다. 그는 생각한다. 리나는 어디 있을까. 소시지를 몇 개 더 먹어도 될까. 그러면 살이 너무 찔 거야. 너무 말이야. 그런데 저 친구들 앞에서 무슨 노래를 부른담. 인생이 뭔지 전혀 모르는 녀석들인데. 그래도 약속은 약속이야. 그때 갑자기 그의 머릿속으로 문장 하나가, 한 소절이 스치고 지나간다. 그가 형무소에서 익힌 시였다. 형무소에서는 그 시를 자주들 읊었지. 그래서 감방마다 그 시가 널리 퍼졌어. 그는 순간 무엇엔가 홀린 듯했다. 머리는 열기로 화끈거리고 붉어져 아래로 떨어졌다. 그는 진지하고 생각이 많은 사람이다. 그는 맥주잔을 잡고서 말한다. "시를 하나 알고 있소. 형무소에서 배운 거요. 어떤 죄수에게서 말이오. 그 친구 이름이 뭐더라. 잠깐만. 아, 돔스였소."

그래 바로 그 친구였어. 이제는 출감했겠지. 어쨌든 참 아름다운 시야. 그 혼자 테이블에 앉아 있고, 헨쉬케는 싱크대 뒤에 서 있고 다른 사람들은 그에게 귀를 기울인다. 누구 하나 끼어들지 않는다. 타일을 붙인 난로에서 장작불 타는 소리가 난다. 프란츠는 양손으로 턱을 괴고서 돔스가 지은 시를 읊기 시작한다. 그러자 그의 눈에는 감방과 산책하던 뜰이 보인다. 이제 그는 이것들을 차분히 견딜 수 있다. 이젠 어떤 녀석들이 그곳에 있을까. 그 스스로 그곳의 뜰을 거니는 것 같다. 여기 있는 자들은 할 수 없는 일이야. 이자들이 인생에 대해 뭘 알까.

그는 읊조린다. "그대 만일, 오, 인간아, 이 세상에서 사나이로 살아가려면, 산파의 손에 의해 이 세상 햇빛을 보기 전에 찬찬히 고민해 보아야 하리라! 이 세상은 고통의 둥지인 것을! 이 시를 지은 시인의 말을 믿으라, 늘 이 맛없는 단단한 음식을 씹고 있는 시인의 말을! 괴테의 『파우스트』에서 슬쩍해 온 인용구를 보자. 사람은 무릇 어머니 배 속에 있을 때만 인생이 즐거운 법이다! …… 훌륭한 아버지 국가가 있어 그대를 아침부터 밤늦게까지 부려 먹나니. 국가는 금지의 법과 조례로 그대를 괴롭히고 고통을 준다. 국가의 첫 번째 계명은 '어이, 돈을 내놔!'이고, 두 번째 계명은 '주둥이를 닥치고 있어라!'이다. 그렇게 해서 그대는 미명과 어둠 속에서 살아간다. 그리하여 때로 그대는 진득한 불만을 술집에서 맥주나 포도주로 풀어 버리려 하지만 잽싸게 찾아오는 것은 숙취뿐. 그러는 사이 세월은 그대의 문을 두드리고, 머리는 좀이 먹어 시들어 가고, 뼈대는 위험스레 우지끈거리고, 사지는 축 처져 이울어 가고, 알곡은 뇌 속에서 시큼한 냄새를 풍기기 시작하고, 실타래는 점점 더 가늘어진다. 한마디로 그대는 이제 가을이 왔음을 알고 숟가락을 내려놓고 죽어 간다. 이제 나 이렇게 떨며 그대에게 묻는다, 오, 친구여, 인간이란 무엇인가? 인생이란 무엇인가? 우리의 위대한 실러는 이미 이렇게 말하지 않았던가. '인생이란 우리 인간이 가진 것 중 최고의 것은 아니다.' 그러나 나는 이렇게 말하고 싶다. 인생이란 닭장의 사다리일 뿐, 저 위에서 계속해서 아래로 내려가는."

모두 조용하다. 잠시 사이를 두었다가 프란츠가 말한다. "그래, 이게 바로 그 친구가 지은 시요. 그는 하노버 출신이었지요. 나는 이 시를 지금까지 마음속에 담아 두었소. 어때, 멋지지 않소? 인생을 잘 표현한 것 같은데. 좀 쓸쓸하지."

건너편에서 목소리가 들려온다. "음, 그중에 국가에 대한 것은 새겨 두어도 좋겠소. 괴롭히고 부려먹는 그 훌륭한 국가라는 것 말이오. 그 시를 외운다고 해서, 동지, 그게 다는 아니오." 프란츠는 여전히 머리를 양손으로 받치고 있다. 시의 여운이 아직 남아 있다. "그래, 그들에겐 굴도 철갑상어 알도 없소. 우리도 그렇고. 스스로 먹을 것을 벌어야 하고, 불쌍한 악마를 위해 뼈 빠지게 일해야 합니다. 두 다리가 멀쩡하고 그걸로 뭔가 할 수 있으면 그것만으로도 기쁜 일이오." 그들이 건너편에서 계속 쏘아 대기 시작한다, 저치가 다시 깨어난 모양이다. "돈벌이도 가지가지요. 옛날에 러시아에서는 탐정이라는 게 있었는데 제법 돈을 많이 벌었다고 하오." 새로 온 또 한 사나이가 큰 소리로 말한다. "지금 이 나라에도 완전히 다른 족속들*이 있어요. 이들은 밥벌이가 좋은 윗자리에 앉아 노동자들을 자본주의자들에게 팔아먹으며 그걸로 돈을 번다는군요." "창녀보다 나을 게 없어요." "아니, 그보다 더 나빠."

프란츠는 여전히 아까 그 시를 생각하고 있다. 그 안에 있던 친구들은 무얼 하고 있을까. 많은 친구들이 새로 왔겠지. 날마다 호송차가 오가니까. 그때 그들이 소리친다. "자, 어서 해요. 노래는 어떻게 된 거요? 음악이 없잖소. 약속해 놓고 지키지 않다니." 그래, 노래까지 들려주지. 나는 약속한 것은 지키는 사람이다. 먼저 목 좀 축이고.

프란츠는 맥주를 새로 한 잔 달라고 해서 한 모금 들이켠다. 무슨 노래를 부르지? 그 순간 그는 안마당에 서서 마당의 벽들을 향해 뭔가 소리치던 자신의 모습을 생각한다. 왜 하필 오

---

* 독일 사회민주당(SPD)을 말함.

늘 그것이 떠오르는 걸까? 그 노래가 뭐였더라? 이어 그는 편안하게 그리고 천천히 노래를 시작한다. 노래가 저절로 입에서 흘러나온다. "내겐 전우가 있었네, 그보다 더 좋은 전우는 없으리. 저─언투의 나팔 소리 울리면 나와 함께 보조를 맞추어 나아갔네. 나와 보조를 맞추어 나아갔네." 사이. 그는 2절을 부른다. "총알이 날아왔네. 내가 맞느냐, 네가 맞느냐. 총알에 전우는 쓰러져 내 옆에 누웠네. 내 몸의 일부 같았네." 이어서 그는 큰 소리로 마지막 소절을 부른다. "전우는 내게 손을 뻗치려 하네. 나 총에 총알을 장전해야 하네. 나 그에게 손을 뻗을 수 어─없네. 부디 영원히 사─알아 다오, 나의 좋은 전우여, 나의 좋은 전우여."*

마침내 그는 의자에 등을 기댄 채 크고 엄숙하게 노래를 불렀다 씩씩하게 그리고 포만감을 느끼며 그는 노래한다. 끝에 가서는 건너편에 있던 그들도 어리둥절해 하던 기분을 떨쳐 버리고 큰 소리로 그의 노래를 따라 부르며 테이블을 두드리고 괴성을 지르며 야단법석을 떤다. "나의 조─옹은 전우여." 그러나 노래를 부르는 동안 프란츠는 원래 부르려고 했던 노래가 떠올랐다. 전에 그는 안마당에 서 있었다. 이제 그 노래를 떠올렸다는 것이 흐뭇했다. 때문에 그가 어디에 있든 아무 상관 없었다. 지금은 노래를 부르는 중이다. 이 노래가 끝나면 그 노래를 불러야겠다. 그 유대인들의 모습이 보인다. 그들은 싸우고 있다. 그 폴란드 남자 이름이 뭐였더라. 그 점잖은 노신사

---

* 루트비히 울란트(1787~1862)가 1809년에 튀빙겐에서 지은 「좋은 전우」(1809)라는 시.

이름이. 다정함, 감사. 그는 홀을 향해 목청을 돋운다. "저기 함성 소리 크게 울리나니, 우레와 같이. 부딪치는 총칼 소리, 파도 소리같이. 라인으로, 라인 강으로, 독일의 라인 강으로, 우리 모두 수호자가 되자! 사랑하는 조국이여, 안심하라, 사랑하는 조국이여, 안심하라. 초병은 철통 같으니. 라인 강의 초병이여. 초병은 철통 같으니. 라인 강의 초병이여!" 이제 다 지난 일이다. 우리는 알고 있지. 그리고 이제 우리는 이곳에 앉아 있다. 인생은 아름답다, 아름답다고. 모든 것은 아름답다.

다음 순간 그들은 아주 조용해진다. 새로 온 사내들 중 하나가 그들을 달래려 한다. 그들은 못 들은 체한다. 드레스케는 구부리고 앉아 머리를 긁적이고, 술집 주인은 스탠드 뒤에서 걸어 나와 코를 훌쩍이며 테이블에 앉아 있는 프란츠 옆에 가서 앉는다. 노래가 끝나자 프란츠는 인생 만세를 부르고 맥주잔을 흔들어 대며 "건배"를 외치고 테이블을 두드린다. 그는 얼굴이 빛난다, 만사 오케이다, 배도 부르다. 그런데 리나는 어디 있을까. 그는 충만한 자신의 얼굴을 어루만진다. 그는 튼튼한 사나이다. 지방질이 약간 섞여 살도 통통하게 쪘다. 아무도 대답하지 않는다. 침묵.

건너편에 있던 한 사내가 의자에 다리를 턱 걸치더니 재킷 단추를 채우고 허리띠를 단단히 동여맨다, 새로 온 사내들 중 하나로 등이 곧은 키다리다. 이거 정말 큰일이다. 그는 행진하듯 프란츠에게 다가간다. 머리를 한 대 갈길 태세다. 그 사내의 팔이 프란츠에게 닿는다면 말이다. 그 사내는 펄쩍 뛰어 프란츠의 테이블 위에 기마 자세로 걸터앉는다. 프란츠는 그것을 지켜보며 기다린다. "이봐, 이 술집에는 다른 의자들도 많이 있을 텐데." 그러나 그 사내는 위에서 아래쪽을 향해 손가락으로 프란츠의 접시를 가리킨다. "뭘 먹었지?" "이 술집에 의자는 얼마든지 있다고 했잖아. 눈이 있으면 한번 봐. 어이, 네 엄마가 너 어렸을 때 너무 뜨거운 목욕을 시킨 모양이군, 안 그래?" "그런 말 하자는 게 아니야. 네가 뭘 먹었는지 알고 싶다는 거야." "치즈 샌드위치 먹었다, 이 멍청아. 빵 부스러기가 눈에 안 보여? 이 바보야. 당장 테이블에서 내려가. 이런 예의도 모르는 녀석." "치즈 샌드위치라는 것쯤은 냄새로도 알 수 있어. 그런데 그게 어디서 났지?"

그러나 프란츠는 귀가 새빨개지며 자리에서 벌떡 일어난다. 건너편 테이블에 있던 자들도 일어난다. 프란츠는 자기 테이블을 손으로 움켜잡더니 뒤집어엎어 버렸다. 그 바람에 새로 온 그 사내는 접시, 맥주잔 그리고 겨자 통과 함께 쿵 하며 바닥에 나뒹굴었다. 접시가 박살이 났다. 헨쉬케는 일이 그렇게 될 것을 예상했다. 그는 그릇 조각들을 발로 밟으며 말한다. "제발 그만둬요. 내 가게에서 싸움질일랑 말라니까. 이곳에서는 싸움 금지요. 조용히 있지 않으려면 당장들 나가요." 키다리는 다시 일어나더니 주인을 옆으로 밀친다. "저리 비켜요, 헨쉬케. 싸움 같은 것은 하지 않을 테니까. 결판은 내야지. 물건을 부수면 부순 사람이 변상하는 거고." 내가 좀 지나친 것 같군. 프란츠는 그렇게 생각하며 블라인드가 있는 창문에 가서 달라붙는다. 여기서 빠져나가야겠다. 이자들이 잡지만 않는다면, 그래, 이자들이 잡지만 않는다면 말이야. 난 누구에게나 잘해 주는데. 하지만 늘 이런 변은 있기 마련이야. 저치가 어리석지 않았으면 좋겠는데. 나를 붙잡지 말아야 할 텐데.

키다리는 바지를 걷어 올린다, 그래, 저치가 한판 뜰 모양이군. 프란츠는 뭔가 일의 조짐을 지켜본다. 드레스케는 뭘 하고 있나. 그 역시 저편에 서서 그냥 지켜보고만 있다. "게오르크, 이런 형편없는 풋내기를 봤나. 어디서 이런 코흘리개를 끌고 왔어?" 키다리는 바지춤을 움켜쥐고 있다. 바지가 자꾸만 흘러내리는 모양이다. 그러면 단추를 새로 달아야지. 키다리는 주인을 향해 비웃는 투로 말한다. "계속해서 지껄이게 놔두자고. 우리는 파시스트들도 떠들게 놔두거든. 녀석들이 그렇게 떠드는 것도 다 우리 때문에 얻은 언론의 자유 덕이야." 그리고 드레스케는 왼팔로 뒤쪽을 향해 손짓을 한다. "아냐, 프란츠, 난 이 일에 끼어들지 않았어. 보라구, 다 자네의 알량한 행동과 노래로 저지른 일이야. 난 이 일에 끼지 않겠어. 여기서 이런 일은 처음 겪어."

저기 함성 소리 크게 울리나니, 우레와 같이,* 아 그래, 내가 안마당에서 불렀던 그 노래다. 이 인간들이 그것을 가지고 날 놀리려는 모양이군. 그것에 대해 뭐라고 한마디 거들려는 것 같군.

"파시스트, 잔인한 자식!" 키다리는 프란츠에게 으르렁댄다. "완장을 당장 내놔! 자, 어서!"

이제 드디어 시작이군. 이것들이 네 놈이서 함께 덤빌 모양이군. 창 쪽에 등을 돌리고 서 있어야겠어. 먼저 의자를 하나 확보해 놓아야지. "완장을 내놔! 저놈의 주머니에서 꺼내야지. 저놈에게서 완장을 뺏어." 다른 녀석들도 그와 합세한다. 프란츠

---

* 「라인 강의 초병」의 첫 구절.

는 두 손으로 의자를 꽉 잡고 있다. 우선 의자를 꽉 잡고 있는 거다. 우선 단단히 잡고 있는 거야. 그러다가 뽑아 드는 거야.

술집 주인이 키다리를 등 뒤에서 끌어안고 애원한다. "자, 비버코프, 어서 가요, 당장! 어서 나가라고요." 이 친구는 자기 가게 걱정뿐이군. 유리창은 보험에 들지 않은 모양이야. 자, 난 괜찮아. "헨쉬케, 베를린에 술집은 얼마든지 있어. 나는 그저 리나를 기다리고 있었을 뿐이야. 그런데 당신은 저 인간들 편을 드는군. 왜 저들이 나를 내쫓으려는 거요. 나야말로 날마다 여기 오는 사람이고, 저기 저 두 풋내기들은 오늘 저녁에 처음으로 왔는데." 주인은 키다리를 뒤로 밀어내고, 또 다른 새로 온 사내는 침을 뱉는다. "네 녀석이 파시스트니까 그렇지. 넌 주머니에 완장을 가지고 있잖아. 넌 나치 당원이야."

"그래, 난 그런 사람이야. 게오르크 드레스케에겐 다 얘기해 주었다. 그 이유를 말이야. 그걸 모르니 네 녀석들은 그렇게 짖어 대는 거야." "아냐, 네 녀석이 짖어 댔지. 라인 강의 초병이니 뭐니 하면서!" "방금 전처럼 그렇게 소란을 피워 대고 내 테이블에 걸터앉거나 하면 말이야, 그런 식으로는 이 세상에 평화는 있을 수가 없어. 그런 식으로는 안 돼. 일하고 먹고살려면 평화가 있어야 돼. 공장 노동자건, 상인이건 누구나 질서가 있어야 해. 안 그러면 제대로 일을 할 수가 없지. 도대체 뭘 해서 먹고살 건데, 이 입만 살아 있는 인간들아? 너희들이 하는 일이란 고작 허튼소리나 수없이 지껄여 대는 거지. 너희들이 하는 일이란 고작 소란이나 떨고 다른 사람들의 화를 돋우다가 그 사람들이 진짜 화가 나면 그 사람들에게 한 방 보복을 당하는 것뿐이야. 너희들 중 누구라도 남이 너희 발을 밟으면 기분 좋겠어?"

그때 갑자기 그도 소리치기 시작한다. 그의 내면에서 무언가가 솟구쳤다. 무언가가 그의 내면에서 부글부글 끓어 터져 나왔다. 그의 눈에는 핏발이 섰다. "이런 범죄자들, 개자식들, 네놈들은 자신들이 무슨 짓을 하고 있는지 모르고 있어. 네놈들 대갈통을 부셔서 그 엉뚱한 생각들을 끄집어내야 해. 네놈들은 이 세상을 다 파괴하고 있어. 네놈들도 당하고 싶지 않으면 몸조심하라고, 이 살육자들, 이 불한당 같은 놈들."

마음속에서 뭔가 부글부글 끓어오른 그는 테겔 교도소의 밥도 먹어 보았다. 인생이란 끔찍한 거야. 도대체 이 무슨 팔자야. 그 노래를 지은 친구 말이 맞아. 내게 어쩌다가 그런 일들이 일어났는지, 이다! 그 생각은 하지 말아야 해.

그리고 그는 공포를 느끼며 계속해서 짖어 댄다. 무슨 일이 일어나든, 막아 내고, 밟아 버리겠다. 그는 짖어 대야 한다. 짖어서 뭉개 버려야 한다. 술집이 꽝꽝 울린다. 헨쉬케는 그의 앞쪽 테이블 앞에 서 있을 뿐 그에게 다가갈 엄두를 내지 못한다. 그냥 멀거니 서 있을 뿐이다. 그의 목구멍에서는 게거품을 일으키며 뒤범벅으로 이런저런 이야기가 마구 쏟아져 나온다. "네놈들 중 누구도 내게 할 말이 없을 거다. 어떤 놈도 내게 무슨 소리도 할 수 없을 거라고. 단 한 놈도 말이다. 나는 그 모든 것을 네놈들보다 훨씬 더 잘 알아. 너희들의 꾐에나 넘어가려고 내가 전선에 나가 참호 속에 쪼그리고 있었던 것은 아니야, 이 선동자들아. 우리에겐 질서가 필요해. 질서 말이다. 꼭 말로 설명을 해 주어야 알겠냐. 질서, 바로 그거야.(그래, 바로 그거야. 우리의 관심을 끄는 것은 더도 덜도 없이 바로 그거라고.) 그리고 이제 나타나 혁명을 한다며 질서를 파괴하는 자들은 가로수 길을 따라 주렁주렁 목을 매달아 놓아야 한다.(검은 기둥들, 전신주들, 테겔 국도에 즐비하게 서 있어. 너무나 잘 알고 있지.) 그렇게 되면 깨닫게 되겠지. 달랑달랑 매달려 봐야, 그렇게 돼야 말이다. 그때 가서야 깨닫게 될 거야, 자신들이 무슨 짓을 했는지, 이 범죄자들아.(그래, 그렇게 해야 우리는 질서를 찾을 수 있다. 그래야 녀석들도 조용해질 거고. 이것이야말로 유일한 진리야. 앞으로 다 알게 될 거야.)"

프란츠 비버코프는 광란과 무감각함에 사로잡힌 듯하다. 그는 막무가내로 목청껏 소리를 지르고, 눈빛은 희번덕거리고, 얼굴은 창백하게 질려 부어오른 것 같다. 그는 침을 뱉고, 두 손은 화끈거린다. 그는 이성을 잃은 것 같다. 그러면서도 그의 손가락들은 의자를 거머쥐고 있다. 그러면서도 그는 의자만은 꽉 잡고 있다. 당장이라도 의자를 들어 내동댕이칠 기세다.

자, 앞에 위험이 있다. 도로를 봉쇄하라, 탄환 장전, 발사, 발사, 발사.

그때 서서 마구 소리를 질러 대던 그 사나이는 자신의 목소리를 듣는다, 아주 멀리서, 그리고 자신의 모습을 본다. 집들이, 집들이 다시 무너지려 한다, 지붕들이 그의 머리를 덮칠 것만 같다. 말도 안 돼. 그런 것은 있을 수 없어. 이 범죄자들은 성공할 수 없어. 우리에게 필요한 것은 질서야.

그리고 뭔가 그의 내면에서 윙윙대는 것이 있다. 곧 터질 것만 같다. 나는 뭐든 할 거다, 목줄을 움켜쥘 거야. 아니, 아니다. 나는 당장 쓰러질지도 모른다, 고꾸라질지도 모른다고, 당장이라도, 당장이라도 말이다. 그러면 그때 나는 이렇게 생각하겠지, 세상은 평화롭고, 질서가 있다고. 어렴풋한 의식 속에서 그는 두려움을 느낀다. 세상은 뭔가 잘못되어 가고 있어. 저기 서 있는 저치들은 끔찍해. 그것을 그는 아주 뚜렷이 느낀다.

옛날에 낙원에 두 사람이 살았답니다. 바로 아담과 이브지요. 그리고 그 낙원은 바로 아름다운 에덴동산이었습니다. 새와 짐승들이 뛰놀았지요.

그런데, 저 친구가 실성한 게 아니라면. 그들은 잠자코 있고, 키다리 역시 뒤편에서 코로 담배 연기를 내뿜으며 드레스케에게 눈짓을 한다. 자, 이제 테이블에 가서 앉아 뭔가 다른 이야기나 하자고. 드레스케는 침묵 속에서 더듬거리며 말한다. "자, 이제 어서 가, 프란츠, 의자를 내려놓으라고. 이제 할 말은 다 했잖아." 프란츠의 마음속은 이제 서서히 진정되어 구름이 걷힌다. 구름이 걷힌다. 다행히도 구름이 걷힌다. 그의 얼굴은 점점 더 창백해지며 긴장이 풀린다.

그들은 테이블 옆에 서 있고, 키다리는 앉아서 맥주를 마시고 있다. 목재 제조업자들은 그들의 증서를 고집하고, 크루프 사는 연금 수령자들을 굶겨 죽일 모양이다. 150만의 실업자, 15일 만에 2만 2600명이 증가했다.*

의자가 프란츠의 손에서 떨어졌다. 그의 손은 부드러워졌고, 목소리도 평소 상태로 돌아간다. 그는 여전히 고개를 떨구고 있고, 그들은 그를 자극하지 않으려 한다. "난 갈 테요. 만나서 즐거웠소. 당신들 머릿속에 무엇이 들어 있건 내가 알 바 아니오."

그들은 아무런 응답도 하지 않는다. 배신을 일삼는 경멸받

---

* 신문 기사의 일부.

아 마땅한 악당들이 부르주아지와 사회 애국주의자들의 박수 갈채를 받아 가며 소비에트 헌법을 마음껏 비방하도록 내버려 둬라. 그래 봤자 그것은 유럽의 혁명적 노동자들과 샤이데만* 일파 사이의 균열을 심화하고 촉진할 뿐이다. 억압받는 대다수의 계급들은 우리 편이다.

프란츠는 모자를 집어 든다. "유감일세, 게오르크, 이런 일로 우리 사이가 벌어지다니." 프란츠는 드레스케에게 악수를 청한다. 드레스케는 그의 손을 잡지 않고 그냥 자기 의자에 앉는다. 피를 흘려야 하리라, 피를 흘려야 하리라, 철철 피를 흘려야 하리라.

"자, 그럼 가네. 얼마 지불하면 되나, 헨쉬케, 잔과 접시까지 다 해서."

이것이 그가 생각하는 질서다. 열네 명의 아이를 위해 사기 그릇 한 개. 중앙당 장관 하르트지퍼의 사회복지 법령. 이 법령은 공포하지 않는다. 그러나 비록 본인이 갖고 있는 경제적 권한이 미미하기는 하지만 다음의 경우는 고려의 대상이 된다. 아이의 숫자가 아주 많은 경우, 이를테면 열두 명 정도 되는 경우, 또 경제적 사정 때문에 아이들을 제대로 교육하려면 큰 희생이 필요하지만 그것이 모범적으로 수행된 경우.**

---

* 사회민주당의 정치가 필리프 샤이데만(1865~1939). 바이마르 공화국의 초대 수상으로 1919년 6월 베르사유 조약 반대 의견을 관철시키지 못하자 수상직에서 물러났다.
** 《디 로테 파네》에 실린 기사를 변형한 것. 《디 로테 파네》는 '붉은 깃발'이라는 뜻으로 1918년 카를 리프크네히트와 로자 룩셈부르크가 베를린에서 창간한 독일 공산당 기관지.

누군가가 프란츠의 등 뒤에 대고 짖어 댄다. "승리의 월계관을 쓴 당신, 만세, 청어 꼬리를 단 감자여." 네 똥구멍에 묻은 겨자나 핥아라, 이 자식아. 저놈을 혼내 주지 못한 게 한이로군. 프란츠는 모자를 쓴다. 그의 머리엔 하케 시장이 떠오른다. 동성애자들과 잡지를 팔던 흰 머리 노인. 그러자 그는 마음이 내키지 않는다. 잠시 머뭇대다 그는 간다.

그는 바깥의 추위 속에 서 있다. 가게 바로 앞에 리나가 서 있다. 지금 막 온 모양이다. 그는 천천히 걷는다. 당장이라도 다시 안으로 들어가 그놈들이 얼마나 미쳤는지 말해 주고 싶다. 그들은 미쳤어, 녀석들 모두 취한 모양이야. 다 그런 건 절대 아냐. 엉덩방아를 찧은 그 시건방진 키다리 녀석도 안 그랬어. 그놈들은 사람들이 피를 많이 흘리면 어떻게 되는지 몰라서 그래, 놈들 피가 너무 뜨거운 게지. 테겔 형무소에 가 보았거나 경험이 좀 있다면 뭘 좀 알 텐데. 아니 아주 많이 알 수도 있지.

그는 리나의 팔을 잡고 어두운 거리들을 둘러본다. 가로등을 좀더 켜 놓으면 좋을 텐데. 대체 놈들은 뭘 원한 걸까. 처음엔 전혀 관심도 없는 동성애자들이 그러더니, 이젠 빨갱이들이 그러는군. 그 모든 게 나하고 무슨 상관이지? 제 밑이나 잘 씻으라고. 괜히 가만있는 사람 건드리지 말고. 맥주 한잔 제대로 편히 마실 수 없으니, 참. 당장 돌아가서 헨쉬케의 가게를 그냥 다 박살내 버릴까 보다. 프란츠의 눈이 다시 이글거린다. 이마와 코가 다시 부어오른다. 그러나 다시 가라앉는다. 그는 리나에게 밀착하여 그녀의 손목을 긁는다. 그녀는 살짝 웃는다. "좋아요, 프란츠, 당신이 그렇게 살살 긁어 주니까요."

"리나, 우리 춤이나 추러 가자고. 그런 더러운 돼지우리 같은 술집엔 다시 안 가. 이제 지긋지긋해. 놈들은 계속해서 담배나 뿜어 대고. 작은 방울새가 한 마리 있는데도 말이야. 방울새가 죽든 말든 그놈들은 눈 한 번 껌벅 안 해." 그러고서 그는 그녀에게 자기 행동이 얼마나 정당했는지 설명했고, 그녀는 그의 말에 동조해 준다. 두 사람은 전차를 타고 야노비츠 다리쪽에 있는 발터헨 댄스홀로 향한다. 그는 원래 입고 있던 옷차림으로 가고, 리나는 굳이 옷을 갈아입지 않아도 그대로 아름답다. 그리고 뚱뚱한 그녀는 전차가 달리는 도중에 주머니에서 작은 신문 조각 하나를 꺼낸다. 몹시 구겨진 상태다. 그에게 주려고 가져온 신문은 일요일 신문인 《평화의 메신저》이다. 프란츠는, 그 신문은 자기가 취급하지 않는다고 말하고는 그녀의 손을 꼭 쥐면서 첫 번째 면에 있는, "불행에서 행복으로"라는 타이틀이 아주 멋지다며 좋아한다.

손뼉을 짝짝, 발을 동동, 물고기들, 새들, 온종일 낙원이어라.

전차가 덜컹댄다. 두 사람은 희미한 불빛 아래 머리를 맞대고서 리나가 연필로 네모 칸을 쳐 놓은 첫 면의 시를 읽는다. "둘이 걷는 게 제일 좋아" E. 피셔의 시다. "혼자 거닐면 쓸쓸해, 발은 자꾸만 비틀대고 가슴은 두려워, 둘이 걷는 게 제일 좋아. 네가 넘어지면 누가 네 손을 잡아 줄까, 네가 피곤하면 누가 너를 부축해 줄까? 둘이 걷는 게 제일 좋아. 그대 세계와 시간의 방랑자여, 예수 그리스도를 길동무로 삼아라, 둘이 걷는 게 제일 좋아. 그분은 큰 길도 알고 오솔길도 아나니, 말과 행동으로 네 앞길을 도와주리라, 둘이 걷는 게 제일 좋아."

이거 아직 목이 컬컬하군. 시를 읽다가 프란츠는 문득 생각한다. 두 잔 가지고는 부족했다. 게다가 말을 많이 해서 목구멍이 말랐다. 그때 문득 그가 불렀던 노래가 떠올랐다. 집에 온 것처럼 편안하다. 그는 리나의 팔을 꼭 쥔다.

그녀는 아침 공기를 코로 느낀다. 알렉산더 거리를 지나 홀츠마르크트 거리로 가는 도중에 그녀는 부드럽게 그의 품에 안긴다. 어서 약혼을 하는 게 어떨는지.

우리의 프란츠 비버코프의 품격,
옛 영웅들에 뒤지지 않는다

시멘트 공장 노동자였으며 가구 운반 인부로도 일했고 지금은 신문팔이 일을 하고 있는 이 프란츠 비버코프는 몸무게가 거의 90킬로그램이나 나간다. 그는 코브라처럼 튼튼하며 다시 운동 클럽의 회원이 되었다. 그는 녹색 각반을 차고 징 박은 부츠와 가죽 재킷을 입고 다닌다. 여러분은 그의 수중에서 많은 돈을 발견할 수는 없을 것이다. 현재 수입이 없는 것은 아니나 그 액수가 늘 얼마 되지 않는다. 그래도 그에게 한번 가까이 다가가 보라.

오래전부터 그는 이다나 그 밖의 사람들, 양심의 가책이나 가위눌림, 뒤숭숭한 잠, 고통, 우리의 선조 할머니 대의 복수의 여신들에게 시달리고 있는 것은 아닐까. 신경 쓸 것 없다. 상황의 변화를 눈여겨보자. 옛날에 범죄자, 신의 저주를 받은 남자(그런 것은 어디서 들었지?) 오레스테스는 제단에서 클리타임네스트라를 때려죽였다. 발음 한번 어렵군. 어쨌든 그녀는 그의 어머니였다. (어느 제단을 말하는 건가? 요즘에는 밤에도 문을 열어 놓는 교회를 찾을 수 있지.) 내 말은 시대가 바뀌었다는 것이다. 호이 호 하츠. 끔찍한 짐승들, 머리털이 뱀인 여인들, 그리고 입마개를 하지 않은 사냥개들, 역겨운 동물원의 동물들, 이것들은 그를 덥석 물려고 덤비지만 그에게 가까이 가지 못한다. 그가 제단에 서 있기 때문이다. 이것은 고대의 생각이다. 그리고 이것들은 한 무리를 이루어 격분하여 그의 주위를 빙빙 돈다. 개들도 끼어 있다. 노래에 나오듯 하프의 연주도 없이 복수의 여신들의 춤과 광기의 혼란, 감각의 마비, 정신병 증세가 제물을 휘감는다.

이것들은 프란츠 비버코프를 못살게 굴지 않는다. 그걸 말로 표현해 보자. 잘 먹게나, 그는 헨쉬케의 술집이나 다른 곳에서 완장을 주머니에 찔러 넣은 채 맥주를 한 잔 두 잔 연달아 마시거나 사이사이 도른카트주를 한 잔 마신다. 그러면 심장이 따스해진다. 이렇게 가구 운반 인부 일뿐만 아니라 여러 가지 일을 하다가 마침내 신문팔이를 하게 된, 베를린 동북부 출신의 1927년 말의 프란츠 비버코프는 그 유명한 옛날의 오레스테스와는 판이하게 다르다. 이 세상 누군들 나름의 개성이 없을까.

프란츠는 자기 약혼녀 이다 — 성이 뭔지는 여기서 중요하지 않다 — 를 한창 꽃다운 나이에 때려죽였다. 그 일은 그녀의 여동생 민나의 집에서 프란츠와 이다가 말다툼을 다투다가 벌어졌다. 그때 그녀는 무엇보다도 다음 신체 부위에 가벼운 상처를 입었다. 코끝과 코허리의 피부, 그 속의 연골이 있는 뼈 — 이것은 병원에서 비로소 확인된 것으로 재판 때 한몫을 했다 — 피가 빠져나가면서 약간 멍이 든 좌우 어깨. 그러나 그때부터 말싸움은 더욱 거세졌다. "오입쟁이"라든가 "창녀 사냥꾼" 같은 표현이, 비록 많이 망가지기는 했지만 명예를 중시하는, 게다가 그때 다른 일로 몹시 격앙되어 있던 프란츠 비버코프를 완전히 미치게 만들었다. 그의 근육이 부르르 떨렸다. 그때 그가 손에 잡은 것이라고는 크림을 휘젓는 작은 막대기뿐이었다. 당시 그는 운동을 하다가 손을 삐었던 것이다. 그리고 그는 나선형 철사가 달린 이 크림 젓는 막대를 두 번에 걸쳐 세차게 휘두르다가 그걸로 대화 상대인 이다의 젖가슴을 후려쳤다. 이다의 젖가슴은 그날까지 한 번도 다친 적이 없었다. 그러나 겉으로 보기에 예쁘장한 그 조그마한 여자 자신은 온전하지 못했다. 오히려 그 반대였다. 덧붙여 말하자면, 그녀에게 빌붙어 살던 그 사내는 브레슬라우에서 새로 온 남자 때문에 그녀가 자기와 절교를 할 것으로 미루어 짐작하고 있었던 것이다. 충분히 가능한 얘기다. 아무튼 그 어여쁜 여인의 젖가슴은 크림 젓는 막대기의 갑작스러운 공격에 대비가 되어 있지 않았다. 첫 번째 후려갈겼을 때 그녀는 "아우" 하고 비명을 질렀을 뿐, 더러운 자식이라고도 못했으며 그저 "아이고" 하고 말했을 뿐이다. 크림 젓는 막대기에 의한 두 번째 가격은 이다의 오른쪽으로 프란츠가 사분의 일 정도 몸을 돌려 똑바로 선 상태에서 이루어졌다. 다음 순간 이다는 아무 말도 못하고 입술을 내민 채 야릇하게 입을 벌리고서 양팔을 하늘을 향해 뻗었다.

조금 전에 이 여인의 젖가슴에 일어난 일은 정역학과 탄성의 법칙, 작용과 반작용의 법칙과 관계된다. 그것은 이 법칙들을 모르고는 전혀 이해가 불가능하다. 다음과 같은 공식들이 도움이 될 것이다.

뉴턴의 제1법칙은 다음과 같다. 모든 물체는 어떠한 힘의 작용이 그 물체의 상태에 변화를 불러일으키지 않는 한 정지 상태에 머물러 있다. (이다의 늑골과 관련된다.) 뉴턴 제2법칙인 운동량 보존 법칙은 다음과 같다. 운동의 변화는 가해진 힘에 비례하고 가해진 힘과 동일한 방향으로 작용한다. (가해진 힘은 프란츠 및 그의 팔과 내용물을 들고 있는 그의 주먹이다.) 힘의 크기는 다음 공식으로 표시된다.

$$F = c \lim \frac{\overline{\Delta v}}{\Delta t} = cw.$$

힘에 의해 생기는 가속도, 즉 발생한 정지 방해의 정도는 다음 공식으로 표시된다.

$$\overline{\Delta v} = \frac{I}{c} f \Delta t.$$

이 공식에 따라 생긴 실제적인 결과는 다음과 같다. 크림 젓는 막대에 달린 나선형 철사가 찌그러들고, 나무 자체도 무언가에 부딪쳤다. 이것은 반대편, 즉 관성과 반작용 쪽에서 보자면, 왼쪽 겨드랑이 뒤쪽 선과 연결된 일곱 번째 및 여덟 번째 늑골의 골절이다.

이런 현대적인 고찰에 의거하면 복수의 여신들이 등장하지 않아도 된다. 우리는 프란츠가 한 행동과 이다가 입은 피해를 하나씩 단계별로 추적할 수 있다. 이 방정식에는 미지수가 하나도 없다. 우리에게 남은 것은, 그렇게 시작된 사태의 진행 과정을 일일이 헤아려 보는 일뿐이다. 그것은 이다 쪽에서의 수직 상태의 상실, 수평 상태로의 이행, — 이것은 강력한 충격 효과에 따른 것임 — 동시에 생긴 호흡 장애, 격렬한 통증, 공포와 생리적인 평형 감각 장애 등이다. 프란츠는 그럼에도 만약 옆방에 있던 그녀의 여동생이 달려오지 않았더라면 부상을 당한 그 여인을, 평소 그렇게도 친했던 그 여인을 마치 격노한 사자처럼 달려들어 때려죽였을 것이다. 여동생의 욕설에 그는 물러섰고, 저녁 때 집 근처에서 순찰 중이던 경찰에게 붙잡혔다.

"호이 호 핫!" 늙은 복수의 여신들이 외친다. 오, 끔찍하다, 보기만 해도 끔찍하다, 제단 앞에 엎드린, 신의 저주를 받은 저 사나이, 손에서는 피가 뚝뚝 떨어진다. 복수의 여신들은 코를 곤다. 자고 있나? 어서 잠을 떨쳐 버려라. 일어나라, 일어나. 그의 부친인 아가멤논은 이미 오래전에 트로야를 출발했다. 트로야는 함락되었다. 그래서 그곳에서 횃불이 올랐다, 이다 산에서 아토스 산을 거쳐, 키타이론 숲을 향해 끝없이 타오르는 광솔 횃불이.

덧붙여 말하자면, 트로야에서 그리스까지 전해진 이 불꽃의 소식은 얼마나 장려한가. 바다를 건너는 이 횃불의 행렬, 얼마나 장려한가. 그것은 빛이요 심장이요 영혼이요 행복이요 환호다!

고르고피스 호수에 붉게 타오르는 심홍의 불길, 그것을 발견한 초병은 소리를 지르며 기뻐 날뛴다. 아, 이것이 인생이다. 불은 새로 붙어 번져 나간다, 소식과 흥분과 기쁨, 이 모든 것이 함께. 펄쩍 뛰어 만 하나를 건너고 폭풍처럼 질주하여 아라크네온 정상을 향해, 계속해서 울려 퍼지는 탄성과 광란의 소용돌이, 보라, 붉게 타오른다. 아가멤논이 돌아온다! 이 장려한 광경을 우리는 따라갈 수가 없다. 이 면에서 우리는 다시 뒤진다.

우리는 정보 전달을 위해 하인리히 헤르츠의 몇몇 실험 결과를 이용한다. 헤르츠는 카를스루에에 살다가 일찍 세상을 떠났는데, 뮌헨의 그래픽 전시관에 있는 사진을 보면 턱수염이 덥수룩하다. 우리는 전선을 사용하지 않고서 전보를 친다. 우리는 큰 송신소에 있는 송신기를 통해 고주파 교류를 만들어 내고 진동 회로의 진동을 통해 전파를 만든다. 그러면 진동은 동심원을 그리며 퍼져 나간다. 그다음엔 유리 진공관이 있고 마이크로폰이 있다. 이것의 원판은 때론 많이, 때론 적게 진동한다. 그렇게 해서 소리가 기계 속으로 들어갔을 때와 똑같이 나온다. 이건 정말로 놀랍고 교활하고 음흉하기까지 하다. 그렇다고 거기에 감격할 사람은 없다. 그렇게 기능할 뿐이며 그게 다이기 때문이다.

아가멤논이 귀환할 때 올린 신호의 횃불은 이와는 너무나 다르다!

그 횃불은 활활 타오르고, 작열하고, 어느 순간에나 어느 장소에서나 말을 하고 느낀다. 그리고 그 횃불 아래 모두 환호한다. 아가멤논이 돌아온다! 수천의 사람들이 활활 타오른다. 아가멤논이 돌아온다! 이제 그 숫자가 만 명에 이르고, 건너편 해변에는 십만에 이른다.

요점만 말해, 그는 집에 돌아온다. 상황이 예전 같지 않다.

너무나 다르다. 판은 돌아간다. 집에 돌아온 그를 보자 그의
아내는 그를 욕실에 처박는다. 다음 순간 그녀는 더럽기 짝이
없는 여자의 본색을 보여 준다. 그녀는 욕조에 들어앉은 그에
게 어망을 휙 던져 그를 옴짝달싹 못하게 만든다. 그리고 그녀
는 장작을 패기라도 하려는 듯 이미 도끼를 준비해 두었다. 그
는 신음 소리를 낸다. "아 슬프다, 당했구나!" 밖에 있던 사람
들이 묻는다. "저렇게 한탄하는 게 누구인가?" "아 슬프다, 또
슬퍼." 고대의 짐승 같은 그 여자는 그를 죽이고도 눈썹 하나
까닥하지 않는다. 심지어 밖으로 나와 입을 열어 이렇게 말한
다. "해치웠어요. 어망을 던져 사로잡아 놓고 두 번 내려쳤더
니 두 번 신음 소리를 내며 뻗어 버렸어요. 그래서 세 번째로
한 대 더 내리쳐 저승으로 보내 버렸어요." 이 말을 듣고 원로
원 의원들은 슬퍼하면서도 이렇게 적절하게 말한다. "우리는
당신의 이야기의 대담성에 경의를 표하는 바입니다." 그러니까
이 여인, 이 고대의 야수는 아가멤논과의 결혼 생활의 쾌락
끝에 태어나면서 오레스테스라는 이름을 부여받은 한 아이의
엄마가 된 여자였다. 그녀는 나중에 바로 이 쾌락의 열매에 의
해 죽임을 당하고, 그 아이는 복수의 여신들에게 괴롭힘을 당
한다.

　그러나 우리의 프란츠 비버코프가 처한 상황은 이와 다르
다. 오 주 뒤 그의 이다는 프리드리히스하인 병원에서 숨을 거
둔다, 복잡한 늑골 골절, 흉막 균열, 가벼운 폐 파열, 그로 인
한 농흉, 흉막 화농, 폐렴, 이런, 열이 내리질 않아, 얼굴이 말이
아니야, 거울을 한번 봐 봐, 당신 이젠 끝났어, 가망이 없어, 자
이제 보따리를 싸라고. 의사들은 그녀의 시체를 해부해 본 뒤,

란츠베르크 가의 땅 밑 3미터 깊이에 그녀를 묻었다. 그녀는
프란츠를 증오하며 죽었고, 그녀 때문에 한 번 열린 그의 뚜껑
은 그녀가 죽고 나서도 닫힐 줄 몰랐다. 브레슬라우 출신인 그
녀의 새 남자 친구는 그녀가 죽기 전에 그녀를 방문했다. 이제
그녀는 등을 진 채로 수평으로 그곳 지하에 벌써 오 년째 누
워 있다. 관은 썩어 들어가고, 그녀는 썩어 문드러져 똥물로 변
했으리라. 지난날 트렙토의 천국의 정원이라는 댄스홀에서 하
얀 캔버스화를 신고 프란츠와 춤을 추던 그녀는, 사랑과 방랑
의 삶을 살았던 그녀, 이제 그녀는 말없이 누워 더 이상 없다.

한편 그는 사 년의 형기를 마쳤다. 그녀를 죽인 그 사나이는
살아서 떠돌아다니며 꽃을 피우고 술을 퍼마시고 먹어 대고
자기 씨를 뿌려 계속해서 생명을 퍼뜨리고 있다. 이다의 여동
생도 그에게서 벗어나지 못했다. 언젠가 그 사나이 역시 당할
날이 올 것이다. 그게 누군지는 몰라도 누군가가 죽게 될 테니
까. 그렇지만 그러기엔 아직 시간적 여유가 있다. 그것을 그는
알고 있다. 그동안 그는 계속해서 술집을 돌아다니며 아침을
먹고 그만의 방식으로 알렉산더 광장 위의 하늘을 칭송할 것
이다. "언제부터 할머니가 트롬본을 불었지?" 그리고 "나의 앵
무새는 푹 삶은 계란은 안 먹어."*라며.

그리고 이제 테겔 형무소의 그 빨간 벽돌담은 어디 있는가?
어찌나 두려움을 주었던지 등을 돌리고 도망칠 수 없었던 그
벽돌담은? 언젠가 프란츠의 가슴속에 심한 역겨움을 불러일
으켰던 검은 철제문 앞에는 문지기가 서 있다. 그 문은 여전히

*발터 콜로가 작곡하고 헤르만 프라이가 작사한 인기 유행가의 첫 구절.

예의 그 돌쩌귀에 끼워져 있고, 아무도 방해하지 않으며, 바람도 늘 잘 통과시켜 주고, 훌륭한 문들이 다 그렇듯이 저녁에는 닫힌다. 이제 오전에는 그 문 앞에 문지기가 서서 파이프 담배를 피운다. 태양은 빛난다, 언제나 같은 태양이다. 때문에 태양이 하늘 위에 언제 어디쯤 있을까 하는 것은 정확하게 예측할 수 있다. 태양이 빛나느냐의 여부는 구름의 모양새에 달려 있다. 41번 전차에서 막 몇 사람이 내려서 꽃과 조그만 보퉁이를 들고 곧장 요양원으로 들어가려는 것 같다. 왼쪽으로 꺾어서 국도를 따라 내려간다. 모두 추워서 덜덜 떨고 있다. 나무들은 검게 줄을 지어 서 있다. 저 안에, 죄수들은 여전히 감방에 쪼그리고 앉아 있거나 작업장에서 조립을 하고 있거나, 아니면 일렬종대로 뜰을 거닐고 있을 것이다. 자유 시간에는 신발과 모자와 목도리만 착용하고서 집합하라는 엄한 명령. 꼰대의 감방 방문. "어제 저녁 수프는 어땠나요?" "수프를 좀 더 잘 만들어 주면 좋겠군. 양도 더 늘려 주고." 그 양반은 듣지 않으려 귀머거리 행세를 한다. "침대 시트는 얼마만큼 갈아 주나요?" 마치 모르고 있는 것처럼.

독방의 한 죄수가 이렇게 쓴다. "햇빛이 들게 하라! 이것은 오늘날 전 세계에 메아리치고 있는 외침이다. 다만 이곳, 형무소 안쪽에서만은 메아리가 치지 않는다. 우리는 햇볕을 쬘 가치도 없는 인간들인가? 형무소의 건물 구조상 몇몇 측량은 일 년 내내 햇빛을 받지 못한다, 특히 북동쪽 측량이 그렇다. 이곳으로는 길을 잘못 들어 찾아오는 햇살조차 하나도 없고 이곳에 사는 사람들에게 인사를 하는 햇살도 없다. 이곳에 있는 사람들은 해가 가도 변함없이 싱싱한 햇살 한 번 쬐지 못한 채

일만 하다가 시들어 가는 수밖에 없다." 위원회가 그 건물을 시찰할 예정이다, 간수들은 이 감방 저 감방 뛰어다닌다.

또 다른 죄수의 글. "지방검찰청 담당 검사님께. 지방법원의 형사대법정에서 저에 대한 재판이 진행되는 동안 재판장이신 지방법원장 X 박사님께서 제게 알려 주시기를, 제가 체포된 뒤에 어떤 미지의 남자가 엘리자베트 가 76번지에 있는 제 집에서 제 물건들을 챙겨 갔다고 합니다. 이 사실은 재판 기록에 의해 확인된 사항입니다. 재판 기록에 의해 엄연히 확인된 사실이므로 경찰이나 검찰에 의해 반드시 이에 대한 조사가 이루어져야 할 것입니다. 저의 심리 당일에 그것을 알게 될 때까지 저는 제가 체포된 뒤로 제 물건이 도난당한 사실에 대해서 그 누구로부터도 들은 바 없습니다. 검사님께 간청 드리건대 혹시라도 제 셋집 아주머니에게 과실이 있을 경우 손해 배상을 청구할 생각이오니 조사 결과를 제게 알려 주시거나 기록된 보고서의 사본을 한 부 제게 보내 주시기 바랍니다."

그리고 이다의 여동생인 민나 부인에 대해 말하자면, 그 여자는 잘 지내고 있다, 물어봐 줘서 고맙다. 지금은 11시 20분, 그녀는 아커 가에 있는 시장 건물로 시 소유인 노란 건물에서 나오는 중이다. 그 건물에는 인발리덴 가로 통하는 출구도 있다. 그러나 그녀는 아커 가로 통하는 출구를 택한다. 그게 거리가 더 가깝기 때문이다. 꽃양배추와 돼지머리, 그리고 약간의 샐러리를 샀다. 시장 입구에 있는 수레에서 그녀는 살이 통통한 커다란 넙치 한 마리와 카밀레 차 한 봉지를 더 산다. 그런 것이 날마다 필요한지는 알 수 없다.

3부

여기서 예의 바르고 친절한 사나이 프란츠 비버코프는
첫 번째 타격을 입는다.
그는 속임을 당한다. 정통으로 얻어맞는다.
비버코프는, 바르게 살겠노라고 맹세했던 사람이다.
그리고 여러분은 몇 주 동안 바르게 사는 그의 모습을 지켜보았다.
그러나 그것은 이를테면 유예 기간에 지나지 않았다.
인생은 그러한 것이 너무 걸맞지 않는다고 생각했는지 심술궂게
그의 한쪽 발을 걸어 버린다. 그러나 그, 프란츠 비버코프는
인생이 걸어오는 이런 행동을 곱게 보지 않는다.
그래서 오랫동안 그는 비열하고 더럽고 그의 좋은 의도에 반하는
모든 삶의 방식에 환멸을 느낀다.
인생이 왜 그런 식으로 나오는지, 그는 알 수가 없다.
그것을 깨달을 때까지는 그는 아직도 한참 더 길을 가야 한다.

어제만 해도 늠름한 말을 타고 다녔건만

크리스마스가 다가오자 프란츠는 파는 물건들을 바꾸어 가며 하루에 오전 몇 시간이나 오후 몇 시간 동안은 구두끈에 매달린다. 처음에는 혼자서 하다가, 나중에 오토 뤼더스와 함께한다. 뤼더스는 이 년 전부터 실직 상태이며, 그의 처는 세탁부로 일한다. 뚱보 리나가 그의 취직을 알선해 준 적이 있는데, 그는 뚱보 리나의 삼촌이다. 지난여름에 그는 몇 주 동안 깃이 달린 모자와 유니폼을 착용하고 뤼더스도르프 박하사탕 판매원 노릇을 한 적이 있다. 프란츠와 그는 둘이서 이 거리 저 거리 돌아다니며 건물 안으로 들어가 초인종을 누르고 하다가 나중에 다시 만난다.

어느 날 프란츠가 술집으로 들어간다. 뚱보 리나도 곁에 있다. 프란츠는 오늘따라 기분이 아주 좋다. 그는 뚱보의 토스트까지 꿀꺽 삼키고는 그것도 모자라 입을 우물거리며 완두콩을 곁들인 돼지 귀 요리를 3인분 추가로 주문한다. 그가 자꾸만 몸을 비벼 대자 뚱보는 돼지 귀 요리를 다 먹고서 얼굴이 홍당무가 되어 도망친다. "저 도망치는 것 좀 봐, 저 뚱보 말이야, 오토." "그래도 나름 거처가 있잖아. 늘 자네 엉덩이에 붙어 있잖아."

프란츠는 테이블 위에 몸을 구부린 채 아래에서 위로 뤼더스를 쳐다본다. "무슨 일이 있었게, 오토?" "무슨 일?" "어서 알아맞혀 봐." "거참, 뭘?"

생맥주 옅은 걸로 두 잔, 레몬 한 개. 새로 온 손님이 술집 한가운데에 와서 헐떡이며 손등으로 코를 훔치고 기침을 한다. "여기 커피 한 잔이오." "설탕을 넣을까요?" "아뇨, 빨리 좀 줘요."

갈색 운동모자를 쓴 어느 청년이 누군가를 찾는 듯 술집 안을 두리번거리다가 원통형 난로에 불을 쬐면서 프란츠가 앉아 있는 테이블 쪽을 살펴보더니 그 옆에 가서 묻는다. "혹시 검정 코트를 입은 남자를 못 봤나요? 옷깃은 갈색인데요, 가죽 깃이오." "여기 자주 들르는 사람이오?" "네." 테이블에 앉아 있던 중년의 남자가 옆에 앉아 있는 얼굴이 창백한 남자 쪽으로 얼굴을 돌린다. "갈색 가죽이라고 했나?" 창백한 남자는 무뚝뚝하게 말한다. "이곳에 오는 사내들 중 갈색 가죽 옷깃이 달린 옷을 입은 사람이 어디 한둘인가?" 반백의 사내가 말한다. "당신 어디서 왔소? 누가 보냈소?" "그런 건 상관할 바 아니에요. 당신이 그 남자를 못 봤다면요." "이곳엔 갈색 가죽 옷깃이 달린 옷을 입은 사람들이 많다는 말이오. 그러니 누가 댁을 보냈는지 알아야 하오." "당신에게 내 용무까지 다 밝힐 필요는 없잖아요." 안색이 좋지 않은 사내는 흥분한다. "댁이 이분한테 이곳에 누가 왔었는지 묻는다면, 이분도 댁한테 누가 댁을 보냈는지 물어볼 수 있는 일 아니오?"

그 손님은 옆 테이블로 간다. "저 사람한테 뭣 좀 물었더니 대뜸 내가 누구냐고 하는군요." "음, 당신이 저 사람한테 뭘 물으면 그 사람도 당신한테 물을 수 있는 거요. 그게 싫으면 아예 묻지를 말았어야 해요." "내가 무슨 용무 때문에 그러는 건지까지 다 말해 줄 필요는 없잖아요." "그렇다면 저 사람도 당신한테 여기에 누가 왔었는지 대답할 필요가 없는 거요."

그 손님은 문 쪽으로 가더니 뒤돌아본다. "당신들이 그렇게 약다면 언제까지고 한번 그래 봐요." 그는 다시 몸을 돌려 문을 열어젖히고 나가 버린다.

테이블에 앉아 있는 두 사람. "저치 알아? 나는 처음 보는 녀석인데." "여기선 처음 봐. 뭣 때문에 그러는 건지 모르겠군." "바이에른 사람 같더군." "그 녀석? 라인란트 사람이야, 라인란트 출신 같아."

프란츠는 추위에 몸이 꽁꽁 얼어 딱한 모습의 뤼더스를 보고 싱긋 웃는다. "이걸 몰랐지? 내게 돈이 있다는 거." "응? 돈이 있다고?"

프란츠는 테이블 위에 올려놓고 있던 주먹을 펴며 자랑스레 씩 웃는다. "얼마나 될까?" 불쌍한 사내 뤼더스는 허리를 앞으로 구부리고 충치 먹은 이를 찍찍 다신다. "10마르크짜리 지폐가 두 장씩이나, 이런 굉장한데!" 프란츠는 지폐를 테이블 위에 탁 하고 내놓는다. "자, 이것 좀 봐. 해냈다고. 그것도 십오 분, 이십 분 만에 말이야. 더 오래 끌 필요도 없어. 안 그래?" "인간 하고는." "아냐, 무슨 생각을 하는 거야. 테이블 밑이나 남의 등 뒤에서 슬쩍한 것은 아니야. 오, 정말이야, 오토, 바르게, 정당하게, 알겠어?"

그들은 소곤대기 시작한다. 오토 뤼더스는 그의 곁으로 바싹 붙어 앉는다. 어느 여자 집에 가서 프란츠는 초인종을 울렸다, 마코표 구두끈입니다, 직접 쓰셔도 되고 남편분을 위한 것도 있고 어린이 것도 있어요. 그 여자는 구경을 하더니 이어 나를 쳐다보더군. 그 여자는 과부였는데 아직 쓸 만해 보이더라고. 우리는 복도에서 이야기했어. 그래서 그 여자한테 혹시 커피 한잔 마실 수 있느냐고 물었지. 올해는 정말 춥군요. 커피를 마셨지, 그 여자도 같이 마셨어. 그러고 나서도 한 잔 더 얻어 마셨지. 프란츠는 손을 입에 대고 쿵쿵대고 코웃음을 치고 볼을 긁적거리고 무릎으로 오토의 무릎을 친다. "나는 내가 가지고 간 잡동사니를 그 여자 집에 몽땅 두고 왔어. 혹시 그녀가 낌새를 챘을까?" "누가?" "누군 누구겠어, 그 뚱보 말이지. 내가 물건들을 하나도 갖고 있지 않으니까 말이야." "눈치챌 테면 눈치채라고 하지, 뭐. 다 팔았다고 하면 그만이잖아. 그런데 대체 그게 어디야?"

그러자 프란츠는 휘파람을 분다. "다시 한 번 가야지. 지금 당장은 아니고. 엘자스 가 뒤쪽에 사는 과부야. 이런, 20마르크야. 정말 짭짤하군." 그들은 3시까지 먹고 마신다. 오토는 5페니히짜리 동전을 하나 얻어 가진다. 그래도 기분이 썩 좋아지지 않는다.

다음 날 오전, 구두끈을 손에 들고 로젠탈 성문을 지나 살금살금 걸어가는 자는 누구인가? 오토 뤼더스다. 그는 길모퉁이의 파비쉬 상점 옆에 서서 프란츠가 브루넨 가를 빠른 걸음으로 걸어가는 것을 지켜본다. 그런 다음 그는 얼른 엘자스 가를 따라 내려간다. 맞아, 바로 이 번지이군. 프란츠가 벌써 저 위층에 들렀을지도 모르겠군. 왜 이곳 사람들은 거리를 이토록 조용히 다닐까. 일단 현관으로 좀 들어가 보자. 그가 나오면 되는 대로 둘러대 보지, 뭐. 심장이 몹시 뛰는군. 사람들 말이야, 온종일 신경질만 나게 만들고. 벌이는 하나도 안 되고. 의사 선생을 찾아가 봐도 괜찮다고는 하는데 그래도 어딘가 문제가 있는 것 같아. 이렇게 누더기를 입은 채 죽어 가는구

나. 전쟁 때 입던 낡은 옷을 입고서. 자, 계단을 올라가 보자.

그는 초인종을 울린다. "마코표 구두끈입니다, 부인. 아니, 그냥 한번 물어보기만 하려고요. 먼저 얘기나 들어 보세요." 그녀는 문을 닫으려 한다. 그러자 그는 얼른 발을 끼운다. "말씀드리자면 저는 혼자 온 게 아닙니다. 제 친구 아시죠. 어제 여기 들른 그 친구 말입니다. 그 친구가 이곳에 물건을 놓고 갔다고 하더군요." "어머나." 그녀는 문을 열고, 뤼더스는 안으로 들어선 뒤 얼른 문을 닫는다. "어머나, 왜 그러세요." "아무 일도 아닙니다, 부인. 왜 그렇게 떠세요." 사실은 그가 떨고 있다. 갑자기 안으로 들어오게 되었는데 일이 잘도 되어 간다, 무슨 일이든 일어날 테면 일어나라. 다 잘될 거야. 좀 상냥해져야 할 텐데 목소리가 나오지 않는다. 입에다, 코에다 철망을 친 것 같다. 뺨을 거쳐 이마까지 철망이 씌워지는 것 같다. 뺨이 굳으면 나는 끝장이다. "친구가 물건을 찾아다 달라고 해서 왔을 뿐입니다." 귀여운 그 여인은 방으로 달려가 보따리를 가져오려 한다. 그는 어느새 그 방의 문지방에 가서 서 있다. 그녀는 입을 우물대면서 쳐다본다. "여기 보따리가 있어요, 어머나." "고맙습니다, 정말 고맙습니다. 그런데 왜 그렇게 떨고 있지요, 부인. 이곳은 꽤 따뜻한데요. 혹시 커피 한잔 줄 수 있나요?" 그냥 계속 죽치고 서서 떠들면서 밖으로 나가지 않는 거다, 참 나무처럼 꿋꿋하게.

몸이 좀 마른 편으로 귀엽게 생긴 그 여자는 앞에 양손을 깍지 낀 채로 그 앞에 서 있다. "그분이 당신한테 뭐라고 그랬나요? 도대체 무슨 말을 했죠?" "누구, 내 친구요?" 계속해서 지껄이는 거다, 많이 지껄이는 거야. 떠들면 떠들수록 몸이 따뜻해지거든. 이젠 코 밑 쪽의 철망만 남아서 좀 간지럽군. "오, 다른 얘기는 없었습니다, 그래요, 무슨 얘기가 있었겠어요? 그 친구가 뭣하러 커피 이야기를 했겠습니까. 물건은 이제 잘 받았고요." "잠깐 부엌에 좀 갔다 오겠어요." 이 여자는 지금 내가 커피를 가지고 뭐라 할까 봐 겁이 나는 모양이다. 내가 끓이면 더 잘 끓일 텐데. 물론 술집에서 마시는 게 더 편하기는 하지만. 이 여자 도망칠 생각이군. 그래도 기다려 보자. 우리는 여전히 같이 있으니까. 아무튼 안에 들어와 있으니 좋군. 순식간에 그렇게 됐어. 그래도 뤼더스는 불안하기만 하다. 그는 문쪽이나 계단 쪽, 위층 쪽에 귀를 기울인다. 그는 방으로 돌아간다. 어젯밤엔 통 잠을 제대로 잘 수가 없었어. 애가 밤새도록 계속 기침을 해 대는 바람에 말이야. 자리에 앉자고. 그리고 그는 붉은색 플러시 소파에 앉는다.

여기서 프란츠와 그 짓을 했군, 지금은 저 여자가 나를 위해 커피를 끓이고 있어. 모자를 벗어야겠군. 손가락이 얼음처럼 차갑군. "자, 여기, 커피 드세요." 아직도 불안해하는군, 귀엽고 예쁜 여자 같으니. 정말 사람 마음 뒤숭숭하게 만드는군. "같이 들지 않을래요? 말동무라도 삼아서." "아니에요, 됐어요. 세든 사람이 곧 와요. 이 방을 세놨거든요." 나를 쫓아낼 심사구면. 세입자가 어디 있다는 거야? 침대도 없는데. "그게 다인가요? 그딴 사람은 신경 쓸 거 없습니다. 세입자는 아침부터 돌아오진 않아요. 다 자기 할 일이 있으니까요. 그래요, 내 친구는 그 밖의 별 이야기는 하지 않았어요. 그냥 물건만 찾아달라고 했죠." 그는 몸을 구부리고서 기분 좋게 커피를 후루룩 들이마신다. "따끈해서 아주 좋군요. 오늘은 밖이 아주 추워요.

그 친구가 내게 무슨 말을 했겠어요? 당신이 미망인이라는 거요? 아 그래, 미망인이 아니신가요?" "맞아요." "남편분은 어떻게 되신 건가요, 병으로 세상을 떴나요, 아니면 전사했나요?" "할 일이 있어요, 식사 준비를 해야 해요." "커피 한 잔만 더 줄래요? 왜 그렇게 조급하게 굴지요? 다음에 만나면 둘 다 더 늙어 있을 텐데. 아이들은 있나요?" "어서 가 주세요. 그분 물건은 여기 있어요. 저는 시간이 없어요." "그렇게 퉁명스럽게 나올 것 없소. 강도 신고라도 할 참이오? 나 때문에 그럴 필요는 없어요. 갈 테니까요. 커피나 다 마실 수 있게 해 줘요. 갑자기 시간이 없다고 하는군요. 얼마 전엔 시간이 아주 많았으면서. 무슨 말인지는 알겠죠? 원 참, 나는 그런 사람 아닙니다. 자, 갈게요."

그는 황급히 모자를 쓰고서 자리에서 일어나 그 조그만 보따리를 옆구리에 끼고 문 쪽으로 천천히 걸어가 어느샌가 그녀 옆을 지나친다. 그 순간 그는 몸을 홱 돌린다. "자, 어서 쌈짓돈이라도 내놓으셔야지." 왼손을 내밀어 집게손가락으로 손가락질을 한다. 그녀는 손을 입에 갖다 대고, 작은 뢰더스는 그녀 곁으로 바싹 다가선다. "소리 지르려면 질러 봐. 어떤 놈한테는 선뜻 내주고는 말이야. 보라구, 우린 다 알고 있어. 친구 사이에 무슨 비밀이 있겠어." 추잡한 짓을 해 놓고는, 더러운 돼지 같은 년, 꼴에 검정 옷은 입고 있네, 그냥 따귀나 한 대 올려붙이고 싶군. 내 여편네보다 나을 게 없어. 그녀는 얼굴이 새빨개진다. 오른쪽만 그렇고 왼쪽 뺨은 새파랗게 질렸다. 그녀는 지갑을 손에 들고 손가락으로 뒤적거린다. 그러나 눈을 부릅뜨고 작은 뢰더스를 쳐다본다. 그녀의 오른손이 그에게 돈을 내민다. 표정이 부자연스럽다. 그의 집게손가락은 더 내놓으라고 손가락질을 한다. 그녀는 지갑을 통째로 그의 손에 털어준다. 그는 방으로 되돌아가 테이블 쪽으로 가더니 수를 놓은 빨간 테이블보를 홱 당긴다. 그녀는 씩씩댈 뿐 아무 소리도 내지 못하고 입만 떡 벌린 채 말 없이 문 옆에 서 있다. 그는 소파 쿠션 두 개를 홱 당겨 보고는 부엌으로 달려가 서랍을 열어 마구 뒤진다. 전부 잡동사니뿐이군, 어서 빠져나가야지, 안 그러면 저 계집이 소리를 지를 테니까. 그때 그 여자는 비틀대더니 푹 고꾸라진다, 당장 빠져나가자.

그는 복도로 나서서는 천천히 문을 눌러 닫고는 계단을 내려가 이웃 건물로 들어간다.

오늘은 총을 맞아 가슴이 뻥 뚫리고

참으로 아름다운 낙원이었습니다. 물속에는 물고기들이 바글대고 땅에서는 나무들이 솟아나고, 뭍짐승, 바다짐승, 새들 할 것 없이 짐승들이 뛰놀았습니다.

그때 한 나무에서 부스럭대는 소리가 났습니다. 뱀 한 마리가, 뱀이, 뱀이 대가리를 내밀었습니다. 낙원에도 뱀이 살고 있었습니다. 그리고 그 뱀은 들판에 사는 어떤 짐승보다도 교활했습니다. 그리고 말을 하기 시작했습니다. 아담과 이브에게 말을 하기 시작했습니다.

일주일 뒤 투명 종이에 싼 꽃다발을 들고 프란츠 비버코프는 여유롭게 계단을 올라가며 뚱뚱보 리나를 생각하며 스스로를 책망한다. 그러나 그렇게 심각하게는 아니다. 그는 멈추어 선다. 그 여자는 정말 충실한 여자야, 이런 멍청한 생각은 왜 하지, 쳇, 이건 장사야, 장사는 장사라고. 그는 초인종을 눌러 놓고는 잠시 후에 있을 이런저런 장면을 떠올리며 싱긋 웃는다. 따뜻한 커피, 조그만 인형 같은 그녀. 안에서 발걸음 소리가 들린다, 바로 그녀다. 그는 가슴을 펴고 나무 문 앞에서 꽃다발을 내민다, 문의 사슬이 벗겨지고, 그의 가슴은 뛴다, 넥타이는 잘 매져 있겠지, 그녀의 목소리가 묻는다. "누구세요?" 그는 킬킬댄다. "우편배달부입니다."

　살짝 열린 문의 조그만 검은 틈새, 그녀의 눈, 그는 다정히 고개를 숙이며 싱긋 미소를 짓고 꽃다발을 흔든다. 꽝. 문이 닫힌다, 꽝 닫힌다. 철커덕 빗장이 질러진다. 젠장. 문이 닫혔다. 이런 못된 인간. 너 지금 거기 서 있지. 이 여자 돌았나. 난 줄 뻔히 알면서도 그러다니. 갈색 문, 문짝의 문틀, 나는 계단에 서 있고, 넥타이도 제대로다. 정말 믿을 수 없는 일이군. 초인종을 다시 한 번 눌러야 하나, 말아야 하나. 그는 두 손을 내려다본다, 꽃다발, 방금 길모퉁이에서 산 것이다, 1마르크를 주고, 투명 종이와 함께. 그는 다시 초인종을 누른다, 한 번, 두 번, 아주 오래. 이 여자 지금 문 앞에 서 있는 게 분명해. 그냥 문을 닫고서 꼼짝 않고 서서 숨을 죽이고 있어. 나를 이렇게 세워 두고서. 이 여자가 내 구두끈을 가지고 있어. 몽땅 다 말이야. 3마르크는 될 거다. 내 물건이니 내가 가져가야지. 지금 안에서 발걸음 소리가 들린다, 이제 멀어지는 소리다, 그녀는 부엌에 있나 보다. 이거 정말⋯⋯.

　일단 계단을 내려갔다가 다시 올라와 보자. 다시 초인종을 울리고 한번 어떻게 되나 봐야겠다. 그녀는 나를 보지 못했을 지도 모른다. 다른 사람으로 착각했을 수도 있다. 거지로 말이다, 거지들도 많이 오니까. 그러나 막상 문 앞에 섰지만 그는 초인종을 누르지 않는다. 그럴 기분이 나지 않는다. 그는 그냥 기다리며 우두커니 서 있다. 그래, 저 여자는 내게 문을 열어 줄 생각이 없어. 그게 알고 싶었을 뿐이야. 이 집에다가는 다시는 물건을 팔지 말아야지, 그런데 이 꽃다발은 어쩌지, 1마르크씩이나 주고 산 건데, 에라, 그냥 수챗구멍에다 던져 버릴까. 갑자기 그는 다시 한 번 초인종을 울린다, 마치 무슨 명령이라도 받은 것처럼. 그래 놓고서 가만히 기다린다. 그래, 저 여자는 이제 문에까지도 안 나오는구나. 저 여자는 내가 온 걸 알고 있어. 그렇다면 이웃집에 쪽지라도 남겨야지. 내 물건을 도로 찾아야 하니까.

그는 이웃집 초인종을 누른다, 아무도 없다. 좋아, 메모라도 남겨야지. 프란츠는 복도에 난 창 쪽으로 가서 신문의 빈 모퉁이를 찢어 몽당연필로 쓴다. "문을 열어 주지 않아서. 물건을 돌려받고 싶습니다. 엘자스 가 모퉁이 클라우센 술집에 맡겨 주세요."

이런 망할, 색골 같으니, 만약 네가 내가 어떤 사람인지 안다면, 예전에 한 여자가 내게 쓴맛을 본 것을 안다면, 이렇게는 못할 거다. 이런 망할, 어디 두고 보자고. 당장이라도 도끼로 문을 부셔 버릴까 보다. 그는 쪽지를 문 밑으로 슬쩍 밀어 넣는다.

프란츠는 하루 종일 잔뜩 찌푸린 얼굴로 돌아다닌다. 이튿날 아침, 그가 뤼더스와 만나기 전에 선술집 주인이 그에게 편지를 한 통 전해 준다. 그녀다. "다른 것은 안 주던가요?" "아뇨, 그게 뭔가요?" "보따리요, 물건이 들어 있는." "아뇨, 어떤 꼬마애가 그 편지를 가져왔어요. 어제저녁에." "아니, 이런, 그렇다면 내가 직접 가서 물건을 찾아와야 하나?"

이 분 뒤, 프란츠는 창가의 진열장 쪽에 가서 나무 걸상에 털썩 주저앉는다. 그리고 축 처진 왼손에는 편지를 쥔 채로 입술을 꽉 깨물고 테이블 판을 뚫어지게 쳐다본다. 가증스러운 자식, 뤼더스가 막 문을 열고 들어오다가 거기 앉아 있는 프란츠를 발견한다. 뭔가 심상치 않은 낌새를 눈치 채고 그는 얼른 밖으로 나간다.

술집 주인이 테이블로 걸어온다. "그런데 왜 뤼더스가 저렇게 허둥지둥 가 버리는 거죠? 저 친구 물건이 아직도 여기 있는데!" 프란츠는 그냥 자리에 그대로 앉아 있다. 세상에 이런 일이 있다니. 나는 다리가 절단되었구나. 세상에 이런 일이 있을 수는 없어. 이런 일은 지금까지 있지도 않았어. 일어설 수가 없다. 뤼더스 녀석이야 뛰어다니라고 해, 제 다리가 있으니, 얼마든지 뛰어다닐 수 있지. 그놈 정말 황당무계한 자식이야.

"코냑 한잔 줄까요, 비버코프? 무슨 안 좋은 일이라도 있어요?" "아니야, 그런 일 없소." 이 친구 대체 뭐라고 하는 거지? 잘 들리지가 않아, 귀에 솜을 박은 것 같아. 주인은 가지 않는다. "그런데 왜 뤼더스는 저렇게 도망친 걸까요? 아무도 뭐라고 하는 사람 없는데. 꼭 누가 등 뒤에서 총이라도 쏘는 것처럼 그러는군요." "아, 그 친구 뤼더스 말이오? 뭐, 할 일이 있나보지. 그래, 코냑 한잔 줘요." 그는 코냑을 단숨에 비운다. 생각의 가닥이 자꾸만 흩어진다, 제기랄, 이 편지는 또 뭐야. "여기 편지 봉투가 떨어졌네요. 조간신문을 볼래요?" "고맙소." 그는 계속해서 골똘히 생각한다. 도대체 이런 것들이 다 뭔지 알고 싶어, 편지는 뭐고, 그 여자는 대체 왜 내게 그런 걸 쓴 거지? 뤼더스라는 친구는 분별도 있고, 자식도 있는 몸인데. 프란츠는 곰곰이 생각한다, 어쩌다 이런 일이 생긴 걸까, 그러다 보니 머리가 무거워져 마치 조는 것처럼 고개가 앞으로 숙여진다. 주인은 그가 피곤해서 그러는 걸로 생각한다. 그러나 밀려드는 삭막함과 막막함과 공허함, 그리로 그의 두 다리는 미끄러져 떨어진다. 그리로 완전히 쿵 하고 떨어진다. 그리고 왼쪽으로 한 번 몸을 틀고는 아래로 떨어진다, 완전히 떨어진다.

프란츠는 가슴과 머리를 테이블에 대고서 엎드려 있다, 그리고 그는 겨드랑이 사이로 비스듬히 테이블 위를 쳐다보다가 나무판 위를 훅하고 불며 머리를 감싸쥔다. "그 뚱보 여자 여기 왔었소? 리나 말이야." "아뇨, 그 여자는 12시나 돼야 와요." 그래, 맞아, 이제 9시밖에 안 됐군, 난 아직 일도 시작 못 했어, 뤼더스도 도망쳐 버렸고.

이제 어떻게 한담? 그때 그는 뭔가 모를 감정에 휩싸인다. 그는 입술을 깨문다. 이게 다 형벌이야. 그들은 나를 밖으로 내보냈어. 다른 친구들은 형무소의 거대한 쓰레기 더미 옆에서 감자나 캐고 있는데, 나는 전차나 타고 다녀야 하고, 제기랄, 차라리 그곳에 있을 때가 훨씬 좋았어. 그는 자리에서 일어난다, 일단 거리로 나가자, 이딴 것에서 벗어나야 해, 그래, 다시는 겁먹지 말자고. 이렇게 내 두 다리로 똑바로 서는 거야. 아무도 내게 덤비지 못해, 아무도. "뚱보가 오면 내가 집안에 상을 당했다고 알려 줘요. 부고가 왔다고. 삼촌이든 누구든 적당히 둘러대 줘요. 자, 얼마요?" "한 잔이군요, 딴 때나 똑같아요." "자, 여기 있소." "그런데 보따리는 이곳에다 둘 건가요?" "보따리라니?" "한 잔 먹고 취했나 보군요, 비버코프. 농담하지 말고 진정해 봐요. 내가 보따리를 보관하고 있잖아요." "무슨 보따리요?" "자, 바깥 공기 좀 쐬도록 해요."

비버코프는 밖으로 나간다. 술집 주인은 창문 너머로 그의 뒷모습을 바라본다. "저러다 또 잡혀 가는 거 아닌가. 참으로 골칫거리야. 게다가 힘도 장사니 말이야. 뚱보가 눈이 휘둥그레지겠네."

창백한 얼굴의 조그만 사내가 집 앞에 서 있다. 오른팔엔 붕대를 감고 손에는 검은 가죽 장갑을 끼고 있다. 벌써 한 시간 넘게 햇살 속에 서 있을 뿐 계단을 올라가지 않는다. 그는 막 병원에서 오는 길이다. 그에겐 딸이 둘 있고, 그 밑으로 사내아이 하나가 태어났는데, 네 살 먹은 그 아이는 어제 병원에서 죽었다. 처음엔 단순히 후두염이라는 진단이었다. 의사는 곧 다시 오겠다고 말했다. 그러나 밤이 되어서야 와서는 대뜸 디프테리아가 의심되니 병원에 입원하라는 것이었다. 아이는 사주 동안 입원해 있었다. 아이는 많이 호전되었다가 다시 성홍열에 걸렸다. 그러다가 이틀 뒤인 어제 숨을 거두었다. 심장 쇠약이라고 과장 의사는 말했다.

그 사나이는 현관문 앞에 서 있다, 그의 아내는 위층에서 어제처럼 밤새도록 울부짖으며 그를 책망하고 있을 것이다. 왜 아이를 진작 사흘 전에 퇴원시키지 않았느냐고, 그때만 해도 완전히 회복되었더랬는데. 그러나 간호원들은 말했다, 아이는 아직 목구멍에 균이 있다고, 때문에 집에 아이들이 있다면 위험할 수 있다고. 그의 아내는 그 말을 처음엔 믿으려 하지 않았다. 그렇지만 그렇게 했다가는 다른 아이들까지도 위험해질 수 있는 일이었다. 그는 서 있다. 이웃 건물 앞에서는 아이들이 소리를 지른다. 그때 갑자기 아이를 병원에 데리고 갔을 때 병원에서 들었던 말이 생각났다. 아이가 혈청 주사를 맞았나요? 아뇨, 안 맞았습니다. 그는 온종일 의사가 오기만을 기다렸었다. 의사는 밤이 되어서야 오더니 금방 가 봐야 한다고 말했다.

순간 전쟁 중에 부상을 당한 그 사나이는 빠른 걸음으로 길을 건넌 뒤 도로를 따라 내려가 의사의 집이 있는 모퉁이까지 내달린다. 의사는 집에 없다고 한다. 그러자 그는 울부짖는다. 아직 아침이야, 의사가 집에 없을 리가 없어. 진찰실 문이 열린다. 대머리에 몸집이 뚱뚱한 신사가 나오더니 그를 안으로 데리고 들어간다. 그 사나이는 서서 병원 이야기를 하며 아이가 죽었다고 말한다. 의사는 그의 손을 잡는다.

"그래도 당신은 우리를 기다리게 만들었습니다. 수요일 내내, 아침부터 저녁 6시까지 말입니다. 그래서 우리는 두 번이나 사람을 보냈어요. 그래도 당신은 오지 않았습니다." "그래도 결국엔 갔잖아요." 다시 그 사나이가 울부짖기 시작한다. "나는 불구입니다. 전쟁터에 나가 피를 흘렸습니다. 아무렇게나 기다리게 해 놓고 우리 같은 인간들이야 아무렇게나 돼도 좋다는 거지요." "자, 우선 자리에 앉고, 진정하세요. 아이는 디프테리아로 죽은 게 아니잖아요. 병원에서는 그처럼 감염되는 경우가 가끔 있습니다." "이래도 문제, 저래도 문제군요." 그는 계속해서 소리를 지른다. "그냥 기다리라는 얘기군요, 우리야 날품팔이꾼들이니까, 우리 애들도 우리처럼 뒈져도 상관없다 이거군."

삼십 분 뒤 그는 천천히 계단을 내려가 햇빛 속에서 몸을 돌려 집으로 올라간다. 그의 아내는 부엌에서 분주하게 움직이고 있다. "당신이에요?" "그래, 나야." 그들은 손을 맞잡고서 고개를 떨군다. "아직 식사 안 했지요, 여보. 금방 차려 드릴게요." "건너편 의사한테 갔다 오는 길이야. 왜 수요일에 안 왔는지 따지면서 한두 마디 해 줬어." "그런데 우리 애는 디프테리아로 죽은 게 아니잖아요." "그런 건 아무래도 좋아. 그것도 의사한테 따졌어. 어쨌든 주사를 빨리 맞았으면 병원에 입원할 필요까지는 없었을 거야, 전혀. 그런데 의사가 안 온 거야. 그래서 한두 마디 해 줬지. 그런 일이 또 벌어질 수도 있잖아. 남들도 생각해야 하잖아. 그런 일은 매일 일어나는 거야, 누가 알겠어." "자, 먼저 뭣 좀 드세요. 의사는 뭐라 그러던가요?" "사람은 좋더군. 이제 더 이상 풋내기가 아니니 할 일이 많더군. 고된 일이야. 다 알았지. 무슨 일이 일어나는 것은 어쩔 도리가 없는 거야. 코냑 한 잔을 따라 주면서 내게 진정하라고 하더군. 의사 부인도 들어왔어." "엄청나게 소리를 쳤나 보군요, 여보?" "아냐, 전혀 그렇지 않아. 처음엔 좀 그랬지만 나중엔 모든 일이 조용하게 흘러갔어. 그런 말은 누군가 해야 하는 거라고 그 자신도 인정했어. 그는 나쁜 사람은 아니야. 다만 누군가는 바른말을 해 줘야 해."

그는 격하게 떨면서 식사를 한다. 그의 아내는 옆방에서 울고 있다. 이윽고 그들은 난로 앞에 앉아 함께 커피를 마신다.

"원두커피예요, 파울." 그는 커피 잔에 코를 대고 냄새를 맡아 본다. "냄새 좋군."

내일이면 싸늘한 무덤 속으로, 아니,
우리는 감정을 자제하는 법을 배우게 되리라

　프란츠 비버코프가 사라졌다. 리나는, 프란츠가 편지를 받은 날 오후에 그의 방으로 올라간다. 자신이 직접 만든 갈색 털 조끼를 그 몰래 놓고 나오려는 요량이다. 그런데 웬일인가, 여느 때 같으면 장사를 나갔을 그가 집에 앉아 있는 게 아닌가. 게다가 지금은 크리스마스 시즌이다. 그는 탁자를 끌어다 놓고 침대에 쪼그리고 앉아서 방금 분해해 놓은 자명종을 만지작거리고 있다. 그녀는 그가 방에 있는 것을 보고 깜짝 놀란다. 혹시 조끼를 보지 않았을까. 그러나 그는 그녀 쪽을 전혀 넘겨다보지 않고, 그저 탁자와 시계만 내려다보고 있다. 그녀는 다행이라고 생각한다. 재빨리 조끼를 문 옆에다 놓아둔다. 그런데도 그는 몇 마디뿐 말을 거의 하지 않는다. 숙취가 있으면 저렇게 되는 모양이군. 저 얼굴 좀 봐, 저런 얼굴은 처음 봐. 그저 낡은 시계만 만지작거리고 있네. 정신이 없어. "그 자명종 아무 문제없었잖아요, 프란츠." "아냐, 그렇지 않아, 잠깐만, 이게 늘 덜덜거리고, 제때 울리지를 않아. 원인을 알아내야겠어." 그는 이리저리 만져 보다가 다시 내려놓고 이를 쑤신다. 그는 그녀에게 눈길조차 주지 않는다. 그때 그녀는 슬쩍 자리를 뜬다. 뭔가 좀 불안한 느낌이 든다. 푹 자게 두는 게 좋을 것 같다. 그녀가 밤에 다시 와 보니 그는 방세를 다 지불하고 물건을 챙겨서 가 버리고 없었다. 셋집 여주인은 그가 방세를 다 냈다는 것만 알고 있다. 주민등록 신고서에다가는 그냥 '여행 중'이라고 적어 달라고 했다고 한다. 이렇게 자취를 감추어야 할 까닭이 있는 걸까, 누구 때문에, 뭣 때문에?

그러고 나서 끔찍한 스물네 시간이 지나고 나서야 리나는 마침내 도움을 청할 만한 고틀리프 메크를 찾아낸다. 그 남자 역시 이사를 갔기 때문에 그녀는 오후 내내 이 술집에서 저 술집으로 다리품을 팔던 중 마침내 메크를 찾아낸 것이다. 그는 그 일에 대해 아무것도 모른다. 프란츠에게 무슨 일이 생기겠는가. 그 친구는 몸집도 튼튼하지 않은가. 게다가 머리도 빨리 돌아가고. 원한다면 잠시 벗어나 있는 것도 좋은 일이다. 혹시 무슨 나쁜 짓이라도 저질렀나? 프란츠가 그랬을 리 없다. 혹시 다툰 건 아닐까, 리나하고 프란츠가 말이야. 전혀 그렇지 않아요, 뭣 땜에요, 내가 털 조끼까지 갖다 주었는데. 다음 날 오전이 되어서야 메크 역시 셋집 여주인을 찾아가 본다. 리나는 일일이 캐묻는다. 그래요, 비버코프는 허둥지둥 떠났어요. 뭔가 문제가 있는 것 같았어요. 그 사람은 언제나 쾌활했어요. 그날 아침까지도 그랬어요. 무슨 일이 있었던 게 분명해요. 확실해요. 싹 비웠어요. 실오라기 하나 남기지 않고요. 직접 보세요. 그때 메크가 리나에게 말한다. 차분히 있으면 자기가 다 알아보겠노라고. 그는 잠시 생각해 본다. 장사 경험이 풍부한 그인지라 당장 예민한 후각을 발휘해서 뤼더스를 찾아간다. 뤼더스는 마누라와 함께 집에 있다. 프란츠는 어디 있나? 음, 뤼더스는 뻘쭘한 표정으로 말한다. 그 친구는 나를 이렇게 버리고 도망쳤어. 내게 진 빚도 안 갚고서. 빚 갚는 것을 까먹은 모양이야. 그런 말을 믿을 메크가 아니다. 그들의 이야기는 한 시간이 넘게 계속된다. 이 친구에게선 아무것도 알아낼 수가 없다. 그러다가 저녁에 메크와 리나는 술집에서 뤼더스를 마주하고 앉아 있다. 드디어 일이 풀린다.

리나는 울부짖으며 소리를 친다. 프란츠가 어디 있는지 분명 알 거 아냐, 아침까지만 해도 같이 있었으니, 프란츠가 무슨 말이라도 했을 것 아냐, 단 한마디 말이라도. "아냐, 그는 한마디도 하지 않았어.""그이한테 무슨 일이 있어난 게 분명해.""그에게 무슨 일이 일어났다고? 도망쳤나 보군, 그 밖에 무슨 짓을 하겠어." 아니야, 그이는 절대 나쁜 짓을 하지 않았어. 리나는 철저히 그렇게 믿는다. 그이는 아무 짓도 안했다고. 아니면 내 손에 장을 지지겠어. 차라리 경찰서에 가서 물어보는 게 낫겠군. "그럼 실종 신고를 해서 전단지라도 돌리게?" 뤼더스는 웃는다. 작고 뚱뚱한 여인의 비탄. "그러면 도대체 어떻게 하란 말이야, 어떻게?" 가만히 앉아 자기 역할을 생각하고 있던 메크는 화가 치밀어 뤼더스에게 고개로 신호를 한다. 뤼더스와 단둘이 이야기하자는 뜻이다. 그런 말은 백날 해 봤자 소용없다는 것이다. 그러자 뤼더스는 밖으로 따라 나간다. 그들은 겉으로는 아무 일도 없는 것처럼 이런저런 이야기를 나누며 라믈러 가를 지나 그렌츠 가까지 걸어간다.

칠흑같이 캄캄한 곳에 이르자 메크는 조그만 뤼더스에게 갑자기 달려든다. 그는 뤼더스를 무지막지하게 두들겨 팼다. 뤼더스가 울부짖으며 바닥에 나뒹굴자, 메크는 주머니에서 손수건을 꺼내 녀석의 주둥이를 틀어막는다. 그다음 그에게 일어서라고 하더니 칼을 펼쳐 들이댔다. 둘 다 숨을 헐떡거렸다. 그러더니 메크는 아직도 흥분한 모습으로 뤼더스에게 당장 꺼져서 내일까지 프란츠를 찾아내라고 욱박지른다. "무슨 방법을 쓰든 그건 내가 알 바 아니야, 이 자식아. 만약에 찾아내지 못하면 쓴맛을 볼 거다. 너 같은 녀석 찾아내는 것은 아무것도 아니야. 네 여편네까지도 말이다."

이튿날 저녁, 메크의 손짓을 보고 작은 뤼더스는 얼굴이 새파랗게 질려 묵묵히 술집에서 나왔다. 그다음 그들은 객실로 올라갔다. 시간이 좀 흐르고 나서야 주인이 그들을 위해 가스등에 불을 켜 주었다. 그곳에 그들은 서 있었다. 메크가 물었다. "그래, 갔다 왔어?" 뤼더스는 고개를 끄덕였다. "만나 봤나, 그래서?" "'그래서'는 없어." "그가 뭐라고 했냐고. 네가 그를 만나고 왔다는 걸 어떻게 증명할 수 있나?" "이보게, 메크, 그 친구도 너처럼 내 머리에 구멍이나 내 줄 줄 알았나 본데. 아냐, 나는 이미 대비를 하고 갔거든." "그래, 상태가 어떻던가?"

뤼더스는 말없이 더 가까이 다가왔다. "메크, 정신 차리고 잘 들어 봐. 잘 들어 보라고, 할 얘기가 있으니까. 프란츠가 자네 친구이긴 하지만 그 친구를 위해 나한테 어제처럼 그런 식으로 할 필요는 없었잖아. 까딱하면 살인 날 뻔했어. 우리 둘 사이엔 아무 일도 없는데 말이야. 그 친구 때문에 그럴 필요는 없는 거잖아."

메크는 그를 노려봤다. 이 자식 한 대 더 맞아야겠군. 오고 싶은 사람은 다 와서 구경들 하라고 그래. "그래, 그 친구는 분명히 미쳤어! 자넨 그걸 몰랐나, 메크? 그 친구는 여기 이 위쪽 머리가 정상이 아니라고." "아냐, 그런 멍청한 말일랑 당장 집어치워. 그는 내 친구야, 이런, 다리가 부들부들 떨리는군." 그러자 뤼더스는 이야기를 시작하고, 메크는 자리에 앉는다.

그는 프란츠를 5시에서 6시 사이에 만났다는 것이다. 프란츠는 먼저 살던 집 바로 근처에, 즉 세 집 건너에 살고 있었다. 사람들 말로 그가 마분지 상자와 장화 한 켤레를 들고서 그 집으로 들어가는 것을 보았다는 것이다. 그는 실제로 본채에 잇대어 지은 집의 위층에 방을 한 칸 얻었다. 뤼더스가 노크를 하고 안으로 들어가니, 프란츠는 침대에 누워 장화 신은 발을 늘어뜨리고 있다. 뤼더스군, 그는 뤼더스를 알아본다. 천장에는 전구 하나가 켜져 있다. 뤼더스, 저 불한당 같은 녀석, 여긴 또 웬일이야. 뤼더스는 오른쪽 주머니에 칼을 숨기고 있다. 다른 손에는 2, 3마르크의 돈을 들고 있다가 테이블 위에 내놓고는 뭐라고 떠들어 대며 이리저리 서성대기 시작한다. 그의 목소리는 쉬었다. 그는 메크에게 얻어맞아 생긴 머리의 혹을 보여 주고 통통 부은 귀도 보여 준다. 그는 분노가 치밀어 한바탕 울부짖을 기세다.

비버코프는 벌떡 일어난다, 그의 얼굴은 심각하게 굳어졌다가 얼굴의 작은 혈관들이 경련하기도 한다. 그는 문 쪽을 가리키며 낮은 목소리로 말한다. "당장 나가!" 뤼더스는 아까 내놓았던 돈을 도로 챙겼다. 그는 메크를 떠올리고 또 메크가 숨어서 자기를 기다릴 것을 생각하며 자기가 그곳에 왔었다는, 또는 메크나 리나가 직접 그곳에 찾아와도 좋다는 쪽지를 써 달라고 부탁한다. 그러자 비버코프는 벌떡 일어서고, 순간 뤼더스는 문 쪽으로 미끄러지듯 달려가 손잡이를 잡는다. 한편 비버코프는 슬금슬금 뒤편에 있는 세면대 쪽으로 가서 세숫대야를 들더니 ─ 이게 지금 무슨 소릴 하고 있는 거야 ─ 방을 가로질러 뤼더스의 발 쪽으로 물을 휙 끼얹는다. 흙에서 나왔으니 흙으로 돌아가거라. 뤼더스는 눈을 휘둥그레 뜨고 옆으로 피하며 손잡이를 돌린다. 비버코프는 이번엔 물이 꽤 많이 담겨 있는 물통을 집어 든다. 물은 얼마든지 있어, 몽땅 깨끗이 치워 버리겠어. 너는 흙에서 왔으니. 그는 문 쪽에 서 있는 사내를 향해 물을 끼얹는다. 그 사내의 목덜미와 입에 물이 튄다. 얼음처럼 차가운 물이다. 뤼더스는 빠져나간다. 그는 가고 문은 닫힌다.

술집에서 그는 악의에 찬 목소리로 속삭였다. "그놈 미쳤어, 직접 보면 알 거 아냐. 직접 가서 보라고." 메크가 물었다. "몇 번지야? 누구네 집이지?"

그 뒤로도 비버코프는 물건을 잡히는 대로 마구 방 안으로 집어던졌다. 그는 공기를 가르며 손으로 물을 끼얹었다. 말끔히 치우는 거야. 한 개도 남기지 말고. 이제 창문을 열고 바람을 쐬자. 이런 것들은 나하곤 상관없는 것들이야. (집이 무너질 일도, 지붕이 미끄러져 떨어질 일도 없다, 이런 것들은 다 옛일이다. 이런 일들은 다 지난 일이다.) 바닥을 내려다보며 창가에 서 있자니 으스스 추워졌다. 물기를 싹 훔쳐 내야겠군, 안 그러면 아래층 사람들 머리에 물이 떨어지고 얼룩이 질 거야. 그는 창문을 닫고 침대 위에 똑바로 눕는다. (죽었다. 너는 흙에서 왔으니 흙으로 돌아가야 한다.)

손뼉을 짝짝짝, 발을 쿵쿵쿵.

그날 저녁 비버코프는 이미 더 이상 그 방에 머물지 않았다. 어디로 간 건지 메크는 확인할 도리가 없었다. 그는 악한 마음을 품은 작은 뤼더스를 데리고 가축 상인들이 있는 자신의 단골 술집으로 갔다. 그들을 시켜 도대체 무슨 일이 있었는지, 그리고 그 술집 주인이 받은 편지에는 무슨 내용이 적혀 있는지 물어볼 요량이었다. 뤼더스는 요지부동이었다. 어찌나 악의에 차 있던지 그들도 그 가련한 악마에게 두 손을 들고 말았다. 메크는 속으로 말했다. "대가를 치르게 해 주겠어."

메크는 곰곰이 생각에 잠겼다. 리나가 프란츠를 속인 것일까, 아니면 프란츠가 뤼더스에게 화가 난 것일까. 아니면 그 무엇일까. 가축 상인들이 말했다. "뤼더스라는 놈은 교활한 사기꾼이야. 그놈이 하는 말 중 진실은 단 한마디도 없어. 아니, 어쩌면 그 친구가 머리가 돌았는지도 몰라, 비버코프가 말이야. 팔 물건이 없는데도 영업 허가증을 받으려 한 적이 있었잖아. 이런 친구는 욱하는 성미가 있거든." 메크는 이렇게 주장했다. "그런 것은 담에 영향을 미치지 머리하고는 상관없어. 머리는 절대 아니야. 그 친구는 근육이 발달한 사나이야. 예전에는 중노동도 했지. 일급 가구 운반 인부였어. 피아노인가 뭐 그런 걸 옮겼다는군. 그런 일은 머리에 영향을 주지는 않아." "아냐, 바로 그런 사람이 머리에 영향을 받는 법이야. 그는 아주 예민한 사람이거든. 그런 일을 할 때는 머리를 별로 안 쓰지. 하지만 일단 머리를 썼다 하면 폭발하는 거야." "그래, 자네들 가축 상인들은 어떤가, 자네들 그 소송은 어찌 됐지? 다 잘돼 가고 있겠지?" "가축 상인은 본디 두개골이 단단하거든. 그럼, 그렇고말고. 화가 날 것 같은 조짐이 보이면 헤르츠베르게 정신 병원으로 가면 그만이지. 우리는 절대 화를 내지 않아. 상품을 주문해 놓고 바람을 맞히거나 돈을 지불하지 않거나 하는 일은 우리 같은 사람들에겐 매일같이 일어나거든. 사람들은 돈이 없잖아." "그렇다고 어디 가서 돈을 금방 융통해 올 수 있는 것도 아니고." "그러게 말이야."

그중 한 가축 상인이 자신의 너절한 조끼를 쳐다보았다. "집에서 나는 커피를 받침 접시로 마셔. 그게 훨씬 더 맛있어. 다만 좀 흘릴 뿐이지." "턱받이를 두르면 되잖나." "그러면 여편네가 웃잖아. 아냐, 실은 손이 떨려서 그래, 자, 보게."

메크와 리나는 프란츠 비버코프를 찾아내지 못한다. 그들은 베를린의 반을 헤매고 다녔지만 그 사나이를 찾지 못한다.

4부

프란츠 비버코프는 실제로는 아무런 불행도 겪지 않았다.

평범한 독자라면 놀라서 이렇게 물을 것이다. 그렇다면 무슨 일을 겪었는가?

그러나 프란츠 비버코프는 평범한 독자가 아니다.

그는 자신의 원칙이 아주 간단한 것이긴 하지만 어딘가 결함이 있음을 느낀다.

어디에 결함이 있는지는 모르지만 결함이 있다는 사실만으로

그는 무지무지한 비탄 속으로 빠져든다.

여러분은 여기서 이 사나이가 폭음을 하며

거의 자포자기 상태에 이르는 것을 목격하게 된다. 그러나 최악은 아니다.

프란츠 비버코프에겐 더 나쁜 일들이 남아 있기 때문이다.

알렉산더 광장 주변의 한 줌의 사람들

알렉산더 광장의 노반은 지하철 공사 때문에 파헤쳐지고 있다. 사람들은 널빤지 위로 걸어 다닌다. 전차는 알렉산더 광장을 거쳐 알렉산더 가를 따라 올라가 뮌츠 가를 경유하여 로젠탈 성문을 향해 달린다. 오른쪽, 왼쪽 할 것 없이 다 도로다. 도로를 따라 건물들이 늘어서 있다. 건물들은 지하에서 다락방에 이르기까지 사람들로 가득하다. 1층에는 상점들이 있다.

작은 술집들, 레스토랑들, 청과물상, 수입 식료품과 진미 상품점, 운수업, 인테리어, 여성복 맞춤, 밀가루 및 제분 상품, 자동차 차고, 소방서. 소형 모터가 달린 소화기의 장점은 간단한 구조, 손쉬운 조작, 가벼운 무게, 작은 크기에 있다. ── 독일 국민 여러분, 우리 국민처럼 치욕적으로 기만당한 백성은 없으며, 독일 국민처럼 치욕적이고도 부당하게 사기를 당한 적이 없습니다. 샤이데만이 1918년 11월 9일 제국 의회의 난간에서 우리에게 평화와 자유와 빵을 약속했던 것을 기억하십니까? 그런데 그 약속은 어떻게 됐습니까! ── 하수 장치, 유리창 청소 대행, 잠이 약입니다, 슈타이너의 낙원 침대. ── 서점, 현대인 총서, 위대한 시인과 사상가들의 전집이 현대인 총서에 들어 있습니다. 이들은 유럽 지성사의 위대한 대변자들입니다. ── 임대차 보호법은 한낱 휴지 조각에 지나지 않는다. 임대료는 꾸준히 오르고 있다. 기업을 운영하는 중산층은 길바닥에 나앉아 목을 졸리고, 집행관들만 짭짤한 수입을 올리고 있다. 우리는 중소기업에 대한 1만 5000마르크의 공채와 중소기업 경영자에 대한 모든 차압을 즉각 금지할 것을 요구한다. ― 분만의 순간을 잘 준비하는 것은 모든 여성의 소원이자 의무입니다. 모든 예비 엄마의 소망과 감각은 배 속의 아이만을 생각합니다. 때문에 올바른 음료를 선택하는 것은 예비 엄마에게는 아주 중요합니다. 엥겔하르트 캐러멜 맥주 음료는 그 어느 음료보다도 훌륭한 맛과 영양소, 빠른 소화력, 원기 회복력을 갖고 있습니다. ― 생명 보험에 가입하여 당신의 아이와 가족을 지키세요, 스위스, 취리히 생명 보험, 연금 보험 회사. ― 당신의 마음이 웃습니다! 기뻐서 당신의 마음이 웃습니다! 유명한 회프너 가구를 갖춘 집을 장만하세요. 당신이 꿈꾸어 온 어떤 포근한 집보다 훨씬 멋진 것을 현실에서 만나실 수 있습니다. 아무리 세월이 흘러도 우리 가구의 모습은 변함이 없을 것이며 그 내구성과 실용성은 언제나 새로운 기쁨을 줄 것입니다. ―

경비 회사는 모든 것을 지켜 준다. 주변 순찰, 수색 순찰, 보안 검열, 타임 레코더와 자동 경보기의 부착, 대 베를린과 교외의 경비 및 호위, 독일 경비 회사, 대 베를린 경비 회사, 전(前) 베를린 부동산 소유자 연합회 소속 바텐더 경비대, 통합 운영 사무소, 서부 경비 센터, 경비 회사, 셜록 회사, 코난 도일의 셜록 홈즈 전집, 베를린 및 인근 경비 회사, 교육자로서의 박스만, 교육자로서의 「플락스만」,* 빨래방, 아폴로 속옷 대여점, 아들러 세탁소는 모든 손빨랫감과 속옷을 취급한다, 고급 신사

---

* 오토 에른스트(1862~1926)의 교육적 풍자를 담은 희극으로 1901년에 초연되었다.

숙녀 내의 전문.

가게들 위쪽과 뒤쪽에는 주택들이 있고, 이것들 뒤에는 안마당과 측랑, 안채, 뒤채, 정자가 있다. 리니엔 가, 그곳에 바로 프란츠 비버코프가 뤼더스에게서 불쾌한 일을 겪은 뒤 기어들어간 집이 있다.

전면에는 멋진 제화점이 있는데 네 개의 반짝이는 쇼윈도가 있고 여섯 명의 여자 점원이 근무한다. 다시 말해 그들은 손님이 있을 경우 월 80마르크의 임금을 받는데, 승진해서 고참자가 되면 100마르크를 받는다. 이 멋지고 큰 제화점은 어느 노부인의 소유인데, 그녀는 이 가게의 지배인과 결혼했으며 지금은 안채에서 잠만 자고 있다. 건강이 좋지 않기 때문이다. 그녀의 남편은 잘생긴 남자로 가게를 번창하게 만들었고 아직 마흔도 안 되었는데 그게 문제다. 그가 집에 늦게 들어가면 늙은 아내는 깨어서 화가 나 잠을 이루지 못하고 있다. ― 2층에는 변호사님께서 살고 있다. 작센알텐부르크 공작령의 야생 토끼는 사냥 가능한 짐승인가? 부당하게도 그 변호사는, 작센알텐부르크 공작령의 야생 토끼는 사냥해도 좋다는 지방 법원의 승인에 대하여 이의를 제기하고 있다. 어떤 짐승들은 수렵법에 따르고 어떤 짐승들은 자유로운 포획이 가능한지에 대해 독일에서는 지방에 따라 상이한 규정이 내려졌다. 특별한 법률 규정이 없을 경우에는 관습법이 적용된다. 1854년 2월 24일의 수렵 규제법 초안에서는 야생 토끼가 아직 거론되지 않았다. ― 저녁 6시가 되면 청소부 아주머니가 사무실에 나타나 응접실의 리놀륨 바닥을 쓸고 닦는다. 변호사님께서는 진공청소기를 살 만한 형편이 아직 못 된다. 예의 그 인색함이랄까. 그는 결혼도 안 했으니 그럴 수 있는 일이고, 지츠케 부인은 적어도 가정주부라면 그 정도는 알아야 한다고 난리다. 청소부 아주머니는 힘껏 솔로 닦고 청소한다. 그녀는 몹시 말랐지만 몸에 탄력이 있다. 그녀는 두 아이를 위해 뼈 빠지게 일한다. 영양 섭취를 위한 지방질의 중요성, 지방질은 돌출된 뼈를 덮어 그 안의 조직을 압박과 충격으로부터 보호해 준다, 그러므로 극도로 마른 사람들은 보행 시에 발꿈치의 통증을 호소한다. 그러나 이것은 이 청소부 아주머니에겐 해당되지 않는다.

저녁 7시에 변호사 뢰벤훈트 씨는 책상에 앉아 두 개의 탁자용 등을 켜 놓고 일을 한다. 마침 전화가 오지 않는다. 형사 사건 그로스 A8 780-27에 관하여, 기소인 그로스 부인이 본인에게 위임한 전권을 대행할 것임을 동봉하는 서류로 제출합니다. 상기 피고와의 개인적 면담을 허락해 주시길 간곡히 부탁합니다. ─ 오이게니 그로스 부인에게, 베를린. 친애하는 그로스 부인. 오래전부터 부인을 다시 한 번 방문하려 했습니다만, 밀린 일들과 저의 좋지 않은 몸 상태로 인해 그렇게 하지 못했습니다. 다음 주 수요일에는 꼭 방문할 수 있기를 바라며 그때까지 참아 주시기를 부탁드립니다. 경의를 표하며. 편지, 우편환, 소포 등에는 개인 주소뿐만 아니라 재소자 번호도 기입해야 한다. 주소지는 베를린 서북부 52, 모아비트 21a다. ─ 톨만 씨에게. 귀하의 딸 건과 관련하여 여분의 수임료, 200마르크를 청구하고자 합니다. 분할 지불 여부는 귀하에게 맡기겠습니다. 두 번째로, 재제출 바랍니다. ─ 친애하는 변호사님, 모아비트에 있는 저의 불쌍한 딸아이를 한번 찾아가고 싶은데 누구에게 문의해야 할지 몰라 선생님께 이렇게 그곳에 언제 찾아가면 좋을지 말씀해 주시기를 진심으로 부탁드립니다. 그리고 딸아이에게 보름에 한 번씩 식료품이 든 소포를 보낼 수 있게 선처해 주시기를 부탁드립니다. 이번 주말이나 내주 초까지 조속하게 연락을 주시면 고맙겠습니다. 톨만 부인.(오이게니 그로스의 어미) — 변호사 뢰벤훈트는 자리에서 일어나 시가를 입에 물고서 커튼 틈으로 환한 리니엔 거리를 내다보며 생각한다. 그녀에게 전화를 해야 하나, 말아야 하나. 자업자득으로서의 성병, 프랑크푸르트 지방 최고재판소, 1, C5. 미혼 남자들의 경우 성교를 도덕적으로 용인함에 있어 덜 엄격하게 생각할 수 있다 해도 법적인 관점에서는 그것은 하나의 죄를 범하는 것이며, 또 정식 결혼에 의하지 않은 성교는 슈타우프*의 말대로 위험을 내포한 과도한 행위이고, 그러한 위험에 대한 부담은 그처럼 과도한 행위를 저지른 자가 져야 함을 인정하지 않을 수 없다. 플랑크**는 이 같은 의미에서 군대 복무 중인 사람이 정식 결혼에 의하지 않은 성교로 인해 걸린 성병을 부주의에 의한 감염으로 간주한다. — 그는 수화기를 집어 든다. 노이쾰른 사무소 부탁합니다. 그 번호는 이제 베어발트로 바뀌었습니다.

3층에는 관리인과 두 쌍의 뚱뚱한 부부, 즉 오빠와 그의 아내, 여동생과 그녀의 남편 외에 병든 딸이 하나 있다.

4층에는 예순네 살의 뒷머리가 허옇게 벗겨진 가구장이가 살고 있다. 그의 딸은 이혼해서 지금은 그를 도와 가사를 맡아

---

* 헤르만 슈타우프(1856~1904)는 법률학자로 당시 유명 저서인 『슈타우프의 상법 해설』을 썼다.
** 고틀로프 플랑크(1824~1910)는 당시 유명 저서인 『플랑크의 민법 해설』의 편찬자이다.

하고 있다. 그 남자는 매일 아침 삐걱대며 계단을 내려간다, 그는 심장이 나쁘다, 머지않아 병가를 내야 할 것 같다.(동맥 경화, 심장 근육염.) 젊었을 때는 조정 경기 선수였지만 지금은 무얼 할 수 있는가? 저녁에는 신문이나 읽고 파이프에 불을 붙이는 것뿐이다. 그러는 동안 딸은 복도에 나와 남들 험담이나 하는 것이다. 아내는 없다. 마흔다섯의 나이로 죽었다. 기가 세고 다혈질이라서 그녀는 한 번도 만족해 본 적이 없다. 내 말이 무슨 뜻인지는 다 알 것이다. 그러다가 그녀는 갑자기 쇠약해졌다. 하지만 아무 말도 하지 않았다. 다음 해면 갱년기를 맞이했을 텐데. 결국 그녀는 그런 종류의 여자가 가는 코스대로 병원에 입원하여 다시는 나오지 못했다.

그 옆집에는 선반공이 산다. 서른 살 정도 되어 보이는데 어린 사내아이 하나가 있고, 방과 부엌을 갖추고 있다. 그의 아내 역시 세상을 떴다. 폐결핵으로. 그 역시 기침을 한다. 아이는 낮에는 탁아소에 가 있다가 저녁이 되면 아버지가 데려온다. 아이가 잠들고 나면 그는 순한 차를 끓인다. 그리고 한밤중까지 라디오를 조립한다. 무선 서클의 회장 격이다. 접속이 제대로 되지 않으면 그는 잠을 자지 않는다.

그다음으로는 술집 종업원과 한 여자가 산다. 방과 부엌이 깔끔하게 정돈되어 있고 유리 장식이 달린 가스 샹들리에도 있다. 그 술집 종업원은 낮에는 2시까지 집에서 잠을 자거나 치터를 켠다. 그 시각에 변호사 뢰벤훈트는 검은 법복을 입고서 제1법정, 제2법정, 제3법정의 복도를 바삐 돌아다닌다, 이 변호사실에서 저 변호사실로, 이 법정에서 저 법정으로. 폐정합니다, 본인은 피고에 대하여 결석 재판을 제안합니다. 그 술집 종업원의 색시는 한 백화점에서 감시원으로 일한다. 그녀의 말이다. 예전에 한 번 결혼했던 그 술집 종업원은 본부인으로부터 치욕적인 배반을 당했다. 그래도 그녀는 그를 그때마다 달랠 수 있었다. 그러나 마침내 그는 뛰쳐나오고 말았다. 그는 잠자리만 잠깐 빌리는 노숙자 생활을 하다가 결국엔 다시 아내에게로 돌아가곤 했다. 그러다가 그는 재판에서 유죄 판결을 받았는데 아내에 대하여 아무런 증거도 제시하지 못한 채 나쁜 마음을 품고 아내를 버리고 도망쳤다는 이유에서였다. 그 뒤로 그는 호페가르텐에서 지금의 여자를 알게 되었다. 마침 그녀는 남자 사냥을 하려던 참이었다. 물론 전처와 똑같은 성격의 여자였다. 다만 좀 더 교활했다. 그는 여자 친구가 사흘이 멀다 하고 이런저런 핑계로 출장을 가지만 아무것도 눈치채지 못한다. 언제부터 그렇게 감시원이 출장을 가게 됐지? 그래, 정말 신임을 듬뿍 받는 자리군. 이제 그는 소파에 앉아 젖은 수건을 머리에 두르고 울 뿐이다. 그러면 그녀가 돌봐 주어야 한다. 그는 길바닥에서 미끄러져 뻗어 버렸다. 그의 말이다. 누군가 그를 밀었다. 그녀는 이제 이른바 업무 출장을 가지 않는다. 그가 뭔가 눈치를 챘다면 정말 곤란하다. 하지만 그 친구는 착한 멍청이이다. 우리가 그를 원상 복구해 줄 것이다.

맨 꼭대기에는 내장을 취급하는 푸줏간이 있다. 그곳에서는 당연히 악취가 풍기고 아이들의 소란 소리가 들리고 술 냄새가 난다. 끝으로 그 옆집에는 빵집 직공과 그의 아내가 살고 있다. 그녀는 한 인쇄소에서 삽지공으로 일하는데 난소염을 앓고 있다. 그렇다면 두 사람은 인생을 어떻게 살고 있을까? 먼저, 그들은 사이좋게 잘 지낸다. 지난 일요일에는 연극이나 영화도 보고, 그다음에는 이런저런 사교 모임도 갖고, 양친도 방문한다. 그 밖엔 없나? 여보세요, 괜히 엉뚱한 짓 하지 마세요. 여기에다 화창한 날씨, 궂은 날씨, 야유회, 난롯가에 서 있기, 아침 먹기 등등이 덧붙여진다. 도대체 뭘 더 원하세요, 대위님, 장군님, 기수님? 괜히 바보 같은 생각하지 마세요.

고주망태가 된 프란츠 비버코프 칩거하다, 프란츠는 아무것도 보고 싶지 않다

프란츠 비버코프, 몸조심하게, 그렇게 술만 퍼마시다가 어쩌려는가! 그렇게 싸구려 여인숙에 퍼질러 앉아 술이나 퍼마시며 멍하니 죽치고 있다니!

내가 뭘 하든 그게 당신들하고 무슨 상관이야. 나야 죽치고 싶으면 한곳에서 모레까지라도 죽치면 그만이다. — 그는 손톱을 깨물고 신음 소리를 내며 땀 밴 베개 위에서 머리를 돌리고 콧방귀를 뀐다. — 나야 내키는 대로 모레까지라도 이렇게 죽치고 있어도 그만이야. 그 여편네가 불을 지펴 주면 좋겠는데. 이 여편네는 게을러서 자기 생각밖에 못해.

그는 벽 쪽에서 머리를 돌린다. 바닥에는 뭔가 죽 같고, 물웅덩이 같은 게 있다. — 토한 자국이군. 내가 한 짓이겠지. 저딴 거를 배 속에 넣어가지고 다니다니. 퉤. 저 컴컴한 구석의 거미줄, 저걸로는 쥐를 잡을 수 없겠지. 물을 한 모금 먹고 싶군. 누가 그런 걸 신경이나 쓰나. 허리가 쑤시는군. 어서 들어와요, 슈미트 부인. 머리 위의 거미줄들 사이로 (시커먼 옷에 뻐드

렁니.) 저건 마녀야. (천장에서 내려오네.) 퉤! 언젠가 어떤 바보가 나더러 왜 집에만 있느냐고 말하더군. 첫째로 내가 말하기를, 이 바보 같은 친구야, 대체 그건 왜 묻는 거야? 둘째로 내가 오전 내내 여기서 뒹굴든 말든. 이 냄새 나는 싸구려 여인숙에서 말이야. 그는 농담으로 한 말이라고 한다. 아니야, 그건 농담이 아니야. 카우프만도 그렇게 말했지. 그러면 이 친구도 그에게 가서 물어봐야겠네. 한번 날짜를 잡아 보자, 2월이나 3월에. 음 3월이 좋겠군.

— 너는 네 마음을 자연 속에서 잃어버렸는가? 나는 내 마음을 거기서 잃지 않았다. 물론 알프스의 우뚝 솟은 산들 앞에 섰을 때, 또는 파도치는 바닷가에 누웠을 때 나는 원초의 혼의 정령이 나를 앗아 가는 것 같은 느낌을 받았다. 그렇다, 내 뱃속에서 뭔가 파도치며 용솟음쳤다. 나의 마음은 흔들렸다. 그러나 나는 내 마음을, 독수리가 둥지를 튼 곳이나 광부가 저 땅 밑 숨겨진 광맥을 캐내는 그곳에서 잃지는 않았다. —

— 그렇다면 어디서 그랬는가?

너는 네 마음을 운동에서 잃었는가? 청년운동의 파도치는 물결 속에서 잃었는가? 정치의 난장판 속에서?

— 그런 곳에서 내 마음을 잃지는 않았다.

— 너는 네 마음을 어디서도 잃지 않았는가?

그렇다면 너는 어디서도 마음을 잃지 않고 자기 품에 간직하여 깨끗하게 보존하여 미라로 만들어 놓는 사람들 중의 하나인가?

초감각의 세계로 가는 길, 공개 강연. 사자 위령 일요일 : 죽음과 함께 모든 것은 끝나는 건가? 11월 21일 월요일 저녁 8시 : 오늘날에도 신앙이 가능한가? 11월 22일 화요일 : 인간은 바뀔 수 있나? 11월 23일 수요일 : 신 앞에서 올바를 수 있는 사람은 누구인가? 여기서 특히 우리의 눈길을 끄는 것은 오라토리오 「바울」*의 개작이다.

일요일, 7시 45분.

안녕하십니까, 목사님. 저는 노동자 프란츠 비버코프라고 합니다, 이것저것 닥치는 대로 일해서 먹고 사는 사람입니다. 전에는 가구 운반 인부였지만 지금은 일자리가 없습니다. 실은 목사님께 뭣 좀 여쭤 보려 합니다. 위가 아플 땐 어떻게 해야 하나요? 신물이 자꾸 넘어옵니다. 에이그, 또 올라오네. 퉤! 쓰디쓴 담즙이에요. 물론 술을 많이 마셔서 그렇게 되었습니다. 정말 죄송합니다, 이렇게 대로 위에서 붙잡고 이것저것 물어봐서. 바쁘신데 죄송합니다. 그런데 이 쓰디쓴 담즙을 어떻게 하면 멈출 수 있을까요? 기독교인은 남을 도와야 합니다. 당신은 훌륭한 분이십니다. 저는 하늘나라에 못 갈 겁니다. 왜 그러냐고요? 늘 저기 저 천장에서 내려오는 슈미트 부인에게 물어보세요. 그녀는 오가며, 내게 늘 일어나라 합니다. 하지만 이래라저래라 하는 소리를 듣는 걸 나는 싫어합니다. 이 세상에 범죄자들이 있다면 그들에 대해 말할 수 있는 사람은 저밖에 없습니다. 맹세코 말씀드립니다. 우리는 그것을 카를 리프크네히트

---

* 독일 작곡가 야코프 루트비히 펠릭스 멘델스존바르톨디의 1836년 작품.

에게도 맹세했고, 로자 룩셈부르크와도 악수를 했습니다. 죽고 나면 나는 천당에 갈 겁니다. 그러면 그곳 사람들은 허리 굽혀 내게 인사를 하면서 이렇게 말할 겁니다. 이분이 프란츠 비버코프야, 맹세코 정말이야, 독일 사람이고, 날품팔이 노동자이지. 맹세코 정말이야, 검정-하양-빨강의 깃발이 휘날려도 이분은 그 사실을 속으로만 간직했다는 거야. 이분은, 독일인이 되길 원하면서 동포를 기만하는 다른 사람들과는 달리 범죄자가 되지 않았어. 내 손에 칼이 있다면 그 자식의 배를 푹 찔러 줄 텐데. 정말, 꼭 그렇게 하고 싶어.(프란츠는 침대에서 몸부림을 치며 허공을 향해 주먹질을 한다.) 이제 너는 목사를 찾아가려 하는구나, 이 풋내기야. 이 젖비린내 나는 녀석아! 그걸 원한다면, 어서 가라, 아직도 꽥꽥댈 수 있다면 말이다. 맹세코 정말입니다, 그런 자와는 손을 끊을게요, 목사님. 제 손은 그런 일을 하기에는 너무나 착합니다. 악당들은 형무소에도 가 본 적이 없습니다. 나는 형무소에도 갔다 왔습니다. 나는 그곳을 훤히 압니다, 최고의 스캔들이나, 일급 상품처럼 말이죠. 의심의 여지가 없습니다. 악당들은 형무소에도 어울리지 않습니다. 특히 의당 그러해야 하는 자기 마누라 앞에서뿐만 아니라 세상 모든 사람들 앞에서도 스스로를 부끄러워할 줄 모르는 그런 자식은 더욱 그렇습니다.

2곱하기 2는 4, 이것은 의심의 여지가 없습니다.

여기서 당신은 지금 한 사나이를 보고 있습니다, 바쁘신데 죄송합니다, 저는 그처럼 끔찍한 위장병에 시달리고 있습니다. 이제 자제하는 법을 배울까 합니다. 물 한잔 부탁해요, 슈미트 부인. 그 뻔뻔한 자식은 어디든 코를 안 내미는 곳이 없거든요.

뒤로 물러선 프란츠,
프란츠는 그 유대인들에게 작별의 행진곡을 불러 준다

프란츠 비버코프, 코브라처럼 튼튼한 그는 그러나 휘청대며 일어나 뮌츠 가에 있는 그 유대인들을 찾아갔다. 그는 그곳으로 곧장 가지 않고 한참을 돌아서 갔다. 이 사나이는 모든 것을 끝장내려 한다. 거치적거리는 문제들을 깨끗이 해결하려 한다. 자, 우리 다시 시작한다, 프란츠 비버코프. 건조한 날씨, 춥지만 상쾌하다. 이런 날 누가 건물 현관에 서서 동상에 걸려 가며 행상을 할까. 맹세코 그렇다. 방에서 빠져나와 여자들 수다를 안 듣는 것만으로도 행복한 일이다. 여기 프란츠 비버코프가 있다. 그는 거리를 따라 걸어간다. 술집들은 다 텅 비어 있다 왜 그럴까? 놈팡이들이 아직 자빠져 자는 모양이다. 술집 주인들도 이럴 땐 김빠진 맥주라도 마실 수 있다. 공장에서 만든 맹탕 맥주. 우리는 그런 것은 안 마신다. 우리는 독한 화주를 마신다.

프란츠 비버코프는 카키색 군용 외투를 걸치고 그의 몸뚱이를 사람들 사이로 조용히 밀고 갔다. 작은 여인들이 손수레 앞에 서서 채소, 치즈 그리고 청어 등을 팔고 있다. 양파요! 하고 외치는 소리도 들렸다.

사람들은 자기들이 할 수 있는 일을 한다. 집에는 아이들이 있다, 굶주린 입들, 새의 주둥이들, 쫙 벌리고, 딱 닫고, 쫙 벌리고, 딱 닫고, 쫙, 딱, 쫙딱, 쫙딱.

프란츠는 더욱 빠른 걸음으로 발을 쿵쿵 굴러 가며 모퉁이를 돌았다. 아, 그래, 이 신선한 공기. 그는 커다란 쇼윈도 앞에 이르러 속도를 줄였다. 저 신발들은 얼마나 할까? 에나멜 가죽 구두, 무용화, 저런 신발을 신으면 맵시가 날 거야. 저런 무용화를 신은 아가씨는 얼마나 예쁠까. 멍청이 리사레크, 보헤미아 사람, 교외의 테겔 교도소에 있던 큰 콧구멍을 가진 늙은이, 그 사람은 여편네인지 뭔지 모르지만 좌우간 그의 여자에게 이삼 주마다 한 번씩 멋진 비단 양말을, 그것도 몇 개는 새것으로 그리고 몇 개는 신던 것으로 가져오도록 했다. 참으로 웃기는 짓이다. 그녀가 훔쳐 오는 한이 있더라도 그는 그 양말들을 신지 않고는 못 배겼다. 한번은 그가 그 더러운 발에다 그 양말을 신고 있다가 들킨 적이 있었다. 참말로 바보 같은 친구. 그는 자기 발을 내려다보고는 얼굴이 붉어지고 귀까지 빨개졌다. 참으로 웃기는 작자야. 가구 할부 판매, 부엌 가구 12개월 할부.

비버코프는 흡족한 기분으로 계속해서 걸었다. 가끔 보도를 내려다보았을 뿐이다. 그는 자신의 발걸음과 탄탄하고 멋진 포석들을 살펴보았다. 그러나 다음 순간 그의 시선은 갑자기 늘어선 건물들의 정면 쪽으로 미끄러져 그 건물들의 정면을 살펴보더니 그 집들이 꼼짝 않고 서 있기는 하지만 어떤 건물은 창문이 저리 많으니 잘못하면 앞으로 구부러질 수도 있겠다고 생각했다. 그러면 그다음엔 그 힘이 지붕으로 전달되어 지붕을 낚아채 지붕이 흔들리고, 지붕이 처음엔 흔들흔들하다가 나중에는 요동을 치며 크게 흔들릴지도 모른다. 그러면 지붕이 모래처럼 비스듬히 미끄러지며 흘러내릴 수도 있다, 모자가 머리에서 벗겨지듯이. 지붕은 모두, 그래, 어느 지붕이나 할 것 없이, 지붕 틀 위에 비스듬히 걸쳐져 있다. 끝에서 끝까지 다 그렇게 되어 있다. 그러나 지붕들은 못으로 고정되어 있고 그 안쪽에는 견고한 들보가 있고, 또 지붕 판자가 있고 거기엔 타르칠이 되어 있다. 초병은 철통 같으니, 라인 강의 초병이여. 안녕하세요, 비버코프 씨, 우리 이제 몸을 똑바로 펴고 가슴을 내밀고 등을 세우고 걸읍시다, 늙은 꼬마여, 브루넨 가를 따라서. 하느님은 모든 인간을 불쌍히 여기십니다, 우리는 독일 국민입니다, 형무소장이 말한 것처럼.

가죽 모자를 쓴, 후줄근한 흰 얼굴의 사내가 새끼손가락으로 턱에 난 부스럼을 긁고 있었다. 그러면서 그는 아랫입술을 앞으로 내밀었다. 나팔바지를 입은 등짝이 넓은 또 다른 사내는 그 사내 옆에 비스듬히 서 있었다. 그들이 길을 막고 있어서 프란츠는 그들을 비켜서 갔다. 가죽 모자를 쓴 사내는 오른쪽 귓구멍을 후볐다.

그는 모든 사람들이 길을 따라 조용히 걸어가는 것을 보며 기분이 좋아졌다. 마부들이 짐을 부리고 있었다. 당국에서 나온 사람들이 건물들을 점검 중이다. 이윽고 우레 같은 고함 소리가 들린다. 자, 이제 우리도 걸을 수 있다. 모퉁이의 광고탑, 노란 종이에 라틴어로 이렇게 적혀 있었다. "아름다운 라인 강변에 살아 보셨나요?" "센터포워드의 왕." 다섯 명의 남자가 아스팔트 위에 둥그렇게 모여 서서 망치를 휘두르며 아스팔트를 부수고 있었다. 녹색 털 재킷을 입은 사나이, 분명 우리가 아는 사람이다. 일거리를 얻었나 보다. 그 정도 일이라면 우리도 할 수 있겠다, 나중에. 오른손에 망치를 들고서 높이 치켜든 다음 꽉 쥐고서 내리친다, 쾅. 이 사람들이 바로 우리 노동자들, 프롤레타리아들이다. 오른편 높이 들고, 왼쪽 내리쳐, 쾅,

오른편 높이 들고, 왼쪽 내리쳐, 쾅, 위험 공사 현장, 슈트랄라우 아스팔트 회사.

그는 덜컹대며 지나가는 전차를 옆에 두며 한가롭게 걸었다. 주행 중 뛰어내리지 마세요! 기다려 주세요! 전차가 멈추어 설 때까지! 경찰이 교통정리를 하고 있다. 그런데도 우편배달부 하나가 얼른 선로를 넘어가려 한다. 나는 급할 것 없다, 그저 그 유대인들이 사는 데까지 가기만 하면 된다. 그들은 아직 그곳에 있겠지. 이런, 구두가 온통 먼지투성이군. 구두를 닦아 본 적이 없다. 누가 닦아 주나? 슈미트 부인? 그 여자는 아무것도 할 줄 몰라. (천장의 거미줄, 신트림, 그는 잇몸을 핥으며 유리창들이 있는 쪽으로 고개를 돌렸다. 가르고일레 모빌 오일 가황 처리 공장, 젊은이를 위한 헤어숍, 푸른 바탕의 콜드파마, 픽사본 샴푸, 타르 정제.) 혹시 뚱보 리나라면 신발을 닦아 주지 않을까? 그 순간 그의 발걸음은 더욱 빨라졌다.

사기꾼 뤼더스, 그 여자의 편지, 네놈의 배에 칼을 박아 주마, 제발 제발, 제기랄, 그만둬라, 이제 감정을 자제하겠다, 멍청한 자식, 이제 아무에게도 폭력을 휘두르지 않을 거다, 나는 이미 테겔 형무소까지 다녀왔으니. 어디 보자. 맞춤 양복, 신사용 기성복, 이게 가장 중요하고, 그다음엔 자동차 차체의 쇠 장식, 자동차 부속품들, 이것도 중요하다. 빨리 달리려면 말이다. 그러나 너무 빠르지는 않게.

오른발, 왼발, 오른발, 왼발, 계속해서 천천히 전진하는 거다, 너무 밀치지 마세요, 아가씨. 조심! 경찰과 군중이다. 무슨 일이지? 서둘되 빈틈없이. 구구구구, 구구구구, 닭이 운다. 프란츠는 행복했다, 모두의 얼굴이 더 다정하게 느껴졌다.

길을 걸으며 그는 기분 좋게 생각에 잠겼다. 차가운 바람이 불어왔다, 통과해 가는 건물에 따라 올라오는 따뜻한 지하실 공기, 과일들, 남국의 열매들, 휘발유 등이 뒤섞인 채. 아스팔트는 겨울에는 냄새를 풍기지 않는다.

그 유대인들의 집에서 프란츠는 꼬박 한 시간을 소파에 앉아 있었다. 그들이 이야기하고, 그가 이야기하고, 그가 놀라워하고, 그들이 놀라워했다, 한 시간 내내. 그가 소파에 앉아 있고 그들이 이야기하고 그가 이야기하는 동안 그는 무엇 때문에 놀라워했는가? 그가 그곳에 앉아서 이야기했다는 것, 그들이 이야기했다는 것, 무엇보다도 그 자신에 대해 놀라워했다. 그렇다면 그는 왜 자신에 대해 놀라워한 것일까? 그것을 알았고 또 스스로 깨달았다. 그는 회계사가 틀린 계산을 확인하듯 그것을 확인했다. 그는 뭔가를 확인했다.

결론은 났다. 그는 자신이 도달한 결론에 대해 놀라워했다. 그의 결론은, 그가 그들의 얼굴을 쳐다보고 웃고 묻고 대답하는 동안 이렇게 말했다. 프란츠 비버코프여, 그들이 하고 싶은 대로 실컷 떠들게 내버려 둬라, 로브를 입기는 했지만 그들은 목사는 아니다, 저건 카프탄이라는 거다, 그들은 갈리치엔 출신이다, 그들 말로는 렘베르크 근교라고 한다. 그들이 교활하기는 하지만 내게 어쩌지는 못한다. 나는 여기 소파에 앉아 있을 뿐 그들과 아무런 거래도 하지 않을 거다. 나는 지금까지 내가 할 수 있는 것만 해 왔다.

그가 지난번에 이곳에 왔을 때 그는 이들 중 한 사나이와 함께 양탄자 위에 앉았더랬다. 주루룩 미끄러지는 것, 그것을 다시 한 번 해 보고 싶다. 하지만 오늘은 아니다. 이미 지나간이야기이다. 못 박힌 듯이 그냥 여기 죽치고 앉아서 저 늙다리 유대인들이나 쳐다보고 있자.

인간은 계속해서 뭔가를 만들어 낼 수는 없다, 인간은 기계가 아니다. 열한 번째 계명은 이렇다. "놀라지 마라." 이 친구들은 멋진 집을 갖고 있다, 소박하고 무취미하고 번쩍이는 장식도 전혀 없다. 그들은 그걸로 프란츠를 주눅 들게 할 생각은 없다. 프란츠는 마음을 조절할 수 있다. 그러면 그걸로 그만이다. 잠이나 자자, 자자, 끌어안고 잘 계집이 있든 없든 여하튼 자야 한다. 자는 거다. 더 이상 할 일은 없다. 인간은 계속해서 뭔가를 만들어 낼 수는 없다. 펌프가 모래에 박혀 말을 듣지 않으면 예전에 하던 일이나 하는 거다. 프란츠는 연금 없이 그냥 은퇴 허가만 받는다. 어찌 이럴 수가 있지? 그는 속으로 고깝게 생각하며 소파의 모서리를 내려다보았다. 연금 없는 은퇴 허가라.

"그리고 당신처럼 힘이 장사라면, 그렇게 힘을 타고난 사람이라면, 조물주에게 감사해야 해요. 그런 사람이 무슨 일을 당하겠소. 그런 사람이 뭣하러 술이나 퍼마시고 다니는거요? 이 일이 하기 싫으면 저 일을 하면 되지. 시장에 가 보거나, 점포들 앞에 가서 서 보거나, 아니면 역 주변에 가서 서성거려 보쇼. 이것 보게나. 바로 그런 녀석들 중의 한 녀석이 최근에 내 돈을 빼앗아 갔어. 지난주에 란츠베르크에서 돌아올 때의 일이야. 하루 동안 집을 비웠지. 이보게, 그런 녀석이 내 돈을 빼앗아 갔다고. 생각 좀 해 봐, 나훔, 덩치가 문짝만큼이나 큰, 골리앗 같은 인간이야. 신이여, 저를 보호해 주소서. 50페니히야. 그래, 50페니히. 알겠나? 50페니히라고. 여기서 저 모퉁이까지 조그만 트렁크를 운반해 주고서 말이야. 나는 그것을 운반하고 싶지 않았어. 안식일이었거든. 그 녀석이 내게서 그 50 페니히를 빼앗아 가다니. 그런데 난 그 녀석 얼굴을 유심히 살펴보았어. 그건 그렇고, 당신도 그렇게 하면 되잖소, 그 곡물상 하는 파이텔네 가게에 뭔가 있잖아, 파이텔 알지?" "파이텔은 모르지만 그의 형은 알지." "그 파이텔이 곡물상을 하잖아. 그런데 그의 형은 누구지?" "파이텔의 형이라고 방금 말했잖아." "내가 어떻게 베를린에 사는 사람들을 다 알아?" "파이텔의 형 말이야. 수입이 아주 괜찮은 친군데 말이야, 비교하자면……." 그는 그 근처에도 갈 수 없다는 놀라움에 고개를 가로저었다. 붉은 수염은 팔을 올리며 고개를 끄덕였다. "응, 그래. 그 체르노비츠 출신 말이지." 그들은 프란츠의 존재를 잊고 있었다. 둘 다 열심히 파이텔 형의 재산만 생각하고 있었다. 붉은 수염은 흥분하여 서성대며 코를 킁킁거렸다. 다른 사내는 콧노래를 부르며 기분이 좋아 얼굴에 환한 빛을 띠며 붉은 수염의 등 뒤에 대고 싱긋 웃고 손톱으로 딱 소리를 낸다. "그래, 맞아." "멋지지. 바로 그거야." "그 집 사람들이 만지는 것은 다 금이야. 말만 금이 아니고 진짜 금이라고." 붉은 수염은 서성대다가 창가에 가서 앉는다. 몹시 흥분한 표정이다. 바깥에 펼쳐진 풍경이 그의 마음속을 경멸로 가득 채웠다. 두 남자가 셔츠만 걸친 채 차를, 그것도 고물 차를 닦고 있었다. 그중 하나는 멜빵을 아래로 늘어뜨리고 있었다. 그들은 낑낑대며 물이 든 양동이를 질질 끌고 있었다. 마당은 온통 물바다였다. 생각에 잠긴 듯한, 황금을 꿈꾸는 듯한 눈빛으로 붉은 수염은 프란츠를 쳐다보았다. "당신은 이 일에 대해 어떻게 생각하시오?" 반

쫌 미친 이런 불쌍한 인간이, 이런 술주정꾼이 체르노비츠 출신인 파이텔의 돈에 대해 무슨 말을 하겠는가? 이런 인간이 그의 신발이라도 닦아 줄 형편이 되겠어? 프란츠는 그의 눈빛에 응답했다. 안녕, 설교자 양반. 전차는 여전히 땡땡 종을 울리며 달리고 있다. 하지만 우리는 종을 왜 울리는지 잘 알고 있다. 어느 누구도 자기가 가진 것 이상의 것을 내놓을 수는 없다. 이제는 일을 하기 싫다. 눈이 다 녹아 없어져도 나는 손가락 하나 까딱하지 않을 거다. 꼼짝 안 할 거다.

뱀이 바스락 소리를 내며 나무에서 내려왔다. 너희는 모든 짐승들 가운데 저주를 받아 평생을 배로 기어 다니며 먼지나 먹어야 하리라. 너희는 여자와 적이 되리라. 너는 아이 낳는 고통을 갖게 되리라, 이브야. 너의 땅은 저주를 받아, 아담아, 그 위엔 가시덤불과 엉겅퀴만 자라 너는 들판의 잡초를 먹어야 하리라.

이제는 일을 하기 싫다. 아무 소용없으니까. 눈이 다 녹아 없어져도 나는 손가락 하나 까딱하지 않을 거다.

프란츠 비버코프의 손에 들려 있는 것은 쇠지레였다. 그는 그것을 들고 있다가 잠시 후 문 밖으로 나갔다. 그의 입이 뭔가 지껄였다. 그는 머뭇거리다 빠져나갔다. 몇 달 전 그는 테겔 형무소에서 석방되어 전차를 타고 이런저런 거리를 스치고 집들을 지나고 미끄러질 것 같은 지붕들 곁을 지나 이곳에 와 이 유대인들과 앉아 있었다. 그는 자리에서 일어났다. 몸을 움직여 보자. 그때 나는 민나를 찾아갔더랬다. 뭣하러 내가 여기 있지? 다시 한 번 민나를 찾아가 보자. 모든 것을 자세히 살펴보자. 전에 했던 대로 똑같이 해 보는 거다.

그는 자리를 떴다. 민나의 집 앞에서 그는 서성였다. 어린 마리가 돌 위에 앉아 있었네, 한쪽 다리를 깔고, 혼자서.* 내가 왜 그 여자를 신경 쓰지? 그는 집 주위를 기웃거렸다. 그 여자가 나와 무슨 상관이람. 그냥 그녀의 늙은 남편과 행복하게 지내게 두자. 무와 소금에 절인 양배추, 이것들이 나를 쫓아냈다. 나의 어머니가 고기 요리를 해 주었으면 그냥 집에 머물러 있었을 텐데. 이곳에서 풍기는 고양이들 냄새도 다른 곳과 똑같구나. 조그만 집토끼야, 찬장 속의 소시지처럼 어서 꺼져 버려라.** 나 여기서 이렇게 뭔가에 정신이 팔려 서성대며 남의 집이나 기웃거려야 하나. 중대 전체가 꼬꼬댁 꼬꼬 울어 댄다.

꼬꼬댁 꼬꼬. 꼬꼬댁 꼬꼬. 그렇게 메넬라오스가 말했다. 그리고 그는 별 뜻도 없이 텔레마코스의 가슴을 아프게 하여 뺨에서 눈물 방울이 떨어지게 하였다. 때문에 텔레마코스는 두 손으로 보랏빛 외투를 움켜쥐고 그것으로 두 눈을 가릴 수밖에 없었다.

그사이에 여왕 헬레네가 규방에서 걸어 나왔다, 마치 미의 여신 같았다.***

꼬꼬댁 꼬꼬. 닭도 종류가 가지가지다. 그런데 누가 내게 닭 중에서 정말로 어떤 닭이 가장 좋으냐고 나의 명예와 양심을 걸고 답하라고 한다면 나는 주저 없이 솔직하게 이렇게 대답

---

* 사랑을 노래한 독일 민요의 첫 소절.
** 아이들 노래에서 따온 구절.
*** 호메로스의 『오디세이』의 변주.

할 것이다. 통닭이라고. 꿩도 닭목에 속한다. 브렘의 『동물 백과』에 다음과 같이 적혀 있다. 쇠뜸부기는, 몸집이 좀더 작다는 것과 함께 봄에 암컷과 수컷이 거의 똑같은 옷을 입는다는 점에서 소택 조류와 구별된다. 아시아 연구자들은 모니알 또는 모날이라고 하는 종을 알고 있다. 학자들은 이것을 은계라고 부른다. 이것의 화려한 빛깔은 말로 다 표현할 수 없다. 길게 늘어뜨리는 휘파람 소리 같은 그 울음소리는 숲에 가면 하루 종일 어느 때나 들을 수 있다. 그러나 해 뜨기 전이나 저녁 무렵에 가장 잘 들을 수 있다.

그러나 이 모든 광경은 아주 멀리 인도의 시캄과 부탄 사이의 지역에서 벌어진다. 따라서 이런 것은 베를린에서는 전혀 영양가 없는 도서관 지식일 뿐이다.

사람이나 가축이나 다를 게 없으므로
가축이 죽는 것처럼 인간도 죽는다

베를린의 도살장. 베를린의 북동부 쪽, 순환선을 따라 엘데나 가로부터 시작해서 타르 가를 거쳐 란츠베르크 가로수 길을 지나 코테니우스 가에 이르기까지 도살장 및 도살용 가축 매매장 건물들과 홀들 그리고 가축 막사들이 이어진다.

그 면적은 4788ha, 즉 1만 8750모르겐에 달하며, 란츠베르크 뒤쪽의 건물들을 제외하고도 2708만 3492마르크의 비용이 투입되었다. 이 중 도살용 가축 매매장에는 767만 2844마르크, 도살장에는 1941만 648마르크의 비용이 각각 들어갔다.

가축 매매장, 도살장 그리고 고기 도매 시장은 경제적으로 서로 떼어 놓을 수 없는 한 동아리이다. 이것들을 관리하는 기관은 가축 매매장 도살장 대표 위원회이며, 두 명의 시 참사회 의원과 한 명의 관할 구청 직원, 열한 명의 시 의원 그리고 세 명의 시민 대표로 이루어진다. 이 조직에는 258명의 직원이 일한다. 그중에는 수의사, 검사원, 낙인 찍는 사람, 수의사 보조, 검사원 보조, 상근 직원, 그리고 노동자들이 있다. 1900년 10월 4일자 거래 법규, 일반 통칙, 매물의 통제, 사료의 공급, 수수료의 종류. 시장 수수료, 포장 수수료, 도살 수수료, 돼지 시장의 여물통 수거 수수료.

엘데나 가를 따라서 지저분한 회색 담벼락이 이어진다. 담장 위에는 철조망이 있다. 담장 밖의 나무들은 잎이 져서 앙상하다. 겨울이다, 나무들은 수액을 뿌리 쪽으로 보내 놓고 애타게 봄을 기다리고 있다. 도살장의 마차가 날렵하게 달려온다. 빨간 바퀴, 노란 바퀴, 선두에는 발걸음 가벼운 말. 마차 뒤에 비쩍 마른 말이 따라간다. 보도에서 누군가가 "에밀!" 하고 소리친다. 그 말을 두고 그들은 흥정을 벌인다. 50마르크로 하고 우리 여덟 사람한테 한턱내라고. 말은 돌아서서 몸을 떨더니 이로 나무를 깎는다. 마부는 말을 거기서 떼어 놓는다. 50마르크 하고 한턱내, 오토, 안 그러면 안 팔고 그냥 간다. 아래쪽 보도에 있던 남자가 말을 찰싹 때린다. 그래, 좋아!

노란색 본부 건물, 전몰 군인들을 위한 오벨리스크 기둥. 그리고 좌우로 길게 늘어선 유리 지붕을 한 홀들, 이것들은 가축 막사와 대기소이다. 밖에는 게시용 흑판이 있다 : 베를린 도살협동조합 소유임. 게시 인가를 받은 자만이 이 흑판에 게시가 가능함, 의장백.

긴 홀들에는 문이 여러 개 있는데, 가축들을 안으로 몰아넣는 검은색 입구로 26, 27, 28 등의 숫자가 붙어 있다. 소 막사, 돼지 막사, 도살장. 가축들에겐 죽음의 법정이다. 허공을 가르는 도끼, 넌 살아서 나갈 수 없어. 바로 인접해서는 평화로운 거리들이 있다. 슈트라스만 가, 리비히 가, 프로스카우 가, 이 거리들을 따라 사람들이 산책한다. 이들은 서로 따스하게 어깨를 맞대고 살며, 이들 중 누가 병들거나 목이 아프거나 하면 의사가 달려온다.

한편, 건너편에는 15킬로미터에 걸쳐 순환선 선로가 이어져 있다. 각 지방에서 가축들은 기차에 실려 온다, 양, 돼지, 소 등의 견본품이다, 동프로이센, 포메른, 브란덴부르크, 서프로이센 등지에서 온다. 가축들은 가축 승강장의 울타리 너머로 혹은 아래쪽을 향해 음매, 메헤 하며 운다. 돼지들은 꿀꿀대며 주둥이를 바닥에 대고 쿵쿵대 보지만 자기들이 어디로 가는지 알지 못한다. 몰이꾼들이 막대기를 들고 그들을 몰아댄다. 가축 막사에 이르면 돼지들은 길게 누워 버린다, 허연 배를 드러내고 살찐 몸을 서로 부대끼며 코를 드르렁거리며 잠든다. 돼지들은 장시간 기차로 이동한 데다가 기차에서 계속해서 흔들렸다. 이제는 그들 몸 밑에서 울리는 진동이 없다. 다만 바닥에 깔린 타일들이 차가울 뿐이다. 돼지들은 자다가 깨서는 다른 놈들 몸에 제 몸을 더욱 비벼 댄다. 그들은 포개서 눕는다. 두 놈이 싸움질을 한다. 우리 안에는 공간이 있다. 그들은 서로 머리로 버티고 서로 목덜미와 귀를 물어뜯고 뱅뱅 돌며 꿀꿀대다가 가끔은 조용해진다, 서로를 물어뜯느라고. 그들 중 한 놈이 겁이 나서 다른 놈들 몸뚱어리 위로 올라가면 상대방 녀석도 따라서 올라가 덥석 물어 대고, 밑에 있던 녀석들이 몸을 움찔대면 두 녀석은 아래로 털썩 떨어져서는 두리번거리며 상대방을 찾는다.

면 작업복을 입은 남자 하나가 통로를 걸어와 돼지우리를 연다. 그는 막대기를 들고 돼지들 사이로 들어선다. 돼지들은 꽥꽥대고 꿀꿀대며 또 비명을 지른다. 모두 통로로 우르르 몰려간다. 안마당을 거쳐, 막사들 사이를 지나 우스꽝스럽게 생긴 그 허연 녀석들은 몰려간다, 뚱뚱하게 살찐 우스꽝스러운 허벅지, 돌돌 감겨 우스꽝스러운 꼬리, 등바닥에는 붉고 푸른 줄들. 귀여운 돼지들아, 이건 빛이라고 한다, 이것은 바닥이고, 어서 코를 킁킁대며 파 보아라, 그 순간이 얼마나 되겠느냐? 아니다, 너희들 생각이 옳다, 시간을 재 가면서 일을 하면 안 되는 법이다, 그러니 실컷 냄새를 맡고 땅을 파 보아라. 너희들은 도살될 거야, 바로 여기야, 도살장을 한번 구경하렴, 돼지 도살장이란다. 오래된 건물들도 있지만 너희들은 새 모델로 온 거야. 이곳은 환하고 붉은 벽돌로 지어 밖에서 보면 열쇠 공장이나 작업장, 사무실, 아니면 설계사무소로 보일 수도 있어. 나는 다른 길로 간단다, 귀여운 돼지들아, 나는 인간이니까. 나는 저쪽에 있는 문을 통해 들어갈 거야, 자, 그럼 우리 안에서 다시 만나자.

문을 밀치자 문이 탄력을 받아 앞뒤로 벌렁벌렁 흔들린다. 후유, 이놈의 증기! 무슨 놈의 증기를 이렇게 내뿜는 거야. 마치 한증막 안에 들어온 것 같아. 돼지들도 사우나를 하는가. 도무지 어디로 가는 건지 알 수가 없어. 안경에 김이 서리는군. 발가벗고 다녀도 되겠어. 땀을 쭉 빼고 나면 관절염도 낫겠어. 코냑만으로는 어림도 없지. 슬리퍼 끌리는 소리가 들린다. 아무것도 안 보인다. 증기가 너무 짙다. 그러나 이놈의 꽥꽥대는 소리, 꿀꿀대는 소리, 남자들이 여기저기서 외치는 소리, 연장 떨어지는 소리, 뚜껑을 두드려 닫는 소리. 이곳 어디엔가 돼지들이 있을 거다, 돼지들은 저쪽 편에서, 저쪽 옆문으로 들어왔으니까. 이놈의 갑갑한 흰 증기. 돼지들은 벌써 저편에 있을 거다, 그중 어떤 놈은 허공에 매달려 있고, 벌써 죽었겠지, 벌써 칼로 잘려서 먹을 수 있는 상태가 되어 있을 거다. 저기 누군가가 호스를 들고 서서 허연 돼지 토막들을 물로 씻어 내고 있다. 돼지들은 쇠로 만든 대에 거꾸로 매달려 있고, 그중 어떤 돼지들은 통째로 매달려 있다. 위쪽의 두 다리 사이에 횡목이 끼워져 있다. 죽은 짐승은 아무것도 할 수 없다. 뛸 수도 없다. 잘린 돼지 다리들이 수북이 쌓여 있다. 두 남자가 증기 속에서 뭔가를 들고 나온다, 쇠막대에는 내장을 발라낸 짐승이 매달려 있다. 그들은 쇠막대를 들어 이동 장치에 연결한다. 거기엔 벌써 많은 동료들이 아래로 매달려 우두커니 타일을 내려다보고 있다.

안개를 헤치고 홀을 걸어간다. 타일 바닥에는 홈이 패어 있고 축축하고 피투성이다. 대(臺)들 사이에는 내장을 발라낸 흰 짐승들의 행렬. 저 안쪽에 도축 우리가 있는 모양이다, 탁 소리, 달가닥 소리, 꽥꽥대는 소리, 비명 소리, 그르렁대는 소리, 꿀꿀대는 소리. 저편에 김이 나는 솥과 통들이 있다. 거기서 증기가 나오고 있다. 사내들은 끓는 물에다 도살된 짐승들을 넣고서 살짝 데쳐서 하얗게 된 상태에서 꺼낸다. 한 사내가 칼을 가지고 겉껍질을 긁어 낸다. 짐승은 더욱 하얘지고 매끄러워진다. 아주 희고 보들보들한 상태가 되어, 마치 힘들게 목욕을 하고 난 뒤나 성공적인 수술이나 마사지를 받은 뒤의 흡족한 기분으로 돼지들은 줄을 지어 도살대나 널빤지들 위에 누워 있다. 이 녀석들은 새 흰 셔츠를 입고서 흡족하게 휴식을 취하는 중이라 꼼짝도 않는다. 녀석들은 모두 모로 누워 있다. 어떤 녀석들의 경우엔 두 줄의 젖꼭지들이 보인다. 대체 돼지 한 마리에 젖이 얼마나 많이 달렸는지, 참으로 생산적인 짐승임에 틀림없다. 그런데 이 녀석들은 모두 목에, 정확히 한가운데에 일직선으로 붉게 갈라진 흠집이 나 있다. 참으로 이상하다.

다시 탁 소리가 나더니, 뒤편의 문이 열리며 증기가 빠져나간다. 사람들이 한 무리의 돼지들을 다시 안으로 몰아넣고 있다. 너희들은 뛰어오는구나, 나는 앞쪽의 미닫이문으로 걸어 들어왔는데, 우스꽝스러운 붉은 짐승들아, 우습게 생긴 허벅지, 우습게 돌돌 말린 꼬리, 등짝의 알록달록한 줄들. 이 녀석들은 이제 새로운 우리에서 코를 킁킁댄다. 이 우리도 예전 것만큼이나 썰렁하다. 게다가 바닥에는 뭔가 알지 못할 축축한 것들이 있다, 붉고 미끈미끈한 것들이다. 녀석들은 그것을 코로 문지른다.

얼굴빛이 창백한, 금발머리가 머리에 착 달라붙은 젊은 사나이가 입에 시가를 물고 있다. 자, 보라, 저 친구가 너희를 상대할 마지막 사람이다. 저 친구를 나쁘게 생각하지 마라, 그는 자기 맡은 바 일을 할 뿐이니까. 그는 너희들과 관련된 행정 업무를 처리한다. 그는 장화를 신고, 바지와 셔츠를 입고, 멜빵을 하고 있다. 장화는 무릎까지 오는 것이다. 이것이 그의 근무

복이다. 그는 입에 물고 있던 시가를 벽에 있는 선반 위에 올려놓고는 구석에서 자루가 긴 도끼를 잡는다. 그것은 그가 수행하는 일에 대한 품위의 표시이며 너희보다 우월한 그의 지위에 대한 표지이다. 마치 보안관의 배지 같은 것이다. 그 친구는 그것을 너희에게 꺼내 보일 것이다. 그 젊은 친구는 아래쪽에서 아무것도 모르는 채 바닥을 후벼 파며 코를 킁킁대고 꿀꿀대고 있는 돼지 새끼들 위에서 자루가 긴 그의 도끼를 자기 어깨 높이로 치켜든다. 그 사내는 이리저리 돌아다니며 아래쪽을 쳐다보며 찾고 또 찾는다. 이것은 대립되는 x와 y 사건에 있어서 어떤 특정한 사람에 대한 수사와 같다. 에잇! 그때 그의 발밑으로 한 놈이 달려왔다. 에잇! 또 한 마리. 그 사내는 잽싸다. 그는 본때를 보여 주었다. 도끼가 아래를 향해 바람을 가르자 도끼의 무딘 부분이 우글대던 돼지들 중의 한 놈의 머리를 강타한다. 그리고 또 한 놈의 머리를. 한순간이었다. 그놈은 아래에서 버둥거린다. 발버둥 친다. 그러다가 옆으로 픽 고꾸라진다. 더 이상 의식이 없다. 그냥 누워 있다. 다리가 하는 꼴은 어떤가, 또 머리는. 그러나 그것은 그 돼지가 그렇게 하는 게 아니다, 다만 다리가 제멋대로 그러는 것이다. 이미 아까부터 두 사내가 삶는 방에서 이쪽을 넘겨다보고 있다. 그들이 일할 차례가 된 것이다. 그들은 도축실의 빗장을 들어 올리고 그 짐승을 끌어낸 다음 긴 칼을 숫돌에 쓱쓱 갈고서 무릎을 꿇고 목을 푹푹 찌른다. 쓰윽 목에 칼을 넣어 길게 긋는다, 아주 길게. 그러자 그 짐승은 마치 자루처럼 열린다. 깊게 파고드는 칼자국. 그 짐승은 움찔하며 발버둥을 치고 퍼덕거린다. 의식불명이다. 지금은 의식불명일 뿐이지만 앞으로는 더한 것이 올 것이다. 돼지는 꽥꽥댄다. 이번에는 목의 동맥이 절개된다. 돼지는 완전히 의식을 잃었다. 우리는 형이상학 속으로, 신학 속으로 발을 들여놓았다, 애야, 넌 이제 더 이상 이 지상을 걷지 않는다. 우리는 이제 구름 위를 걷고 있어. 자, 어서 대야를 가져와라, 검붉은 뜨거운 피가 거품을 일으키며 안으로 흘러들어가 대야 안에 거품이 가득하다, 어서 저어라. 피가 체내에서 응고하여 혈전을 만들고 상처를 막아 준다. 이제는 피가 몸 밖으로 쏟아져 나와 자꾸만 굳으려 한다. 수술대 위의 어린아이가, 엄마는 올 기미도 없고 엄마를 부를 형편도 아닌데 자꾸만 "엄마, 엄마" 하고 부르는 것과 같다. 아이는 에테르 마스크를 쓴 상태라 질식할 지경이면서도 힘닿는 데까지 계속해서 소리를 친다. "엄마." 쓰윽, 쓰윽, 오른쪽 혈관, 왼쪽 혈관. 어서 저어라. 바로 그렇게. 이젠 발작이 멈춘다. 이제 너는 가만히 누워있다. 이제 생리학과 신학을 마쳤으니, 물리학이 시작된다.

무릎을 꿇고 있던 사내가 일어선다. 무릎이 아프다. 돼지는 먼저 삶은 다음 내장을 발라내고 칼로 저며야 한다, 이 일은 단계별로 이루어진다. 몸집이 뚱뚱한 사장이 파이프를 물고서 증기 속을 서성이며 가끔씩 돼지의 절개된 뱃속을 들여다본다. 접이문 옆에는 플래카드가 하나 걸려 있다. 댄스 파티, 가축 발송 제1과, 잘바우, 프리드리히스하인, 케름바흐 오케스트라. 밖에는 권투 시합을 알리는 포스터. 게르마니아 홀, 쇼세가 110번지, 입장료 1마르크 50페니히부터 10마르크까지. 예선 4경기.

가축 시장의 공급 매물: 소 1399마리, 송아지 2700마리, 양 4654마리, 돼지 1만 8864마리. 시장 동향: 상품(上品)의 경우

매매 순조, 기타 보합. 송아지 매매 호조, 양은 보합, 돼지는 초
장에는 안정세, 막판 약세, 비중 확대 저조함.

가축 시장 거리에 바람이 불고 비가 내린다. 소들은 음매 하
고 울고, 여러 명의 남자들이 울부짖는 뿔 달린 가축 떼를 몰
고 간다. 가축들은 서로를 막아서며 가만히 서 있기도 하고 엉
뚱한 방향으로 달려가기도 해, 몰이꾼들은 막대기로 녀석들을
다스리며 뛰어다녀야 한다. 황소 하나가 무리들 한가운데에서
암소에게 올라타고, 암소는 좌우로 내달리며 도망치고, 황소는
암소의 뒤를 좇는다. 황소는 자꾸만 암소 위에 올라탄다.

덩치가 큰 흰색 황소 한 마리가 도살장으로 끌려온다. 그곳
엔 증기도 없고 우글대는 돼지들의 경우처럼 우리도 없다. 덩
치가 크고 힘이 센 이 짐승, 황소는 몰이꾼들 사이로 한 마리
씩 입구로 들어온다. 황소의 눈앞에는 피로 물든 홀이 펼쳐진
다, 반 동강짜리, 네 동강짜리, 잘게 자른 뼈들이 걸려 있다. 큰
황소는 이마가 넓다. 황소는 막대기로 쿡쿡 찔리며 도살자 앞
으로 끌려간다. 도살자는 황소가 가만히 서 있게 하기 위해서
도끼의 넓적한 면으로 뒷다리를 가볍게 한 대 툭 친다. 이제
몰이꾼 하나가 밑에서 황소의 목을 잡는다. 황소는 가만히 서
있다가 순순히 따른다. 너무나도 순순히 따른다. 모든 것을 이
해하고 동의했다는 듯한 태도다. 모든 것을 보고 이제 알고 있
으니. 이게 그의 운명이며 어찌 달리 할 도리가 없음을. 황소는
몰이꾼의 동작까지도 애무로 여기는 것 같다. 황소의 눈빛이
다정해 보이기 때문이다. 황소는 끌어당기는 몰이꾼의 팔 동작
을 따라서 머리를 비스듬히 숙이고 주둥이를 위로 쳐든다.

그러나 소의 뒤쪽에는 바로 그가 서 있다, 해머를 높이 치켜

든 도살자이다. 뒤를 돌아다보지 마라. 건장한 사내가 두 손으로 높이 치켜든 해머는 황소의 뒤쪽에 있다가, 황소의 머리 위에 있다가 이윽고 꽝 소리와 함께 내리쳐진다. 억센 사내의 근육의 힘이 마치 쇠로 된 쐐기처럼 황소의 목덜미를 파고든다. 그리고 해머를 다시 뽑기도 전에 황소의 네 다리는 펄쩍 뛰어올라 육중한 몸뚱어리가 마치 날아오르는 것 같다. 다음 순간 황소는, 황소의 육중한 몸뚱어리는 마치 다리가 없는 것처럼 쿵 하며 바닥에 쓰러진다. 황소는 뻣뻣한 네 다리로 잠시 버둥대다가 옆으로 고꾸라진다. 처형인은 좌에서 우로 짐승의 주위를 돌면서 두개골과 관자놀이에 또다시 자비로운 마취의 타격을 가한다. 자라, 다시는 깨어나지 않을 테니. 그러자 옆에 있던 또 다른 사내는 입에 물고 있던 시가를 뱉고는 코를 벌름대며 길이가 검의 반 정도는 됨직한 칼을 간다. 그러더니 그는 짐승의 머리 뒤편에 무릎을 꿇는다. 짐승의 다리에서는 이미 경련이 사라졌다. 짐승은 가볍게 경련을 일으키며 하반신을 뒤척인다. 도살자는 바닥에서 무엇을 찾더니 칼을 대기에 앞서 피를 받을 그릇을 가져오라고 소리친다. 피는 아직 체내에서 조용히 돌고 있다. 심장이 격하게 요동치는데도 별로 영향을 받지 않고 있다. 척수는 으깨졌지만 피는 아직도 조용히 혈관 속으로 흐르고, 폐도 호흡을 하고, 장도 꿈틀댄다. 이제 드디어 칼을 댈 것이다. 그러면 피가 솟구쳐 나올 것이다. 상상이 간다. 팔뚝만 한 핏줄기, 검고 아름다운, 환호하는 피. 그러면 흥겹던 축제의 환호는 집을 떠날 것이며 손님들도 춤추며 집 밖으로 나갈 것이고, 떠들썩하던 분위기도, 즐겁던 목장도 없어지고, 따스하던 외양간도 향기롭던 사료도 사라질 것이다. 모

든 것이 사라질 것이다, 바람에 불려 사라질 것이다. 이제 새
로운 공허, 어둠, 새로운 세계상이 찾아온다. 아하! 그때 갑자
기 한 사내가 나타났다. 이 집을 사들인 사람이다. 새롭게 길
을 뚫고, 경기를 부양하고 모든 것을 뜯어 버릴 것이다. 사람들
은 커다란 대야를 가져와 짐승 가까이 갖다 대고 그 거대한 짐
승은 뒷다리로 허공을 휘젓는다. 칼이 짐승의 식도 옆 목을 가
르며 조심스레 혈관을 찾는다. 혈관은 두꺼운 표피로 둘러싸
여 있어 잘 보호되어 있다. 이윽고 혈관이 열렸다. 또 다른 혈
관도 열렸다. 왈칵 쏟아져 나오는, 뜨거운 증기를 내뿜는 검은
것, 검붉은 피가 쏟아져 나와 칼과 도살자의 팔을 덮친다. 환호
하는 피, 뜨거운 피, 손님들이 찾아온다, 변용의 과정이 진행된
다, 너의 피는 태양으로부터 왔고, 태양은 네 몸속에 몸을 숨
겼다가, 이제 드디어 다시 모습을 드러내는구나. 짐승은 어마
어마한 노력으로 숨을 내쉰다. 거의 질식할 것 같다. 이루 말할
수 없는 힘겨움, 가르릉대고 꼬르륵거린다. 그렇다, 들보가 삐걱
댄다. 옆구리가 무시무시하게 들썩거리자 한 사내가 짐승을 거
들어 준다. 돌이 떨어지려 할 땐 그저 한번 툭 쳐 주라. 한 사
내가 짐승의 몸뚱어리 위로 뛰어올라가 위에 서서 두 다리로
내장을 요리조리 꾹꾹 밟아 댄다. 피야, 어서 빨리 나와라, 몽
땅 다. 그러면 꼬르륵 소리가 한층 더 커진다, 아주 길게 헐떡
이는 소리, 꺼져 가는 소리, 뒷다리를 가볍게 허우적거리면서.
다리들이 가볍게 손짓한다. 꼬르륵 소리와 함께 생명이 꺼져
가고 호흡도 죽어 가기 시작한다. 하반신이 무겁게 돌아가며
고꾸라진다. 그게 바로 지구이고, 중력이다. 사나이는 위로 올
라탄다. 아래쪽에 있던 사나이는 목의 가죽을 다시 원상태로

복귀시킬 준비를 한다.

즐거운 목장, 김이 모락모락 나는 따뜻한 외양간.

환하게 조명을 밝혀 놓은 푸줏간. 가게의 조명과 쇼윈도의 조명은 조화가 잘 되도록 해야 한다. 직접 조명이나 반간접 조명이 대체로 적절하다. 대개의 경우 직접 조명용 발광체가 효과적이다. 왜냐하면 주로 판매대와 도마를 잘 비출 필요가 있기 때문이다. 푸른색 필터를 사용하여 얻는 인공적인 자연광은 푸줏간에는 어울리지 않는다. 정육은 언제나 고기의 자연스러운 빛깔을 손상시키지 않는 조명을 요구한다.

속을 채운 돼지 다리. 다리들을 깨끗이 씻어서 외피가 붙어 있도록 위에서 아래로 쪼갠 다음 한데 놓고서 실로 둘둘 감는다.

— 프란츠여, 네 궁색한 방에 웅크리고 앉아 있은 지 벌써 이 주가 되었다. 셋집 여주인이 너를 곧 밖으로 쫓아낼 거야. 넌 집세를 낼 돈이 없고, 여주인은 재미 삼아 세를 놓는 것도 아니니까. 어서 정신을 차리지 않으면 넌 구빈원 행이야. 그러면 그다음엔 어떻게 되는 거지? 너는 방의 환기도 안 시키고, 이발소에도 안 간다. 넌 갈색 수염이 덥수룩하다. 15페니히 정도야 어디서든 조달할 수 있을 텐데.

욥과의 대화, 욥아, 그건 네게 달린 일이다,
넌 그것을 하려 들지 않아

욥은 모든 것을, 인간이 잃을 수 있는 모든 것을, 그 이상의
것도 그 이하의 것도 아닌 모든 것을 잃고 나서 어느 날 양배
추 밭에 누워 있었다.

"욥아, 너는 양배추밭 개집 옆에 누워 있구나, 개가 너를 물
수 없을 만큼의 딱 그 정도의 거리를 두고서 말이다. 개가 이
빨을 가는 소리가 들릴 게다. 개는 누구라도 다가오면 짖어 댄
다. 네가 고개를 돌리거나 일어서려 하면 개는 으르렁대며 펄
쩍 뛰쳐나와 사슬을 당기며 껑충 뛰어오르고 침을 흘리며 물
려고 대든다.

욥아, 이건 궁전이고 저건 예전에 네가 소유했던 정원과 밭
이다. 넌 예전에 그 개도 제대로 알지 못했고 네가 널브러져
있는 그 양배추밭도 전혀 알지 못했다. 그리고 그 염소들도 전
혀 알지 못했다. 매일 아침 네 곁을 지나며 지나는 길에 네 바
로 옆에서 풀을 뜯어 씹으며 볼이 볼록해지던 그 염소들도 말
이다. 다 네 것이었다.

욥아, 이제 너는 모든 것을 잃었다. 밤이 되면 넌 움막으로
들어갈 수는 있다. 사람들은 너의 문둥병을 두려워 해. 예전엔
넌 환한 얼굴빛으로 말을 타고 너의 장원을 돌았지. 그러면 사
람들이 네 곁에 몰려들었다. 이제 너는 코앞에 나무 울타리를
맞대고 있고 달팽이들만 울타리를 타고 기어 올라올 뿐이다.
아니면 지렁이나 살펴보는 게 네 일이다. 그놈은 너를 두려워
하지 않는 유일한 녀석이니까.

너, 불행 더미야, 너 살아 있는 수렁아, 너는 부스럼 딱지로 덮인 네 눈을 아주 가끔씩 뜰 뿐이다.

욥아, 무엇이 너를 가장 괴롭히느냐? 아들, 딸들을 잃어버린 것이냐, 가진 게 아무것도 없다는 거냐, 밤에 추위에 떠는 일이냐, 입안의 고름이냐, 아니면 코에 난 종기냐? 무엇이냐, 욥아?"

"그렇게 묻는 사람은 누구요?"

"나는 목소리에 불과하다."

"목소리는 목구멍에서 나오는 거요."

"네 말뜻은 내가 인간이라는 것이구나."

"그렇소, 그러니 난 당신을 보고 싶지 않소. 어서 사라져요."

"나는 목소리에 불과할 뿐이다, 욥아, 눈을 한껏 크게 떠 보아라. 그래도 넌 내 모습을 볼 수가 없다."

"아, 내가 지금 무슨 헛소리를 하고 있는 걸까. 나의 머리, 나의 뇌, 이젠 미칠 것만 같구나. 이제 이것들이 나의 사고마저도 앗아 가려고 하는구나."

"그렇게 되면 뭐 안 될 일이라도 있는가?"

"그런 일을 겪고 싶지 않소."

"그렇게 고생을 하면서도, 바로 너의 그 사고 때문에 그 고생을 하면서도, 그래 너의 그 사고를 잃고 싶지 않다고?"

"그런 질문일랑 말고 어서 사라져요."

"그렇다고 너의 사고를 빼앗으려는 것은 아니야. 다만 나는 너를 가장 괴롭히는 게 뭔지 알고 싶을 뿐이다."

"그건 아무하고도 상관없는 일이오."

"너 이외의 아무하고도?"

"그렇고말고, 당신하고도 상관없소."

개가 짖으며 으르렁대며 물어뜯는다. 그 목소리는 잠시 후에 다시 들려온다.

"너는 아들들 때문에 슬퍼하는가?"

"내가 죽는다 해도 아무도 나를 위해 기도할 필요 없소. 대지에게 나는 독이 될 뿐이니까. 사람들은 내 등 뒤에서 침을 뱉을 거요. 사람들은 욥을 잊을 거요."

"네 딸들도 말인가?"

"아, 내 딸들. 딸들 역시 죽었소. 오히려 행복할 거요. 참으로 아름다운 여인들이었는데. 살아 있었으면 내게 손자들을 낳아 주었을 텐데. 빼앗겨 버렸소. 하나씩 연거푸 쓰러졌소. 마치 하느님이 그들의 머리를 낚아채 높이 들었다가 산산조각이 나도록 내동댕이친 것처럼 말이오."

"욥아, 너는 눈을 뜰 수가 없다, 네 눈은 달라붙었다, 달라붙었다. 너는 양배추밭에 누워 있는 신세를 한탄하는구나. 개집은 네게 남은 마지막 물건이다. 네 병도 그렇고."

"목소리여, 오, 목소리여, 당신은 누구의 목소리요, 어디에 숨어 있는 거요?"

"나는 네가 왜 슬퍼하는지 이유를 알 수 없다."

"오, 오."

"너는 신음만 할 뿐 그 이유를 알지 못하는구나, 욥아."

"아니오, 나는 말이오."

"나는 말이오?"

"나는 힘이 없소. 그래서 그렇소."

"힘을 갖고 싶다는 말인가."

"나는 뭔가를 희망할 힘도 더 이상 없고, 소망도 없소. 나는 이도 없소. 나는 유약해서 창피할 따름이오."

"그것이 네가 하고 싶은 말이군."

"이건 사실이오."

"그래, 그걸 알고 있군. 바로 그게 가장 끔찍한 것이다."

"그런 끔찍한 것은 이미 내 이마에 씌어 있소. 나는 이런 걸 레 같은 인간이 되어 버렸소."

"바로 그거다, 욥아, 네가 가장 시달리고 있는 것은 말이다. 넌 약하고 싶어 하지 않고, 대항할 수 있는 힘을 가지려 한다. 아니면 차라리 구멍투성이가 되고 싶어 한다. 뇌도, 사고도 버리고 그냥 짐승이 되려고 한다. 소원이 있으면 말해 보라."

"당신은 내게 벌써 많은 질문을 했소, 목소리여. 이제는 당신의 질문을 받아 줄 용의가 있소. 내 병을 고쳐 주오! 당신이 할 수 있다면. 당신이 사탄이지 하느님인지 천사인지 인간인지 몰라도 내 병을 고쳐 주오."

"누가 고쳐 주든 상관하지 않겠다는 말인가?"

"나의 병을 고쳐 주오."

"욥아, 잘 생각해 보아라. 넌 내 모습을 볼 수 없다. 만약 네가 눈을 뜨면 내 모습을 보고 소스라치게 놀랄 것이다. 어쩌면 나는 네게 크고도 끔찍한 대가를 요구할 수도 있다."

"두고 보면 알 것 아니오. 당신은 정말로 진심인 척 말하는 군요."

"그러나 만약 내가 사탄이거나 악한이라면 어쩔 텐가?"

"나의 병을 고쳐 주오."

"나는 사탄이다."

"나의 병을 고쳐 주오."

그때 목소리는 물러갔다. 점점 더 희미해져서. 개가 짖었다. 욥은 불안한 마음으로 귀를 기울였다. 가 버렸군. 어떻게든 나는 치료를 받든가 아니면 죽어야 해. 그는 날카롭게 소리를 질렀다. 고통스러운 밤이 찾아왔다. 그 목소리가 다시 한 번 돌아왔다.

"만일 내가 사탄이라면 넌 나를 어떻게 할 것인가?"

욥은 소리를 버럭 질렀다. "당신은 나를 고쳐 줄 생각이 없소. 아무도 나를 도와주려 하지 않아, 하느님도 사탄도 천사도 인간도."

"그렇다면 너 자신은?"

"내가 뭐 어쨌다는 거요?"

"너 자신이야말로 그렇게 할 생각이 없어!"

"뭐라고요?"

"자기 자신이 원치 않는데 대체 누가 너를 도와줄 수 있겠는가!"

"아니오, 그렇지 않소." 욥은 중얼거렸다.

목소리가 그를 향해 말했다. "하느님도 사탄도 천사도 인간도 모두 너를 도와주고 싶어 한다. 그러나 너는 그걸 원치 않는다. 하느님은 사랑하는 마음에서, 사탄은 너를 나중에 손아귀에 넣기 위해서, 천사와 인간들은 자신들이 하느님과 사탄의 조수이므로. 그러나 너는 그걸 원치 않는다."

"아니오, 그렇지 않소." 욥은 중얼거리고 울부짖으며 쓰러졌다.

그는 밤새도록 울부짖었다. 목소리는 끊임없이 소리쳤다. "하느님도 사탄도 천사도 인간도 모두 너를 도와주고 싶어 한다. 그러나 너는 그걸 원치 않는다." 욥도 끊임없이 외쳤다. "아니오, 그렇지 않소." 욥은 그 목소리를 어떻게든 눌러 보려 했지만 그 목소리는 점점 더 커졌고 그 자신보다 늘 한 음정 우위였다. 밤새도록. 아침녘에 욥은 얼굴을 박고 쓰러졌다.

욥은 묵묵히 누워 있었다.

바로 그날, 그의 최초의 고름 종기들이 낫기 시작했다.

그리고 모두가 같은 호흡을 하므로
인간이 짐승보다 나을 것도 없다

가축 시장, 공급 매물 : 돼지 1만 1543마리, 소 2016마리, 송아지 1920마리, 숫양 4450마리.

그런데 이 사내는 이 어여쁜 어린 송아지를 어쩌려는 건가? 그는 송아지 한 마리를 따로 밧줄에 매어 끌고 들어온다. 이곳은 황소들이 울부짖는 커다란 홀이다. 이제 그는 그 어린 짐승을 도살대로 데려간다. 그곳엔 많은 도살대들이 나란히 놓여 있고, 도살대마다 나무로 만든 몽둥이가 기대어 있다. 그는 연약한 송아지를 두 팔에 안아 도살대 위에 눕힌다. 송아지는 그냥 시키는 대로 눕는다. 이번엔 사내는 도살대 밑으로 손을 넣어 그 짐승을 잡고서 왼손으로 그 짐승이 발버둥치지 못하게 한쪽 뒷다리를 움켜잡는다. 그런 다음 그는 아까 그 짐승을 끌고 올 때 썼던 밧줄을 어느새 손에 들고 있다가 벽에다 단단히 잡아맨다. 그 짐승은 그냥 묵묵히 참고 있다. 그 짐승은 이곳에 누워 있을 뿐 무슨 일이 일어날지 알지 못한다. 그저 나

무 위에 불편하게 누워서 머리를 어느 막대기에 부딪치면서
도 그게 뭔지 모른다. 그것은 바닥에 놓여 있는 몽둥이의 앞
머리이다. 잠시 후면 짐승은 이 몽둥이로 일격을 당하게 될 것
이다. 그것은 그 짐승과 이 세상과의 마지막 조우가 될 것이다.
그리고 정말로, 그 사내는, 단순하게 생긴 그 늙은 사내는, 홀
로 서 있는 그 사내는, 부드러운 목소리를 가진 점잖은 그 사
내는 — 사내는 짐승에게 뭐라고 말한다 — 몽둥이를 집어 들
더니 약간만 치켜들어, 그렇게 연약한 짐승에겐 그렇게 많은
힘이 필요하지 않으므로, 그 순한 짐승의 목덜미에 일격을 가
한다. 그 짐승을 끌고 와 "자, 가만히 누워 있어라." 하고 말했
을 때처럼 아주 침착하게 그 사내는 짐승의 목덜미에 일격을
가한다, 분노도 없이, 대단한 흥분도 없이, 또한 서글픔도 없이,
그래, 인생이란 다 그런 거야, 넌 착한 짐승이지, 네가 잘 알듯
이 이럴 수밖에 없단다.

그리하여 송아지는 부르르 몸을 떨고는 이내 뻣뻣해진다.
조그만 다리들을 쭉 뻗은 채로. 송아지의 벨벳 같은 검은 눈
이 갑자기 화등잔만 해지더니 그 상태로 있다가 가장자리가
희어지면서 이번에는 옆으로 돌아간다. 이미 사내는 그런 것을
다 알고 있다. 그래, 짐승들의 눈빛이란 그건 거야, 오늘은 정말
할 일이 많아, 계속해서 작업을 해야 해. 그러더니 그는 도살대
에 누워 있는 송아지의 아래쪽을 뒤적거린다. 거기에 그의 칼
이 있다. 그는 발을 이용해서 밑에다 피를 받을 대야를 잘 밀
어 넣는다. 쓰윽, 칼이 목을 자르고, 식도를 자르고, 모든 연골
을 자른다. 공기가 빠져나가고, 근육들도 잘린다. 머리가 완전
히 분리된다. 그러자 머리는 도살대 위로 툭 떨어진다. 피가 뿜

어져 나온다, 검고, 붉은 진득한 피가 기품을 일으키며. 자, 이제 끝이다. 그러나 그는 침착하고도 태연스러운 표정으로 더욱 깊게 칼질을 한다. 그는 칼을 깊이 넣어 더듬어 간다. 그렇게 해서 두 개의 척추뼈 사이를 꿰찌른다. 아주 어리고 연한 조직이다. 이윽고 그는 짐승에게서 손을 뗀다. 칼이 찰카닥 소리를 내며 도살대 위에 놓는다. 그는 물통에 손을 씻고 나간다.

이제 그 짐승은 혼자 누워 있다. 묶였던 대로 가여운 모습으로 모로 누워. 홀 안은 온통 부산하고 흥겹다, 사람들은 일을 하고 무언가 질질 끌고 가고 서로에게 소리친다. 끔찍하게도 머리는 가죽에 매달린 채 피와 침으로 범벅이 되어 두 개의 테이블 다리 사이에 대롱대롱 늘어져 있다. 혀는 짙은 푸른빛으로 변하여 이빨 사이에 끼여 있다. 그리고 끔찍하게도, 끔찍하게도 아직도 그 짐승은 도살대 위에서 갸릉갸릉 소리와 끼룩끼룩 소리를 낸다. 가죽에 매달려 있는 머리가 떨고 있다. 도살대 위에 놓여 있는 몸뚱어리가 뒤척인다. 다리가 경련을 일으키며 허공을 찬다. 어린아이처럼 가늘고 뼈마디가 울퉁불퉁한 다리이다. 그러나 눈동자는 움직임이 없다, 아무것도 보지 못한다. 죽은 눈이다. 이것은 죽은 짐승이다.

편안한 표정의 그 늙은 사내는 조그만 검은 수첩을 들고 기둥 옆에 서서 도살대 쪽을 넘겨다보며 셈을 한다. 요즈음은 물가도 비싸고 견적을 맞추기도 힘들고 경쟁에서 살아남기도 어렵다.

프란츠의 방에 창문이 열려 있다,
세상에는 재미있는 일도 있는 법이다

태양은 떴다가 진다, 밝은 날들이 찾아온다, 거리에는 유모
차가 지나간다, 1928년 2월을 기록해 보자.

프란츠 비버코프는 세상이 싫고 메스꺼워 2월이 되도록 술
을 퍼마신다. 그는 갖고 있는 것을 몽땅 털어 술로 탕진한다.
앞으로 어떻게 되든 아무 상관없는 일이다. 반듯하게 살아 보
려 했지만 이 세상엔 악당, 부랑자, 건달들뿐이라서, 결국 프란
츠 비버코프는 이 세상 일을 아무것도 보고 싶지 않고 아무
것도 듣고 싶지 않다. 설사 떠돌이가 되는 한이 있어도 마지막
한 푼까지 술로 마셔 버릴 작정이다.

이처럼 미친 듯한 삶을 살고 있던 2월의 어느 날 밤, 프란츠
비버코프는 뒷마당에서 들려오는 소란한 소리에 눈을 뜬다. 뒤
뜰에는 도매 상회가 있다. 그는 술에 취한 상태로 아래쪽을 내
려다보다가 창문을 열고 안마당을 향해 소리친다. "어서 거기
서 꺼지지 못해, 이 멍청이들아, 이 주둥이만 살아 있는 자식
들아." 그런 다음 그는 벌렁 드러누워 아무 생각도 하지 않는
다. 그곳에 있던 사람들은 헐레벌떡 자리를 뜬다.

일주일 뒤 똑같은 일이 벌어진다. 프란츠는 창문을 열어젖
히고서 나무토막을 내던지려다가 만다. 그때 불쑥 이런 생각
을 한다. 1시군. 이 자식들이 무슨 짓을 하는지 한번 지켜보자
고. 저 친구들 도대체 밤 1시에 저기서 뭘 하는 거지? 뭘 찾을
거라도 있는가, 이 건물에 사는 녀석들인가, 한번 알아보기로
하자.

역시 그렇군. 저 조심스러운 동작들. 저 친구들 벽을 따라 살살 움직이는군. 프란츠는 위층에서 목을 길게 뺀다. 한 녀석이 안마당 문 옆에 서 있다. 저놈이 망을 보는 모양이군. 저 자식들이 뭔가 음모를 꾸미고 있어. 지하실 문을 어떻게 해 보려는 것 같군. 셋이서 뭔가 꼼지락거린다. 누가 지켜보는지 따위는 신경도 안 쓰는 녀석들이야. 이제 삐걱 소리가 나고, 문이 열렸다. 녀석들 마침내 해냈군. 한 놈은 안마당의 문간 쪽에 남고, 두 녀석은 지하실로 내려갔어. 정말 깜깜하군. 저 녀석들 그 틈을 이용하고 있어.

프란츠는 살며시 창문을 닫는다. 바깥바람이 머리를 식혀 주었다. 바로 저런 짓을 인간들은 하고 있어. 온종일 그러고도 모자라서 밤중까지도 말이야. 여기저기 떠돌아다니며 사기를 치는 거야. 화분이라도 안마당에 냅다 내던져야 직성이 풀릴 텐데. 내가 사는 이런 집에 도대체 훔칠 게 뭐가 있다고. 원, 참.

사방이 조용하다. 그는 어둠 속에서 침대에 앉는다. 하지만 다시 창가로 가서 아래를 내려다보지 않을 수 없다. 도대체 저 녀석들이 내가 사는 이 집에서 뭘 잃어버렸다는 거지. 그다음 그는 양초에 불을 붙여 화주 병을 찾는다. 그리고 그것을 찾아냈지만 마시지는 않는다. 총알이 날아왔네. 내가 맞느냐, 네가 맞느냐.

그러나 점심때가 되자 프란츠는 안마당으로 내려가 본다. 한 무리의 사람들이 모여 서 있다. 목수인 게르너도 와 있다. 프란츠는 그를 안다. 그들은 말을 주고받는다. "놈들이 또 훔쳐 갔어." 프란츠는 그의 옆구리를 치며 이렇게 말한다. "난 그 패거리들을 보았지. 내 그놈들을 경찰에 신고하지는 않겠지만 내가 살고 잠자는, 찾을 것도 없는 이 안마당으로 그 녀석들이 오기만 하면, 당장 내려가서 이 비버코프라는 이름을 걸고서 놈들이 아무리 셋이라 해도 뼈도 못 추리게 만들어 주겠어." 목수는 프란츠를 꽉 잡으며 말한다. "자네도 알겠지만, 이곳엔 경찰들도 있으니까, 그곳에 가서 말하면 보상금을 받을지도 몰라.""그 녀석들은 내게 맡기라고. 여태껏 난 밀고 같은 것은 해 본 적이 없어. 경찰들이야 자기들 일이나 하게 놔두자고, 그 사람들이야 그 대가를 받고 있잖아."

프란츠는 슬그머니 그 자리를 뜬다. 게르너가 그 자리에 그대로 서 있자 형사 둘이 그에게 다가와 게르너라는 사람이 어디 사는지 아느냐고 묻는다. 당사자인 그에게. 아이고, 깜짝이야. 그 사내는 티눈까지 창백하게 질린다. 그러더니 그는 이렇게 말한다. "잠깐만요, 게르너라, 아, 그 목수요, 제가 알려 드리지요." 그러고는 아무 말도 하지 않고 자기 집 초인종을 누른다. 그의 아내가 문을 열고, 일행은 모두 안으로 들어간다. 마지막으로 게르너가 사람들 틈바구니를 헤치고 들어가 마누라의 옆구리를 찌르며 입술에 손을 갖다 댄다. 마누라는 도대체 어떻게 된 일인지 알 길이 없다. 그는 양손을 바지 주머니에 찔러 넣고서 사람들 사이로 끼어든다. 그곳에는 다른 두 사내가 있다. 보험사에서 나온 사람들이다. 이들은 그의 집 안을 찬찬히 살펴본다. 그들은 이곳의 벽 두께는 얼마나 되고 마루는 치수가 어떻게 되는지 알아보기 위해 벽을 두드려 보고 치수를 재고 기록한다. 사실 그런 도매 상회를 털 생각을 했다는 것만 해도 엄청난 일인데, 그놈들은 어찌나 대담한지 벽까지 뚫으려 한 것이다. 문과 계단에는 경보 장치가 붙어 있기 때문이다. 그 정도는 놈들이 훤히 꿰차고 있었다. 그렇다, 벽은 터무니없을 정도로 얇다. 건물 전체가 금방이라도 무너질 것 같다. 마치 확대해 놓은 부활절 달걀 같다.

그들은 다시 안마당으로 나간다. 게르너는 계속 어릿광대 짓을 하면서 그들을 따라붙는다. 이제 그들은 최근에 새로 단지하실 철제문들을 조사한다. 게르너도 그들 바로 곁에 서 있다. 그때 왜 그랬는지 그는 한 걸음 뒤로 물러선다. 사실 그는 다른 사람에게 길을 비켜 주려고 그런 것이다. 그런데 무슨 우연인지 그때 뭔가가 그의 발에 채이며 쓰러진다. 얼른 집어 보니 술병이다. 마침 종이 위로 쓰러지는 바람에 아무도 그 소리를 듣지 못했다. 이런 안마당에 술병이 놓여 있다니. 그놈들이 빠뜨리고 간 모양이야. 내가 가져가야지. 안 될 이유가 있겠어. 그렇다고 지체 높으신 분들이 손해 볼 것도 없으니. 그는 신발 끈을 고쳐 매는 척 허리를 구부려 병과 종이를 함께 집는다. 이렇게 해서 이브는 아담에게 사과를 건네주었다. 사과가 나무에서 떨어져 있지 않았다면 이브는 사과를 줍지 않았을 것이고 사과가 아담의 주소지로 전달되지도 않았을 것이다. 나중에 게르너는 술병을 재킷 속에 챙겨 가지고 안마당을 가로질러 마누라가 기다리는 집으로 갔다.

그럼 그의 마누라는 어떤 반응을 보였을까? 그녀는 환한 얼굴로 말한다. "여보, 뭘 가져온 거예요?" "사 온 거야, 가게에 아무도 없을 때." "그건 안 돼요!" "단치히 산 골트바서야, 지금 무슨 소릴 하는 거야?"

그녀의 얼굴빛은 환하다, 슈트랄라우 출신인 것처럼 빛난다.* 그녀는 커튼을 치면서 말한다. "아이고, 여보, 거기 아직도 몇 병 있지요, 거기서 가져온 거지요?" "벽 옆에 있던 거야. 그놈들이 알았더라면 가져갔겠지." "아이고 여보, 어서 돌려줘요." "언제부터 골트바서를 보면 돌려줘야 한다는 말이 생긴 거야? 우리가 언제 이런 코냑을 먹어 보겠어, 여보, 이 살기 어려운 때에 말이야. 괜히 웃음거리만 될 거야, 여보."

결국엔 이 여자도 같은 생각이다. 내 마누라가 그런 여자는 아니니까. 술병 하나, 그것도 조그만 술병 하나가 그렇게 큰 회사에 무슨 피해를 입히겠어. 그리고 여보, 제대로 잘 따져 보면 말이야, 이 술병은 이제 더 이상 그 회사 것도 아니라고. 그 도둑놈들 것이지. 설마 그놈들 등 뒤에 대고 이걸 던지라는 건 아니겠지? 그랬다가는 당장 형사처분감이야. 그래서 그들은 마시기 시작한다, 한 모금, 또 한 모금. 그래, 이 세상을 살려면 눈을 크게 뜨고 있어야 해. 모든 걸 다 금으로 만들어야 하는 건 아니야. 은도 다 나름대로 가치가 있다고.

토요일에 그 도둑놈들이 오는 바람에 재미있는 일이 벌어진다. 녀석들은 웬 낯선 사내가 안마당을 살금살금 걸어가고 있는 것을 알아챈다. 아니, 벽 쪽에 서 있던 녀석이 그것을 알아챈다. 다른 녀석들은 이미 손전등을 들고서 마치 조그만 요정들처럼 구멍에서 빠져나와 전속력으로 안마당 대문을 향해 달려간다. 그런데 그곳에 게르너가 서 있다. 그러자 녀석들은 마치 그레이하운드처럼 담벼락을 뛰어넘어 이웃집 마당으로 뺑소니친다. 게르너가 그들 뒤를 따라가 보지만, 그들은 쏜살같

---

* '표정이 밝다'라는 뜻의 독일어 strahlen과 베를린 동부의 한 지역인 Stralau 를 가지고 만든 언어 유희.

이 도망친다. "도망칠 것 없어, 아무 짓도 안 할 테니. 너희들 정말 얼간이구나." 그는 녀석들이 담장을 넘어가는 것을 그저 지켜볼 수밖에 없다. 그는 화가 머리끝까지 치민다. 두 녀석은 벌써 도망쳤다. 이놈들아, 그렇게 바보처럼 굴지 마. 마지막 남은 녀석이 막 담장을 올라타고는 손전등으로 그의 얼굴을 비춘다. "대체 왜 그러는 거야?" 이 녀석도 우리와 같은 패거리인가 본데, 우리 계획을 망쳐 놓았어. "나도 한몫 끼자고." 게르너가 그렇게 말한다. 정말 이 작자 왜 이러는 거야. "나도 한몫 끼자 이 말이야, 그런데 왜들 그렇게 도망치는 거야."

그러자 잠시 후 그 사내는 정말로 담에서 기어 내려온다, 혼자서, 그러더니 목수를 뜯어본다. 목수는 술에 취한 모습이다. 그 뚱보는 목수가 술에 취한 데다 화주 냄새까지 풍기자 용기를 낸다. 게르너는 그에게 손을 내민다. "악수하자고, 동지, 함께 갈까?" "혹시 이거 함정 아냐?" "왜 그렇게 생각하나?" "내가 속아 넘어갈 걸로 생각하나 보군." 게르너는 모욕감에 기분이 안 좋다. 상대방은 그를 진지하게 생각하지 않는 것 같다. 그저 이 녀석이 도망만 치지 말아 주면 좋겠어. 골트바서는 너무 좋았어. 마누라도 그가 바보 같은 얼굴로 집에 들어가면 잔소리를 해 댈 거야. 정말 잔소리를 늘어놓을 거라고. 게르너는 애걸한다. "아, 그게 대체 무슨 소리야? 너 혼자 들어가도 난 괜찮아. 어차피 나는 여기 사니까." "당신 뭐 하는 사람인데?" "난 이 건물 관리인이야, 그래도 내 몫은 있지 않나." 순간 도둑은 생각한다. 퍼뜩 이런 생각이 들었다. 이 녀석을 끌어들이는 것도 멋진 일일 것 같군. 함정만 아니라면 말이야. 괜찮아, 우린 권총이 있으니까.

그렇게 해서 그는 사다리를 담벼락에 세워 둔 채로 게르너와 함께 안마당으로 되돌아온다. 다른 녀석들은 이미 줄행랑을 쳤다. 녀석들, 내가 붙잡힌 걸로 생각하고 있겠지. 그때 게르너는 1층의 초인종을 누른다. "여보쇼, 왜 초인종은 누르고 난리야, 대체 여기 누가 사는데?" 게르너는 뻐기며 말한다. "누가 살긴, 내가 살지! 조심하라고." 그러면서 그는 어느새 손잡이를 당겨 요란스레 문을 연다. "이 정도면 제법이지 않아? 안 그래?"

그는 찰칵 불을 켠다, 저편 부엌 문 앞에 그의 마누라가 서 있다, 떨고 있다. 게르너는 호탕한 목소리로 소개한다. "내 마누라야, 그리고 이쪽은 내 동업자고, 여보." 그녀는 떨면서 밖으로 나오지 않더니, 갑자기 깍듯하게 고개를 끄덕이며 미소를 짓는다. 정말 멋진 사내군, 젊고 핸섬해. 그녀는 밖으로 걸어 나와 그들 앞에 선다. "어머, 파울, 손님을 그렇게 복도에 서 계시게 하면 어떻게 해요. 좀 안으로 들어오세요, 선생님, 모자도 벗으시고요."

그 사내는 살짝 도망치려 하지만 두 내외는 그를 놔주지 않는다. 그는 속으로 놀란다. 이런 일이 있다니. 정말 건실한 사람들이야. 이런 사람들이 못살다니. 소시민층은 못살 수밖에 없어, 인플레이션이니 뭐니 해서. 그 조그만 여자는 반한 듯한 표정으로 그를 자꾸만 쳐다본다. 그는 펀치 술로 몸을 녹이고서 거기서 빠져나온다. 대체 이런 일들이 다 무엇인지 그는 끝까지 갈피를 잡지 못한다.

아무튼 이 젊은 친구는 패거리가 보내서 온 듯, 이튿날 아침 식사가 끝났을 즈음에 다시 게르너의 집에 나타나 혹시 자기가 두고 간 물건이 없는지 아주 사무적인 투로 묻는다. 게르너는 밖에 나가고 없고 그의 아내만 집에 있다가 그를 아주 다정하게, 아니, 다정하다 못해 거의 굽실거리는 태도로 맞이하고 그에게 화주까지 대접한다. 그러자 그는 황송스럽게도 그녀의 대접을 수락해 주신다.

목수 내외의 기대에 어긋나게, 도둑들은 한 주일 내내 모습을 드러내지 않는다. 파울과 구스티는 혹시라도 자기들이 그 친구들을 못 오게 쫓은 것은 아닌가 해서 토론에 토론을 거듭해 보았지만 아무리 해도 자신들이 책잡힐 만한 행동을 한 기억이 나지 않는다. "혹시 당신이 그 사람들을 너무 거칠게 대한 건 아닌가요, 파울, 당신 말투가 좀 그런 데가 있잖아요." "그건 아니야, 구스티. 나 때문은 아니야. 당신 때문이지. 그 친구 왔을 때 당신이 목사 같은 표정을 하고 있었잖아. 그래서 그를 쫓아 버린 거야. 우리하고 있으면 마음이 편치 않을 거야. 정말 큰일이군. 이 일을 어쩐담."

구스티는 울기 시작했다. 그들 중 하나라도 다시 찾아와 주면 좋을 텐데. 앞으로도 계속해서 그런 꾸지람만 들어야 할 형편이니. 그렇지만 사실 그녀의 잘못은 아니었다.

분명, 그들은 금요일에 위대한 순간을 맞는다. 그때 누군가 문을 두드린다. 누군가 문을 두드리는 것 같다. 그녀가 문을 열었지만 아무것도 보이지 않는다. 너무 허둥대다가 불을 켜는 것을 깜박했기 때문이다. 그래도 그녀는 그게 누군지 금방 안다. 그 키 큰 사내다. 언제나 고상하게 행동하는 그 사내다. 그는 남편과 할 이야기가 있다고 한다. 무척 진지하고 냉정하다. 그녀는 놀라서 무슨 일이 생겼냐고 묻는다. 그러자 그는 그녀를 안심시킨다. "아니, 그냥 사업상으로 상의할 게 있어서요."
그러더니 그는 어디 가면 어떻고, 또 무에서 유가 나올 수는
없다는 둥 하며 지껄인다. 그들은 거실로 가서 앉는다. 그녀는
그를 맞이해서 행복하다. 그러니 이제 파울도 그녀가 이 친구
를 내쫓은 거라는 말은 못할 것이다. 그녀는 그 말을 늘 해 왔
다고 말한다. 무에서는 유가 나올 수 없다는 그 말을. 오히려
그 반대가 맞는다고. 그것을 두고 둘 사이에 긴 토론이 벌어진
다. 결국 그러다 보니 두 사람은 자기들 부모나 조부모 또는 친
척들의 의견까지 들먹이게 된다. 다들 얘기는 무에서는 유가
나올 수 없다는 것이다. 절대 불가능하다. 자신 있게 말하건대
그건 너무나 확실하다는 것이다. 그리고 두 사람은 이 면에서
의견의 일치를 보았다. 이렇게 그들이 각자의 과거에서 그리고
이웃의 이야기에서 나름의 예를 들어 가며 한참 열을 올리고
있을 때 초인종이 울렸다. 그러더니 남자 두 명이 들어와 형사
라고 밝혔다. 그리고 세 명의 보험사 직원도 왔다. 두 형사 중
하나가 손님에게 대뜸 말을 건넸다. "게르너 씨죠? 우리를 좀
도와주셔야겠어요. 이 건물 뒤편에서 빈번하게 일어나고 있는
절도 사건 때문입니다. 우리의 특별 감시대에 동참해 주시길
부탁드립니다. 거기에 들어가는 비용은 물론 도매 상회와 보
험 회사가 부담할 것입니다." 그들은 십 분가량 말했고, 그녀는
모든 것을 귀담아 듣는다. 12시 정각에 그들은 물러갔다. 그리
고 뒤에 남은 두 사람은 서로 마음이 동하고 흥분하여 두 사
람 사이에는 말로 표현하기도 뭐하고 글로 쓰기에도 쑥스러운
일이 벌어졌다. 두 사람 모두 마음속 깊이 부끄럽게 생각하는
그런 일이다. 게다가 여자는 나이가 서른다섯이고 사내는 겨우

스물이나 스물하나 정도밖에 되지 않았기 때문이다. 물론 나이 차 때문만도 아니다. 키도 남자가 1미터 85센티미터, 여자는 1미터 50센티미터였다. 오히려 그런 일이 일어났다는 사실 그 자체가 부끄러운 것이다. 떠들고 흥분하고 경찰들을 조롱하는 와중에 그런 일이 벌어졌다. 물론 전체적으로는 그리 나쁘지 않았다. 나중에 돌이켜 보면 좀 당혹스러울 뿐이다. 적어도 그녀에겐 그렇다. 그래도 시간이 지나면 흔적은 다 사라진다. 아무튼 게르너 씨는 2시 경에 하나의 상황을 겪게 된다. 그보다 더 멋지게는 상상조차 못했던 그런 멋진 분위기이다. 그 역시 그 분위기에 동참했다.

그들은 저녁 6시까지 함께 앉아 있었다. 그는 아내와 마찬가지로 그 키다리 친구가 들려주는 이야기들을 넋을 잃고 들었다. 물론 그 친구가 들려주는 이야기가 부분적으로만 사실이기는 했지만 거기에 나오는 젊은이들은 모두 일품이었다. 그리고 그는 요즘 젊은이가 세상일에 대해 나름 일리가 있는 견해를 갖고 있는 것을 보고 놀랐다. 그 자신은 이미 노쇠한 소년에 지나지 않았다. 그의 눈을 덮었던 콩깍지가 수십 킬로미터는 날아 떨어져 나가며 그 사실이 분명하게 인식되었다. 그래, 그 젊은 친구가 돌아가고 9시에 둘이 침대에 누웠을 때 게르너는 그렇게 머리가 명민한 친구가 왜 자기 같은 사람을 상대하는 건지 모르겠다고 말했다. 그러니까 구스티도 인정해야겠지만 그 자신에게 뭔가가 있다는 거다. 그래도 자신이 뭔가 쓸모가 있다는 거라고. 구스티는 그의 말에 동조해 주었다. 그러자 늙은 소년은 사지를 쭉 뻗었다.

그리고 이튿날 새벽, 침대에서 일어나기 전에 그는 아내에게 말했다. "구스티, 만약 다시 한 번 공사장에 가서 연마공 일자리를 얻게 된다면 그땐 내 이름을 파울레 피펜데켈이라고 할 거야. 나도 왕년에는 일자리가 있었지. 다 지난 일이야. 그래도 그것은 홀로 서려는 사람이 할 만한 일은 아니었어. 게다가 내가 늙었다고 발로 차 버리곤 했지. 나라고 해서 저 뒤편에 있는 도매상을 상대로 해서 한몫 잡지 못하라는 법 있나. 그 젊은 녀석들 머리 좋은 것 좀 봐. 요즈음엔 머리 나쁜 놈은 다 망하게 되어 있어. 내 생각이야. 당신 생각은 어때?" "진작부터 나도 그렇게 말했잖아요." "보라고, 나도 다시 한 번 잘살아 보고 싶다고. 발가락에 동상이나 걸리는 건 질색이야." 그녀는 그를 행복한 마음으로 끌어안았다. 그가 지금까지 해 준 것과 앞으로 해 줄 것에 대해 고마워하면서. "앞으로 우리가 뭘 해야 될지 알겠어? 여보, 당신과 내가 말이야." 그가 다리를 꼬집는 바람에 그녀는 소리를 꽥 질렀다. "당신도 함께 하는 거야, 알았어?" "싫어요." "하겠다고 해, 당신 없이도 잘될 것 같다고 생각하는 거야?" "당신들은 벌써 다섯이나 되잖아요. 그것도 힘센 장사들만." "그래, 힘 한번 좋더군! "당신은 나보고 망을 서라는 건가요." 그녀는 계속해서 푸념을 늘어놓는다. "못해요. 난 정맥류가 있다고요."

"이런 꼴로 어떻게 도와요?" "당신 겁나나 보군, 구스티." "겁난다고요? 왜 겁을 먹겠어요. 당신도 정맥류에 걸린 상태로 한번 뛰어 봐요. 아마 다리 짧은 닥스훈트가 더 빠를 거예요. 그러다가 내가 잡히는 날엔 당신도 곤경에 처하게 돼요. 내가 당신 아내이기 때문에요." "당신이 내 마누라인 걸 난들 어쩌라고?" 그는 흥을 내서 그녀의 다리를 다시 꼬집었다. "그만해요, 파울. 그러다가 너무 격해지겠어요." "여보, 당신도 이런 소굴에서 벗어나면 완전히 딴사람이 될 거야." "나도 그렇게 됐으면 좋겠어요. 그래서 나도 입맛을 다시는 거예요." "자, 여보, 한몫 잡는 거야. 이런 일은 처음이라고. 귀에 막은 솜 좀 빼고 들어 봐. 난 이 일을 어떻게든 혼자서 해낼 생각이야." "뭐라고요! 그러면 다른 사람들은요." 놀라 자빠질 일이다.

"바로 그거야, 구스티. 그 친구들은 버리는 거지. 동업은 안된다는 옛말이 있잖아. 자, 내 말이 어때? 맞지? 나도 한번 혼자서 해 볼 거야. 우리에겐 이점이 많아. 1층에 사는 데다가 안마당도 이 집 거니까, 안 그래, 구스티?" "아무튼 나는 당신을 도울 수 없어요, 파울, 정맥류 때문에요." 평상시에도 정맥류 때문에 겪는 고통은 한두 가지가 아니었다. 그래서 그녀는 입으로는 떨떠름하게 동의를 하긴 했지만 감정이 살고 있는 마음속으로는 그녀는 이렇게 말한다. 싫어요. 싫다고요.

그리하여 이튿날 저녁, 도매상 사람들이 2시*에 지하 창고에서 나가고 나서, 게르너는 아내와 함께 그곳에 숨어들었다. 9시가 되자 건물 안에는 꿈틀대는 것이란 하나도 보이지 않는다. 그때 그는 막 작업을 시작하려 한다. 지금쯤 경비원은 건물 입구를 순찰하고 있을 것이다. 아무 이상 없나? 그때 지하 창고 문을 두드리는 소리가 들린다. 노크 소리다. 노크 소리가 난 것 같다. 도대체 누가 여기 와서 노크를 하는 걸까. 그거야 모르겠지만 노크 소리가 났다. 이 시간에 이곳에 와서 노크를 할 사람은 없다. 상회는 이미 문을 닫았다. 노크 소리가 났다. 다

---

* "이튿날 저녁"이라는 말을 쓴 것으로 보아, 작가의 시간 착오인 듯하다.

시 노크 소리가 들린다. 두 사람은 숨을 죽인 채 움직이지 않는다. 아무 말도 하지 않는다. 다시 노크 소리가 들린다. 게르너는 그녀를 팔꿈치로 툭툭 친다. "노크 소리 들었지?" "그러게요." "그런데 저게 뭘까." 그녀는 이상하게도 전혀 두려워하지 않고 그냥 이렇게 말한다. "아무것도 아닐 거예요. 설마 우리를 죽이기야 하겠어요." 그래, 그가 우릴 죽이지는 않겠지. 지금 우리를 찾아오는 사람은 내가 아는 사람일 테니. 그 사람이 나를 죽이지야 않겠지. 다리가 길고 잔수염이 난 친구일 거야. 그 사람이 오면 난 기쁠 거야. 그때 다시 노크 소리가 절박하게, 하지만 낮게 들린다. 맙소사, 저건 신호야. "저건 우리가 아는 사람 같아요. 그 젊은이들 중 하나인가 봐요. 아까부터 그렇게 생각하고 있었어요, 여보." "그러면 왜 그런 얘길 안 한 거야."

순식간에 게르너는 계단 옆에 가 섰다. 녀석들이 우리가 여기 있는 것을 어떻게 알았을까. 정말 사람 놀라게 하는군. 밖에 있는 녀석이 속삭인다. "게르너, 어서 문 열어요."

원하든 원하지 않든 간에 그는 문을 열어야 한다. 진짜 재수 없군. 정말 더럽게 됐군. 온 세상을 그냥 다 박살내 버리고 싶어. 그는 문을 열어 주지 않을 수 없다. 그건 바로 그 꺽다리 녀석이다, 혼자다. 그녀의 기사다. 게르너가 전혀 눈치채지 못하는 사이에 그녀가 녀석에게 알려 준 모양이다. 아무튼 그녀는 그녀의 기사에게 고마움을 전하고 싶다. 그가 내려오자 그녀는 얼굴빛이 환해진다. 그녀는 기쁜 마음을 억누르지 못한다. 그녀의 남편은 불도그 같은 표정으로 투덜댄다. "뭐가 그렇게 좋아서 히죽거리는 거야, 응?" "왜 안 그렇겠어요? 혹시 우리 건물에 사는 사람이나 경비원이면 어쩌나 걱정했거든요."

이제 작업이나 해서 나누어 갖는 수밖에. 욕이나 하고 있어 봐야 뭐하겠어, 정말 더럽게 됐군.

게르너가 그 일을 두 번째로 도모하면서 당신은 불행을 몰고 온다고 투덜대며 마누라를 밖에 남겨 두고 들어갔을 때 또다시 노크 소리가 났다. 이번에는 녀석들 세 명이다. 녀석들은 마치 그의 초대라도 받은 것처럼 행동한다. 어쩔 수 없는 노릇이다. 자기 집에 있으면서도 주인 행세를 할 수 없다. 이렇게 교활한 녀석들은 감당하기 힘들다. 이제 게르너는 완전히 궁지에 몰려 울화통을 터뜨리며 속으로 이렇게 말한다. 오늘만큼은 이놈들과 함께 할 수밖에 없다, 잡혀도 같이 잡히고 죽어도 같이 죽는 거다. 하지만 내일은 국물도 없다. 만약에 이 더러운 자식들이 내가 관리인으로 있는 이 건물에 와서 다시 한 번 내 일에 끼어들기만 하면 경찰들이 얼마나 빨리 오는지 두 눈으로 똑똑히 보도록 만들어 주겠다. 네놈들이야말로 날강도에 공갈범들이다.

그리하여 그들은 꼬박 두 시간 동안 지하 창고에서 쉬지 않고 일한 다음, 대부분의 물건을 게르너의 집으로 운반한다. 커피, 건포도, 설탕 등을 자루에 담아서 아주 싹쓸이해 버린다. 이어서 온갖 브랜디와 와인 등 알코올류가 들어 있는 상자들을 옮긴다. 그들은 지하 창고를 절반 정도 비운다. 게르너는 그 모든 것을 녀석들과 나눠야 한다는 생각 때문에 화가 나 있다. 집에 오자 그의 아내가 그를 달랜다. "정맥류를 앓고 있는 이 몸으로는 이렇게 많은 물건을 옮기지 못했을 거예요." 녀석들은 아직도 물건들을 옮기고 있으니 그는 화가 머리까지 치민다. "당신의 그 정맥류 말인데, 일찌감치 당신이 나일론 양말을 사 신었으면 괜찮았을 텐데. 괜히 돈 아끼다 얻은 결과야. 괜히 엉뚱한 데서 아끼느라 난리를 쳤다고." 그러나 구스티는 계속해서 그녀의 꺽다리 쪽만 넘겨다보고, 녀석은 또 다른 젊은 놈들 앞에서 그녀를 자랑하느라 여념이 없다. 그것이 여기서 그가 맡은 역할이고 녀석은 그런 방면에 소질을 타고난 것 같다.

녀석들이 짐승처럼 일을 하고서 가 버리자, 게르너는 집의 문을 닫고 틀어박혀서는 구스티와 함께 술을 퍼마시기 시작한다. 아무리 못 가져도 이것만큼은 내 것으로 만들어야지. 그는 모든 종류의 술을 하나씩 다 맛보지 않을 수 없다. 그래서 그중에서 가장 좋은 술들을 골라 당장 내일 아침 일찍 두서너 명의 장사꾼들에게 넘길 작정이다. 두 사람은 그 생각에 기분이 좋다. 구스티도 그렇다. 그는 그녀의 훌륭한 남편이지 않은가. 결국 그는 그녀의 남편이고 그녀는 그가 하는 일을 도울 수밖에 없다. 그렇게 해서 두 사람은 한밤중에 2시부터 시작해서 5시까지 앉아서 모든 종류의 술을 하나도 빼놓지 않고 다 맛본다. 철저하게, 계획성 있게, 나름대로 계산을 해 가면서. 그날 밤 한 일에 대해 지극히 흡족하여 그들은 목구멍까지 차오를 정도로 실컷 퍼마시고는 자루처럼 쓰러졌다.

점심때가 되었을 무렵 그들은 문을 열어 주지 않을 수 없는 상황에 빠진다. 찌르릉, 계속해서 초인종이 울려 댄다. 그러나 문을 열어 주지 않고 있는 사람들은 바로 게르너 내외다. 술에 취해 인사불성인데 어떻게 문을 열라는 건가. 그러나 그들 역시 물러서지 않는다. 밖에서는 문을 쾅쾅 두드린다. 그때 구스티가 뭔가 눈치를 채고 벌떡 일어나 파울을 마구 두드린다. "파울, 누가 와서 문을 두드리나 봐요, 어서 문을 열어 줘요."

그제야 그는 이렇게 말한다. "어디?" 이어 그녀는 그를 침대 밖으로 떠민다. 밖에서는 문을 부술 듯한 기세다. 우편배달부인가. 파울은 자리에서 일어나 바지만 대충 걸치고서 문을 연다. 그러자 그들은 그의 옆을 스쳐 무작정 안으로 들어선다, 덩치가 큰 사나이로 이루어진 일당 셋이다. 이놈들은 뭐야, 그 젊은 녀석들이 벌써 물건을 챙기러 온 건가. 아니다, 이놈들은 다른 놈들이다. 짭새들, 그래 형사들이다. 동작 한번 민첩하다. 그들은 입이 벌어진다, 놀라서 입이 벌어진다. 아니, 관리인님, 마룻바닥에 물건이 온통 꽉 찼네요, 복도에도 방에도, 자루들, 상자들, 술병들, 짚, 뒤죽박죽으로, 켜켜이. 경감이 말한다. "이렇게 악랄한 짓거리는 내 생전 처음이오."

이제 게르너는 무슨 말을 해야 하나? 대체 무슨 말을 하지? 그는 한마디도 하지 못한다. 그는 짭새들만 바라본다, 그 역시 속이 메스껍다, 이놈의 사냥개 자식들, 내게 권총만 있으면 이 녀석들이 나를 산 채로 밖으로 끌어내지는 못할 텐데, 사냥개 자식들. 나 같은 놈은 평생을 공사장 판잣집에서 살아야 하고, 돈은 높은 놈들이 다 챙기는 건가. 술이라도 한잔 더 걸칠 수 있으면 좋겠군. 그러나 소용없는 일이다, 그는 옷을 걸쳐야 한다. "멜빵 단추쯤은 채우게 해 주시겠죠?"

그의 아내는 침을 튀기며 떠들면서 몸을 부들부들 떤다. "저는 정말 아무것도 몰라요, 경관님, 우리는 반듯한 사람들이에요. 누군가 우리를 함정에 빠뜨린 거예요, 저 상자들 보세요. 우리는 잠에 곯아떨어졌어요, 경관님도 그건 아실 텐데요. 이 건물에 사는 누군가 우리를 상대로 지저분한 장난을 친 게 분명해요. 정말이에요, 경감님. 파울, 대체 이게 어찌 된 영문이죠?”“그런 얘기는 다 파출소에 가서 하면 됩니다.” 게르너가 끼어든다. “이번엔 그놈들이 간밤에 우리 집까지 쳐들어 온 거야, 여보, 저 뒤편 지하 창고를 털었던 놈들하고 같은 놈들이야. 그래서 파출소에 가자는 거지.”“그런 건 다 나중에 파출소에서든, 아니면 경찰서에서든 이야기하면 됩니다.”“난 경찰서에는 안 가요.”“갑시다.”“아이고, 여보, 녀석들이 우리 집에 쳐들어왔는데도 나는 아무 소리도 못 들었어. 잠에 곯아떨어졌었나 봐.”“나도 못 들었어요, 파울.”

구스티는 서랍장에서 얼른 두 통의 편지를 꺼내려 한다, 꺽다리가 보낸 편지다. 그러나 형사 하나가 그것을 알아챘다. “어디 좀 보여 줘요. 아니면 그냥 도로 집어넣어 두든지. 나중에 가택 수색을 할 테니까요.”

그녀는 퉁명스럽게 말한다. “할 테면 해 보라지. 당신들, 남의 집에 함부로 쳐들어오다니 부끄러운 줄 알아요.”“자, 갑시다.”

그녀는 울면서 남편을 쳐다보지도 않고 소리를 지르며 난리를 치다 바닥에 나뒹군다. 그들은 그녀를 부축해 일으켜 세워야 했다. 남편은 저주의 욕설을 퍼붓지만 그들에게 잡혀 꼼짝 못한다. “이제는 내 아내한테까지 폭력을 쓸 모양이군.” 그 비열한 범죄자들, 날강도 녀석들, 녀석들은 도망쳤어, 저런 지저분한 것들로 나를 궁지에 빠뜨려 놓고서.

껑충, 껑충, 껑충, 망아지는 다시 달리네

현관과 안마당에서 벌어지고 있는 설왕설래에, 프란츠 비버코프는 양손을 호주머니에 찌르고 옷깃을 귀까지 세우고 머리와 모자는 양 어깨 사이로 움츠린 채 전혀 끼어들지 않았다. 그는 그저 모여서 떠드는 사람들 주변을 맴돌며 듣기만 했다, 듣기만 했다. 이제 그는 그저 구경만 했다, 보도 양쪽으로 늘어선 사람들 사이로 목수와 그의 뚱뚱한 작은 아내가 현관을 지나 거리로 끌려가는 것을 그저 구경만 했다. 걸어가는군, 나도 전에 저렇게 걸어간 적이 있었지. 하지만 그땐 주위가 컴컴했어. 저 친구들 좀 보라고, 그냥 앞만 똑바로 보고 가는군. 창피해서 그러는 게지. 그래, 그래, 사람들아, 계속해서 헐뜯어라. 사람의 마음속이 어떻게 생겼는지 너희는 잘 알 거다. 진짜 속물들이란 말이다, 난롯가에 쪼그리고 앉아 사기를 치면서도 걸리지는 않는 것들이다. 그 젊은 녀석들의 교활한 사기는 적발하기 힘들 거야. 이제 녹색의 하인리히*의 문을 여는군. 자, 어서 타, 어서 타라고, 이 땅꼬마야, 뚱뚱보 마누라도, 꽤 마셨군, 그 여자 말이 맞아, 천만번 맞아. 그녀를 비웃을 테면 비웃어라. 이제 자초지종을 알게 되겠지. 자, 출발 준비 완료, 출발.

사람들은 여전히 머리를 맞대고 모여 있었다. 프란츠 비버코프는 현관 문 앞에 서 있었다. 날씨가 지독하게 추웠다. 그는 건물 문을 밖에서 바라보았다, 그리고 길거리 건너편을 바라보았다. 이제 뭘 한담, 뭘 해야 하나. 그는 번갈아 가며 발 한쪽을 들었다 놓았다 했다. 더럽게 춥군, 정말 더럽게 추워. 방에 다시 올라가기는 싫다. 그런데 뭘 하지?

---

* 베를린 속어로 '경찰차'를 뜻함.

그는 그곳에 서서 왔다 갔다 했다. 그는 자신이 되살아난 것을 느끼지 못했다. 그는 저편에 서서 남이나 헐뜯고 있는 무리와는 아무런 관계가 없었다. 나의 눈길이 향하는 곳은 저들과는 달라. 저런 무리하고 같이 살기는 힘들어. 그는 활기찬 걸음걸이로 걷기 시작한다, 엘자스 가를 따라 내려가, 지하철 공사장 울타리 곁을 지나 로젠탈 광장 쪽으로, 어디론가.

프란츠 비버코프는 어쩌다 그의 움막에서 드디어 기어 나오게 됐다. 사람들 울타리 사이로 끌려가는 사나이, 술에 취한 뚱뚱한 여자, 도둑질, 녹색의 하인리히, 이 모두가 그가 가는 길에 함께했다. 그러나 로젠탈 광장 못 미쳐 한 모퉁이에 술집이 나타나자 그는 생각이 복잡해지기 시작했다. 그의 손은 저절로 호주머니 속을 더듬었다. 속을 채울 술병이 없다. 아무것도 없다. 술병이 없다. 잊어버렸나. 위층에 놓고 왔나 보다. 그놈의 쓸데없는 일 때문에. 그 소란이 벌어졌을 때 코트에다 넣어놓아야지 하고 생각했다가 안 넣고 그냥 내려온 모양이다. 제기랄. 다시 가서 가져올까? 순간 그의 마음속에서는 온갖 생각들이 교차했다. 아냐, 그래, 아냐, 그래. 갈팡질팡, 우왕좌왕, 욕설, 포기, 미적거리기, 도대체 이게 뭐야, 제발 나 좀 놔둬, 그냥 들어가서 한잔할까, 프란츠에게 이런 기분이 든 것은 참으로 오랜만이었다. 들어갈까, 들어가지 말까, 목이 마른데, 광천수 한 잔이면 돼, 들어갔다가는 퍼마시게 될 거야, 이 친구야, 그래, 맞아, 그래도 너무 목이 말라, 참을 수 없을 정도로 목이 말라, 맙소사, 정말 한잔하고 싶군, 차라리 그냥 여기 있자, 술집엔 들어가지 말자, 안 그러면 다시 몸져눕게 될 거다, 그러면 다시 그 늙은 여주인의 2층 방에 처박혀 있게 될 거야. 이때 다시 그 녹색의 하인리히와 목수 부부가 나타났다. 자, 우측으로 돌자, 아냐, 이곳에 머물지 말자, 다른 곳으로 가자, 더 멀리, 가자, 달려라, 계속 달려.

그렇게 해서 프란츠는 주머니에 1마르크 55페니히를 갖고서 알렉산더 광장까지 달렸다, 그저 연신 공기만 들이켜면서 달리고 달렸다. 드디어 그는 마음을 억눌렀고 선뜻 내키지는 않지만 음식점에 들어가 식사를 했다. 제대로 먹었다, 몇 주 만에 처음으로 제대로 먹었다, 감자를 곁들인 송아지 고기 스튜였다. 그러자 갈증이 조금 가라앉았다. 남은 돈은 75페니히, 그는 동전들을 손에 쥐고 만지작거렸다. 리나를 보러 가야 하나? 리나가 내게 뭔데? 난 리나를 좋아하지 않아. 혀가 뻣뻣하고 쓴맛이 난다. 목도 탄다. 광천수를 한 병 더 마셔야겠다.

그런 다음 — 광천수를 마시는 동안, 상쾌하고 기분 좋게 들이켜는 동안, 탄산수의 거품들이 간질이는 것을 느끼는 동안, 그는 알아냈다, 어디로 갈지. 민나한테 가는 거다. 그녀에게 안심 고기를 보낸 적이 있었다. 앞치마는 받지 않던 여자다. 그래, 그게 정답이다.

일어나자. 프란츠 비버코프는 거울 앞에 서서 몸단장을 했다. 축 처지고 창백하고 여드름투성이인 볼을 보고서 전혀 마음에 들지 않아 한 사람은 바로 프란츠 비버코프 그 자신이었다. 상판대기 하고는! 이마에 이 자국은 뭔가, 왜 이런 붉은 자국이 났을까, 모자 때문인가 보다, 그리고 이 넓적코는 뭔가, 제기랄, 벌렁벌렁한 빨간 코, 꼭 화주를 많이 먹어서 그런 것만은 아니다, 오늘 날씨가 추워서 그런 것 같다. 눈은 또 왜 이렇게 흉하게 툭 튀어나온 걸까, 꼭 황소 눈깔 같군, 어디서 이런 송아지 눈을 타고난 걸까. 움직이지 않는 것처럼 멍한 눈이다. 꼭 시럽을 뒤집어쓴 형색이다. 그러나 민나는 이런 것은 상관치 않는다. 머리라도 빗어 보자. 됐다. 이제 그녀를 보러 가는 거다. 목요일까지는 그 여자가 한두 푼은 주겠지. 그 이후의 일은 그때 가서 생각하기로 하자.

움막에서 나와, 쌀쌀한 길거리로! 많은 사람들. 알렉산더 광장에는 엄청나게 많은 사람들이 있다. 모두 다 갈 길이 바쁘다. 왜 다 그런 걸까. 프란츠 비버코프가 여러분 앞에 나왔다. 그는 눈을 좌우로 돌린다. 꼭 늙은 말이 젖은 아스팔트에서 미끄러졌다가 장화로 배를 한 대 걷어채고는 벌떡 일어나듯 프란츠는 이제 미친 듯이 질주한다. 프란츠는 예전에 근육이 대단했다. 왕년엔 스포츠 클럽 회원이었다. 이제 그는 알렉산더 가를 걸어가며 자신의 발걸음이 어떤지 알아챘다. 보무도 당당하다, 마치 근위병 같다. 자, 우리는 행진한다, 다른 사람들과 정확하게 발걸음을 맞추어 가며.

오늘 정오의 일기 예보: 일기 전망이 조금 좋아질 것으로 예상된다. 현재는 차가운 날씨가 계속되고 있지만 기압은 상승 중이다. 햇살도 가끔씩 다시 비칠 것이다. 머지않아 기온이 상승할 것으로 기대된다.

NSU-6기통 모터사이클을 직접 몰아 본 사람은 완전히 매료되었습니다. 그곳으로, 그곳으로 가고 싶어요, 당신과 함께, 그대 내 사랑이여.*

---

* 괴테의 「미뇽의 노래」를 변형하여 광고에 사용한 예이다. "그대는 아는가, 레몬 꽃 피는 나라를./ (중략)/ 그대는 아는가? 그곳으로! 그곳으로!/ 내 사랑아, 나는 당신과 가고 싶어라."

그리하여 프란츠가 그녀의 집에 도착하여 문 앞에 서니, 거기에 초인종이 있다. 그는 모자를 홱 벗고는 초인종을 누른다. 누가 문을 열어 줄까. 그게 누구일까. 처녀가 남자와 함께 있으면 무릎을 굽혀 인사해 주지. 누가 나올까. 철커덕 철커덕 딸칵. 이건, 남자! 그녀의 남편이다! 카를이다! 금속공님이로군. 그러나 아무 상관없다. 이봐, 벌레 씹은 표정 계속해 봐.

"어, 당신, 여기 웬일이야?" "자, 카를, 조용히 들어가게 해 줘, 난 아무도 안 물어뜯으니까." 그는 벌써 발을 들여놓았다. 자, 드디어 여기까지 왔다. 이런 멍청이, 그냥 앉아서 당하다니.

"존경하는 카를 씨, 당신이 숙련된 금속공이고 나야 비록 날품팔이지만 너무 그렇게 도도하게 굴지 마쇼. 내가 인사를 건네면 당신도 인사를 해야 할 것 아니오." "이봐, 용건이 뭐야? 내가 언제 자네더러 들어오라고 허락했나? 무슨 배짱으로 문간에 발을 마음대로 들여놓는 거야?" "그건 그렇고, 자네 안사람 지금 집에 있나? 그냥 안부 인사라도 좀 하게." "없어, 집에 없다고. 자네 같은 사람이 찾으면 더더욱 없어. 자네를 만나 줄 사람은 하나도 없다고." "아, 그래?" "그럼, 단 한 사람도 없어." "그래도, 여기 자네가 있잖아, 카를." "아냐, 나도 없어. 난 털 조끼를 가지러 들른 것일 뿐이야. 당장 가게에 내려가 봐야 돼." "장사가 아주 잘되는 모양이군." "그럼, 물론이지." "날 쫓아 버리겠다 이 말이군." "난 자네더러 들어오라고 한 적 없네. 도대체 여기서 무슨 볼 일이 있다는 거야, 이 친구야? 이곳에 사는 사람들이 다 자네 얼굴을 알고 있는 판인데, 이렇게 올라 와서 내게 덤비고, 자넨 창피한 것도 모르는가?" "떠들고 싶으면 떠들라고 해, 카를. 난 그딴 거는 신경도 안 쓰니까. 나도 그런 사람들의 방을 엿보고 싶은 생각 없어. 그러니 그런 사람들 때문에 괘념할 필요 없다고. 오늘 우리 건물에 살던 사내 하나가 잡혀갔어. 녹색 제복들이 와서 데려갔네: 숙련된 목수였는데 건물 관리인 노릇도 했지. 한번 상상해 보라고. 마누라까지 말이야. 멋대로 남의 물건을 훔쳤거든. 내가 도둑질한 적 있어? 응?" "이봐, 나 내려가 봐야 해. 어서 가게. 내가 뭣 때문에 여기 이렇게 자네하고 서 있어야 하나. 만약에 민나의 눈에 띄는 날엔 각오해야 될 거야. 그 여자가 빗자루를 들고 자넬 흠씬 두들겨 팰 테니." 이 친구 민나에 대해 아는 게 없군. 제 마누라가 외간 남자하고 바람난 것도 모르는 주제에 나한테 훈수를 들려고 하다니. 배꼽을 잡을 일이군. 어떤 아가씨가 어떤 남자를 사귀어 그를 사랑하고 좋아한다면야.* 카를이 프란츠에게 다가선다. "뭘 바라고 거기 그렇게 서 있나? 이젠 우린 더 이상 친척 사이가 아니야, 프란츠, 전혀 아니라고. 자네도 이제 형무소에서 나왔으니까 앞으로 어떻게 살지 고민해야 해." "내가 자네한테 뭘 부탁하던가?" "그게 아니고, 민나는 이다를 잊지 않고 있어. 언니는 언니니까. 그리고 자네도 우리한테는 여전히 과거의 자네야. 이젠 다 끝난 사이지." "난 이다를 죽이지 않았어. 너무나 화가 치밀면 누구나 헛손질을 할 수도 있다고." "이다는 죽었네. 이제 자네 갈 길이나 가는 게 좋을 거야. 우리는 다른 사람들로부터 존경을 받는 사람들이거든."

제 마누라 바람난 것도 모르는 개 같은 자식, 독주머니 자식, 내 이놈한테 이 말은 꼭 해 주고 싶다, 네가 눈을 시퍼렇

---

* 당시 유행가의 한 구절.

게 뜨고 있는 데서 네 마누라를 네 침대에서 낚고야 말겠다고. "나는 한 치 에누리도 없이 꼬박 사 년을 다 채우고 나온 사람이야. 그러니 괜히 법정에서 하는 투로 그런 식으로 말하지 말라고." "자네가 말하는 법정은 내가 알 바 아닐세. 이제 자네 갈 길이나 가라고. 영원히. 이곳에 자네를 위한 집은 없어. 절대로." 도대체 이 자식은 뭐야, 이놈의 금속공 자식, 나하고 한번 해보자는 건가.

"나는 단지 자네한테 이런 말을 하고 싶었을 뿐이야, 카를. 나도 나름의 죄값을 치렀으니까 자네와 화해하고 싶다고 말이야. 자, 여기 내 손을 받아 주게." "그렇다면 난 받아 줄 수가 없네." "난 바로 그걸 알고 싶었던 거지. (이 자식을 당장 확 붙잡아서, 다리몽둥이를 움켜쥐고 벽에다 패대기를 쳐 버릴까 보다.) 잘 알았네, 아주 똑똑히 말이야." 탁 소리가 나도록 모자를 아까처럼 잽싸게 머리에 올려놓으며. "그러면 잘 있게, 카를, 카를 금속공님, 민나에게도 안부 전해 주게, 내가 왔었다고 말하게, 그냥 궁금해서 한번 들렀다고. 그리고 너, 이 더러운 자식, 넌 말이야, 이 세상에서 가장 미련한 바보야, 그것을 귀에다 잘 새겨 둬, 뭔가 불만이 있으면 이 주먹을 잘 보라고, 덤빌 생각은 안 하는 게 좋을 걸. 민나가 너처럼 쓰레기 같은 인간하고 참고 살아야 하다니 참으로 딱하다."

그리고 간다. 조용히 떠나간다. 그리고 조용히 그리고 천천히 계단을 내려간다.

따라 내려올 테면 내려와 보라고, 아마 그렇게는 못 할 거다. 그리고 집 건너편에서 그는 화주 딱 한 잔을, 가슴을 뜨겁게 해 주는 술을 한 잔 털어 넣었다. 이 친구, 그래도 쫓아올지

모른다. 기다려 주마. 그리고 프란츠는 아주 흡족한 기분으로
계속해서 걸어갔다. 돈 같은 거야 다른 데서도 얼마든지 구할
수 있어. 그리고 그는 자신의 근육이 얼마나 튼튼한지 느꼈다.
뱃속이나 든든하게 채워 놓자.

"너는 내가 가는 길을 가로막고 나를 쓰러뜨리려 한다. 하
지만 나도 네 목을 조를 수 있는 손이 있다고. 넌 나를 당해
낼 재간이 없어. 넌 나를 조롱으로 뒤흔들어 놓으려 하지, 넌
내게 경멸을 쏟아 붓고 싶겠지 — 나한텐 안 된다, 나한텐 안
돼 — 나는 아주 튼튼하다. 너의 조롱쯤이야 간단히 무시할
수 있지. 네 이빨로는 나의 갑옷을 뚫지 못해, 독사가 물어도
나는 끄덕없다. 내게 덤비려는 그 힘을 네가 어디서 부여받았
는지 모르지만, 너 따위야 얼마든지 상대해 줄 수 있다. 하느님
께서는 내게 대드는 적들에게 목을 하나씩 달아 놓으셨지."
"떠들 테면 떠들어 봐라. 스컹크에게서 도망친 다음에야 새
들이 얼마나 아름답게 지저귀더냐! 하지만 스컹크들이야 세상
에 널려 있으니, 지금은 새들이 실컷 지저귀게 그냥 두는 거다.
아직도 넌 나를 알아볼 수 있는 눈을 갖지 못했어. 너는 나를
볼 필요를 아직 느끼지 못하고 있어. 너는 인간들이 떠들어 대
는 소리나 길거리의 소음이나 전차의 요란한 소리에만 귀를 기
울이고 있구나. 자, 심호흡을 하고! 듣도록 해라! 이런 모든 소
리들 속에서 너는 언젠가 나의 목소리를 듣게 될 것이다."
"누구의 목소리를 말인가? 지금 말하는 너는 누구냐?"
"말해 주지 않겠다. 앞으로 너는 보게 될 것이다. 그리고 느
끼게 될 것이다. 단단히 각오해라. 그때가 되면 네게 말해 주겠

다. 그때가 되면 넌 나를 보게 될 것이다. 네 눈에서는 눈물만 흘러내릴 것이다."

"백 년 동안 계속 그렇게 지껄이고 있어라. 나는 그냥 웃어 줄 테니."

"웃지 마라. 웃지 마라."

"네가 나를 모르니까 그런다. 내가 누군지 네가 모르니까. 프란츠 비버코프가 누군지 네가 모르니까. 비버코프는 두려운 걸 모르는 사람이다. 내겐 두 주먹이 있다. 봐라, 나의 이 근육이 어떤지를."

5부

빠른 회복, 그 사나이는 전에 서 있던 자리에 다시 서 있다,
더 깨달은 것도 더 배운 것도 없다. 이제 첫 번째 엄청난 일격이 그를 내려친다.
그는 범죄에 말려든다, 그는 그렇게 하지 않으려 한다, 그는 저항한다,
그러나 그는 그렇게 할 수밖에 없다.
그는 용감하고 거칠게 손과 발을 다 써 가며 저항한다,
그러나 소용없는 일이다, 그는 끝내 항복하고, 그 일을 하지 않을 수 없다.

알렉산더 광장에서의 재회, 살을 에는 추위,
내년 1929년은 더 추워진다

쿵쿵, 알렉산더 광장의 아싱거 맥주홀 앞에서 증기 항타기가 묵직하게 내리치고 있다. 1층 높이의 그 기계는 이쯤은 일도 아니라는 듯 선로를 땅속으로 때려 박는다.

매서운 날씨. 2월. 거리를 오가는 사람들은 외투를 입고 있다. 모피가 있는 사람은 모피를 입고, 모피가 없는 사람은 입지 않았다. 여자들은 얇은 스타킹만 신어서 오들오들 떨고 있지만 그래도 예뻐 보인다. 떠돌이들은 추위를 피하여 어디론가 기어 들어가 있다. 날씨가 따뜻해지면 그들은 다시 코빼기를 내민다. 그동안 그들은 두 곱의 화주를 퍼마신다. 맛은 어떠냐고? 시체로라도 그런 술 속에서는 떠다니고 싶지 않을 거다.

쿵쿵, 알렉산더 광장에서 증기 항타기가 내리친다.

많은 사람들은 하던 일을 멈추고 항타기가 내리치는 광경을 구경하고 있다. 꼭대기에 올라가 있는 사나이가 쇠줄을 당기면 위쪽에서 쾅 소리가 나면서 기둥의 머리를 한 대 내리친다. 남자들과 여자들, 특히 어린이들은 그곳에 서서 일사천리로 일이 진행되는 것을 보며 신기해한다. 쿵 소리와 함께 기둥의 머리를 한 대 내리친다. 나중에 가서는 기둥은 손가락 끄트머리처럼 작아지고 그런데도 또 한 대 얻어맞는다. 그렇게 해서 제자리에 들어앉는다. 이윽고 기둥은 보이지 않는다. 기가 차군, 완전히 염장을 해 버렸군. 사람들은 흡족한 기분으로 흩어진다.

주변이 온통 판자로 덮여 있다. 베롤리나*는 전에는 티츠 백화점 앞에 서 있었다, 한 손을 내밀고 있는 거대한 여인상이었다, 이 조각상도 철거당했다. 어쩌면 사람들은 그걸 녹여서 메달을 만들지도 모른다.

사람들은 마치 벌 떼처럼 땅 위를 덮친다. 그들은 수백 명씩 무리를 지어 밤낮으로 쿵덕거리며 야단법석을 떤다.

덜커덩덜커덩, 차량을 매단 전차들이, 노란색 전차들이 나무판자로 뒤덮인 알렉산더 광장을 달린다, 뛰어내리면 위험. 정거장 자리가 휑하다, 베르트하임을 경유하여 쾨니히 가로 가는 길은 일방통행이다. 동쪽으로 가려면 뒤편으로 돌아 경찰서를 지나 클로스터 가로 들어서야 한다. 기차들은 정거장에서 야노비츠 다리를 향해 덜컹대며 달린다, 기관차는 위로 증기를 뿜어낸다, 이제 기관차는 막 프랠라트 클럽 위쪽을 지나는 중이다, 슐로스브로이 입구는 한 블록 더 가야 한다.

길거리 건너편엔 모든 것이 헐리고 있다, 시내 철로 옆의 건물들도 철거된다, 이 많은 돈이 어디서 나올까, 베를린 시는 부자다, 그리고 우리는 세금을 낸다.

모자이크 간판을 단 뢰저운트볼프 담배 가게는 철거되었지만, 20미터 떨어진 거리에 또다시 생겼고, 저편 정거장 앞에도 또 다른 가게가 생겼다. 베를린엘빙 가에 위치한 뢰저운트볼프 담배 가게, 모든 입맛에 맞춘 일급 품질, 브라질, 하바나, 멕시코, 클라이네트뢰스터린, 릴리푸트, 시가 8호, 낱개에 25페니히, 빈터발라데, 스물다섯 개비 한 갑 20페니히, 작은 사이즈 시가 10호 중저가, 수마트라 산 겉잎 본 가격으로 특별한 혜택, 100개

---

* 베를린의 상징이 된 조각상으로, 1895년 에밀 훈트리저가 알렉산더 광장에 세웠으며, 1920년대에 시작된 광장 조성 작업으로 철거되었다가 1933년에 원위치로 돌아갔다. 1944년에 해체되었다.

비 한 상자 10페니히. 나도 파격 세일, 너도 파격 세일, 저 사람도 파격 세일, 오십 개비들이 상자, 열 개들이 종이 상자, 전 세계 어느 곳으로나 우송, 보예로 25페니히, 이 신제품은 많은 고객들의 사랑을 받고 있습니다. 나도 파격 세일, 너도 오래 파격세일.

프랠라트 클럽 옆에 빈 공간이 있고, 그곳에는 바나나를 실은 차들이 서 있다. 아이들에게 바나나를 주세요. 바나나는 세상에서 가장 깨끗한 과일입니다, 껍질이 모든 곤충과 벌레, 그리고 세균을 막아 주니까요. 껍질을 뚫고 들어오는 곤충이나 벌레, 세균은 빼놓고 말입니다. 추밀 고문관 체르니는 세상에 갓 나온 아이들에게도 좋다고 역설합니다. 나도 와장창 파격 세일, 너도 와장창 파격 세일, 그도 와장창 파격 세일.

알렉산더 광장에는 바람이 떼거지로 많다, 티츠 백화점 모퉁이에는 세찬 돌풍이 분다. 어떤 바람은 건물들 사이로 불어닥치고 공사장 구덩이에도 몰아친다. 술집으로 몸을 피하고 싶지만 누가 그렇게 할 수 있는가, 바람은 네 바지 주머니 속으로도 분다, 그러면 너는 눈치 챌 것이다, 무슨 일인가 일어나고 있음을, 우물쭈물할 일이 아니다, 이런 날씨에는 유쾌해져야한다. 이른 아침이면 노동자들이 모여든다, 라이니켄도르프, 노이쾰른, 바이센제 등지에서. 춥든 안 춥든, 바람이 불건 불지않건, 커피포트 이리 줘, 샌드위치 챙겨, 우리는 뼈 빠지게 일해야 해, 저 위에는 무위도식하는 놈들이 앉아서 깃털 이불 속에서 잠을 자며 우리의 피를 빨아먹는다.

음식 체인점 아싱거에는 큰 카페와 레스토랑이 있다. 굶주린 사람은 배를 채울 수 있고, 이미 배가 부른 사람은 원하는 대로 배를 키울 수 있다. 자연을 속일 수는 없는 법이다! 변성된 밀가루로 만든 빵이나 제과류에 인공 첨가물을 가미해서 품질을 개선할 수 있다고 생각하는 사람은 스스로뿐만 아니라 소비자까지 속이는 것이다. 자연은 나름의 삶의 법칙을 가지고 있고 모든 남용에 대해서는 복수를 한다. 현재의 거의 모든 문화 국민들의 망가진 건강 상태의 원인은 변성되고 인위적으로 가공한 음식물의 섭취에 있다. 맛 좋은 소시지를 집 밖에서도 즐기세요. 간 소시지, 선지 소시지를 값싸게.*

흥미 만점의 잡지 《마가친》, 1마르크가 아닌 단돈 20페니히, 흥미진진하고 다소 충격적인 잡지 《디 에》, 단돈 20페니히. 그렇게 소리치는 사내는 담배를 피우고, 머리에는 마도로스 모자를 썼다, 파격 세일이오.

동쪽에 위치한 바이센제, 리히텐베르크, 프리드리히스하인, 프랑크푸르트 가 등지로부터 노란색 전차들이 란츠베르크 가를 통과하여 알렉산더 광장을 향하여 쏜살같이 달려온다. 65번 전차는 중앙 도축장에서부터 그로세링, 베딩 광장, 루이젠 광장을 거쳐 오고, 76번 전차는 훈데스켈레 쪽에서 와서 후베르투스 가를 경유한다. 사람들은 란츠베르크 가 모퉁이에 있는, 예전에 백화점이었던 프리드리히 하안의 물건들을 다 팔아 내장을 비웠으며 이 백화점 건물을 흙으로 돌려보낼 것이다. 그곳 투름 가에는 전차들과 19번 버스가 정거한다. 유르겐스 지물포가 있던 곳의 건물들은 모두 헐렸고 그 자리에는 지금 공사 울타리가 설치되어 있다. 거기에 한 노인이 체중계를 앞에

---

* 광고 문구.

놓고 앉아 있다. 당신의 체중을 관리하세요, 5페니히. 알렉산 더 광장에 모여드는 친애하는 형제자매들아, 이 기회를 이용하 라, 체중계 옆쪽의 빈틈을 통해서 이 쓰레기 더미를 보라, 이곳 에서 전에는 유르겐스 지물포가 번창했고, 지금도 하얀 백화 점이 서 있기는 하지만 속은 남은 것 하나 없이 다 비워져 빨 간 헝겊 조각들만이 붙어 있을 뿐이다. 우리의 눈앞에는 쓰레 기 더미뿐이다. 당신은 흙에서 왔으므로 흙으로 돌아간다, 우 리는 멋진 건물을 지었으나 이제는 그곳을 드나드는 사람 하 나 없다. 이처럼 로마가, 바빌론이, 니네베가, 한니발이, 카이사 르가 몰락했다, 모든 것이 몰락했다, 오, 이것을 명심하라. 첫째 로, 지난주의 화보 신문이 보여 주듯이, 이 도시들이 이제 다 시 발굴되고 있다는 사실을 주목하라, 둘째로, 이 도시들은 자 신들의 목적을 달성하였으므로 우리는 이제 새 도시들을 건설 하려는 것이다. 당신의 헌 바지가 낡고 해어졌다고 해서 슬퍼 할 필요는 없다, 새로 하나 사면 그만이다, 세상은 그렇게 살아 가는 법이다.

경찰이 광장을 엄격하게 통제하고 있다. 그들은 몇 명씩 짝 을 지어 광장에 나뉘어 서 있다. 각자 양쪽으로 프로다운 눈길 을 던지며 교통 규칙을 숙지하고 있다. 다리에는 각반을 차고 오른쪽 옆구리에는 고무 곤봉을 차고 있다, 그리고 팔을 수평 으로 해서 서쪽에서 동쪽으로 가리킨다, 그러면 북쪽과 남쪽 의 흐름은 정지하고, 동쪽의 흐름은 서쪽으로 쏟아지듯 밀려 가고, 서쪽의 흐름은 동쪽으로 몰려간다. 그다음 경찰은 자동 으로 방향을 전환한다, 그러면 북쪽의 흐름이 남쪽으로 쏟아 지듯 밀려가고, 남쪽 흐름이 북쪽으로 몰려간다. 경찰은 허리놀림이 날렵하다. 이어지는 그의 수신호에 따라 서른 명가량의 사람들이 광장을 가로질러 쾨니히 가 방향으로 서둘러 간다, 일부는 안전지대에 가서 멈추어 서고, 일부는 건너편에 무사히 도달하여 널빤지 위를 계속해서 걸어간다. 같은 수의 사람들이 동쪽을 향해 출발했다, 그들은 반대편을 향해 헤엄쳐 갔다, 그들의 경우도 똑같았다, 그렇지만 아무 일도 일어나지 않았다.

이들은 남자들, 여자들 그리고 아이들이다, 아이들은 대부분 여자들의 손을 잡고 있다. 이들을 일일이 열거하고 그들의 운명을 서술하기는 힘들다, 오직 몇몇 경우에만 그렇게 할 수 있을 것이다. 바람이 그들의 머리 위로 똑같이 왕겨를 흩뿌린다. 동쪽으로 가는 사람들의 얼굴이나 서쪽, 남쪽, 북쪽으로 가는 사람들의 얼굴이나 구별이 되지 않는다, 그들은 맡은 역할을 바꾸기도 한다, 지금 광장을 건너 아싱거 맥주홀로 가는 사람들을 우리는 한 시간 뒤에는 텅 빈 하얀 백화점 앞에서 볼 수도 있다. 그리고 또 브루넨 가에서 야노비츠 교 방향으로 가려는 사람들은 반대 방향으로 가려는 사람들과 뒤섞인다. 그래, 많은 사람들이 옆쪽으로 방향을 틀어서 간다, 남쪽에서 동쪽으로, 남쪽에서 서쪽으로, 북쪽에서 서쪽으로, 북쪽에서 동쪽으로. 그들은 버스나 전차에 타고 있는 사람들과 마찬가지로 차분하다. 이들 승객들은 각기 다른 자세로 앉아서 차량 밖에 적혀 있는 적재량을 더욱 무겁게 만들고 있다. 그들 마음속에서 벌어지고 있는 일들을 어떻게 탐색할 수 있을까, 어마어마한 분량을 할애해야 할 것 같다. 그렇게 한들 그게 누구에게 도움이 될까? 신간 서적을 위해서? 그것도 헌책이 되면 팔리지 않는다. 1927년의 서적 판매량은 1926년에 비해 몇 퍼센트 감소했다. 20페니히를 지불한 사람은 개인으로 간주하지만, 정기권 소지자나 10페니히를 지불하는 학생은 예외다. 그리고 이들 개인들은 각자 50킬로그램에서 100킬로그램의 몸무게에 옷가지, 가방, 보따리, 열쇠, 모자, 의치, 탈장대의 무게까지 더해서 알렉산더 광장을 가로지르며 뭔가 신비스러운 긴 쪽지들을 간직하고 있다. 거기에는 이렇게 적혀 있다. 12호선 지멘스 가 DA, 코츠코프스키 가 C, B, 오라니엔부르크 성문 C, C, 코트부스 성문 A, 참으로 수수께끼 같은 기호다, 이 수수께끼를 누가 풀 수 있을까, 풀어서 알려 줄 수 있을까, 고백할 수 있을까, 의미심장한 세 마디 말을 그대에게 말하노라,* 이 쪽지는 네 곳에 일정하게 구멍이 뚫려 있고, 성경이나 민법전에서 쓰는 독일어 어투로 이렇게 쓰여 있다. 본 노선의 종점까지 최단거리를 이용할 경우에만 유효하며 중간에서 환승할 경우에는 보장되지 않음. 그들은 각각 다른 경향의 신문들을 읽으며 달팽이관에 의해 균형을 유지하고 산소를 호흡하며 서로를 멍하니 바라보거나 고통을 느끼거나 고통을 느끼지 않거나 생각을 하거나 생각을 하지 않거나 행복해 하거나 불행에 빠져 있거나 행복해지도 불행해지도 않는다.

쿵쿵, 쿵쿵, 항타기가 내리친다, 나는 모든 것을 와장창 두들긴다, 또 하나의 선로를 말이다. 경찰서 쪽에서 광장을 가로질러 붕붕거리는 소리가 들려온다, 대갈못으로 고정시키는 작

---

* 프리드리히 실러의 시 「신앙의 말」(1797)에서 따온 표현. "세 마디 말을 그대에게 말하노라, 의미심장한."

업이 진행 중이고 시멘트 차가 싣고 온 모래를 쏟아내고 있다. 사환인 아돌프 크라운 씨가 그 광경을 지켜보고 있다, 차가 뒤집어지는 것에 완전히 매료된 표정이다, 너는 모든 것을 두들긴다, 그는 모든 것을 두들긴다. 그는 모래를 실은 트럭의 한쪽이 치켜 올라가 꼭대기에 이르러 쿵 소리를 내고서 다시 제자리로 돌아가는 광경을 계속해서 넋을 잃고 바라본다. 저렇게 침대에서 내던져지면 안 될 것 같다, 다리가 높이 들리고 머리를 아래쪽으로 처박은 채로, 그러면 바닥에 가서 나뒹굴 것이다, 몸이 성치는 않을 거다, 그러나 저 사람들은 일을 잘도 한다.

프란츠 비버코프는 다시 배낭을 짊어 메고 신문을 판다. 그는 영업 구역을 옮겼다. 로젠탈 성문 앞을 떠나 지금은 알렉산더 광장에 서 있다. 그는 다시 건강을 회복했다, 키는 1미터 80센티미터에, 체중이 줄기는 했지만 몸이 한결 가볍다. 머리에는 신문지 모자를 쓰고 있다.

제국 의회의 위기 상황, 3월 선거냐 아니면 4월 선거냐를 놓고 벌어지는 설왕설래, 어느 쪽으로 가는가? 요제프 비르트가 이길까? 중부 독일에서의 싸움은 계속되고 있다, 중재위원회가 구성된다는 소문이 있다, 템펠헤렌 가에서는 강도 사건이 있었다. 프란츠 비버코프는 우파 극장 건너편, 알렉산더 광장 역 출구에 자리를 잡는다, 그곳에는 프롬 안경점이 건물을 신축했다. 프란츠 비버코프는 붐비는 사람들 틈에 처음으로 서서 뮌츠 가를 내려다보며 생각한다. 그 두 유대인들이 사는 곳까지는 거리가 얼마나 될까, 그들은 여기서 멀지 않은 곳에 살고 있어, 그땐 내가 처음으로 고통을 겪고 있을 때였어, 조만간 한 번 찾아가 보자, 혹시 내가 파는 《푈키셔 베오바흐터》를 한 부 사 줄지도 모르지. 못 갈 이유도 없어, 신문만 사 준다면야 전혀 신경 쓸 것 없어. 생각이 거기에 미치자 그는 빙그레 웃는다. 그리고 슬리퍼를 신은 그 늙은 유대인은 정말 우스꽝스러웠어. 그는 주위를 둘러본다, 손가락이 곱았다, 그의 옆에는 키 작은 꼽추가 서 있다, 코가 비뚤어졌는데 아마도 얻어맞아서 그렇게 된 것 같다. 제국 의회의 위기 상황, 헵벨 가 17번지의 건물은 붕괴 위험 때문에 입주자들을 내보냈다, 원양어선에서 벌어진 살인, 반란자의 소행인가 아니면 미친 자의 짓인가.

프란츠 비버코프와 꼽추는 손바닥에 입김을 호호 분다. 오전 장사는 한산하다. 늙수그레한 깡마른 사내 하나가 초라하고 후줄근한 차림으로 프란츠에게 다가온다. 녹색의 펠트 모자를 쓴 그 사내는 신문 장사가 어떠냐고 묻는다. 예전에 프란츠도 그런 질문을 한 적이 있다. "당신에게 맞을지 어떨지는, 선생, 모르겠소." "맞소, 내 나이 벌써 쉰둘이니." "아, 그러니까 말이게요, 나이 오십이면 벌써 통풍이 오기 시작해요. 내가 프로이센 군대에 있었을 때, 우리 부대에 늙은 예비역 대위가 하나 있었지요, 자르부뤼켄 사람으로 나이가 겨우 사십밖에 안 된 사람인데 복권 판매 장사를 했다더군요, 그런데 내가 보기엔 시가 장사를 한 것 같습니다. 그 사람이 나이가 사십밖에 안 됐는데 벌써 통풍을 앓고 있었어요, 엉치뼈에 말입니다. 그래서 늘 몸을 뻣뻣하게 펴고 있어야 했어요. 그 모양이 꼭 롤러스케이트를 타고 있는 빗자루 같았습니다. 그 사람은 늘 버터기름을 발랐지요. 그런데 버터가 떨어진 거요, 1917년 즈음엔 그랬어요, 야자 기름밖에 없었지요, 물론 야자 기름이 고급 식물성 기름이긴 하지만, 썩은 냄새가 진동했지요. 그러자 그 사람은 총으로 목숨을 끊었습니다."

"난들 어떻게 하겠소, 공장에서는 이제 더 이상 사람을 써 주지 않는데. 작년에는 수술까지 했다오, 리히텐베르크의 후베르투스 병원에서요. 고환 하나를 제거했어요. 결핵균에 감염되었다더군요, 아직도 통증이 있소." "조심해야 합니다, 안 그러면 다른 쪽도 감염될 수 있으니까. 아무래도 앉아서 하는 일이 좋겠어요, 택시를 모는 일이 적당하겠군요." 중부 독일에서의 싸움은 계속 진행 중이다, 교섭도 성과가 없다, 임차인 보호법을 겨냥한 암살 시도, 임차인들이여, 깨어나라, 그들이 당신들 머리 위의 지붕을 빼앗아 가려 한다. "봐요, 선생, 신문팔이는 어때요, 그러려면 달음박질도 할 수 있어야 하고 목청도 커야 해요, 목은 어때요, 쥐방울만 한 목소리는 아니겠죠? 노래는 부를 줄 알아요? 자, 봐요, 이 일을 하려면 그게 가장 중요한 거요, 노래도 부를 줄 알고 달음박질도 할 수 있어야 합니다, 우리에겐 좋은 목청이 필요해요. 목소리 큰 사람이 장사도 잘하니까요. 약삭빠른 집단이라고나 할까. 자, 여길 봐요, 이게 몇 그로셴이지요?" "내 눈엔 4그로셴이군요." "맞아요, 당신 눈엔 4그로셴이지요. 바로 그게 중요합니다. 당신 눈엔 그렇게 보였다는 거. 그런데 사람이 바쁘면 호주머니를 서둘러 뒤지겠지요, 당신한테 반 그로셴짜리 동전과 1마르크 또는 10마르크짜리 지폐가 있다고 합시다, 그런 다음 우리 동업자 친구들한테 잔돈이 있느냐 묻지요, 그들은 거스름돈을 얼마든지 바꾸어 줄 수 있어요. 영리하다고 할 수밖에요, 진짜 은행가 뺨치지요, 그들은 잔돈 거슬러 주는 데는 명수예요, 자기들 몫은 얼른 챙기거든요, 그들의 손놀림은 기가 막혀요, 당신은 아무것도 눈치 채지 못할 겁니다."

늙수그레해 보이는 사내는 한숨을 내쉰다. "하긴 그렇습니다, 오십이라는 나이에다 통풍까지 있으니. 선생, 그래도 하겠다는 단단한 각오가 있다면 절대 혼자서 동분서주할 생각은 마세요. 젊은 친구를 둘 정도 고용하도록 하세요. 물론 이 친구들한테 적당히 값을 쳐 주고도 반 정도는 남길 수 있을 겁니다. 하지만 장사에 신경 써야 해요, 발품과 목소리를 아끼도록 하고요. 연줄도 잘 맺어 놓아야 하고 목도 좋은 곳을 차지해야 합니다. 비가 오면 젖거든요. 프로 권투 시합이 있거나 정권이 교체될 때 신문이 잘 팔립니다. 에베르트*가 죽었을 땐 사람들이 신문팔이들에게서 신문을 거의 빼앗아 가듯 했다는 겁니다. 이보쇼, 그렇게 인상 쓸 것 없어요, 세상일이 겉보기처럼 그렇게 나쁘기만 한 것도 아니니까요. 저기 저편의 항타기를 한번 봐요, 저것이 당신 머리에 떨어진다고 생각해 보세요, 그렇다면 그 모든 걱정이 다 무슨 소용이겠습니까?" 임차인 보호법을 겨냥한 암살 기도. 최르기벨**의 행위에 따른 결과. 나는 원칙을 어기는 당과 결별한다. 아마눌라***에 대한 영국

---

* 독일 공화국의 초대 대통령이었던 프리드리히 에베르트(1871~1925).
** 카를 최르기벨(1878~1961)은 1930년 11월까지 베를린 경찰서장을 역임했으며, 1928년 12월 13일 당시 점증하고 있던 가두시위에 대해 집회금지령을 내렸고, 아홉 명이 목숨을 잃은, 1929년 '피의 5월'을 야기한 장본인이다.
*** 아프가니스탄의 왕. 1928년 초 유럽 여행길에 올라 2월 23일에는 베를린을 방문했다.

의 검열, 인도에는 비밀에 붙여야 한다.

건너편 라디오 가게 — 축전지를 당분간 공짜로 충전해 드립니다 — 앞에는 모자를 깊숙이 눌러쓴 창백한 얼굴의 아가씨가 뭔가 깊은 생각에 잠겨 있다. 그 옆에서는 흑백의 두 줄무늬가 있는 택시의 운전수가 생각한다. 저 여자는 지금 택시를 타려는 걸까, 수중에 택시비가 있나 생각하는 걸까, 아니면 누군가를 기다리는 걸까. 그러나 그녀는 벨벳 코트를 입은 채 몸을 뒤튼다, 마치 몸의 관절을 뺀 것처럼. 그러다가 다시 정상으로 돌아간다, 그냥 몸이 좀 안 좋을 뿐이다, 그런데 그때마다 몸에 경련이 일곤 한다. 그녀는 교사 자격시험을 치를 예정이다, 오늘은 집에 있으면서 뜨거운 찜질을 할 생각이다, 그러면 저녁에는 몸이 좀 좋아질 것이다.

당분간 아무 일도 없다, 중간 휴식, 원상 복귀하다

1928년 2월 9일 저녁, 오슬로에서는 노동자 정부가 실각하고, 슈투트가르트에서는 엿새 간의 자전거 경기 대회의 마지막 밤 구간이 주파되고 — 승자는 총 2440킬로미터를 주파하여 726점을 얻은 반 켐펜과 프랑켄슈타인이었다 — 자르 지방의 정세가 첨예화되었던, 1928년 2월 9일, 화요일 저녁에(잠깐만요, 여러분은 지금 이국 여성의 신비스러운 얼굴을 보고 계십니다, 이 여성이 하는 질문은 여러분 모두를 향한 것입니다, 당신에게도 말입니다. 가르바티 칼리프를 피워 보셨나요?) 바로 그날 저녁에 프란츠 비버코프는 알렉산더 광장의 한 광고탑 앞에 서서 트렙토-노이쾰른, 브리츠 소재 군소 정원사들이 주최하는, 이르머 회관에서의 항의 집회에 대한 안내장을 읽고 있었다, 현안은 제멋대로 자행되는 해고 통지였다. 그 아래쪽에는 광고 전단들이 붙어 있었다. 천식의 고통, 의상 대여, 고급 신사 숙녀용 다량 구비. 그때 갑자기 키 작은 메크가 그 옆에 와 섰다. 메크, 우리가 잘 아는 친구다. 보라, 저기 그가 온다, 큰 걸음으로 성큼성큼 다가온다.

"아니, 프란츠, 프란츠." 메크는 기뻐했다, 그는 정말 기뻤다. "프란츠, 아이고, 이게 웬일이야. 여기서 이렇게 다시 볼 줄이야, 나는 자네가 죽은 줄만 알았어. 하마터면 난 말이야……." "도대체 뭐가? 내가 또다시 무슨 일이라도 저질렀을까 봐, 무슨 그런 생각을, 이 친구야." 그들은 손을 맞잡고 흔들었고, 어깨까지 흔들리도록 팔을 흔들었으며, 갈비뼈까지 흔들리도록 어깨를 흔들었고, 서로의 어깨를 두드렸다, 사람 전체가 흔들리고 춤을 추었다.

"사람 사는 일이 그렇다 보니, 고틀리프. 오랫동안 못 만났군. 난 이 근처에서 장사를 해 왔어." "여기 이 알렉산더 광장에서? 프란츠, 도대체 무슨 소리야, 그렇다면 만났어야 하는데. 지나치는 것도 못 봤나 봐." "그러게 말이야, 고틀리프."

그들은 팔짱을 끼고서 프렌츨라우 가를 걸어내려 갔다. "전에는 자네, 석고상 장사를 해 보고 싶다고 그랬잖아, 프란츠." "석고상 장사를 할 만한 지식이 없어서. 석고상을 팔려면 교양이 있어야 하는데 나는 그런 교양이 없어. 다시 신문팔이를 하고 있네. 그걸로 입에 풀칠은 하지. 그런데 자넨 어떤가, 고틀리프?" "나는 저편 쉰하우스 가에서 신사복, 가죽 점퍼, 바지 같은 것을 팔고 있어." "그 물건들은 어디서 구하나?" "아직도 옛날의 프란츠 그대로군, 자넨 늘 어디서 난 거냐고 물었지. 그건 여자들이나 하는 질문이라고, 양육비를 타 낼 때 말이야." 메크와 말없이 걸어가는 동안 프란츠의 얼굴 표정이 어두워졌다. "자네들은 계속해서 사기만 치는군. 그러다 결국엔 혼쭐날 거야." "혼쭐나다니, 사기를 치다니 그게 무슨 말인가, 프란츠, 장사꾼이 되려면 물건 사들이는 요령도 알아야 하는 거야."

프란츠는 더 이상은 그와 함께 가려 하지 않았다, 그렇게 하고 싶지 않았다, 그의 뜻은 완고했다. 그러나 메크는 굴하지 않고 너스레를 떨며 물러서지 않았다. "술이나 한잔하자고, 프란츠, 어쩌면 그 가축 상인들을 만날 수 있을지도 몰라, 소송 사건에 말려 있는 그 친구들 아직 기억하지? 왜 전에 집회에 갔을 때 우리하고 한 테이블에 앉았었잖아, 자네가 조합원증을 받았던 그때 말이야. 그 친구들 소송 사건으로 골치 좀 썩고 있을 거야. 이제 서약할 단계에 온 것 같아, 서약을 위해 증인을 불러야 해. 멍청이들, 말에서 머리를 처박고 떨어지는 꼴이지." "아냐, 고틀리프, 난 가지 않겠네."

그러나 메크는 쉽게 물러서지 않았다, 그는 프란츠에겐 오랜 훌륭한 친구이자 모든 친구들 중에서도 최고의 친구였다, 물론 헤르베르트 비쇼는 빼놓고서. 그러나 그 인간은 창녀의 기둥서방이었다, 때문에 별로 관계를 맺고 싶지 않았다, 그래, 절대로 다시는. 그렇게 해서 둘은 팔짱을 끼고 프렌츨라우 가를 걸어 내려갔다, 증류주 제조 공장, 방직 공장, 과일 잼 있어요, 비단, 비단 있어요, 비단을 추천해 드립니다, 몸매가 좋은 여성들을 위한 최신 유행입니다!

그렇게 해서 8시에 프란츠는 메크와 또 한 사람, 벙어리라서 수화로 말하는 사내와 어느 술집의 구석 테이블에 앉아 있었다. 분위기는 한껏 고조되어 있었다. 메크와 벙어리 사내는 프란츠가 완전히 마음을 터놓고서 흥겹게 먹고 마시는 모습을 놀란 눈으로 지켜보았다. 아이스바인 두 접시, 콩 요리, 엥겔하르트 맥주 연달아 두 잔, 그리고 프란츠는 그들에게도 사줬다. 그들 세 사람은 서로의 어깨에 팔을 둘러서 그들이 앉아 있는 조그만 테이블에 누가 끼어들어 방해하지 못하도록 했다. 다만 몸이 마른 여주인만이 와서 테이블 위를 훔치거나 정돈을 하거나 잔을 새로 채우거나 할 수 있었다. 그들 옆 테이블에는 중년의 세 사내가 앉아서 가끔 서로의 벗겨진 머리를 쓰다듬어 주곤 했다. 프란츠는 볼이 불룩하게 우물대면서 싱긋 웃었다. 가늘게 찢어진 그의 눈이 옆 테이플 쪽을 넘겨다보았다. "저 사람들은 뭐 하는 거요?" 여주인은 그에게 겨자를 다시 한 통 밀어 주면서 말했다. "글쎄, 아마도 서로 사랑하는가 봐요." "맞아, 나도 그렇게 생각해." 그들 세 사람은 함께 낄낄대고 웃으며 쩝쩝대며 꿀꺽꿀꺽 술을 들이켰다. 프란츠는 거듭해서 말했다. "배를 잔뜩 채워 놓아야 한다고. 힘을 쓰려면 잘 먹어야 해. 배가 차 있지 않으면 아무 일도 못해."

지방에서 기차로 운반되어 온 가축들, 동프로이센에서, 포메른에서, 서프로이센에서, 브란덴부르크에서. 가축 하역 승강장에서 녀석들은 음매, 음매 운다. 돼지들은 꿀꿀대며 바닥에 코를 박고 킁킁댄다. 너는 안개 속을 걸어가고. 한 창백한 젊은 사내는 도끼를 집어 든다, 퍽, 그것은 한순간이었다, 그리고 그걸로 모든 것은 끝이다.

9시가 되자 그들은 서로 끼고 있던 팔을 풀고 기름기가 잔뜩 묻은 입에 시가를 한 대씩 꼬나물고서 그들이 먹은 음식의 미적지근한 기운을 트림으로 내뿜기 시작한다.

그때 일이 벌어지기 시작했다.

먼저 새파란 젊은 녀석이 술집으로 들어오더니 모자와 외투를 벽에 걸고는 피아노를 두드리기 시작했다.

술집은 만원이었다. 몇몇은 바에 서서 이런저런 이야기를 주고받았다. 프란츠 옆의 테이블에도 몇몇 사람들이 와서 앉았다, 모자를 쓴 중년의 사내들, 빳빳한 중절모를 쓴 젊은이, 메크가 아는 사람들이었다, 그들 사이에 대화가 오갔다. 호페가르텐에서 온, 반짝이는 검은 눈의 영리해 보이는 젊은 친구가 말을 시작했다.

"오스트레일리아에 간 사람들이 맨 처음 본 게 뭔지 아세요? 우선, 사막과 광야와 벌판이었지요. 나무도 풀도 없었고 그 밖에 아무것도 없었어요. 그냥 모래사막뿐이었죠. 그다음엔 수백만인지 몇 백만인지 모를 누런 양 떼들이었어요. 야생 양 떼들 말입니다. 그곳에 처음 온 영국인들은 이 양들을 먹고 살았습니다. 그리고 또 수출까지도 했어요. 미국으로요." "미국은 오스트레일리아 산(産) 양들을 필요로 할 만한 곳이니까 그렇겠죠." "남아메리카도 그럴 만한데요." "그곳엔 소들이 쌔고 쌨습니다. 문제는 사람들이 그 많은 소를 어떻게 해야 할지 모른다는 겁니다." "그런데 양은 말이죠, 양털이 있잖아요. 그 많은 흑인들이 있는 나라에서 흑인들은 모두 추위에 오들오들 떨고 있어요. 그러니 영국인들은 양들을 어떻게 해야 할지 잘 안 거죠. 영국 사람들 얘기는 그만하고요. 그런데 그 뒤 양 떼들은 어떻게 되었을까요? 제가 아는 사람이 제게 말하기를, 당장 오스트레일리아로 가 보라고, 가서 아무리 찾아도 양 한 마리 볼 수 없을 거라는 거예요. 완전히 민둥산처럼 돼 버렸다는 거지요. 왜 그럴까요? 양들은 어디로 갔을까요?"

"혹시 맹수들 때문인가요." 그러자 메크가 손사래를 쳤다. "맹수라니! 가축전염병 때문이야. 전염병은 어느 나라나 늘 가장 큰 불행이거든. 가축들이 다 죽고 나서야 당신은 그곳에 가겠군요." 빳빳한 중절모를 쓴 젊은이는 가축전염병이 결정적인 역할을 했을 거라는 의견에 동의하지 않았다. "물론 가축전염병이 원인이었을 수도 있지요. 가축이 많다 보면 그중엔 죽는 놈도 있어서 그것이 썩어서 전염병이 생기니까요. 그러나 그것이 원인은 아니었습니다. 영국 사람들이 나타나자 녀석들은 몽땅 한걸음에 내달려 바닷물 속으로 뛰어들었어요. 영국 사람들이 와서 자기들을 잡아 화물차에 처넣기 시작하자, 이 나라의 양들은 모두 죽음의 공포에 떨었죠. 그래서 그 불쌍한 짐승들은 수천 마리씩 떼를 지어서 바닷물 속으로 뛰어들었던 것입니다." 그러자 메크가 말한다. "그렇다면 말입니다. 그거 잘된 건데요. 그냥 도망치게 두는 거지. 배들도 녀석들을 기다리고 있을 테니. 영국 사람들 입장에서는 운임이 절약되는 거네요." "운임 절약, 물론 맞는 말씀입니다만 그게 다는 아니죠. 영국 사람들이 뭔가 깨닫게 될 때까지는 한참의 시간이 걸렸습니다. 그래도 사람들은 내륙 쪽에서 계속해서 사냥을 해 양들을 붙잡아 화물차에 실었지요. 워낙 큰 땅덩어리에다 처음이다 보니 조직 같은 것도 전혀 없었어요. 그리고 시간이 흘렀을 땐 이미 늦었지요, 너무 늦었어요. 물론 바다로 허둥지둥 도망친 양들은 더러운 소금물만 실컷 마셨습니다." "그래서 어떻게 되었소?" "그래서 어떻게 되었다니요? 당신들도 갈증은 나는데 마실 게 없을 때 한번 더러운 소금물만 퍼마셔 봐요." "그러니까 물에 빠져 뒈졌다는 얘기군." "그래요, 양 떼들이 수천 마리씩 바닷물 속에 널브러져 악취를 풍기다가 썩어 없어진 거지요." 프란츠가 그의 말을 거들어 주었다. "짐승들은 민감하오. 짐승이란 게 이렇게 재미있는 겁니다. 그러니 우리 사람들하고 지낼 수 있는 거요. 그걸 모르는 사람은 짐승들에게서 손을 떼는 게 좋을 거요."

다들 좀 놀랐다는 표정으로 술을 마시면서 낭비되는 자본에 대해서 이런저런 의견들을 주고받았다, 아메리카에서는 수확한 밀을 그냥 썩혀 버린다는 말까지 나오는 등 별별 화제가 다 등장했다. "그게 다가 아니에요." 호페가르텐 출신의 검은 눈 사내가 말했다. "오스트레일리아에 대해서는 할 이야기가 그 밖에도 무궁무진해요. 사람들이 전혀 모르는 이야기들이지요, 신문에도 실린 적이 없어요. 그런 것들을 기사로 쓰지 않는 이유를 잘 모르겠는데 아마도 이민 때문에 그런지 몰라요. 그런 기사를 쓰면 이민을 갈 사람이 한 사람도 없을 테니까요. 그곳엔 특이한 종류의 도마뱀이 산다는군요. 노아의 대홍수가 있기 전부터 살던 것이라는데 길이는 1미터가량 된답니다, 동물원에서 이걸 한 번도 보여 준 적이 없는데, 그게 다 영국 사람들이 허락을 안 해서라네요. 그중 한 마리를 선원들이 잡아서 함부르크에서 구경시켰다는데 그것도 금세 금지당했답니다. 어떻게 손을 쓸 수가 없어요. 그 녀석들은 늪 같은 곳의 질

픽한 물속에 사는데, 뭘 먹고 사는지는 아무도 몰라요. 한번은 자동차 행렬이 몽땅 늪에 빠졌는데 사람들은 자동차들이 어디로 사라졌는지 흔적조차 찾아볼 생각을 하지 못했어요. 어쩔 도리가 없으니까요. 아무도 엄두를 내지 못했어요. 정말요." "정말 황당하군." 메크가 말했다, "가스를 이용하면 어떨까?" 젊은이는 생각해 본다. "한번 해 볼 가치는 있겠네요. 시도해 본다고 해서 나쁠 것은 없으니까요." 모두가 동의했다.

  어느 중년 사내가 메크 뒤에 와서 앉더니 팔꿈치 한쪽을 메크의 의자에 턱 걸쳤다, 땅딸막한 녀석인데 얼굴빛은 삶은 가재처럼 새빨갛고 툭 튀어나온 두 눈은 연방 좌우를 살폈다. 남자들은 녀석을 위해 자리를 조금씩 비켜 주었다. 그리고 이어서 메크와 그 사내 간에 귓속말이 오갔다. 사내는 번쩍거리는 부츠를 신고 팔에는 아마포 외투를 걸쳤는데 모양새가 가축 상인 같아 보였다. 프란츠는 테이블을 사이에 두고 호페가르텐 출신의 젊은 친구와 호감 어린 대화를 나누었다. 그때 메크가 그의 어깨를 툭툭 치며 고개로 신호를 했다. 그들은 자리에서 일어났고 기분 좋게 떠들고 웃던 그 땅딸막한 가축 상인도 일어났다. 그들 세 사람은 한쪽 구석에 있는 쇠 난로 쪽으로 갔다. 프란츠는 속으로 아마도 소송에 말려 있는 두 가축 상인 이야기인가 보다 하고 생각했다. 그는 당장 그 일엔 끼지 않겠다는 뜻을 밝히려 했다. 그러나 그들은 특별한 의미도 없이 그냥 그렇게 서 있기만 했다. 그 땅딸막한 친구는 그저 그에게 악수를 청하면서 하는 일이 뭐냐고 묻기만 했다. 프란츠는 신문팔이 가방을 툭툭 쳐 보였다. 아, 그러냐고 하며 그는 프란츠에게 혹시 별도로 과일을 취급해 볼 생각이 없느냐고 물었다, 자기 이름은 품스이며 과일 장사를 하고 있는데 가끔은 마차로 행상하는 사람의 도움이 필요하다고 했다. 프란츠는 어깨를 으쓱해 보이며 대답했다. "그야 벌이가 괜찮은가 여부에 달렸지요." 이윽고 그들은 자리에 앉았다. 프란츠는 생각했다, 덩치는 조그만 녀석이 입은 제법 놀릴 줄 아는군, 은근슬쩍 이용해 먹고는 내던지려 하는 폼이.

대화는 계속 이어졌다, 그리고 이번에도 다시 호페가르텐 젊은이가 화제를 이끌었다, 이번에 그들이 간 곳은 미국이었다. 호페가르텐 젊은이는 모자를 무릎 사이에 끼웠다. "그래서 그 남자는 미국에서 한 여자와 결혼했어요. 그렇게 많은 생각도 않고서요. 그 여자는 흑인이었지요. '뭐.' 그가 말했지요. '당신이 흑인이라고?' 쾅, 하고 문을 닫고서 그녀는 뛰쳐나갔지요. 그 뒤 그 여자는 법정에서 옷을 홀딱 벗어야만 했어요. 수영팬티 차림으로. 물론 그녀도 처음엔 싫다고 했지요, 그러나 꾸물대지 말고 어서 벗으라는 명령이 떨어졌지요. 살결은 정말 하얬어요. 메스티소였으니까요. 그런데도 그 남자는 저 여자는 그래도 흑인이라고 우겼어요. 손톱이 희지 않고 갈색 빛을 띠고 있었기 때문이죠. 그녀는 메스티소였어요." "음, 그러면 그 여자는 뭘 원했나요? 이혼인가요?" "아뇨, 손해배상이지요. 어쨌든 그는 그녀와 결혼한 사실이 있고 또 그녀는 자신의 위치를 잃었으니까요. 이혼한 여자를 누가 데려가겠어요. 참 살결이 백설 같은, 그림처럼 아름다운 여자였는데. 조상이 흑인이었던 거죠, 대략 17세기 무렵의. 손해배상이라니."

바 근처에서 싸움이 벌어졌다. 여주인이 흥분한 어느 운전사를 향해 고함을 치고 있었다. 그러자 운전사가 받아쳤다. "사람 먹는 음식 가지고 장난치는 거 용서할 수 없어." 그러자 과일장수가 소리를 버럭 질렀다. "거기 조용히 좀 해요!" 순간 운전사는 적의에 차 몸을 홱 돌리더니 그 뚱보를 째려보았다. 그러나 뚱보는 운전사를 쳐다보며 그냥 말없이 빙긋 웃기만 했다. 그렇게 해서 바에는 험악한 침묵이 감돌았다.

메크가 프란츠의 귀에 대고 속삭인다. "오늘은 그 가축 상인 친구들이 안 올 모양이야. 일을 잘 마무리했나 보군. 다음 공판 대비를 하고 있겠지. 저기 노란 녀석 좀 봐, 저 친구가 이곳의 우두머리야."

메크가 지목한 그 노란 녀석을 프란츠는 저녁 내내 지켜보았다. 프란츠는 왠지 자신이 그 친구에게 마구 끌리는 것을 느꼈다. 몸매는 호리호리했으며 색 바랜 군복 외투를 입고 있었다 ― 이 자식 혹시 공산주의자 아냐? ― 얼굴은 길쭉하고 말랐으며 얼굴색은 노랬다, 그리고 이마에 난 굵은 주름이 눈에 띄었다. 나이는 분명 삼십 대 초반으로 보였지만 코에서 양쪽 입가로 깊게 팬 고랑이 있었다. 프란츠가 유심히 살펴본 결과 코는 짧고 뭉뚝하게 아주 실용적으로 자리 잡고 있었다. 머리는 불이 붙은 파이프를 들고 있는 왼손에 기대어 있었다. 머리카락은 검은색으로 삐쭉삐쭉 곤두서 있었다. 녀석은 나중에 바 쪽으로 걸어갔는데 ― 녀석은 두 다리를 질질 끌었다, 마치 발이 무언가에 붙잡혀 있는 듯했다 ― 그때 프란츠는 그가 낡은 노란색 신발을 신고 있다는 것과 두꺼운 회색 양말이 신발 밖으로 늘어져 있는 것을 보았다. 이 녀석 혹시 결핵에 걸린 거 아냐? 요양원에나 가 있어야 할 것 같은데, 베리츠 같은 데나 어디 뭐 그런 데 말이야, 그런데 저렇게 나돌아 다니고 있으니. 하는 일은 뭘까? 사내는, 입에는 파이프를 물고 한 손에는 커피 잔을, 다른 손에는 큰 주석 숟가락이 꽂혀 있는 레몬주스 잔을 들고서 마치 헤엄치듯 왔다. 이어 테이블에 다시 앉아 일단 커피를 한 모금 맛보고 그다음엔 레몬주스를 마셨다. 프란츠는 녀석에게 눈을 고정시켰다. 녀석, 눈 한번 슬퍼 보이는군. 저 친구도 감방에 갔다 왔나. 아니, 이것 좀 봐라, 지금 저 친구 역시 내가 감방에 갔다 왔다고 생각하고 있는 것 같아. 그래 맞다, 이 친구야, 나도 그랬지, 테겔에서, 사 년 있었어, 자이제 알았으니, 그래 어떤가?

그날 저녁엔 그 밖의 다른 일은 없었다. 그러나 프란츠는 이제 프렌츨라우 거리를 전보다 더 자주 찾기 시작했으며 낡은 군복 외투를 걸친 그 사내와 곧 말을 텄다. 괜찮은 친구였다, 다만 말을 심하게 더듬었기 때문에 뭔가 입 밖으로 내려면 시간이 많이 걸렸다, 때문에 그렇게 눈빛이 애절해 보였다. 그러나 감방에 다녀온 경험은 없었다, 다만 전에 정치에 연루되어한 가스 공장을 날려 버리기 일보 직전까지 갔다가 발각된 적이 있었다, 그러나 잡히지는 않았다. "지금은 뭘 하고 있소?" "과일 장사 같은 걸 하지요. 그냥 남 장사하는 거 거들어 주는 정도죠. 그것도 여의치 않으면 실업 수당이나 받아먹는 거지요." 프란츠 비버코프는 이 묘한 녀석들과 관계를 맺게 되었다, 이곳에 오는 대부분의 녀석들은 웃기게도 대부분 '과일' 장사를 하고 있었다, 그러면서도 장사는 제법 잘했다, 얼굴이 삶은 가재처럼 새빨간 그 친구가 물건을 공급했다, 그 친구가 도매상이었던 셈이다. 프란츠는 그 치들에게서 거리를 두었고, 녀석들 역시 그와 거리를 두었다. 그는 그 친구들이 하는 일이 도대체 어떻게 돌아가는 건지 알 수가 없었다. 그는 속으로 이렇게 말했다. 신문팔이나 하자.

호황을 누리는 인신매매

어느 날 저녁, 군복 외투의 사내는 ─ 그의 이름은 라인홀트였다 ─ 아주 많은 말을 했다, 아니 더듬대며 많은 말을 했다, 아무튼 평소보다 훨씬 유창하고 빨랐다, 녀석은 여자들 욕을 해 댔다. 프란츠는 배꼽을 쥐고 웃었지만 그 젊은 친구는 여자 일을 심각하게 생각했다. 녀석에게 그런 면이 있을 줄은 전혀 생각지 않은 터였다. 이 녀석도 맛이 갔군, 이곳에 있는 녀석들은 다 맛이 갔어, 저 녀석도 그렇고, 저기 저 녀석도, 제정신인 놈은 아무도 없어. 그 젊은 친구는 맥주 배달하는 트럭 운전사의, 아니, 그 조수의 마누라와 놀아났다, 그 여자는 진작 녀석 때문에 남편을 버리고 집에서 도망쳐 나온 상태였다, 그런데 문제는 지금에 와서는 녀석이 그 여자가 싫어졌다는 것이었다. 프란츠는 흥이 나서 콧방귀를 쿵쿵거렸다, 녀석의 말이 너무 우스웠기 때문이다. "그럼 그 여자한테 가라고 하면 그만이잖아." 그러자 젊은 친구는 말을 더듬으며 무서운 눈빛을 보였다. "그게 그렇게 만만치 않아요. 여자들이라는 게 이해를 할 줄 모르거든요, 아무리 문서로 써 줘도 그렇다고요." "그러면 자넨 그걸 그 여자에게 문서로 작성해 주었나, 라인홀트?" 그 친구는 더듬대며 침을 뱉더니 몸을 돌렸다. "백 번도 더 말했지요. 그 여자는 대체 무슨 말인지 모르겠다며 나보고 미친 거 아니냐고 하더군요. 도무지 이해하려고 하질 않아요. 이러다간 죽을 때까지 그 여자를 데리고 있어야 할 판국이에요." "그럴지도 모르겠군." "그 여자도 그런 소리를 한다고요."

프란츠가 껄껄대며 웃자, 라인홀트는 화를 냈다. "이봐요, 그런 바보 같은 소리 좀 작작 해요." 그래, 프란츠는 이해가 되지 않았다, 다이너마이트를 들고 가스 공장에 뛰어들 만큼 멋진 친구가 이제 와서는 장송곡이나 부르고 앉아 있다니. "그 여자를 맡아 줘요." 라인홀트가 더듬대며 말했다. 프란츠는 흥이 나서 테이블을 탁탁 쳤다. "아니, 내가 그 여자를 데려다가 어쩌게?" "당신은 그 여자를 적당히 다룰 수 있잖아요." 프란츠는 신이 났다. "기꺼이 해 주지, 나한테 맡기게, 라인홀트, 이쪽 분야에선 자넨 애송이에 불과하니까." "먼저 그 여자를 일단 보고 나서 내게 얘기해 줘요." 둘은 모두 만족했다.

이튿날 오전, 프렌체는 프란츠가 살고 있는 곳에 나타났다. 그녀의 이름이 프렌체라고 하자 프란츠는 금세 기분이 좋아졌다. 둘이 썩 잘 어울릴 것 같았다. 그의 이름이 프란츠이니까 말이다. 그녀는 라인홀트로부터 비버코프에게 튼튼한 신발을 전해 주라는 부탁을 받고 왔다, 이게 바로 유다가 배반의 대가로 받은 것과 같은 뇌물이군, 프란츠는 속으로 웃었다, 10실링은 되겠어. 그녀에게 이런 것을 직접 들려 보내다니! 라인홀트라는 놈은 참으로 뻔뻔스러운 녀석이야. 세상에 공짜는 없어, 그는 그렇게 생각하고 저녁에 그녀와 함께 라인홀트를 찾아 나섰다, 그러나 예상했던 바대로 어디서도 녀석을 찾을 수 없었다, 그리하여 프렌체의 분노가 폭발하고 그의 방에서 위로의 듀엣이 이어졌다. 이튿날 아침, 트럭 조수의 마누라는 라인홀트 앞에 나타났다, 녀석은 한마디 말조차 더듬지도 못했다. 아니에요, 괜히 신경 쓸 것 없어요, 이제는 나도 당신이 필요 없으니까요, 이젠 다른 남자가 생겼어요, 하지만 그 사람이 누군지는 절대 말해 줄 수 없어요. 그녀가 나가자마자 프란츠가 새 부츠를 신고 라인홀트 앞에 나타난다, 신발이 이젠 전혀 커 보이지 않는다, 털양말을 두 겹이나 겹쳐 신었기 때문이다. 두 사람은 얼싸안고서 서로의 등을 두드린다. "아무래도 내가 자네한테 호의를 베풀어야 할 것 같군." 프란츠는 그렇게 말하면서 일체의 사례를 거절했다.

이 트럭 조수의 아내는 프란츠에게 흠뻑 빠져 버렸다. 그녀 스스로 한 번도 깨닫지 못했지만 사실 그녀는 융통성 있는 심정의 소유자였다. 그녀가 이런 새로운 힘이 자신에게 있음을 느끼는 것을 보고 그는 기뻐했다. 왜냐하면 그는 모든 사람의 친구이자 인간의 마음을 아는 사람이었기 때문이다. 그는 그녀가 자기와 함께하면서 금방 마음의 안정을 찾아 가는 것을 기쁜 마음으로 바라보았다. 그것은 그가 가장 훤히 꿰뚫고 있는 분야였다. 여자들이란 아무튼 처음엔 속옷과 뚫어진 양말에 관심을 갖는 법이다. 아침마다 그녀가 그의 부츠를, 바로 그 라인홀트에게서 받은 부츠를 닦아 주어 매일 아침 웃음의 콘서트가 울려 퍼졌다. 그녀가 그에게 왜 그렇게 웃느냐고 묻자 그는 말했다. "신발이 너무 커서 그래, 한 사람 발만 집어넣기엔 너무 크다고. 두 사람 발이 들어가도 될 것 같아." 그렇게 해서 그들은 한꺼번에 두 사람의 발을 부츠 하나에 집어넣어 보았다. 그것은 너무 심했다, 되질 않았다.

그런데 프란츠의 진짜 친구인 말더듬이 라인홀트에게는 벌써 또다시 새 여자 친구가 생겼다, 이름이 칠리인가 뭔가 하는, 아니, 자기 이름이 그렇다고 하는 여자였다. 프란츠야 그런 것은 전혀 신경 쓸 일도 아니었다. 아무튼 그는 프렌츨라우 가에서 그 칠리를 가끔 보았다. 그로부터 사 주가 지났을 때였나, 그 말더듬이가 그에게 프렌체의 소식을 물으며 아직 안 내쫓고 그냥 데리고 있느냐고 물었을 때 그의 마음속에서는 강한 의혹이 일었다. 프란츠는 그녀가 조그맣고 깜찍한 여자라고 말해 주면서도 처음엔 라인홀트의 말뜻을 알아듣지 못했다. 그러자 라인홀트는 다짜고짜 이렇게 말했다. 그 여자를 곧장 쫓아 버리겠다고 약속하지 않았던가요? 프란츠는 그런 말 한 적이 없다고 대답했다. 그러기에는 너무 이르다. 봄까지는 새 여자를 얻지 않을 생각이다. 프렌체가 여름옷을 한 벌도 갖고 있지 않은 것을 알았다, 게다가 그는 그녀에게 여름옷을 사 줄 형편도 안 된다, 그러니 그 여자는 여름이 되면 집을 나갈 것이다. 그러자 라인홀트가 트집을 잡았다. 프렌체의 옷차림은 지금도 허름해 보인다, 그러니 지금 입고 있는 옷도 겨울옷이라고 할 수 없다, 환절기에 입는 옷이다, 요새 같은 기온엔 전혀 어울리지 않는다. 이어서 그들은 기온과 기압 그리고 일기 예보를 놓고 오래토록 떠들어 댔다, 그러고서 그들은 신문들을 뒤적거리며 그것을 확인해 보았다. 프란츠는 일기 예보라는 것이 절대 예상대로 맞을 리가 없다고 주장했고, 라인홀트는 혹독한 추위가 올 걸로 예상했다. 그제야 프란츠는 라인홀트가 이번엔 칠리까지도 내쫓으려 한다는 것을 알아차렸다. 그녀는 가짜 토끼털 외투를 입고 있었다. 녀석은 줄곧 가짜 토끼 가죽이 멋지니 어쩌니 하는 말만 떠들어 댔다. '나보고 토끼 구이를 어쩌라는 거야.' 프란츠는 생각했다. '자꾸 갖다 떠맡기면.'"이보게, 자네 머리가 어떻게 된 거 아니야? 난 두 여자를 떠맡을 수는 없어, 하나도 벅찬 마당에, 게다가 장사도 라일락처럼 꽃피는 것도 아니고. 어디서 돈을 구하나, 훔치지 않는 마당에야.""무슨 소리요, 두 여자를 거느릴 필요는 없어요, 내가 언제 둘이라고 했나요. 여자를 둘이나 거느릴 남자가 어디 있겠어요? 터키 남자가 아니고서야.""내 말뜻이 바로 그거야.""어쨌든 좋아요, 나는 그런 말 한 적 없으니까. 언제 내가 당신한테 여자 둘을 맡아 달라고 했나요? 셋은 아니고요? 그 여자는 어서 버려요, 혹시 당신한테 그럴 만한 사람 없어요?""그럴 만한 사람이라니?"이 친구 지금 무슨 소리를 하는 거야, 젊은 녀석이 머릿속엔 늘 야릇한 생각만 갖고 있군. "당신에게서 그 여자를 데려갈 남자가 없느냐고요, 그 프렌체를 말입니다." 그러자 우리의 프란츠는 몹시 기뻐하면서 녀석의 팔을 툭툭 쳤다. "이보게, 젊은 친구, 머리 한번 빠르군, 고등 교육을 받은 모양이야, 이거, 참, 존경심이 막 솟아나는군, 유통 거래를 해 보자 이거군, 인플레 시절이니 말이야?""그래요, 안 될 거 뭐 있겠어요, 여자들은 넘쳐나는데.""차고 넘칠 정도지. 이거 봐, 라인홀트. 자넨 정말 별종이야, 내가 숨을 못 쉴 지경이야.""자, 어때요?""그래, 만사 오케이야, 한번 해 보자고. 사람을 하나 찾아보겠네. 꼭 찾아내고 말겠어. 자네 옆에 있으면 내가 바보가 되는 것 같아! 숨 좀 한번 제대로 쉬자고."

라인홀트는 그를 쳐다보았다. 이 사람 어딘가 나사가 풀렸나 보군. 이 프란츠 비버코프라는 사람, 어쩌면 엄청난 바보인지도 몰라. 이 사람 정말 자기가 동시에 두 여자를 거느릴 걸로 생각했던 걸까?

그렇게 해서 프란츠는 그 거래로 열에 들떠서 당장 자리에서 일어나 같은 건물에 사는 장애인 에데를 찾아갔다. 내가 데리고 있던 여자를 데려가지 않겠나, 내겐 새 여자가 생겼거든, 그 여자한테서 좀 벗어나고 싶어서 그러네.

에데에게는 더할 나위 없이 좋은 제안이었다. 그는 그때 막 하던 일을 그만두려던 참이었다. 그래도 약간의 질병 보조금을 받을 수 있어 그런대로 당분간 먹고 살 수는 있었다. 그 여자가 그를 위해 장을 보아 오고 질병 보조금을 타 오면 될 것이었다. 그러나 그는 곧장 이렇게 말했다. 그 여자가 내 집에 완전히 눌어붙는 것은 절대 안 돼.

당장 이튿날 오전, 프란츠는 다시 거리로 나서기 전에 그 트럭 조수 마누라에게 별것도 아닌 것을 가지고 대판 싸움을 걸었다. 그 여자는 버럭 화를 냈다. 그는 내심 좋아하면서 그녀를 향해 말을 못하도록 소리를 질러 댔다. 한 시간 뒤 모든 것은 정리되었다. 꼽추가 와서 그녀가 짐을 챙기는 것을 도왔고, 프란츠는 화가 치밀어 어디론가 사라졌다. 트럭 조수 마누라는 오갈 데가 없어서 꼽추의 집에 짐을 풀었다. 그리고 꼽추는 어느새 의사에게 가서 병가를 신청하고 밤에 두 사람은 함께 프란츠 비버코프에 대해 욕을 해 댔다.

한편 그때 프란츠의 방에는 칠리가 나타났다. 웬일이야, 아가야? 어디가 아프니, 무엇 때문에 그러는데, 애야. 맙소사. "털목도리를 갖다 드리라고 해서 왔을 뿐이에요." 프란츠는 감탄하며 털목도리를 손에 받아 든다. 멋진 물건이다. 녀석은 이런 고급스러운 물건들이 어디서 났을까. 지난번에는 평범한 부츠였다. 아무것도 모르는 칠리는 순진한 목소리로 이렇게 말한다. "당신은 나의 라인홀트와 절친한 친구 사이시죠?" "그럼, 그럼." 프란츠는 웃으며 말했다. "그 친구는 남는 게 있으면 가끔씩 먹을 거나 옷가지를 내게 보내. 지난번에는 부츠를 보냈어. 평범한 부츠야. 잠깐만 구경 좀 시켜 줄게." 그 바보 같은 프렌체가, 돌대가리 같은 그 계집이 끌고 가지 않았다면 어딘가 있을 거야. 아, 저기 있군. "봐봐, 칠리 양, 그 친구가 지난번에 내게 보내 준 거야. 대포 포신처럼 생긴 이 신발 어때? 남자 발 셋은 들어가게 생겼잖아. 당신 발을 한번 집어넣어 봐." 그러자 그녀는 킥킥대며 신발에 발을 넣는다, 옷도 단정하게 잘 챙겨 입었다, 물어뜯고 싶을 만큼 깜찍하다, 모피 장식이 달린 검정 외투를 입은 모습이 아주 어여쁘다, 이런 아가씨를 차 버리다니 라인홀트라는 녀석은 바보인가 보다, 그런데 녀석은 이런 멋진 아가씨들을 어디서 구해 오는 걸까. 이제 그녀는 대포의 포신을 신고 서 있다. 그리고 프란츠는 예전의 상황을 생각한다, 야, 이거 꼭 여자들하고 옷장을 매달 바꿀 수 있는 정기 티켓을 갖고 있는 것 같잖아, 순간 그는 신고 있던 신발을 벗어 던지고 그녀의 등 뒤에서 한쪽 발을 부츠에 집어넣는다. 칠리는 비명을 지른다, 그러나 그의 발은 부츠 속으로 들어간다, 그녀는 도망치려 하지만 두 사람은 함께 깡충깡충 뛸 뿐이다, 그녀는 그를 끌고 다닐 수밖에 없다. 테이블 근처에 다다르자 그는 얼른 다른 쪽 발까지 대포의 포신 속으로 쑥 집어넣는다. 그들은 마구 비틀댄다. 그들은 넘어진다, 비명 소리, 아가씨, 당신의 상상력의 고삐를 꼭 붙잡으세요, 두 사람을 그냥 자기들끼리 즐기게 놔두세요, 두 사람은 지금 그들만의 개인 면담 시간을 갖고 있는 중입니다, 건강 보험 정규 회원의 면담 시간은 5시부터 7시까지입니다.

"그런데 라인홀트가 나를 기다리고 있어요, 프란츠, 그이한테는 아무 말도 하지 마세요, 제발, 부탁이에요." "물론이지, 내 사랑." 그리고 저녁이 되었을 때 그는 그녀를, 그 조그만 울보 아가씨를 완전 독차지했다. 밤이면 그들은 이런 일 저런 일에 대해 신나게 욕을 퍼붓는다, 그래도 그녀는 언제나 어여쁜 아가씨다, 멋진 옷도 많다, 이를테면 거의 새것과 다름없는 외투도 있고 무도회장에 갈 때 신는 신발도 한 켤레 있다, 그녀는 이 모든 것을 곧장 다 챙겨 가지고 왔다, 여기 좀 봐, 이 모든 것을 라인홀트가 다 선물한 거지, 녀석은 이것들을 아마도 다 할부로 살 거야.

프란츠는 이제는 늘 기쁨과 경탄을 느끼며 그의 라인홀트를 만났다. 프란츠가 하는 일은 쉽지가 않다, 그래서 그는 간절한 마음으로 어느새 월말만을 꿈꾸고 있다, 월말이 되면 말수가 적은 라인홀트가 다시 말을 꺼낼 테니까. 그러던 어느 날 저녁, 란츠베르크 가 앞쪽에 있는 지하철 알렉산더 광장 역에서 그의 옆쪽에 서 있던 라인홀트가 그에게 오늘 저녁에 무슨 특별한 계획이 있느냐고 묻는다. 아니, 이 달도 채 가지 않았는데, 무슨 일이야, 그리고 사실 칠리가 지금 프란츠를 기다리고 있다. 그러나 라인홀트와 함께 간다면야 마다할 이유가 어디 있겠는가. 그렇게 해서 그들은 천천히 걷기 시작한다 — 그들은 과연 어디로 갈까 — 그들은 알렉산더 가를 따라 내려가 프린츠 가 쪽을 향한다. 프란츠는 라인홀트에게 어디로 가는 건지

줄기차게 물어본다. "발터헨*에 가려고? 춤 한번 추게?" 그는 드레스덴 가에 있는 구세군을 찾아가겠다고 한다. 그곳에서 무슨 말을 하는지 들어 보고 싶단다. 놀라운 일이다. 정말 라인홀트다운 생각이다! 이 친구 정말 사상 한번 고상하군. 그것이 프란츠 비버코프로서는 처음으로 구세군들과 함께 보낸 저녁이었다. 정말 우스웠다, 정말 견디기 힘들었다.

9시 30분, 참회의 시간을 알리는 외침이 들리자, 홀에 있던 라인홀트는 이상한 행동을 보이기 시작하더니 마치 누가 쫓아오기라도 하는 것처럼 후다닥 밖으로 뛰쳐나갔다, 이봐, 왜 그러는 거야. 그는 계단에서 욕설을 해 대더니 프란츠에게 이렇게 말했다. "그 젊은 친구들 앞에서는 언행을 조심해야 해요. 그 인간들은 당신을 끈덕지게 설득해서 마침내 당신이 숨이 막혀 모든 것에 대해 그냥 네, 네, 하고 대답하게 만들 거요." "원 참, 나한테는 안 통해, 그렇게 하려면 새벽같이 일어나야 할걸." 라인홀트는 프렌츨라우 가에 있는 육회 요릿집에 도착해서도 계속해서 욕설을 퍼부었다, 그러더니 마침내 단숨에 모든 것이 터져 나왔다. "프란츠, 난 이제 여자들한테서 손 뗄 거요, 그 일을 계속하고 싶지 않아." "맙소사, 나는 다음 번 여자를 한껏 고대하고 있던 판인데." "다음 주에 내가 또 당신한테 가서 트루데를, 그 금발 아가씨를 맡아 달라고 부탁하는 게 내게 무슨 즐거운 일이라도 되는 줄 알았어요? 아니오, 이런 걸 생각해 보면……." "걱정할 것 없네, 라인홀트, 나에 관한 한은 말이야, 왜 그래? 나를 얼마든지 믿으라고. 열 명이라

---

* 발터헨 무도장.

도 보낼 테면 보내 봐, 다 데리고 있을 테니까, 라인홀트."“여자들 얘기는 하지도 말아요. 그런데 만약 내가 여자들을 원치 않는다면, 프란츠?" 이건 도무지 종잡을 수가 없군, 이 친구 진짜 흥분했나 봐. "아냐, 만약 자네가 여자들을 원치 않는다면 문제는 아주 간단해, 여자들을 놔주면 되잖아. 여자들이야 언제든지 처분할 수 있어. 지금 자네가 데리고 있는 여자는 내가 맡을게, 그러면 자넨 완전히 손을 털게 되는 거야." 2곱하기 2는 4야, 셈을 할 줄 안다면 내 말뜻을 알아들어야지, 그렇게 눈을 휘둥그레 해가지고 살펴볼 것도 없어, 뭘 그렇게 쳐다보는 거야. 네가 원한다면 그 마지막 계집애야 네가 데리고 있으면 그만이잖아. 그런데 이 친구 지금 와서 왜 우습게 구는 거야, 커피하고 레몬주스를 들고 오는군, 술도 못 마시는 주제에, 다리도 휘청거리고, 꼴에 늘 여자들만 밝히니. 라인홀트는 한참을 아무 말도 하지 않았다. 이윽고 그 밍밍한 커피를 세 잔이나 연거푸 마시고 나더니 다시 속에 있던 생각을 털어놓기 시작했다.

우유가 어린이들, 특히 영아나 유아들을 위해 영양가 높은 식품이라는 사실에 대해서는 아무도 심각하게 이의를 제기하지는 못할 것이다, 나아가 환자들에겐 원기 회복을 위해 전적으로 권할 만하다, 특히 영양가가 높은 다른 음식물을 함께 섭취한다면 더욱 좋다. 의학계에서 일반적으로 인정되었는데도 유감스럽게도 제대로 평가되지 못한 환자식은 바로 양고기다. 물론 우유에 대해서는 이견이 없다. 다만 이 홍보가 엉뚱하게 왜곡된 쪽으로 흘러서는 안 된다. 아무튼, 프란츠는 생각한다. 나는 맥주가 좋다. 숙성이 잘 된 맥주라면 맥주를 놓고 이러쿵

저러쿵하지 말아야 한다.

라인홀트는 동공을 프란츠 쪽으로 향한다. — 이 친구는 뭐라고 징징댈 때를 빼곤 눈빛이 몹시 지쳐 보인다. "나는, 프란츠, 여태껏 구세군에 두 번 가 봤어요. 그곳에 있는 사람과 이야기도 해 봤고요. 나는 그 사람에게 '예'라고 말해 놓고는 속으로 나 나름대로 버텨 보려고 하지요. 그러다가 결국에 가선 넘어가고 말아요." "그게 무슨 소린가?" "그러니까 말입니다, 나는 여자들에게 금방 질려요. 봐서 알 텐데. 사 주면 끝이에요. 왜 그런지는 나도 모르겠어요. 아무튼 더 이상 좋아하지 않게 돼요. 그런데 나도 전에는 한 여자에게 미친 적이 있어요, 당신도 그걸 봤어야 하는데, 완전 미쳐 버렸지요, 정신 병원의 고무 감방에 갇히고도 남을 정도로 미쳤었지요. 그러던 것이 나중에 가서는 아무것도 아닌 게 된 거요. 여자에게 가 달라고 했죠, 안 봐도 되니까. 안 볼 수만 있다면 돈이라도 던져 주고 싶더군요." 프란츠는 놀란 표정을 지었다. "이보게, 자네 정말로 미쳤나 보군. 잠깐만……." "그래서 나는 구세군에 가서 그 사람들에게 속을 털어놓고는 그들 중 하나와 함께 기도를 했지요……." 프란츠는 놀라고 또 놀랐다. "자네가 기도를 했다고?" "이봐요, 당신도 그런 상황에 처해서 아무런 방도가 없다고 생각해 봐요." 아니, 이럴 수가, 어찌 이런 일이 있나. 믿기지 않는다. "조금은 효과도 있었어요, 육, 팔 주 정도. 다른 생각을 하면서 정신을 차리는 거죠. 그러면 돼요, 된다고요." "흠, 라인홀트, '자선 병원'*에 가 보지그래. 그러면 이번처럼 홀에

---

* 베를린 동부에 있는 병원.

서 뛰쳐나오는 짓은 안 해도 될 거 아닌가. 앞쪽 줄 의자에 편안히 앉아 있을 수도 있잖나. 내 앞이라고 창피해 할 것도 없네."　"아뇨, 이제 그런 것은 하고 싶지 않아요, 별 도움도 안 되고, 다 쓸데없는 짓입니다. 뭣하러 앞쪽으로 기어가서 기도를 해요, 믿지도 않는 걸."　"그래, 그 마음 알겠네. 믿지 않으면 아무런 도움도 안 되는 거야." 프란츠는 언짢은 표정으로 자신의 빈 찻잔을 응시하고 있는 친구를 쳐다보았다. "라인홀트, 내가 자네한테 도움이 될지 모르지만 말일세. 그것에 대해서는 우선 좀 더 생각해 보기로 하세. 어쩌면 그 사람들이 자네로 하여금 여자들한테 아주 신물을 느끼도록 해 줘야 하는 게 아닌가 하네. 여자나 그런 비슷한 것에 대해서 말일세."　"지금 같아서는 금발의 트루데를 보기만 해도 구역질이 날 것 같긴 하지만요. 내일이나 모레쯤 내 모습을 한번 봐야 해요, 넬리든, 구스테든, 하여튼 이름이 뭐든 간에 여자가 내게 왔을 때의 이 라인홀트의 꼴을 한번 봐야 합니다. 귀가 빨개져 있는 꼴을 말입니다. 내가 원하는 것은 오직 그 여자뿐이겠죠, 가지고 있는 돈을 몽땅 다 써서라도 나는 그 여자를 반드시 갖고 말아야 해요."　"왜 그렇게 여자한테 빠지는 거지?"　"그 말뜻은, 여자들이 어떻게 내 마음을 잡아끄느냐 이거죠? 글쎄, 뭐라고 할까요. 사실 특별한 것은 없어요. 그냥 그런 거죠. 어떤 여자는 단발머리를 한 차림이었고, 또 어떤 여자는 농담을 잘했죠. 그런 여자를 좋아하면서도, 프란츠, 왜 좋아하는 건지는 나도 몰라요. 그 여자들한테 한번 물어봐요, 여자들 역시 이해가 안 될 겁니다, 내가 느닷없이 황소처럼 휘둥그레 눈을 뜨고 그들을 쳐다보거나 뒤를 졸졸 따라다니면 말입니다. 칠리에게 한번 물어봐요. 하지만 나는 그 짓을 그만둘 수가 없어요, 그만둘 수가 없다고요."

프란츠는 라인홀트를 줄곧 관찰한다.

그는 낫질하는 자, 그의 이름은 죽음, 위대한 하느님으로부터 힘을 물려받았다. 오늘은 숫돌에 낫을 가는구나, 그러면 낫이 더 잘 들지, 머지않아 그는 낫을 휘두르겠지, 그러면 우리는 상처를 견뎌야 하리라.*

참 희한한 녀석이야. 프란츠는 빙그레 웃는다. 라인홀트는 전혀 웃지 않는다.

그는 낫질하는 자, 그의 이름은 죽음, 위대한 하느님으로부터 힘을 물려받았다. 머지않아 그는 낫을 휘두르겠지.

프란츠는 생각한다, 내 너를 좀 흔들어 주겠다, 이 친구야. 네 모자를 10센티미터 정도 푹 눌러쓰게 해 주마. "좋아, 어디 한번 해 보자, 라인홀트. 칠리에게 물어보자고."

프란츠는 인신매매에 대해 곰곰이 생각해 보고 나더니
갑자기 거기서 손을 떼려 한다, 그는 다른 일을 원한다

"칠리, 지금은 내 무릎에 앉지 마. 그렇다고 그렇게 금방 때리지도 말고. 에이그, 귀여운 녀석. 오늘 내가 누구를 만났는지 맞춰 봐." "전혀 알고 싶지 않아요." "뾰로통한 아가씨일까, 아니면 간지럼 잘 타는 아가씨일까, 자, 누구일까? 그건 바로,

---

* 민요집 『소년의 마술피리』에 나오는 대목.

라인홀트야." 그러자 그 조그만 아가씨는 심술을 낸다, 왜 그럴까. "라인홀트요? 그래, 그 사람이 대체 무슨 소리를 하던가요?" "음, 많은 얘기를 했지." "그 많은 얘기를 다 들어 주고 또 그것을 곧이곧대로 다 믿었다는 건가요?" "아냐, 그렇지 않아, 칠리." "자꾸 그러면 나가 버릴 거예요. 난 정확히 세 시간이나 기다렸는데 당신은 쓸데없는 얘기나 듣고 와서 그거나 들려주려 하잖아요." "그게 아니라니까. 거 참(이 여자도 정신이 좀 이상해.), 당신한테 듣고 싶은 얘기가 있다니까, 그 친구가 아니고." "대체 그게 무슨 소리예요? 나는 전혀 무슨 소린지 모르겠네요." 그렇게 해서 그녀의 이야기는 시작되었다. 검은 머리의 조그만 칠리는 성급한 나머지 때론 말문이 막혀 이야기를 잇지 못했다. 그러면 그녀는 다시 힘을 냈고, 옆에서 이야기를 듣고 있던 프란츠는 그녀를 끌어안고 마구 키스를 했다. 이야기를 하는 그녀의 모습이 어찌나 예쁘던지 꼭 빛나는 깃털의 버찌처럼 빨간 작은 새 같았다. 그리고 예전의 일들이 다시 다 떠오르자 그녀는 이제 훌쩍훌쩍 울기 시작했다. "그러니까 그 라인홀트라는 사람은 애인도 아니고 포주도 아니에요, 그 사람은 남자도 아닌, 한갓 뜨내기에 불과해요. 참새처럼 거리를 싸돌아다니다가 쩍쩍거리며 아가씨들을 낚아채는 거죠. 그 사람에게 겪은 아픈 사연을 털어놓을 여자는 수두룩할 거예요. 혹시 내가 그 남자의 첫 번째 여자나 아니면 여덟 번째 여자였다고 생각하는 건 아니겠죠? 아마 백 번째 여자쯤 되겠죠. 지금까지 몇 명이나 차지했냐고 그 사람한테 물어봤자 그 자신도 모를 거예요. 하지만 그 여자들을 어떻게 다루었죠? 그래서 말인데요, 프란츠, 당신이 그 범죄자를 신고해 주시면 제가 가진 것을 다 드릴게요, 아니, 저는 가진 게 아무것도 없어요, 그래도 당신이 직접 경찰서에 가면 보상금을 받으실 거예요. 그인간이 그냥 앉아서 뭔가 골똘히 생각에 잠겨 치커리 차를 마시고 있을 때면 전혀 그런 사람으로 보이지 않았어요. 늘 싸구려 밍밍한 차만 마셨지요. 그렇게 하고 있다가 여자가 나타나면 콱 무는 거죠." "그건 그 친구가 다 이야기해 주었어." "그젊은 인간이 원하는 게 뭔지 아세요? 싸구려 여인숙이나 찾아가서 그냥 늘어지게 자는 거예요. 그러고 나서는 슬슬 거리로 나서는 거지요, 겉만 번지르르한 건달 자식, 제비 같은 놈, 프란츠, 그런데요, 혹시 그 인간에게 무슨 일이 있는 게 아닌가, 어제 일로 머리가 돈 것은 아닌가 하고 당신은 걱정하고 있죠? 그러나 그뿐이고 그 인간은 다시 떠들고 춤까지 춘다니까요……." "뭐, 춤을 춘다고, 라인홀트가?" "아마 그럴 거라는 거예요, 내가 그치를 어디서 알았더라? 댄스홀이에요, 쇼세 가에 있는." "춤을 좋아하나 보군." "그 인간은, 프란츠, 당신이 어디있든 끌어내잖아요. 그러니 설사 결혼한 여자라 해도 끈질기게 달려들어 마침내 자기 것으로 만들 거예요." "멋진 녀석이야, 정말." 프란츠는 소리 내어 웃고 또 웃었다. 내게 정절을 맹세하지 마라, 선서도 하지 마라, 시간이 흐르면 누구나 새것에 끌리기 마련이니. 뜨거운 피는 절대 멈추지 않는 법, 늘 새로운 자극을 찾는다. 내게 정절을 맹세하지 마라, 나도 딴생각을 하고 싶으니, 바로 너처럼.*

"왜 그렇게 웃는 거예요, 네? 당신도 그런 부류인가요?" "그

---

* 당시의 유행가 가사.

게 아니고, 칠리, 그 녀석이 정말 너무 웃겨서 말이야. 그 친구
는 늘 내게 자기는 여자들한테서 벗어나고 싶은데 그렇지 못
하다고 구시렁거렸거든." 벗어나지 못한다, 벗어나지 못한다,
나는 네게서 벗어나지 못한다. 프란츠는 재킷을 벗었다. "지금
녀석이 데리고 있는 여자는 트루데라고 하는 금발의 아가씨
야, 혹시 말이야, 내가 그 여자를 맡게 되면 어떨까?" 이 여자
가 으르렁댄다! 이 여자도 으르렁댈 줄 아는구나! 칠리가 야생
호랑이처럼 으르렁댄다. 그녀는 프란츠의 재킷을 홱 움켜잡더
니 바닥에 패대기를 친다, 그 재킷 싸구려가 아닌데. 그녀는 재
킷을 발기발기 찢어 버린다, 완전히 찢어발긴다. "이봐요, 프란
츠, 초콜릿 세례라도 받은 모양이죠, 도대체 무슨 일이에요, 트
루데라니, 어서 다시 읊어 봐요." 그녀는 사나운 암호랑이처럼
으르렁댄다. 만일 그녀가 계속 이렇게 오래 울부짖으면 혹시
사람들은 내가 이 여자를 목 졸라 죽이려 한다며 경찰을 부를
지도 모른다. 냉정해야 해, 프란츠. "칠리, 이제 내 옷가지들을
그렇게 마구 집어던지지 마. 제법 값이 나가는 거야, 요새 같은
땐 쉽게 구할 수도 없다고. 자, 어서 이리 줘. 나는 당신 문 적
없어." "알아요, 그래도 당신은 너무나 단순해요, 프란츠." "그
래, 내가 단순하다고 쳐. 그가 만약 내 친구라면, 그 라인홀트
말이야, 그 친구는 지금 곤경에 처해 있다고. 심지어 드레스덴
가에 있는 구세군을 찾아가 기도까지 하려는 모양이야. 생각
좀 해 봐, 이럴 땐 그의 말을 들어줘야 되는 게 아닌가, 내가
그의 친구라면. 내가 그의 트루데를 떠맡아 줘야 하는 게 아니
냐고." "그러면 나는 어떻게 되는 거죠?" 너야 나하고 낚시질이
나 가면 되는 거야.* "그래, 바로 그 문제에 대해 시간을 좀 내

서 당신하고 상의해야 해, 술이나 한잔하면서 어떻게 할 건지 이야기하자고. 그런데 내 부츠는 어디 있지, 그 큰 부츠 말이야. 어디 있나 좀 찾아봐." "나 좀 그냥 내버려둬 줘요." "당신한테 부츠 구경 좀 시켜 주려고 그래, 칠리. 그러니까 그 부츠는, 그래, 그 부츠는 역시 그에게서 받은 거야. 그래, 당신도 기억할 거야, 그때 당신이 내게 털목도리를 가지고 왔잖아. 그래, 맞아, 그런데, 그 전엔 다른 여자가 내게 그 부츠를 가져왔어." 차분하게 말하자, 그럼 그래야지, 뒤로 숨길 것 없어, 솔직하게 말할 때 모든 일이 더 잘되는 법이다.

그녀는 걸상에 앉아서 그를 쳐다본다. 이윽고 그녀는 울음을 터뜨리고는 아무 말도 하지 않는다. "사실은 그런 거야. 그 사람은 어차피 그런 사람이고. 내가 그를 도운 거지. 그는 내 친구니까. 당신을 속이려고 한 것은 전혀 없어." 그를 쏘아보는 그녀의 눈빛. 분노의 폭발. "비열하기 짝이 없는 놈, 개 같은 자식. 알기나 해요? 라인홀트가 사기꾼이라면 당신은 그보다도 더 나쁜 놈, 가장 악질적인 포주보다 더 악질적인 인간이야." "아냐, 나는 그런 사람 아니야." "내가 만약 남자라면……." "당신이 남자가 아니라서 다행이야. 당신도 괜히 그렇게 열 올릴 필요 없어, 칠리, 그냥 있었던 일을 말한 것일 뿐이야. 당신의 그 모습을 보면서 나는 그사이에 많은 것을 생각했어. 나는 그 친구한테서 트루데를 넘겨받지 않을 거야. 당신은 이곳에 나와 함께 있는 거야." 프란츠는 일어나 부츠를 집어 들어 옷장 위로 휙 던진다. 이 일을 그냥 지켜볼 수만은 없어, 그 녀석은 사

---

* 발터 콜로가 작곡한 폭스트롯. 트루데 헤스터베르크의 노래로 유명해졌다.

람을 망치고 있어, 녀석과 그 일을 하지는 않을 거야. 어떻게 든 손을 써 봐야지. "칠리, 오늘은 여기 있도록 해, 그리고 내일 일찍, 라인홀트가 집을 비우면 트루데를 찾아가 이렇게 전해. 내가 그녀를 도울 테니 나를 믿으라고. 아냐, 잠깐, 그 여자가 이쪽으로 오는 게 좋겠어. 여기서 그녀와 함께 얘기해 보자고."

그렇게 해서 한낮에 금발의 트루데는 프란츠와 칠리를 마주하고 앉았다, 그녀는 얼굴이 몹시 창백하고 슬퍼 보인다. 칠리는 단도직입적으로 그녀에게 말한다, 라인홀트는 사람 속만 긁을 뿐 전혀 그녀에게 마음을 쓰지 않는다, 이건 모두 사실이다. 트루데는 울기만 할 뿐 이들이 원하는 게 무엇인지 전혀 알지 못한다. 그러자 프란츠가 설명해 준다. "그 사람이 건달은 아니오. 그가 내 친구이기 때문에 그에 대해 나쁜 소리를 하기 싫어요. 하지만 그 친구가 하는 짓은 동물 학대나 다름없어요. 잔혹한 짓이야." 그녀는 가만히 앉아 있다 그에게서 쫓겨나면 안 된다, 게다가 이제 그는, 즉 프란츠는, 그래, 우리는 그것을 지켜볼 것이다.

그날 저녁, 라인홀트는 가판대에 있는 프란츠를 찾아간다, 지독하게 추운 날이다, 프란츠는 따뜻한 그로그주 한잔하자는 초대에 응한다, 그는 라인홀트가 지껄여 대는 서두를 묵묵히 들어 준다, 이어서 라인홀트는 트루데 얘기를 꺼낸다, 그녀가 이젠 넌더리가 나서, 오늘이라도 당장 그녀를 버려야겠다고.

"라인홀트, 자네 어디 가서 여자를 또 하나 구했나 보군." 그런 것이 분명하고 그 역시 그렇다고 말한다. 그러자 프란츠가 말한다, 그는 칠리를 버리지 않을 거다, 벌써 그녀는 그와

정이 많이 들었다, 꽤나 바른 여자다, 라인홀트도 이젠 브레이크 좀 걸어라, 바른 친구라면 그래야 한다, 그런 삶이 오래갈 수는 없다라고. 라인홀트는 무슨 말인지 알아듣지 못한다, 그러면서 혹시 목도리 때문에, 그 털목도리 때문에 그러는 거냐고 묻는다. 트루데가 그에게, 뭐더라, 그래, 시계를, 은제 회중시계를 가져갈 거라고, 아니면, 귀마개가 달린 털모자를 가져갈 거라고 말한다, 그러면서 그게 프란츠에게는 아주 요긴할 거라고 덧붙인다. 아니야, 그럴 필요 없어, 그딴 쓸데없는 잡담 그만두게. 그딴 거야 다 내가 사면 그만이야. 프란츠는 라인홀트와 친구 대 친구로서 말하고 싶어 한다. 이윽고 그는 어제부터 오늘까지 내내 곰곰이 생각했던 것들을 털어놓는다. 이제부터 라인홀트는 트루데를 꼭 데리고 있어야 한다, 하늘이 두 쪽 나는 한이 있더라도 말이다. 정이 들면 다 잘 지내게 될 거다. 세상엔 별사람 없고, 여자도 사람이다, 안 그러면 3마르크를 주고 창녀를 하나 사라, 그런 여자는 일이 끝나는 순간 즉시 보내 주면 좋아할 테니까. 그러나 여자를 처음엔 사랑과 사탕발림으로 구워삶아 놓고는 나중에 가서는 하나둘 차 버리는 것은 나쁜 짓이다.

라인홀트는 그 말을 모두 자기 나름의 방식으로 듣는다. 그는 천천히 커피를 마시며 우두커니 앞을 바라본다. 그러더니 차분하게 말한다. 프란츠가 트루데를 데려가지 않는다 해도 상관없다. 전에 프란츠가 없었을 때도 모든 일이 잘 되었으니까. 그러더니 그는 벌떡 일어나 가 버린다, 시간이 없다며.

그날 밤, 프란츠는 한밤중에 깨어 잠을 이루지 못한다. 방

안이 얼음장처럼 춥다. 칠리는 그의 옆에서 코를 골며 자고 있다. 왜 나는 잠을 못 이룰까? 지금 채소를 실은 마차가 시장으로 달려가고 있는 모양이다. 나는 말이 되고 싶지 않다, 이 추운 날씨에도 한밤중에 거리를 달려야 하니 말이다. 마구간 같은 곳은 그래도 좀 따뜻할 것 같다. 이런 여자나 잠을 잘 수 있다. 이런 여자는 잠잘 수 있지만 나는 못 잔다. 발가락이 동상에 걸렸는지 가렵고 근질근질하다. 그의 내면에는 무언가 들어 있다, 그것은 심장, 폐, 호흡, 내면의 감정이다. 이것들은 그 안쪽에서 이리저리 밀리며 압박을 받는다, 그런데 도대체 누구에 의해서? 누가 그러는 건지는 그것들은 모른다. 그것들은 다만 이렇게 말할 수 있을 뿐이다, 도무지 잠을 잘 수가 없다고.

나무에 새가 한 마리 앉아 있다, 잠들어 있는 그 곁을 뱀 한 마리가 미끄러지듯 지나갔다, 새는 나뭇잎이 바스락거리는 소리에 잠에서 깼다, 이제 새는 깃털을 곤두세우고 앉아 있다, 새는 뱀을 전혀 느끼지 못했다. 그래, 호흡을 계속하며 공기를 마시는 거다. 프란츠는 몸을 뒤척인다. 라인홀트의 증오가 그를 무겁게 짓누르며 그와 싸운다. 그것은 나무 문을 뚫고 들어와 그를 깨운다. 라인홀트 역시 누워 있다. 그는 트루데 옆에 누워 있다. 그는 깊이 잠들어 있다, 꿈속에서 그는 살인을 한다, 꿈속에서 그는 울분을 터뜨린다.

지역 뉴스

베를린, 4월의 두 번째 주였다, 날씨는 어느새 봄 냄새를 풍기기 시작하고 신문마다 한목소리로 화창한 부활절 날씨가 야외로의 산책을 유혹한다고 전하던 때였다. 베를린에서는 러시아 대학생 알렉스 프렝켈이 자신의 신부인 스물두 살 난 공예가 베라 카민스카야를 그녀의 하숙집에서 총으로 쏘아 죽인 사건이 발생했다. 그녀와 동갑인 여자 가정교사 타트야나 잔프트레벤은 그녀와 함께 인생에 작별을 고하려는 계획에 동조하였으나 그녀가 바닥에 쓰러져 있는 것을 보는 순간 자신의 결심에 대해 두려움을 느끼고 도망쳤다. 그녀는 순찰 중이던 경찰을 만나 자신이 최근 몇 달 동안 겪은 무서운 일들을 들려주고는 베라와 알렉스가 치명상을 입고 죽어 있는 그곳으로 경찰을 데려갔다. 수사대 쪽에 연락이 갔고, 살인 전담반은 담당 형사들을 사건 현장에 급파했다. 알렉스와 베라는 결혼할 생각이었지만 경제적 여건 때문에 결혼에 이르지 못했다.

헤르 가에서 발생한 전차 참사의 책임 소재에 대한 조사는 아직 마무리되지 않았다. 사건 관련자들과 운전사 레틀리히의 심문 내용에 대한 검토는 아직 진행 중이다. 전문 기술자들의 감정 결과는 아직 나오지 않은 상태다. 이 감정 결과가 나와야 브레이크를 너무 늦게 건 운전사에게 과실이 있는지, 아니면 우연히 불행한 요소들이 겹치면서 이런 참사가 일어났는지 여부에 대해 비로소 검토에 들어갈 수 있다.

증권거래소에는 차분한 장외 시장이 우세했다. 장외 시장의 시세는, 발행을 앞둔 독일 제국 은행 보고서가 4억 마르크에 달하는 은행권 유통의 감소와 3억 5000만 마르크에 달하는 유가증권 보유고의 감소라는 매우 호의적인 전망을 내놓음에 따라 더욱 안정된 기조에 있다. 4월 18일 오전 11시 현재의 주식

시세는 다음과 같다. I. G. 염료 260.5에서 267, 지멘스운트할스케 297.5에서 299, 데사우 가스 202에서 203, 발트호프 펄프 295. 독일 석유의 입찰가는 134.5였다.

다시 한 번 헤르 가에서 발생한 전차 사고에 대해 언급하자면, 사고 당시 중상을 입은 사람들은 현재 모두 회복 중에 있다.

지난 4월 11일, 편집자 브라운 씨*가 일단의 무장 세력의 도움을 받아 모비아트 교도소에서 탈주했다. 그것은 한 편의 서부극이었다. 현재 그들에 대한 추적이 진행 중이다. 사건은 형사재판부장 권한대행에 의해 즉시 상부 법원에 보고되었다. 현재 목격자들 및 관련 공무원들에 대한 조사가 계속되고 있다.

현재 베를린 여론은 자본력 있는 독일 회사들과 제휴하여 북부 독일에서 6에서 8기통짜리 자동차의 독점 총판권을 행사하려고 하는 한 유명 미국 자동차 회사의 시도에 대해서 별 관심을 보이지 않고 있다.

마지막으로 안내 말씀 하나 드리겠다, 특히 슈타인 광장 전화국 근처에 사는 분들께 알려 드린다. 하르덴베르크 가에 위치한 르네상스 극장에서는 우아한 유머와 보다 깊은 의미가 하나를 이룬 매력적인 코미디 「쾨르 뷔브」**의 100회 기념 공연이 절찬리에 상연되고 있다. 베를린 시민들께서는 부디 이 포스터를 보고 이 공연이 더욱 많은 횟수를 거듭할 수 있게 도와주기를 앙망한다. 여기서 우리는 여러 가지를 고려하지 않을 수 없다. 베를린 시민들은 곳곳에서 이런 권유를 받고도

---

* 공산주의 계열 언론사 주간이었던 오토 브라운.
** 프랑스 작가 자크 나탕송(1901~1975)의 작품.

여러 사정으로 인하여 그러한 부름에 응하지 못할 수도 있다. 우선적으로는 여행 중이어서 이 연극의 존재를 모를 수도 있다. 아니면 베를린에 있어도 광고탑에서 상연 광고를 보지 못할 수도 있다. 병석에 있는 경우가 그렇다. 인구 400만의 도시에서 그 수는 적지 않을 것이다. 아무튼 이런 사람들도 저녁 6시의 라디오 광고 방송을 통해서 우아한 유머와 보다 깊은 의미가 하나를 이룬 매력적인 파리 코미디 「쾨르 뷔브」가 르네상스 극장에서 100회 공연을 가졌다는 소식을 접할 수 있을 것이다. 그러나 이러한 광고는 그 사람들에게 기껏해야 하르덴베르크 가로 갈 수 없다는 안타까움만을 일깨워 줄 뿐이다. 정말로 병석에 누워 있는 신세인 경우 차를 타고 그곳까지 가는 일은 불가능할 테니까. 믿을 만한 정보에 따르면, 르네상스 극장에는 환자용 침대를 수용할 만한 대비가 되어 있지 않다고 한다. 설사 환자들이 앰뷸런스로 그곳까지 옮겨진다 해도 말이다.

또한 우리는 다른 가능성도 배제할 수 없다. 베를린 시민들 중에는 르네상스 극장의 포스터를 읽기는 하되 그 진실성을 의심하는 사람들이 있을 수 있으며 분명 실제로도 있을 것이다. 다시 말해 포스터 자체가 존재한다는 진실성을 의심하는 것이 아니라 인쇄된 내용의 진실성이나 중요성을 의심한다는 말이다. 그런 사람들은 코미디 「쾨르 뷔브」가 매혹적인 코미디라고 한 표현을 읽으면서 불쾌감이나 역겨움, 또는 저항감, 아니 심지어 분노까지 느낄 것이다. 누구를 매혹하는데? 뭐가 매혹적인데? 뭘 가지고 매혹하는데? 어떻게 나를 매혹시킬 건데? 내가 매혹당할 필요가 있나? 이들은 이 코미디에서는 우아한 유머와 보다 깊은 의미가 하나를 이루었다는 대목에서

쓴웃음을 지을 수도 있다. 그들은 우아한 유머를 원치 않고, 그들의 생활 태도는 진지하고, 그들의 정서는 서글프면서도 고상하고, 최근에는 가족을 여의었을 수도 있을 테니까. 그들은 또한 유감스럽게도 우아한 유머와 보다 깊은 의미가 하나를 이루었다는 표현에 넘어가지도 않는다. 그들이 생각하기에 우아한 유머라는 것은 아무리 해도 무해해지거나 중화될 수 없다. 보다 깊은 의미는 언제나 홀로 서 있어야 한다. 우아한 유머는 제거되어 마땅하다, 카르타고가 로마인들에 의해 제거되었듯이, 또는 다른 도시들이 기상천외한 방식으로 제거되었듯이 말이다. 대부분의 사람들은 광고탑에서 칭송하는 코미디 「쾨르 뷔브」에 들어 있는 보다 깊은 의미 자체를 전혀 믿지 않는다. 보다 깊은 의미라고? 왜 그냥 깊은 의미가 아니고 보다 깊은 의미냐? 그냥 깊은 것보다 더 깊고 더 깊고 깊어야 한다는 거냐? 그들은 이렇게 욕한다.

분명한 사실은, 베를린 같은 대도시에서는 수많은 사람들이 많은 일에 대해 의심하고 트집을 잡고 흠집을 낸다는 것이다. 감독이 많은 비용을 들여서 만든 포스터의 문구 하나하나에 대해서도 마찬가지이다. 사실 그들은 연극에 별 관심이 없다. 그리고 설사 그들이 극장을 헐뜯지 않는다 해도, 설사 그들이 연극을, 특히 하르덴베르크 가의 르네상스 극장을 사랑한다 해도, 설사 그들이 이 코미디 속에서는 우아한 유머와 보다 깊은 의미가 하나를 이루고 있다는 사실을 인정한다 해도, 그들은 그 연극에 동참할 의사가 없다, 왜냐하면 그들에겐 오늘 밤 다른 약속이 있으니까. 그러므로 하르덴베르크 가로 몰려와 코미디 「쾨르 뷔브」를 이웃 홀에서도 동시 상연하라며 아우성을 칠 사람들의 숫자는 자꾸만 줄어들 것이다.

자, 지금까지 1928년 6월*에 베를린에서 있었던 공적, 사적
인 사건들에 대해 이것저것 알아보았으니, 이제 다시 프란츠
비버코프와 라인홀트와 그의 여성 수난 이야기로 돌아가기로
하자. 이러한 보고에 대해서 관심을 갖는 사람 수 역시 극히
소수임을 부인할 수 없다. 왜 그런지, 그 이유에 대해 해명할
생각은 없다. 그러나 이것이 베를린의 중심부와 동부에서 서성
이는 나의 키 작은 사나이의 흔적을 조용히 추적하고자 하는
나의 손길을 멈추게 하지는 못할 것이다. 우리는 누구나 자기
가 필요하다고 생각하는 것을 하니까 말이다.

프란츠는 치명적인 결심을 했다,
그는 자신이 쐐기풀 덤불에 앉은 것을 모른다

프란츠 비버코프와 대화를 나눈 뒤로 라인홀트는 일이 잘
풀리지 않았다. 라인홀트는 적어도 지금까지는 프란츠처럼 그
렇게 여자들을 우악스럽게 대한 적이 없었다. 그래서 여자 일
에 있어서는 그는 늘 누군가의 도움을 필요로 했다. 그런데 이
제 그는 곤경에 처하게 된 것이다. 여자들이 그의 뒤를 쫓고 있
었다, 아직 그와 함께 있는 트루데, 마지막 여인 칠리, 이제는
이름마저 망각한 끝에서 두 번째 여인이. 그들 모두 그를 염탐
하고 있었다, 어떤 여자는 그를 걱정하는 마음에서(마지막 여

---

* 이 장의 초두에서 말한 "4월의 두 번째 주"와 모순되는 내용.

인 부류), 어떤 여자는 그를 향한 복수심에서(끝에서 두 번째 여인 부류), 또는 새로운 사랑의 열망에서(끝에서 세 번째 여인 부류). 무대에 막 등장한 가장 최근의 여인은 중앙 시장 출신의 넬리인가 하는 과부였는데, 그녀는 트루데와 칠리가 연달아 그녀 앞에 나타나고 마지막에 가서는 증인의 자격으로 라인홀트의 친구라고 하는 프란츠 비버코프까지 나타나 경고를 하자 즉시 떨어져 나갔다. 물론, 이것은 프란츠 비버코프가 꾸민 일이었다. "라프쉰스키 부인 ─ 물론 이것은 넬리의 진짜 이름이었다 ─ 제가 이렇게 당신을 찾아온 것은 제 친구를, 혹은 그게 누구든지 간에 그 사람을 욕되게 하려는 것이 아닙니다. 절대 그건 아닙니다. 저는 다른 사람의 더러운 속옷이나 뒤적거리려는 사람이 아닙니다. 그래도 뭐가 옳은지는 따져야 할 것 아닌가요, 여자를 줄줄이 거리로 내쫓는 행위를 저는 좌시할 수 없습니다. 그것은 진정한 사랑이라고도 할 수 없습니다."

라프쉰스키 부인은 우습다는 투로 젖가슴을 흔들며 말했다. 라인홀트 같은 사람이 자기 같은 여자 때문에 똥을 밟아서야 쓰겠는가. 게다가 그녀 역시 남자에 관한 한 초짜가 아니다. 프란츠는 말을 이었다. "참으로 다행스러운 얘기군요. 안심이 됩니다. 그러니까 당신은 어떻게 하셔야 할지도 아시겠군요. 당신은 좋은 일을 하고 계시는데 그게 바로 제가 하고 싶은 일이거든요. 저는 여자들에 대해 미안한 감정을 느낀답니다, 여자들 역시 우리와 같은 인간이니까요. 라인홀트 역시 참 안됐어요. 그 친구는 앞으로 보시겠지만 몸을 버릴 것 같아요. 그래서 그 친구는 맥주나 화주 같은 것을 마시지 않고 그저 연한 커피나 마시는 겁니다. 한 방울의 술도 이겨 내지 못해요. 어서 정신 차리고 자기 몸이나 잘 돌봤으면 좋겠어요. 원래 바탕은 좋은 녀석인데." "그럼요, 그럼요." 라프쉰스키 부인은 울고 있었다. 프란츠는 심각한 표정으로 고개를 끄덕였다. "제가 하고 싶은 일이 바로 그것입니다. 그 친구는 지금까지 이런 일을 수도 없이 겪었습니다. 하지만 그런 식으로 계속되어서는 안 돼요. 이제 우리가 그를 감싸 주어야 합니다."

라프쉰스키 부인은 헤어질 때 비버코프에게 그녀의 거칠고 우악스러운 손을 내밀었다. "당신을 믿겠어요, 비버코프 씨." 그녀는 그를 믿어도 괜찮았다. 라인홀트는 이사하지 않았다. 그는 여기저기 옮겨 다니며 사는 사람은 아니었다. 그러나 그는 자신의 속내를 드러내지 않았다. 그는 삼 주나 기한을 넘겨 트루데와 살고 있었다. 그녀는 날마다 그것을 프란츠에게 보고했다. 프란츠는 환호했다. 머지않아 다음번 여자가 나타난다. 이제야말로 주의할 때다. 그리고 예상했던 대로였다. 어느 날 한낮에, 트루데가 몸을 떨며 그에게 알리기를, 라인홀트가 벌써 이틀 밤이나 연속으로 옷을 잘 차려입고서 외출을 했다는 것이다. 다음 날 오전에 그녀는 그의 새 상대가 누군지 알아냈다. 로자라고 하는 삼십 대 초반의 단추 재봉사인데 아직 성은 모르지만 주소까지는 알아냈다고 했다. 그렇다면 문제될 거 없어, 프란츠는 웃었다.

하지만 숙명의 힘으로도 영원한 동맹의 끈을 엮을 수는 없네. 운명은 성큼성큼 걸어오나니.* 걸음걸이가 불편하시다면 라이저 제화의 신발을 신어 보세요. 라이저는 광장에서 가장

---

* 실러의 시 「종의 노래」를 약간 변형한 구절.

큰 제화점입니다. 그리고 걷기가 싫거든 모터사이클을 타세요,
NSU가 당신을 6기통 모터사이클의 시승에 초대합니다. 바로
그 목요일에 프란츠는 뭔가 생각이 나서 혼자서 다시 프렌츨
라우 가를 걷게 되었다. 오랫동안 보지 못했던 그의 친구 메크
를 찾아갈 생각이었다. 여러 가지 일로 겸사겸사 해서 말이다.
만나면 그에게 라인홀트와 그의 여자들 얘기도 들려줄 참이었
다. 그러면 메크는 그의 얼굴을 쳐다보며 경탄을 금치 못할 것
이다. 그, 즉 프란츠가 어떻게 그 녀석에게 재갈을 물려 옴짝
달싹하지 못하게 만들었으며 어떻게 순순히 법과 질서를 따르
도록 만들었는가 하는 얘기를 들으면.

　아니나 다를까, 프란츠가 신문 더미를 들고 술집으로 들어
섰을 때 나의 눈동자는 누구를 포착하였는가? 그건 메크다.
그는 다른 두 사내와 같은 테이블에 앉아 뭔가 떠드는 중이다.
프란츠도 곧장 그 자리에 합석해서 함께 주절댄다. 두 사내가
가고 나자 프란츠가 한턱내겠다고 하여 그들은 큰 조끼로 맥
주를 두 잔 시킨다. 이어 프란츠는 이야기를 하며 꿀꺽꿀꺽 마
시고, 메크는 그의 이야기를 들으면서 꿀꺽꿀꺽 마시고 놀라워
하기도 하며 흡족해한다. 세상엔 별사람들이 다 있구나 하고
생각하면서. 메크는 그 사실을 그냥 가슴에 담아 둘 생각이다.
그러나 참으로 놀라운 일이 아닐 수 없다. 프란츠는 그 일에
서 자신이 이루어 낸 성과를 이야기를 하면서 얼굴이 환해진
다. 라인홀트에게서 넬리라는 이름의 라프쉰스키 부인을 어떻
게 떼어 놓았는가, 어떻게 해서 라인홀트가 삼 주씩이나 기한
을 넘기면서 트루데와 함께 지내게 할 수 있었는가, 지금은 로
자라는 이름의 단추 재봉사가 있다, 하지만 이번엔 그를 위해

요놈의 단추 구멍까지 꿰매 버리겠다. 그렇게 프란츠는 맥주잔을 앞에 놓고 포만감을 느끼며 기분 좋게 앉아 있다. 즐겁게 찬양하라, 너희 목구멍들아, 너희 젊은 합창단아,* 우리 테이블에 윤창이 돌아간다. 쿵다리 닥닥, 우리 테이블에 윤창이 돌아간다. 삼삼은 구, 우리는 돼지들처럼 퍼마신다, 삼삼은 구 더하기 일은 십, 우리는 마시고 또 퍼마신다, 하나, 둘, 셋, 넷, 여섯, 일곱.**

저기 카운터 테이블 앞에, 음료 테이블 앞에, 노래 테이블 앞에 서 있는 자 누구인가, 술 냄새 풍기는 연기 자욱한 술집 안쪽을 싱긋 웃으며 들여다보는 자 누구인가? 살찐 돼지들 중의 가장 살찐 돼지, 폰 운트 추 폼스 씨로다. 그는 씩 웃고 있다, 저게 그가 말하는 미소란다, 그러나 그의 작은 돼지 눈은 두리번대며 무언가를 찾고 있다. 여기서 뭔가 보려면 빗자루라도 들어 이 자욱한 연기 구덩이에 구멍이라도 내야 하리라. 그때 세 사나이가 그를 향해 기어간다. 그 녀석들은 늘 그와 함께 한 패거리로 장사를 하는 젊은 놈들이다, 멋진 녀석들이다. 같은 형제는 같은 모자. 늙어서 담배꽁초나 주워 피우느니 차라리 젊어서 교수대에 목을 매자. 네 사내는 머리를 긁적이며 함께 소리 내어 주절대면서 술집 안을 둘러보며 뭔가를 찾는다. 이런 곳에서 뭔가 찾으려면 빗자루를 들어야 하리라, 환풍기라도 있으면 소용되겠지. 메크가 프란츠의 팔꿈치를 살짝 찌른다. "아직 다 모이지 못한 모양이야. 자기들 물건을 처리하려

---

* 게오르크 게스너가 쓴 찬송가의 첫 구절을 변형한 것.
** 대학생들이 부르는 노래를 변형한 것.

면 사람들이 더 필요하다고. 저 뚱뚱한 친구는 일손이 아무리 많아도 모자라거든.""전에 한번은 나한테도 집적대더군. 하지만 난 저 치와 함께 일하고 싶지 않아. 내가 과일을 가지고 뭘 어떻게 하겠어? 저 친구 물건은 많은 모양이지?""저 친구가 어떤 물건을 취급하는지는 몰라. 자기 입으로는 과일이라고 하더군. 너무 많이 물어보는 것도 안 좋아, 프란츠. 하지만 저 친구한테 들러붙는 것도 나쁘지는 않을 거야. 그러면 혹시 떡고물이라도 떨어질지 모르니까. 저 친구, 머리 회전이 아주 빠른 인간이야, 다른 녀석들도 그렇고."

8시 23분 17초에 또 한 녀석이 카운터 쪽에 나타난다, 술 테이블 앞에, 하나, 둘, 셋, 넷, 다섯, 여섯, 일곱, 어머니는 무 요리를 하신다* ── 저게 누구지? 사람들 말로는 영국의 왕이라고 하는군. 아니다, 저 사람은 영국의 왕이 아니다, 대신들을 거느리고 새로 열리는 의회로 향하던, 영국 국민의 독립심의 상징, 그 영국 왕이 아니다. 그 영국 왕이 아니다. 그렇다면 저 사람은 누구지? 아니면 쉰 명의 사진기자들에 에워싸인 채 켈로그 협정에 서명한 여러 나라의 대표들인가? 제대로 된 잉크병은 너무 커 가져올 수 없어서 세브르의 장식 세트로 만족해야 했던 그 사람들인가? 아니다, 그 사람들도 아니다. 저것은 그냥, 질질 끄는 발걸음 소리, 축 늘어진 잿빛 털양말, 라인홀트다, 잘날 것 없어 보이는 모습, 온통 쥐색의 사나이다. 그들 다섯 사람은 머리를 긁적이며 술집 안을 두리번거린다. 이런 곳에서 뭔가 찾으려면 빗자루를 들어야 하리라, 환풍기라도 있

---

* 숫자 노래.

으면 소용되겠지. 프란츠와 메크는 앉은 테이블에서 긴장한 표정으로 그 다섯 사람들의 일거수일투족을, 이제 테이블에 자리를 잡고 함께 앉는 모습을 주시한다.

십오 분만 있으면 라인홀트는 커피와 레몬주스를 가지러 갈 것이며 그때 술집을 한번 날카롭게 휘둘러 볼 것이다. 그때 벽 쪽에서 그를 향해 미소를 지으며 손짓하는 사람은 누구인가? 뉘른베르크의 시장인 루페 박사는 절대 아니다. 왜냐하면 그는 이날 오전에 알브레히트 뒤러 탄생 기념일을 맞이하여 인사말을 해야 하기 때문이다, 이어서 제국 내무 장관 코이델 박사와 바이에른 문화 장관 골덴베르커 박사의 연설이 예정되어 있고, 이 두 사람 역시 이런 사정으로 오늘은 이곳에 나타나기는 어렵다. 리글리 P. R. 껌은 치아를 건강하게 해 주고 상쾌한 숨결을 선사하고 소화를 촉진시켜 줍니다. 만면에 싱글대는 웃음을 머금고 있는 자는 다름 아닌 프란츠 비버코프이다. 라인홀트가 나타나서 그는 무척 기쁘다. 이 친구는 그의 교육의 대상이며 제자인 셈이다. 이제 이 녀석을 그의 친구 메크에게 선보일 생각이다. 녀석이 오는 폼을 보라. 우리는 녀석의 고삐를 잡고 있다. 라인홀트는 커피와 레몬주스를 들고 와 그들 옆자리에 앉는다, 좀 의기소침한 표정으로 더듬거리며 말한다. 프란츠는 애정과 호기심이 동시에 발동해서 녀석의 마음을 떠보려 한다, 메크가 들을 수 있게. "집엔 별일 없지? 라인홀트, 다 괜찮은 거지?" "네, 트루데가 아직 같이 있는데 잘 적응하고 있어요." 그는 아주 천천히 말한다, 마치 꽉 막힌 수도관에서 물이 천천히 한 방울씩 떨어지는 꼴이다. 그래, 프란츠는 기쁘다. 하늘을 날 것만 같다, 그렇게 기분이 좋다. 그는 해냈다. 나 아니고 누가 이런 일을 해낼 수 있나? 그는 환한 얼굴로 메크를 바라본다. 메크는 그런 그에게 경탄의 눈길을 보내지 않을 수 없다. "자, 메크, 이렇게 해서 우리는 이 세상에 질서를 만드는 거야, 우리는 이 일을 해내고 말 거야, 그러고 나서 순리에 따르는 거야." 프란츠는 라인홀트의 어깨를 두드린다, 그러자 그의 어깨가 움찔한다. "이보게, 친구, 정신을 잘 차리면 세상일은 걱정할 게 없어. 늘 하는 말이지만 정신을 차리고 끝까지 견디는 거야, 그러고선 운명을 받아들이는 거지." 프란츠는 라인홀트 때문에 기뻐 죽을 지경이다. 뉘우치는 한 사람의 죄인이 999명의 바른 사람들보다 나으니라.*

"트루데는 뭐라던가? 모든 일이 이렇게 잘 풀려서 놀라지 않던가? 그리고 이보게, 자네도 골칫덩이 같은 여자들 문제에서 벗어나니까 마음이 홀가분하지 않은가? 라인홀트, 여자를 사귀는 건 좋아, 여자들은 많은 기쁨도 주거든. 하지만 자네가 내게 여자들을 어떻게 생각하느냐고 묻는다면 이렇게 말해 주겠네. 모자라지도, 지나치지도 않게 하라고. 너무 지나치면 위험해져, 그땐 거기서 손을 떼어야 해. 나도 쓰라린 경험을 할 만큼 했으니 그에 대해서는 할 말이 있다고." 이다에 얽힌 이야기, 파라디스가르텐, 트렙토, 캔버스화, 그리고 또 테겔 교도소. 승리다, 그 모든 것들은 울려 사라져 버렸다, 저 깊은 곳으로 사라져 버렸다, 축배를 들어라. "내가 도와줄게, 라인홀트, 여자들하고의 관계가 잘되도록 도와줄게. 그러니까 구세군엔 갈 필요 없어, 우리가 더 잘 알아서 해 줄 테니까. 자, 라인홀

* 「누가 복음」 15장 7절 참조.

트, 건배, 그래도 한 잔 정도는 마실 수 있지?" 라인홀트는 말없이 커피 잔을 부딪친다. "뭘 해 준다는 거죠, 프란츠, 왜, 뭣 땜에?"

이런, 자칫하다가 속내를 다 드러낼 뻔 했네. "나는 그저 자네가 나한테 기대도 좋다는 뜻으로 한 말일세, 술을 먹을 줄 알아야 한다고, 브랜디 약한 걸로 한 잔 어때?" 상대방은 조용하게 말한다. "내 전담 의사 역할을 하겠다는 건가요?" "뭐, 안될 거 있나? 이 분야는 내가 전문이야. 자네도 알고 있잖아, 라인홀트. 전에 칠리 건으로도 도와주었잖아. 이번에도 도와주려는 건데 나를 못 믿겠나? 프란츠는 언제나 박애주의자야. 길이 어디로 나 있는지 정도는 알지."

라인홀트는 고개를 들어 슬픈 눈빛으로 그를 쳐다본다. "당신이 다 안다고요?" 프란츠는 조용히 그의 시선을 참아 넘기면서 자신의 좋은 기분을 굳건히 지켜 낸다, 이 친구가 원한다면 뭔가 깨닫게 해 주자, 남들이 쉽게 무너지지 않는 것을 보면 많은 것을 깨달을 거다. "그래, 여기 있는 메크가 보증할 수 있어, 우린 숱한 경험을 했지, 우리는 그것을 딛고 서 있는 거야. 그리고 술 얘기인데, 라인홀트, 자네가 한잔할 수 있다면 당장 여기서 축하 파티를 열자고, 돈은 내가 낼 테니까, 샐러드까지 다 말이야." 라인홀트는 가슴을 내밀고 있는 프란츠를 한동안 빤히 쳐다보다가 이어 자신을 호기심 어린 눈으로 보고 있는 키 작은 메크 쪽으로 눈길을 돌린다. 라인홀트는 시선을 떨어뜨리더니 자신의 찻잔 속을 들여다본다. "당신은 나를 공처가로 만들어 놓고 싶은가 보군요." "건배, 라인홀트, 공처가 만세, 삼삼은 구, 우리는 돼지들처럼 퍼마신다네, 함께 노래하자고, 라인홀트, 처음은 다 어려운 법이야, 하지만 시작이 없으면 끝도 없는 거지."

부대, 제자리 서! 부대 정렬! 우향우! 앞으로 갓! 라인홀트는 커피 잔에서 눈을 든다. 살이 찐 붉은 얼굴의 품스가 옆으로 다가와 뭐라고 속삭이자 라인홀트는 어깨를 으쓱해 보인다. 그러자 품스는 자욱한 담배 연기를 입으로 훅 불면서 환호성을 지른다. "예전에 당신한테도 물어본 적 있지, 비버코프, 요즘 어떻게 지내쇼, 계속해서 그 신문 뭉치나 들고 뛰어 다닐 생각이오? 그거 팔아서 얼마나 이문을 남기오? 신문 한 부에 2페니히 할 테니 한 시간 내내 팔아 봤자 5페니히나 될까?" 그러더니 이러쿵저러쿵 많은 말이 오간다. 프란츠가 과일, 야채 수레를 떠맡아야 한다, 품스가 물건을 대 주겠다, 벌이가 쏠쏠하다. 프란츠는 해 볼까 하다가 다시 마음을 접는다, 품스 주변에 있는 녀석들이 마음에 들지 않아, 이 녀석들은 분명 나를 속이려 들 거야. 말더듬이 라인홀트는 뒤로 물러서서 잠자코 있다. 프란츠는 그에게 어떻게 생각하느냐고 묻다가 그가 자신을 줄곧 쳐다보다 그제야 다시 찻잔 속을 들여다보는 척하고 있음을 눈치 챈다. "자, 라인홀트, 자네 생각은 어떤가?" 그러자 상대는 말을 더듬으며 말한다. "음, 나도 같이 하기로 했어요." 메크가 말한다, 왜 안 해, 프란츠, 그러나 프란츠는 좀 더 생각해 볼까 한다, 당장 하겠다, 안 하겠다 말하고 싶지 않다, 내일이나 모레 다시 와서 품스와 다시 상의해 볼 생각이다, 어떤 상품들을 취급하고 물건은 어디서 오는지, 계산은 어떻게 하는지, 어디가 가장 목이 좋은지 등등에 대해서.

그들이 다 나가고 나자 술집은 거의 사람이 없다, 품스도 가고, 메크와 비버코프도 갔다, 스탠드에는 전차 차장 한 사람이 서서 월급 공제가 너무 과하다며 주인을 상대로 열을 올리고 있다. 말더듬이 라인홀트는 여전히 자기 자리에 쭈그리고 앉아 있다. 빈 레몬주스 병 세 개와 반쯤 찬 컵 하나와 커피 잔이 그의 앞에 놓여 있다. 그는 집에 가지 않고 있다. 집에는 금발의 투르데가 잠들어 있다. 그는 골똘히 생각하고 또 생각한다. 그는 자리에서 일어나 발을 질질 끌면서 홀을 가로질러 간다, 털양말이 발목 위로 늘어져 있다. 초라해 보인다, 누렇게 뜬 얼굴빛, 입가에는 깊게 팬 선, 이마에는 깊은 가로 주름. 그는 커피 한 잔과 레몬주스를 하나 더 가져온다.

예레미야가 말하기를, 인간을 믿고 육신만을 방패로 삼고 마음은 주에게서 멀어져 있는 자는 저주를 받으리라. 그는 황야에 버려진 자와 다름없어 선한 것이 찾아와도 알아보지 못하거늘. 그는 메마른 땅에, 황야에, 사람이 살지 않는 소금 덩어리 땅에 머물 것이다. 주를 믿고 주를 희망으로 삼는 자는 축복이 있으리라, 축복이 있으리라, 축복이 있으리라. 그는 물가에 심어진 나무와 같아 뿌리를 냇물 속으로 뻗으리라. 더위가 닥쳐도 끄떡없고 잎은 늘 푸르러 가뭄이 드는 해에도 걱정할 것 없으리니 그침 없이 열매를 맺을 것이니라. 이 세상에서 가장 간사한 것이 사람의 마음이니 사악하기 이를 데 없다, 그러니 누가 사람의 마음을 알 수 있겠는가?

울창한 검은 숲 속의 물이여, 무섭도록 검은 물이여, 너희는 그냥 말없이 조용하구나. 너희는 무섭도록 조용히 있구나. 숲

속에 폭풍이 휘몰아쳐 소나무들이 휘어지고 나뭇가지 사이의 거미줄이 찢겨 바람에 흩날려도 너희의 수면은 꼼짝도 않는구나. 그때 너희 검은 물들은 저 움푹한 곳에 고여 있고 거기 나뭇가지들이 떨어진다.

바람이 숲을 쥐고 흔들어도, 폭풍은 너희들 있는 그 아래까지는 도달하지 못한다. 너희들의 밑바닥에는 용도 없으며, 매머드의 시절은 갔다, 그곳엔 우리를 깜짝 놀라게 할 그 무엇도 없다, 너희의 안에서는 식물들은 썩어 가고, 물고기와 달팽이들만이 움직인다. 그 이상의 것은 없다. 그러나 설사 그렇다 해도, 너희가 물에 지나지 않는다 해도, 너희는 섬뜩하다, 검은 물이여, 무섭도록 조용한 물이여.

1928년 4월 8일, 일요일

"눈이 오려나? 이러다 4월에 눈을 보게 될지도 모르겠군." 프란츠 비버코프는 그의 조그만 셋방 창가에 앉아 왼팔을 창문턱에 세우고 손으로 머리를 괴고 있었다. 일요일 오후, 방 안은 따뜻하고 아늑했다. 칠리가 점심 때 난로에 불을 피워 놓은 덕분이다, 지금 그녀는 안방에서 그녀의 조그만 고양이와 잠들어 있다. "눈이 오려나? 하늘도 흐리고. 눈이라도 한번 왔으면 좋겠구먼."

프란츠가 눈을 감고 있을 때 종이 울렸다. 그는 한동안 말없이 앉아서 종소리를 들었다. 땡, 똥 똥 땡, 똥, 딩, 때앵 땡 똥. 그러다가 그는 머리에서 손을 치우고 귀를 기울였다. 두 개의 둔탁한 종과 하나의 맑은 종이었다. 종소리는 그쳤다.

왜 지금 종이 울리는 걸까, 그는 속으로 물어보았다. 그때 갑자기 종이 다시 울리기 시작했다, 매우 세차게, 열정적으로, 미쳐 날뛰며. 폭발하는 듯한 무시무시한 소리였다. 그러더니 그쳤다. 갑자기 온 사방이 정적에 잠겼다.

프란츠는 창문턱에 올려놓았던 팔을 거두어들이고 방으로 들어갔다. 칠리는 조그만 거울을 손에 들고 입술에는 머리핀을 물고서 침대에 앉아 있었다. 그녀는 프란츠가 다가가자 기분 좋게 콧노래를 흥얼거렸다. "오늘 왜 그러지, 칠리? 공휴일인가?" 그녀는 머리를 매만졌다. "그래요, 일요일 맞아요." "아니, 무슨 경축일이냐고?" "어쩌면 가톨릭 경축일인지는 모르죠." "아니, 종들이 미친 듯이 울려서 말이야." "어디서요?" "방금." "아무 소리도 안 들렸는데요. 당신은 무슨 소리를 들었어요, 프란츠?" "응, 정말 시끄러웠어. 생난리였다고." "혹시, 당신, 꿈꾼 거 아니에요?" 이런 놀랄 일이. "아냐, 꿈꾸지 않았다니까. 저쪽에 줄곧 앉아 있었다고." "얕은 잠이 들었던 건 아닌가요?" "아니야." 그는 굽히지 않았다. 그는 마비된 듯이 있다가 천천히 몸을 움직여 테이블의 자기 자리에 가서 앉았다. "그런 꿈을 꾸다니 말이 되나. 아냐, 난 분명히 들었어." 그는 맥주 한 모금을 꿀꺽 삼켰다. 그래도 두려움은 사라지지 않았다.

그는 칠리 쪽을 넘겨다보았다. 그녀는 어느새 거의 울상이 되어 있었다. "지금 누구한테 무슨 일이 일어났는지 어찌 알겠어, 칠리?" 그러더니 그는 신문은 어디 있느냐고 물었다. 그제야 그녀는 웃을 수 있었다. "오늘은 신문 안 와요, 일요일엔 신문 안 나오잖아요, 나 참."

그는 조간신문을 뒤적거리며 헤드라인만 살펴보았다. "전부 사소한 것들뿐이군. 흠, 전부 별 볼일 없는 것들이야. 대단한 사건은 없어." "종소리를 들은 건, 프란츠, 교회에 다니게 된다는 뜻 아닌가요?" "그놈의 목사 얘기는 하지도 마. 전혀 관심 없으니까. 그런데 참 웃기잖아. 처음에 무슨 소리를 들었을 땐 뭔가 있는 줄 알았는데 찾아보니 아무것도 없다니 말이야." 그는 골똘히 생각에 잠겼고, 그녀는 그의 옆에 서서 그를 어루만졌다. "잠깐 내려갔다 올게, 바람 좀 쐬러, 칠리. 한 시간 정도. 무슨 일이 있었는지 사람들한테 들어 보게. 저녁이 되면 《벨트》나 《몬탁 모르겐》 같은 신문이 나오겠지만 내가 직접 가서 알아봐야겠어." "참, 프란츠, 당신은 늘 무슨 생각이 그렇게 많아요. 이런 기사나 실려 있겠죠. 프렌츨라우 성문 앞에서 청소차가 사고를 일으켜 싣고 있던 쓰레기가 다 쏟아졌다. 아니면, 잠깐만요, 이런 기사일 거예요. 한 신문팔이가 거스름돈을 거슬러 주다가 실수하는 바람에 가진 돈을 다 내주고 말았다."

프란츠는 웃었다. "자, 다녀올게, 내 사랑 칠리."

"다녀오세요, 내 사랑 프란츠."

그런 다음 프란츠는 천천히 네 개의 계단을 내려갔다. 그리고 그 뒤로 그는 칠리를 다시는 보지 못했다.

그녀는 5시까지 방에 앉아 기다렸다. 그가 오지 않자 그녀는 길거리로 나가 프렌츨라우 가 모퉁이까지 술집들을 돌며 수소문을 해 보았다. 그러나 그의 모습은 어디에서도 눈에 띄지 않았다. 그이는 그냥 자기가 꿈에서 보았던 엉터리 같은 일을 신문에서 확인해 보겠다고 했던 거야, 그녀는 생각했다. 다른 곳으로 갔는지도 몰라. 프렌츨라우 가 모퉁이의 그 술집 여주인은 말했다. "아뇨, 여기는 안 왔어요. 참, 그런데 폼스 씨가 찾던데요. 그래서 비버코프 씨가 사는 곳을 알려 주었어요. 아마도 그쪽으로 찾아간 것 같던데." "아뇨, 우리 집에는 아무도 안 왔어요." "집을 못 찾았나 보군요." "그런가 봐요." "아니면 문 앞에서 그를 만났는지도 모르죠."

칠리는 저녁 늦게까지 그 술집에 앉아 있었다. 술집은 손님들로 들어차기 시작했다. 그녀는 줄곧 문 쪽만 바라보았다. 그녀는 집에도 한번 달려갔다가 다시 돌아왔다. 유일하게 메크만 들렀다. 그는 그녀를 달래며 십오 분가량 이런저런 재미있는 이야기를 들려주었다. 그는 말했다. "그 친구는 분명히 돌아와요, 녀석은 집에서 먹던 빵 맛을 못 잊을 테니까요, 걱정할 것 없어요, 칠리." 그러나 그렇게 말하는 사이 메크는 전에 리나가 찾아와 함께 앉아 있었던 기억이 얼핏 떠올랐다. 그 당시 그녀 역시 프란츠를 찾고 있었다. 뤼더스와 구두끈을 팔며 문제가 생겼을 때의 일이다. 칠리가 어두컴컴하고 질척한 거리로 다시 나서자 메크도 덩달아 그녀를 따라나설 뻔했다. 그러나 그녀를 괜히 두렵게 만들고 싶지 않았다. 어쩌면 전혀 아무 일도 아닐 수 있으니까.

칠리는 갑자기 분노가 치밀어 라인홀트를 찾아갔다. 어쩌면 그 인간이 프란츠에게 여자 하나를 맡아 달라고 하여 프란츠가 자기를 버렸을지도 모를 일이었다. 라인홀트의 셋방은 굳게 잠겨 있었고 아무도 없었다. 트루데도 없었다.

그녀는 다시 프렌츨라우 가 모퉁이의 그 술집으로 천천히 발을 옮겼다, 몇 번이고 그 술집으로 다시 되돌아갔다. 눈이 내렸다, 그러나 눈은 곧 녹아 버렸다. 알렉산더 광장에서는 신문팔이들이 《몬탁 모르겐》,《벨트 암 몬탁》!"을 소리쳤다. 그녀는 낯선 신문팔이에게서 신문을 한 부 사서 들여다보았다. 무슨 일이 있었을까, 오늘 오후 그가 한 말이 사실일까, 생각하며. 아니, 이런, 미국 오하이오에서는 철도 사고가 났네, 공산주의자들과 나치당원들 사이에 충돌이 벌어졌고, 아냐, 프란츠는 이런 일에 끼어들지는 않을 거야, 빌머스도르프에서는 화재로 많은 피해. 이런 게 지금 나하고 무슨 상관이야. 그녀는 휘황찬란한 티츠 백화점 앞을 어슬렁대며 지나서 차도를 건너 프렌츨라우 가 쪽을 향했다. 우산도 없이 걸었기 때문에 옷이 흠뻑 젖었다. 프렌츨라우 가의 조그만 빵집 앞에는 한 무리의 거리의 여자들이 우산을 받쳐 들고 길을 막고 서 있었다. 그들 바로 뒤쪽에서 한 건물의 현관에서 나오던, 머리에 모자도 쓰지 않은 한 뚱뚱한 사내가 그녀에게 말을 붙였다. 그녀는 그 사내 옆을 얼른 지나쳤다. 다음에 또 수작을 거는 녀석이 있으면 상대해 줘야지, 그런데 대체 그 인간은 어떻게 된 거야. 내 생전 이런 더러운 꼴은 처음 당해.

9시 45분이었다. 끔찍한 일요일이다. 그 시각, 프란츠는 이 도시 다른 구역의 땅바닥에 널브러져 있었다, 머리는 하수구에 박고, 다리는 보도에 걸쳐 놓은 채.

프란츠는 계단을 걸어내려 간다. 한 단, 또 한 단, 또 한 단, 한 단, 단, 단, 네 개의 층계를, 줄곧 아래로, 아래로, 아래로, 더 아래로. 어질어질하고 머릿속이 흐릿하다. 수프를 끓여 줘, 슈타인 양, 스푼을 줘, 슈타인 양, 스푼을 줘, 아가씨, 수프를 끓여 줘, 슈타인 양. 안 돼, 나는 그렇게는 못해, 저 색골 때문에 얼마나 진땀을 흘렸는데. 바람 좀 쐬어야겠어. 여기 이 난간에는 조명이 제대로 되어 있지 않아서 못에 찔릴 수도 있겠군.

3층에서 문이 열리고 한 남자가 무거운 몸으로 그의 뒤를 따라 내려온다. 저 사람, 계단을 내려오는데도 저렇게 헐떡이니 분명 배가 나왔을 거야. 프란츠 비버코프는 건물 문 앞에 서 있다, 공기는 흐리면서 부드럽다, 곧 눈이 내릴 것 같다. 계단을 막 내려온 남자가 그의 옆에 와서 숨을 몰아쉰다, 살이 피둥피둥한 키가 작은 남자였다, 하얀 얼굴은 퉁퉁 부어 있었고 머리에는 녹색 펠트 모자를 쓰고 있다. "숨이 많이 가쁘신가 봐요?" "예, 살이 많이 찐 데다 계단을 자주 오르내리니까요." 그들은 함께 길을 따라 걷는다. 숨을 헐떡이던 남자는 기침을 한다.

"오늘만 해도 계단 네 개를 다섯 번이나 오르내렸소. 한번 계산해 봐요, 오르내린 계단의 수만 해도 스물이지요, 각 계단마다 단이 평균 삼십 개입니다, 나선형 계단은 길이는 짧지만 오르내리기는 더 힘들어요. 그러니까 각 계단의 단이 삼십 개이고, 계단의 수가 다섯이니까 총 백오십 개의 단이죠. 이것들을 올라갔다 내려갔다 하는 거요." "그러면 도합 삼백 단이 되네요, 그래서 아까 보니 내려올 때도 힘을 많이 쓰더군요." "맞습니다, 내려올 때도 그래요." "나 같으면 다른 직업을 알아볼 것 같네요."

함박눈이 내린다, 눈은 이리저리 나부낀다, 아름다운 광경이다. "그래요, 광고를 보고서 가는 중이오, 이 일은 늘 해야 해요. 이 일에는 평일도 없고 일요일도 없어요. 오히려 일요일이 더 바쁘죠. 대부분 일요일에 광고를 더 많이 내니까요, 아마 그게 더 효과가 있다고 생각하는 것 같습니다." "그렇겠네요, 일요일엔 시간적 여유가 나니까요. 그건 보지 않아도 뻔해요. 그게 내 전공이거든요." "당신도 광고 쪽 일을 하나요?" "아뇨, 나는 그냥 신문이나 팔죠. 지금은 신문을 읽으러 가는 길입니다." "아, 그래요, 나는 벌써 다 읽었습니다만. 날씨 참 요상하죠. 이런 날씨 본 적 있어요?" "4월인데요, 어제만 해도 괜찮더니만. 내일은 다시 화창해질 겁니다. 내기할까요?" 남자는 다시 헐떡대기 시작한다. 가로등들은 벌써 켜졌다. 그 남자는 한 가로등 밑으로 가더니 겉표지가 떨어져 나간 작은 수첩을 꺼내 눈에서 멀리 떼어 놓고 읽는다. 프란츠가 말한다. "수첩 다 젖겠소." 상대방은 그의 말을 듣지 않고 수첩을 다시 주머니에 넣는다. 대화는 끝났다, 프란츠는 생각한다, 이제 헤어져야겠다. 그때 키 작은 그 남자가 녹색 모자 밑으로 그를 쳐다본다. "이봐요, 이웃 양반, 당신은 뭘 해서 먹고살죠?" "그런 건 왜 묻죠? 나는 신문팔이입니다. 어디에 얽매이지 않은 신문팔이죠." "흠, 그러면 그걸로 돈을 버는가 보군요. "네, 그렇습니다." 그런 건 왜 묻는 거야. 참, 웃기는 작자군. "그래요, 나도 늘 그런 것을 하고 싶었지요, 내 힘으로 자유롭게 돈을 버는 거 말입니다. 하고 싶은 일을 할 수 있다는 건 참 멋진 일이죠. 게다가 수완까지 있으면 더 바랄 게 없죠." "다 그런 것은 아니지요. 그런데 당신은 정말 많이도 걷는군요. 오늘은 일요일에다 날씨도 이러니 다니는 사람이 많지 않네요." "맞아요, 맞아요. 나는 반나절은 걸어 다녀요. 그래 봤자 생기는 것은 없어요, 아무것도 없어요. 요즘엔 사람들이 돈이 궁한가 봐요." "죄송합니다만 무슨 장사를 하시는지 알 수 있을까요?" "연금이 조금 있지요. 나는 남의 간섭을 받지 않고 일도 하고 돈도 벌고 싶었어요. 그런데 삼 년 전부터 연금을 받는 신세가 되었습니다. 그전엔 우체국에서 일했지요. 그리고 요즘은 그냥 걸어 다니는 게 일이지요. 이를테면 이런 겁니다. 먼저 신문을 읽은 다음 사람들이 광고에 낸 물건들을 직접 가서 눈으로 보는 거지요." "그렇다면 가구 같은 건가요?" "아무거나 다요, 중고 사무용 가구, 베히슈타인 그랜드 피아노, 낡은 페르시아 양탄자, 자동 피아노, 우표수집품, 주화, 죽은 사람들이 남긴 의상들." "죽기도 많이 죽는군요." "정말 많습니다. 그러면 나는 직접 가서 눈으로 확인한 다음 구입하는 겁니다." "그런 다음 그것을 다시 파는 거군요."

그러더니 그 천식 환자 사내는 다시 입을 다물고 외투 속으로 몸을 움츠렸다. 그들은 부드러운 눈 속을 어슬렁대며 걸어갔다. 다음 가로등에 이르렀을 때 그 뚱뚱한 천식 환자는 주머니에서 한 다발의 우편엽서를 꺼내 서글픈 눈빛으로 프란츠를 바라보며 그중 두 장을 그의 손에 쥐어 주었다. "한번 읽어 보시구려." 엽서에는 다음 같이 적혀 있었다. "님께, 우체국 소인 날짜, 형편상 어제 체결한 계약을 취소하게 됨을 유감스럽게 생각합니다. 경의를 표하며. 베른하르트 카우어." "카우어가 당신 성이군요?" "네, 맞아요, 복사기로 인쇄한 겁니다. 복사기는 예전에 사 놓은 거지요. 내가 구입한 유일한 물건입니다. 인쇄는 혼자서 합니다. 한 시간에 오십 장 정도는 할 수 있어요." "그게 무슨 말인가요? 대체 그게 무슨 뜻이죠?" 이 인간이 머리가 돌았나 봐, 눈동자도 불안하고. "이 대목을 한번 읽어 봐요. '형편상 취소하게 됨을.' 사는 거야 사지만 돈을 지불할 수 있어야지요. 돈을 지불하지 않는데 누가 물건을 내주겠습니까. 그렇다고 그 사람들을 욕할 수도 없는 노릇이지요. 나는 언제고 달려가서 물건을 사고 계약을 맺고 기뻐합니다, 상대방도 기뻐하지요, 일이 아주 매끄럽게 진행되었으니까요. 그때 나는 속으로 생각합니다, 이거 횡재했다, 세상에 이렇게 멋진 게 있나, 참 훌륭한 주화 수집물이다. 여기서 당신에게 들려줄 이야기가 있어요. 갑자기 알거지가 된 사람의 입장을 아시죠, 내가 가서 이런저런 것을 구경하고 있으면 그들은 자기들 상황을 다 이야기해 줍니다. 수중에 동전 몇 푼밖에 없는 사람들이야말로 얼마나 비참하겠습니까. 집에 있는 것을 뭐라도 사 주는 것, 그게 그들한테는 필요하지요. 세탁기나 조그만 냉장고라도 처분할 수 있다면 그들은 기뻐합니다. 그러면 나는 아래층으로 내려갑니다, 정말 거기 있는 것들을 다 사고 싶지요, 그런데 바로 아래층에서 나는 큰 고민에 휩싸입니다. 돈이 없다는 거지요, 돈이." "하지만 당신에게서 그 물건을 사 갈 사람도 있어야 할 게 아닙니까." "그게 잘 안 돼요, 그래서 복사기를 구입한 거죠, 그걸로 엽서를 찍어 내죠. 엽서 한 장에 5페니히의 비용이 듭니다, 그게 우편 요금이죠, 그것으로 끝이죠."

프란츠의 눈이 휘둥그레졌다. "그게 사실입니까? 혹시 진심으로 한 말은 아니죠." "그 우편 요금도 줄일 수 있습니다. 그러면 5페니히를 절약하는 거죠, 나가는 길에 그 집 우편함에다가 직접 집어넣는 것입니다." "그러다 보니 다리가 아프고 숨이 가쁜 거 아닌가요, 뭣하러 그렇게 하죠?"

그들은 알렉산더 광장에 다다랐다.

그곳에 사람들이 모여 있었다, 둘은 그리로 다가갔다. 키가 작은 사내가 프란츠를 올려다보며 분노를 터뜨렸다. "당신도 한 달에 85마르크를 가지고 생활해 보라고요, 그걸로 생활이 되나." "자, 그러지 말고 매상이나 신경 써요. 원한다면 내가 아는 사람한테 한번 물어봐 줄 테니까." "관둬요, 누가 당신한테 그런 거 물어봐 달라고 그랬소? 나는 내 장사 혼자할 거요, 동업 같은 것은 필요 없어." 그들은 구경꾼들 한가운데 서 있었다, 흔히 볼 수 있는 언쟁이었다. 프란츠는 같이 왔던 키작은 남자를 찾아봤지만 사라지고 보이지 않았다. 그렇게 발발거리고 돌아다니다니! 프란츠는 놀랐다, 나를 완전히 납작하게 만들어 버리는군. 도대체 내가 찾는 그 사고는 어디서 일어난 거지? 그는 어느 조그만 술집에 들어가 브랜디를 한잔 하면서 지역 신문인 《포어베르츠》를 훑어봤다. 《모텐포스트》에 실린 기사 이상의 것은 없었다, 영국과 파리에서 열린 경마 기사, 돈깨나 썼겠군. 귀에 그토록 종소리가 크게 울리면 그것도 큰 행운의 징조가 아닐까.

이제 그는 집으로 돌아가기 위해 발걸음을 돌리려 한다. 그러나 건너편에 웬 사람들이 모여 있으니 궁금해서 가 보지 않을 수 없다. 샐러드를 곁들인 큼직한 보크 소시지 있어요! 여기, 젊은이, 큼직한 보크 소시지 있어요. 《몬탁 모르겐》, 《디 벨트》, 《디 벨트 암 몬탁》!

이 두 녀석들 좀 보십시오, 이 녀석들은 벌써 반시간이 넘도록 치고받고 싸우고 있습니다, 별 대수로운 이유도 없이. 이봐요, 이 자리는 내일까지 내 차지란 말이오. 참, 나, 당신 무슨 입석표라도 예약했다는 거요, 무슨 자리를 그렇게 많이 차지하려고. 아니, 보아하니 당신 벼룩만 한 게 별로 자리도 필요치 않겠구먼. 어라, 저것 좀 봐, 저 녀석이 주먹 쓰네.

그러자 프란츠는 궁금해서 사람들 틈바구니를 뚫고 앞쪽으로 나아간다, 저기 지금 치고받고 하는 녀석들이 누구지? 두 놈의 젊은 녀석들이다, 그가 아는 놈들이다, 그래 품스의 똘마니들이다. 너, 지금 뭐라고 했어? 턱, 소리와 함께 키가 큰 녀석이 뒤에서 상대의 목을 조른다. 픽 하며 키다리는 상대 녀석을 진흙탕에다 메다꽂는다. 이 친구, 그딴 녀석한테 픽픽 나가떨어지는 꼴이 형편없구먼. 거기 모여 있는 사람들, 거기 뭐야, 거기! 아니 이런, 경찰이다, 녹색 제복이다. 경찰이다, 경찰, 도망쳐라. 비옷을 입은 경찰 둘이 모여 있던 사람들 틈을 비집고 다가온다. 어이쿠, 뒤엉켜 싸우고 있던 녀석들 중 한 녀석은 벌떡 일어나 사람들 틈으로 줄행랑을 친다. 또 다른 녀석, 그 키 큰 녀석은 바로 일어나지 못한다, 옆구리를 세게 얻어맞았다, 아주 정통으로. 순간 프란츠가 사람들을 헤치며 앞쪽으로 뛰쳐나온다. 쓰러져 있는 저 친구를 그냥 버려둘 수는 없어, 이런 인간들하고는, 아무도 손 하나 까딱하지 않는군. 프란츠는 어느새 그를 부축해서 사람들 틈으로 사라진다. 녹색의 제복들이 주위를 둘러본다. "대체 여기 무슨 일이오?" "두 녀석이 싸웠소." "자, 다들 돌아가요, 어서." 이 사람들은 늘 늦게 와서는 고함이나 지르고 뒷북이나 치지. 경찰관 나리, 우리는 벌써 돌아가고 있으니까, 괜히 흥분하지 말라고.

프란츠는 키 큰 녀석과 함께 프렌츨라우 가 불빛이 희미한 어느 집 현관 앞에 앉아 있다. 여기서 번지수로 두 집 떨어진 집에서 약 네 시간 뒤면 모자를 쓰지 않은 한 뚱보가 나와 칠리에게 지분댈 것이다. 그래도 그녀는 일단 그냥 지나치고, 두 번째 녀석은 분명 상대할 것이다, 이 비열한 자식, 프란츠 놈, 치사하게 사람을 속이다니.

프란츠는 현관에 앉아 비실대고 있는 에밀을 흔들어 깨운다. "이봐, 정신 차려, 술집까지는 가야 할 거 아냐. 그러지 말고, 그깟 펀치 하나 못 참나. 좀 추슬러야지, 아스팔트를 질질 다 끌고 갈 텐가?" 그들은 길을 건넌다. "자넬 제일 좋은 술집에 데려다 줄게, 에밀, 난 집에 가야 해, 색시가 기다리고 있어." 프란츠는 그와 악수를 한다, 그때 상대가 다시 그를 향해 몸을 돌린다. "부탁 좀 하나 들어줘요, 프란츠. 오늘 품스하고 물건을 가져와야 돼요. 그에게 잠깐 들러 줘요, 여기서 몇 걸음 안 돼요, 이 거리에 있어요. 어서 가 봐요." "이런 참 나, 이봐, 난 시간이 없어." "가서 그냥, 오늘은 내가 못 간다고만 전해 줘요, 그 사람이 날 기다리고 있을 거예요. 그렇지 않으면 그 사람은 아무것도 못해요."

그 말에 프란츠는 욕설을 퍼부으며 자리에서 일어난다, 빌어먹을, 잘해 봐, 이 친구야, 난 집에 갈 테니까, 칠리를 계속 기다리게 할 수는 없다고. 바보 같은 자식, 누구는 시간을 어디서 훔쳐다 쓴담. 그는 뛰어간다. 가로등 아래서 어떤 작은 사내가 서서 수첩을 읽고 있다. 저 사람 누구지? 어, 내가 아는 사람이군. 그때 그 사나이는 고개를 들더니 곧장 프란츠를 향해 걸어온다. "아하, 난 또 누구라고! 바로 그 세탁기와 냉장고가 있던 건물에서 나온 분이시군요. 나중에 집에 가게 되면 여기 이 엽서 좀 전해 줘요, 그러면 내가 우편 요금을 절약할 수 있으니까." 그러면서 그는 프란츠의 손에 엽서를 쥐어 준다, '사정상 취소해야겠습니다.' 그러고 나서 프란츠 비버코프는 차분하게 계속 걸어간다, 이 엽서를 칠리한테 보여 줘야지, 서두를 것 전혀 없어. 그는 머리가 돈 것 같은, 그 엽서 배달하는 나부랭이를 생각하니 속으로 절로 웃음이 나온다, 하루 종일 발발대며 다니며 팔아도 수중에는 돈 한 푼 없다니, 그래도 저 인간은 새가 한 마리 있어,* 그것도 흔히 볼 수 있는 잡새가 아니라 온가족이 다 먹고도 남을 만큼 큼직한 어미 닭이라고.

"안녕하쇼, 품스 씨, 이렇게 불쑥 찾아와서 놀랐을 것 같군요. 잠깐만요, 전할 말이 있어 온 겁니다. 알렉산더 광장을 건너고 있는데, 란츠베르크 가에서 치고받고 한바탕 격전이 벌어졌더군요. 그래서 가 봤죠. 싸움질을 하던 녀석들이 누군지 아세요? 네? 당신이 데리고 있는 그 키 큰 녀석 에밀하고, 나하고 이름이 같은 그 조그만 프란츠라는 녀석이더군요, 누구를 말하는 건지 알겠죠?" 이 말을 듣고 품스 씨가 대답한다. 그도 벌써부터 프란츠 비버코프를 생각하고 있었다, 그리고 그 두 녀석 사이에 뭔가 있다는 낌새는 오늘 낮에 이미 눈치챘다고. "그렇다면 그 키 큰 녀석은 못 올 테니, 비버코프, 당신이 나를 좀 도와줘요." "뭘 어떻게 도와달라는 거죠?" "지금 시각이 6시군요. 9시에는 가서 물건들을 가져와야 해요. 비버코프, 오늘은 일요일이니 별 할 일이 없겠네요, 일에 대한 대가는 드릴게요, 그리고 좀 더 써서 시간당 5마르크로 하죠." 프란츠는 약간 머뭇댄다. "5마르크라고요?" "난 지금 곤란한 상황에 있어요, 그 두 녀석이 나를 이렇게 궁지에 빠뜨린 겁니다." "그래도 그 작은 녀석은 올지 모르잖소." "자, 그럼 결정 난 겁니다,

---

* '새를 가지고 있다'라는 말은 '머리가 돌았다'라는 뜻.

일에 대한 대가로 5마르크를 드릴게요, 에라, 5마르크 50으로 해 드리죠, 기왕에 쓰는 거."

품스의 뒤를 따라 계단을 내려가는 동안 프란츠는 마음속으로 자꾸만 웃음이 터진다. 정말 운 좋은 일요일이야, 이런 기회는 날이면 날마다 오는 게 아니야, 실제로 그 종소리가 의미가 있었던 것 같군, 이걸로 한밑천 잡겠는 걸, 흠, 일요일에 15마르크 내지 20마르크라, 무슨 일에 대한 대가인지는 모르지만. 그는 기분이 너무 좋다, 그때 그 엽서 배달질 하는 사내가 건네준 엽서가 주머니 속에서 바스락댄다, 그는 이제 건물 현관 앞에서 품스와 작별을 하려 한다. 그러자 품스는 깜짝 놀란 표정을 짓는다. "아니 이게 무슨 소리요, 난 얘기가 끝난 걸로 생각했는데, 비버코프." "물론, 물론이죠, 나를 믿으시오, 하지만 잠깐 집에 좀 갔다 와야 해서요, 아시겠지만, 집에 색시가 있어요, 칠리라고 하는, 아마 당신도 라인홀트한테 얘기를 들어 알 텐데요, 전엔 그 친구가 데리고 있었지요. 여자를 온종일 그딴 곳에 버려 둘 수는 없는 노릇이죠." "안 돼요, 비버코프, 지금 당신을 보내 줄 수 없어요. 나중에 가서 모든 것이 다 수포로 돌아가요, 나도 입장이 곤란해져요. 안 돼요, 여자 때문이라니, 그런 것은 안 돼요, 그런 걸로 일을 망쳐서는 안 돼요. 그 여자는 당신을 버리고 도망치지는 않을 거요." "그건 나도 알아요, 참 말씀 잘했어요, 정말로 그 여자는 믿을 수 있는 여잡니다. 그래서 더 그러는 거죠. 그 여자를 거기 그렇게 혼자 있게 내버려둘 수는 없어요. 그 여자는 지금 아무것도 듣지도 보지도 알지도 못하는 상태잖소. 내가 뭘 하고 있는지 말이오." "자, 어서 갑시다, 다 잘될 거요."

'그런데 내가 할 일이란 게 뭔가?' 프란츠는 생각했다. 그들은 걸어갔다. 다시 예의 그 프렌츨라우 가의 모퉁이다. 벌써 여기저기에 거리의 여자들이 나와 서 있었다. 그로부터 몇 시간 뒤면 프란츠를 찾으러 이곳저곳 수소문하고 다닐 칠리가 보게 될 바로 그 여자들이다. 시간은 흐르고, 프란츠의 주위에는 온갖 것들이 모여든다. 잠시 후면 그는 차에 타고 있을 것이며, 그들의 손아귀에 들어가게 될 것이다. 지금 그는 어떻게 하면 그 정신 나간 인간에게서 받은 엽서를 빨리 전달할 수 있을까, 그리고 어떻게 하면 잠깐이라도 칠리에게 후딱 갔다 올 수 있을까 생각한다, 그 여자는 기다리고 있는데.

그는 폼스와 함께 알테원하우스 가를 따라 가다가 어느 건물의 측량으로 올라간다. 저기에 내 사무실이 있어요, 폼스가 말한다. 위로 올라가니 전등도 켜 있고 전화기, 타자기까지 갖추어져 있어 제법 사무실처럼 그럴싸해 보인다. 얼굴 표정이 엄해 보이는 한 중년 부인이 프란츠와 폼스가 앉아 있는 방에 수시로 드나든다. "여긴 내 마누라고요, 이분은 프란츠 비버코프 씨야, 오늘 나와 할 일이 있어서 왔어." 그녀는 아무것도 못 들은 체하며 나가 버린다. 폼스가 책상에 앉아 뭔가 확인하느라 분주한 사이, 프란츠는 의자 위에 놓여 있던《베를리너차이퉁》을 읽는다. 카누를 타고 3000해리를 항해한 귄터 플뤼쇼, 여객선 휴가 여행, 라니아 연출의 「호황」, 레싱 극장에 오르는 피스카토르 무대. 피스카토르 직접 연출. 피스카토르가 뭐고, 라니아가 뭐지? 포장이란 게 뭐고 내용물이라는 게 뭐지, 그래, 드라마라는 것이 뭐지? 인도에서 조혼이 사라지다, 상을 받은 가축을 위한 공동묘지. 토막 소식 : 브루노 발터는 4월 15일 일요일에 시립 오페라 극장에서 이번 시즌의 마지막 콘서트를 지휘한다, 연주할 곡목은 모차르트의 내림마장조 교향곡이다, 순이익금은 빈의 구스타프 말러 기념비 조성 기금으로 쓰일 예정. 운전사, 32세, 기혼, 운전면허 2a, 3b, 자가용이나 트럭 운전사 자리 원함.

품스 씨는 시가에 불을 붙이려고 책상 위에서 성냥을 찾는다. 그때 그 중년의 여자가 벽지를 바른 문을 열고 이어 세 사내가 천천히 걸어 들어온다. 품스는 고개를 들지 않는다. 모두 품스의 똘마니들이다, 프란츠는 그들과 악수를 한다. 그 여자가 다시 나가려 하자 품스가 프란츠에게 손짓을 한다. "혹시, 비버코프, 아까 전달해야 할 편지가 있다고 했잖소? 자, 클라라, 이것 좀 신경 써 줘." "아이고, 참말 고맙습니다, 품스 부인, 이렇게 호의를 베풀어 주셔서. 아, 편지는 아니고요, 그냥 엽서입니다, 내 색시 앞으로 보내는 겁니다." 프란츠는 그 여자에게 자기 주소를 정확하게 말하고서 그것을 품스의 사무용 편지 봉투에다 다시 써 준다, 그리고 칠리에게 아무 걱정 말고 있어라, 10시까지는 들어갈 것이다, 그리고 이 엽서는……. 등의 말도 전해 달라고 부탁한다.

이렇게 해서 모든 일은 순조롭게 돌아간다, 그는 이제야 제대로 한시름 던 듯한 느낌이다. 그 깡마른 못된 계집은 부엌에서 봉투에 적힌 것을 읽어 보더니 봉투를 불 속에 던져 버린다. 그리고 엽서는 구깃구깃 구겨서 쓰레기통에 던져 버린다. 그러고는 난로 곁으로 파고들어 마시던 커피를 계속 마신다, 아무것도 생각하지 않고 그냥 앉아서 커피를 마신다, 따스하다. 그런데 베레모를 쓰고 초록색 두꺼운 군복 외투를 걸치고 발을 질질 끌며 걸어오는 자를 보자, 비버코프는 뛸 듯이 기뻤다, 아니 저게 누구인가? 얼굴에 깊은 골이 팬 저자는 누구인가? 마치 진흙뻘에서 먼저 한쪽 발을 빼내고 이어 다음 발을 빼내듯 다리를 질질 끌며 걷는 저자는 누구인가? 아니 저건 라인홀트다. 순간 그는 한결 마음이 가벼워진다. 정말 잘됐다! 자네하고 같이 일을 하게 되다니, 라인홀트, 이제 무슨 일이든 겁날 것 없어. "아니, 당신도 함께 하는 거요?" 라인홀트는 코를 훌쩍대며 묻더니 발을 질질 끌며 서성인다. "결심 한번 잘했구먼." 그러자 프란츠는 알렉산더 광장에서 있었던 격투 얘기며, 자기가 키다리 녀석 에밀을 도와준 얘기며 이야기를 시작한다. 그들, 그 네 사람은 열심히 귀를 기울이고, 품스는 아직 뭔가를 쓰고 있다, 그들은 서로 팔꿈치로 쿡쿡 찌르고는 둘씩 귓속말을 주고받는다. 그들 중 한 사내만이 내내 프란츠의 이야기를 들어 주고 있다.

8시 정각에 출발이다. 모두 단단히 옷을 껴입었다, 프란츠도 외투를 하나 받는다. 그는 환한 얼굴로 그 외투를 자기 것으로 갖고 싶다고 말한다, 이 양털 모자도, 제기랄. "안 될 것도 없소." 그들이 말한다. "자기가 벌면 되는 거지."

그들은 출발한다, 밖으로 나오자 캄캄한 어둠이다, 게다가 땅바닥은 질퍽하기 짝이 없다. "도대체 뭘 하려는 거요?" 그들이 도로에 다다르자 프란츠가 묻는다. 그들이 대답한다. "일단 차를 한두 대 잡고서 그다음엔 사과나 그 밖의 여러 물건들을 가지러 가는 거지." 그들은 많은 차들을 그냥 보낸다, 메츠 가에 차가 두 대 서 있다, 그들은 그 차를 잡아타고서 출발한다.

두 대의 자동차는 반시간 남짓 앞뒤로 뒤따르며 달린다. 캄캄했기 때문에 어디쯤 달리고 있는지 알 수가 없다, 어쩌면 바이센제나 프리드리히스펠데인 것 같다. 젊은 녀석들이 말한다. 꼰대는 뭔가 먼저 처리할 일이 있나 봐. 이윽고 그들은 어떤 건물 앞에 와서 멈춘다, 넓은 가로수 길이다, 템펠호프인 것 같다, 다른 녀석들도 어딘지 모르겠다며 담배만 꾸역꾸역 피워 댄다.

라인홀트는 이쪽 편 자동차에 비버코프 옆에 앉아 있다. 이 라인홀트의 목소리가 평소와 너무나 달라져 있다! 더듬지도 않고 말소리도 크며 앉아 있는 자세도 무슨 대장이나 된 듯 반듯하다. 이 친구 심지어 웃기까지 하고, 자동차에 탄 다른 녀석들은 고분고분 듣기만 한다. 프란츠는 그를 팔로 감싸 안는다. "이봐, 라인홀트, 이 친구야, (그는 그의 모자 밑 목덜미에 대고 속삭인다.) 그래, 말 좀 해 봐, 내가 일러 준 여자들 처방 어땠어? 응?" "그래, 아주 좋아, 잘됐다고." 라인홀트는 프란츠의 무릎을 찰싹찰싹 때린다, 제법 센걸, 펀치 한번 끝내주는걸! 프란츠는 콧방귀를 뀌며 말한다. "우리 같은 남자들이 계집 같은 것 때문에 흥분해야 하나, 결혼할 여자는 아직 태어나지도 않았는데 말이야, 안 그래?"

사막의 삶은 대개 힘들기만 하다.

낙타들은 찾고 또 찾지만 아무것도 찾지 못하고, 그러던 어느 날 우리는 백골이 된 낙타의 뼈를 발견한다.

품스가 트렁크를 하나 들고서 다시 차에 타자 두 대의 자동차는 쉬지 않고 도시를 가로질러 달린다. 시간은 9시에 가까워지고 있고, 그때 그들은 뵐로 광장에 와서 멈춘다. 이제부터는 걸어서 간다, 각자 떨어져, 둘씩, 둘씩, 짝을 지어서. 그들은 시내 전차의 아치 밑을 통과한다. 프란츠가 말한다. "조금만 더 가면 시장이겠군." "그래, 거의 다 왔어요, 일단 물건을 가져온 다음 나중에 저쪽으로 운반하는 거죠."

갑자기, 앞에 가던 녀석들이 사라져 보이지 않는다, 그들이 있는 곳은 카이저빌헬름 가의 전찻길 바로 옆이다, 이번엔 프란츠 역시 자기 짝과 함께 어느 건물의 열려 있는 컴컴한 현관 속으로 사라졌다. "바로 여기요." 프란츠의 곁에 있던 녀석이 말한다, "이젠 시가를 버려요." "왜?" 녀석은 프란츠의 팔을 움켜잡더니 그가 입에 물고 있던 시가를 홱 낚아챈다. "내 명령이니까." 프란츠가 뭘 어째야 할지 갈피를 잡기도 전에 녀석은 어두운 안마당 저편으로 가 버린다. 이봐, 빌어먹을, 사람을 이 컴컴한 어둠 속에 혼자 두고 가면 어떡하자는 거야, 나머지 녀석들은 대체 어디 있는 거야? 프란츠가 엉거주춤하게 안마당으로 기어가자 손전등의 불빛이 그를 비춘다, 눈이 부시다, 녀석은 품스이다. "이봐, 당신, 거기서 뭐해? 당신은 여기 있으라는 게 아니요, 비버코프, 밖에 가서 서 있으라고요, 당신 임무는 망보는 거요, 당장 돌아가요." "아니, 나도 물건을 날라야 할 걸로 생각했는데." "말도 안 되는 소리 마시오, 어서 돌아가라니까, 누가 아무 얘기도 해 주지 않던가요?"

손전등의 불이 다시 꺼지고, 프란츠는 엉거주춤한 걸음걸이로 다시 돌아간다. 그의 몸속에서 뭔가가 부르르 떤다, 그는 숨을 꿀컥 삼킨다. "뭐가 이래, 녀석들은 다 어디 간 거야?" 그는 어느새 앞쪽 현관에 와서 서 있다, 그때 그의 등 뒤에서 두 녀석이 다가온다 ── 도둑질과 살인을 일삼는 녀석들이야, 녀석들은 이곳에 침입해서 물건을 훔쳐 가고 있어, 이곳으로부터 달아나야겠다, 여기서 도망치자, 얼음판을 건너 미끄럼틀을 타고 멀리 길을 돌아서 물을 건너 알렉산더 광장까지 가는 거야 ─ 녀석들이 그를 잡는다, 그중 한 놈은 라인홀트다, 녀석은 손이 꼭 무쇠발톱 같다. "얘기 못 들었어? 여기 서서 망이나 봐." "누가, 누가 그런 말을 해 줬다는 거야?" "이런 빌어먹을, 잔소리 집어치워, 시간 없으니까, 그렇게 눈치가 없어? 쓸데없는 짓 하지 마, 여기 서 있다가 무슨 일이 생기면 신호나 하라고." "나는 말이야……." "아가리 닥치라니까, 이 자식이." 프란츠의 오른팔을 향해 주먹이 한 방 날아온다, 어찌나 센지 몸이 뒤틀린다.

프란츠는 어두컴컴한 현관에 혼자 서 있다. 온몸이 덜덜 떨린다. 내가 왜 여기 서 있는 거지? 이 자식들이 나를 감쪽같이 속여 넘겼어. 그 개자식은 나한테 주먹까지 날리고. 이놈들이 지금 저 안에서 도둑질을 하고 있어, 도대체 뭘 훔치는 거지? 이 녀석들은 분명 과일 장사하는 놈들은 아니야, 도둑놈들일 뿐이야. 검은 나무들이 쭉 늘어서 있는 가로수 길, 철문, 철문이 닫히면 죄수들은 모두 취침해야 한다, 여름에는 어두워질 때까지 깨어 있는 것이 허락된다. 이 자식들은 품스가 지휘하는 깡패 집단이야, 도망쳐야 하나, 말아야 하나, 그렇게 해야 하나, 뭘 해야 하나. 녀석들은 나를 이곳으로 유인했어, 도둑놈 새끼들, 나를 여기 서서 망이나 보게 만들다니.

프란츠는 그 자리에 서서 달달 떨며 멍든 팔을 문질렀다. 죄수들은 병을 숨겨서도 안 되고 또 꾀병을 부려서도 안 된다. 두 경우 다 처벌이 가능하다. 건물은 쥐죽은 듯 조용하다. 뷜로 광장에서 들려오는 자동차 경적 소리. 저 안쪽 안마당 너머에서는 우지끈하는 소리, 달가닥대는 소리가 난다, 가끔 손전등 불빛이 보이고, 손전등을 든 사내가 순식간에 지하실로 사라진다. 이 자식들이 나를 여기다 가두어 놓았어, 저런 도둑놈들을 위해 여기서 망을 보느니 차라리 그냥 마른 빵과 소금물에 삶은 감자나 먹을걸. 안마당에서 여러 개의 손전등이 번쩍였다, 프란츠는 그 엽서 사내가 생각났다, 참 희한한 사람이다, 정말로 희한한 사람이야. 그리고 프란츠는 그 장소에서 도망치지 않았다, 마법에 걸린 것처럼 그 자리에 묶인듯 서 있었다, 라인홀트에게 얻어맞은 순간 그는 그곳에 못 박혀 버렸다. 도망치겠다, 그리고 도망치고 싶다, 하면서도 실제로는 그렇게 하지 못했다, 꼭 무엇인가가 그를 붙잡고 놔주지 않는 것 같았다. 세계는 쇠로 만들어져 있다, 어쩔 도리가 없는 일이다, 세계는 증기롤러처럼 굴러온다, 누군가를 향해, 어쩔 도리가 없다, 그것은 굴러온다, 달려온다, 그 안에 녀석들이 타고 있다, 그것은 장갑차다, 그 안에는 머리에 뿔이 난 이글거리는 눈빛의 악마들이 타고 있다, 그놈들은 너의 살을 발기발기 찢는다, 그들은 거기 앉아서 사슬과 이빨로 너의 육신을 사그리 찢어발긴다. 그리고 그것이 달려온다, 하지만 아무도 피할 수 없다. 그것은 어둠 속에서 실룩댄다, 불이 있다면 똑똑히 볼 수 있을 텐데, 그것이 어떤 자세로 누워 있는지, 생김새는 어떤지.

나는 여기서 도망치고 싶다, 도망치고 싶다고, 이 도둑놈들아, 이 개자식들아, 나는 이런 짓이 싫단 말이다. 그는 두 다리를 당겨 보았다, 도망치지 못하면 웃음거리가 될 거다. 그는 몸을 움직여 보려 했다. 누가 나를 반죽 속에 내동댕이친 것처럼 몸을 빼낼 수가 없구나. 그러나 성공했다, 드디어 됐어. 어렵기는 했지만 움직이기 시작했어, 됐다고. 나는 이제 전진한다, 이 자식들아 도둑질이나 실컷 해라, 나는 여기서 사라질 테니. 그는 외투를 벗어 들고서 안마당으로 다시 갔다, 천천히, 가슴을 졸이면서. 그는 외투를 녀석들의 낯짝에다 내동댕이치고 싶었지만 그 대신 어둠 속 뒤채에다 던져 버렸다. 다시 불빛이 번쩍였다, 두 사내가 그의 옆을 지나갔다, 외투를 입고 짐을 잔뜩 짊어졌다, 자동차 두 대는 출입구 앞쪽에 서 있었다. 녀석들 중 한 녀석이 프란츠의 팔을 다시 후려쳤다, 돌주먹이었다. "아무 일 없지, 응?" 라인홀트였다. 이번엔 또 다른 두 녀석들이 바구니를 들고 달려 지나갔다, 그리고 또 두 녀석이, 왔다 갔다, 불도 없이, 프란츠 곁을, 프란츠는 속으로 이를 바드득 갈고 주먹을 말아 쥘 뿐이다. 녀석들은 마치 야만인들처럼 어둠 속에서도 안마당과 복도를 넘나들며 낑낑대며 열심히 일했다, 그렇지 않았더라면 녀석들은 프란츠의 모습을 보고 소스라치게 놀랐을 것이다. 왜냐하면 거기 서 있는 것은 더 이상 아까 그곳에 서 있던 그 프란츠가 아니었기 때문이다. 외투도 벗어 던지고 모자도 쓰지 않고 눈은 부릅뜨고 두 손은 주머니에 찌른 채 엿보고 있다, 아는 얼굴이 있나, 이 녀석은 누구지, 또 저놈은 누구야, 칼은 갖고 있지 않은가, 잠깐, 혹시 재킷에 감추고 있을지 몰라, 이 녀석들아, 프란츠 비버코프를 네 녀석들은 몰라보냐, 한번 직접 대해 보면 많은 것을 알게 될 거다. 그때 네 놈이 모두 짐을 잔뜩 짊어지고서 줄줄이 이어서 밖으로 달려 나왔다. 그리고 그중 키가 작고 뚱뚱한 녀석이 프란츠의 팔을 잡는다. "자, 비버코프, 출발, 만사 오케이다!"

그리고 프란츠는 큰 자동차 안으로 다른 녀석들 틈에 짐짝처럼 실린다. 라인홀트가 옆자리에 앉아 있다, 그는 프란츠를 옆으로 밀어붙인다, 그것은 딴 라인홀트다. 자동차 안에는 불을 켜지 않았다. "왜 이렇게 짓눌러." 프란츠가 속삭인다. 칼은 가지고 있지 않은 것 같다.

"주둥이 닥쳐, 아가리 다물어, 이 새끼야, 찍소리도 하지 말라고." 앞의 자동차가 질주한다, 두 번째 자동차의 운전사는 오른쪽으로 고개를 돌려 뒤를 돌아보더니 속력을 내며, 열린 창문으로 뒤쪽을 향해 소리친다. "누가 쫓아오고 있어."

라인홀트는 창밖으로 고개를 내민다. "어서, 빨리, 코너를 돌아." 뒤의 자동차는 계속해서 따라붙는다. 그때 라인홀트는 가로등 불빛에 비친 프란츠의 얼굴을 본다, 이 자식, 뭐가 그렇게 기분이 좋아, 행복한 얼굴이야. "야 자식아, 뭣 땜에 웃어, 이 새끼 미친 거 아냐?" "남이야 웃든 말든, 무슨 상관이야." "왜 웃는 거야, 이 자식아?" 이런 게으름뱅이 자식, 아무짝에도 쓸모없는 새끼. 그때 갑자기 라인홀트의 머리에는 여태껏 차를 타고 오며 한 번도 떠오르지 않았던 생각이 스친다. 바로 비버코프라는 자식이 나를 궁지에 빠뜨렸어, 내 여자들을 쫓아 버린 것도 이 자식이야, 이 자식이 한 짓이라는 거 다 알아, 이 뻔뻔스럽고 뚱뚱한 돼지 새끼, 이런 자식한테 내 속마음을 다 털어놓았다니. 갑자기 라인홀트는 차가 달리는 것 따위는 신경 쓰지 않는다.

검은 숲 속의 물이여, 너희는 그냥 말없이 조용하구나. 너희는 무섭도록 조용히 있구나. 숲속에 폭풍이 휘몰아쳐 소나무들이 휘어지고 나뭇가지 사이의 거미줄이 찢겨 바람에 흩날려도 너희의 수면은 꼼짝도 않는구나. 폭풍은 너희들이 있는 그 아래까지는 도달하지 못한다.

이 자식은 말이야, 라인홀트는 생각한다, 아주 편안하게 앉아가지고는 저 뒤에 오는 차가 우리를 따라잡기만을 바라고 있어, 나는 여기 앉아 있고, 이 머저리 같은 자식이 내 앞에서 여자들에 대해 일장연설을 했었지, 나보고 자제하라면서.

프란츠는 소리 없이 계속해서 웃고 있다, 그는 작은 창문을 통해 뒤쪽의 도로를 힐끔 쳐다본다, 그래, 차가 쫓아오고 있군, 너희들은 다 들통 났다, 기다려라, 이것이 너희가 받아야 할 벌이다, 내가 너희들과 함께 붙잡히는 한이 있어도 너희들이 나를 가지고 노는 꼴은 못 본다, 이 도둑놈들, 날강도 새끼들, 범죄 집단 패거리들.

예레미야가 말하기를, 인간을 믿는 자는 저주를 받으리라. 그자는 들판에 버려진 자와 다름없노라. 그자는 메마른 땅에, 사람이 살지 않는 소금 덩어리 땅에 머물 것이다. 이 세상에서 가장 간사한 것이 사람의 마음이어니 사악하기 이를 데 없다, 그러니 누가 사람의 마음을 알 수 있겠는가?

그 순간, 라인홀트는 맞은편에 앉은 사내에게 슬쩍 신호를 보낸다, 차 안에는 어둠과 불빛이 교차하고 추격전은 계속된다. 라인홀트는 몰래 프란츠 바로 옆에 있는 문 손잡이 쪽으로 손을 뻗친다. 그들은 널찍한 가로수 길을 향해 내달린다. 프란츠는 여전히 뒤쪽을 보고 있다. 느닷없이 누군가가 그의 멱살을 움켜잡더니 앞으로 비틀어 당긴다. 프란츠는 일어나려 하며 라인홀트의 얼굴을 친다. 그러나 녀석은 무시무시하게 완력이 세다. 바람이 윙윙대며 차 안으로 불어닥치고 눈발이 날아 들어온다. 프란츠는 중간에 쌓여 있는 짐짝들 위로 비스듬히 밀리며 열려 있는 문 쪽으로 밀쳐진다, 그는 악을 쓰며 라인홀트의 목덜미를 잡는다. 순간 그의 팔을 향해 몽둥이가 날아온다. 차 안의 또 한 녀석이 그의 왼쪽 옆구리를 발로 확 밀친다. 프란츠는 옷가지 보따리 아래로 떨어지면서 누운 채로 열려 있는 문 밖으로 밀려난다, 그는 두 다리로 뭐든 걸어 보려 한다. 그의 양팔은 발판을 끌어안고 있다.

그때 몽둥이질이 그의 뒤통수에 떨어진다. 라인홀트는 그의 몸 위에 허리를 구부리고 서서 그의 몸뚱어리를 길 위로 던져 버린다. 쾅하고 문이 닫힌다. 뒤에서 추적하던 차가 그의 몸뚱어리를 덮치고 지나간다. 추적은 휘날리는 눈발 속에서 계속된다.

태양이 떠오르고 아름다운 햇살이 비치면 우리는 기뻐한다. 가스등도 꺼도 되고 전등도 꺼도 된다. 따르릉 자명종이 울리면 사람들은 잠자리에서 일어난다, 새로운 날이 시작되었다. 어제가 4월 8일이었으면 오늘은 4월 9일, 어제가 일요일이었으면 오늘은 월요일이다. 해도 안 바뀌고, 달도 안 바뀌었지만 변화는 생겼다. 세상은 계속해서 굴러왔다. 태양이 떠올랐다. 태양이라는 것이 무엇인지는 모른다. 천문학자들은 이 물체에 지대한 관심을 갖고 있다. 그들의 말에 따르면, 이 물체는 우리 혹성계의 중심체이다, 왜냐하면 우리의 지구는 조그만 혹성에 지나지 않기 때문이다. 그렇다면 우리는 무엇이란 말인가? 이렇게 태양이 떠오르면 우리는 기뻐하는데, 사실 슬퍼해야 할 일이 아닌가, 태양은 지구보다 30만 배나 크고, 또 얼마나 많은 수와 영이 있는가, 이런 상황에서 우리는 영, 무, 그래, 완전히 무에 지나지 않음을 인정할 수밖에 없는데, 우리 인간이 뭐라고. 그러니 태양이 뜬다고 기뻐하는 일이 얼마나 부질없는 짓인가.

그래도 아름다운 햇빛이 비치면, 희고 강렬한 햇살이 비치면 우리는 기뻐한다, 그리고 햇빛이 거리를 비추면 우리는 기뻐한다, 방마다 온갖 색깔들이 잠에서 깨어나고, 얼굴들도, 표정들도 거기 나타난다. 형체들을 손으로 만져 보는 것은 기분 좋은 일이다, 그러나 보는 것, 보는 것은, 색깔을 보는 것, 선을 보는 것은 행복이다. 그래서 우리는 기뻐하고 우리가 무엇이며 우리가 살아가고 행동하는 모습을 보여 줄 수 있다. 우리는 4월의 약간의 따뜻함에도 기뻐하고, 꽃이 자라나는 것을 보면서 기뻐한다. 그러므로 그 모든 영과 함께 그 끔찍한 숫자들은 오류요 착오일 뿐이다.

태양아, 솟아라, 너는 우리를 놀라게 하지 않으니. 너의 그 엄청난 크기에 우리는 신경 쓰지 않는다, 너의 직경이나 체적에도. 따뜻한 태양이여, 솟아라, 밝은 빛이여, 솟아라. 너는 크지도 않고 작지도 않으며, 너는 그저 기쁨일 뿐이다.

바로 그때, 그녀는 환한 미소를 지으며 파리-북유럽 간 특급열차에서 내렸다. 크게 눈에 띄지 않는 모습의 여인이다, 모피 장식을 단 외투를 입고 눈이 큰 여인이다. 팔에는 블랙과 차이나라는 이름의 페키니즈 강아지들을 안고 있다. 카메라맨들과 필름 돌아가는 시끄러운 소리. 살짝 미소를 지으며 라켈은 그 모든 것을 참아 넘긴다, 스페인 이민자가 보낸 노란 장미 꽃다발을 받고 아주 기뻐한다, 아이보리 색은 그녀가 가장 좋아하는 색깔이기 때문이다. "나는 정말로 베를린에 대해 알고 싶은 게 많아요."라는 말과 함께 그 유명한 여인은 자신의 차에 올라 뒤에서 손을 흔드는 베를린의 아침 군중들을 멀리 하고 사라진다.

(2권에서 계속)

세계문학전집 **269**

베를린 알렉산더 광장 1

1판 1쇄 펴냄 2011년 5월 6일
1판 10쇄 펴냄 2022년 3월 11일

지은이 알프레트 되블린
옮긴이 김재혁
발행인 박근섭, 박상준
펴낸곳 (주)민음사

출판등록 1966. 5. 19. (제 16–490호)
서울특별시 강남구 도산대로1길 62(신사동) 강남출판문화센터 5층 (우편번호 06027)
대표전화 02–515–2000 팩시밀리 02–515–2007
www.minumsa.com

ISBN 978–89–374–6269–6 04800
ISBN 978–89–374–6000–5 (세트)

* 잘못 만들어진 책은 구입처에서 교환해 드립니다.

세계문학전집 목록

ㅋ) 선정 100대 명저

세계문학전집은 계속 간행됩니다.